本を開いて　孤城に行くことで，

台湾の皆さんにも

こころたちと友達になって

もらえたら　幸せです。

辻村深月

打開書　前進孤城，
台灣的讀者若能與
小心他們成為朋友
這將是何等的幸福。

辻村深月

鏡之孤城

かがみの孤城

劉愛夌——譯

孤城

①孤身而立的城堡。

②被敵軍包圍、孤立無援的城堡。

——《大辭林》

有時我會幻想——

班上轉來一個新同學。

是個十項全能的漂亮女孩。

她是班上個性最開朗、最替人著想、最會運動，而且最聰明的人。大家都搶著要跟她當朋友。

然而，她卻在人海中發現了我，對我露出太陽般刺眼的溫暖微笑，走過來對我說：「小心，好久不見！」

同學們個個目瞪口呆，不斷用眼神問我：「妳們本來就認識嗎？快說啊！」

是的，我們早在別的地方認識了。

我是個平凡至極的人，既不是體育高手，腦袋也沒多聰明，更沒有人人稱羨的長處。

但我比你們更早認識了她，而且相處愉快，所以才能被她選中成為班上最好的朋友。

我們總是一起去廁所、一起去教室，下課時間也黏在一起。

我不是一個人了。

真田那群人一直想把她拉近小圈圈裡，但她還是選擇了我，義正詞嚴地告訴她們：「我要跟小心一起！」

我不斷向上天祈求，這樣的奇蹟可以降臨在我身上。

但我很清楚，這樣的奇蹟，永遠都不會發生。

CONTENTS

第一部

觀望狀況的第一學期

第二部

恍然大悟的第二學期

第三部

珍重再見的第三學期

第一部

觀望狀況的第一學期

五月

窗簾是拉上的，窗外傳來賣菜車的聲音。

那是小心喜歡的迪士尼遊樂設施——「小小世界」的主題曲*。

透過車上的大喇叭，〈小小世界〉響徹街頭巷尾。從小心有記憶以來，這臺賣菜車的歌就沒換過。

「抱歉叨擾大家，
三河賣菜車來了！
三河賣菜車來了！
我們有各種生鮮食品、
乳製品、麵包、白米，
歡迎蒞臨選購。」

最近的超市位於遠方的幹道旁，無車族根本無法前往。所以自小心還小時，這臺賣菜車每週都會來一次小心家後方的公園。附近的婆婆媽媽只要聽到這首歌，就會前往公園採買。

小心沒有去買過東西，但媽媽似乎有去過，因為她曾語重心長地告訴小心：「三河爺爺年紀也大了，不知道還能來賣幾年……」

以前附近沒有大型超市時，這臺賣菜車替居民省了很多麻煩。然而今非昔比，現在不但客人少了許多，還有人抱怨這臺車的音樂很吵，說是一種噪音污染。

噪音？好像也沒有那麼嚴重。但每當這首歌響起，都在提醒小心現在時間是平日上午。

外頭傳來孩子嬉鬧的聲音。

小心沒去上學後，才知道平日上午十一點是這種感覺。

自升上小學後，她就只有寒暑假才看得到三河賣菜車。

直到小心去年開始拉上窗簾、全身僵硬地躲在房間為止，她從來沒有在上學日看過賣菜車。

她將電視的音量轉到最小，屏氣凝神地祈禱，電視亮光不要被外面的人看到。

房間旁就是公園。就算不是三河賣菜車來的日子，附近的年輕媽媽也會帶小孩來公園玩耍。她們總是把五顏六色的包包掛在嬰兒推車的把手上，每當小心看到長椅旁排了一排嬰兒車，就知道時間接近中午了。因為這些媽媽總是在十點到十一點之間到公園集合，然後在十二點左右離開吃午飯。

＊ IT'S A SMALL WORLD, Words and Music by Richard M. SHERMAN and Robert B. SHERMAN © 1963 WONDERLAND MUSIC COMPANY, INC. 中文歌詞：黃霑。

只有在這時候，小心才能把布製的淺橘色窗簾拉開。

白天在昏暗的房間裡待太久，會讓人莫名地感到慚愧，彷彿自己是個窩囊廢似的。

很多事情都這樣，一開始感覺還滿好的，卻愈做愈心虛，明明沒人指責自己，但就是自覺理虧。

世上的「規則」似乎都有冠冕堂皇的原因。

像是早上要把窗簾拉開、小朋友就要好好去上學。

前天媽媽帶小心去參觀了一家中心，原本小心已下定決心，從今天開始要到那邊上課。

然而，早上起來後，小心卻發現自己還是做不到。

一如往常，她的肚子開始隱隱作痛。

小心沒有裝病，而是真的肚子痛。

不知道為什麼，只要到了上學時間，她就會腹痛或頭痛。

媽媽總是跟小心說，不用勉強自己去上學也沒關係。

所以今天小心也沒想那麼多，直接從二樓房間走到樓下的飯廳。

「媽媽，我肚子好痛。」

媽媽本在熱牛奶和吐司，聽到小心這句話後，她沒有回答，也沒有看向小心，只是把臉一沉。

媽媽低下頭，彷彿沒有聽到小心說話似的，將冒著裊裊白煙的馬克杯拿到飯桌上，然後沒好氣地問小心：「怎麼個痛法？」

她不悅地將紅色圍裙脫掉，露出上班穿的褲裝式套裝，坐了下來。

「跟平常一樣……」

小心微聲回答，然而她還沒說完，就被媽媽打斷。

「跟平常一樣？昨天不是還好好的嗎？這間中心跟一般學校不一樣，不用每天上學，人數又比一般學校少，老師人都很好。妳之前不是還信誓旦旦地說要去嗎？真的不去了？」媽媽連珠炮般地說完。

小心知道媽媽在責怪自己，也知道媽媽希望她去，但她真的沒辦法。

她不是不想去，也不是裝病，而是真的肚子痛。

見小心默不作聲，心浮氣躁的媽媽開始把注意力放在時間上，「嘖」了一聲說：

「天啊，已經這麼晚了。」

「要不要去？」

小心像是被釘在原地一般動彈不得。

「我沒辦法去。」小心費了好大的力氣，才唯唯諾諾地說出口。

不是不去，而是沒辦法去。

媽媽毫不避諱地深深嘆了一口氣，那深鎖的眉頭，彷彿她身上也哪裡痛似的。

「……是只有今天沒辦法去，還是以後都不去了？」

小心無法回答這個問題。

今天是確定沒辦法去了，但她無法保證下次肚子還會不會痛。她不是裝病，而是真的肚子痛沒辦法去。在媽媽的逼問下，小心不禁悲從中來。

見小心看著她不回答，媽媽說了一句「算了」後起身，彷彿像在出氣一般，將盤子裡的吐司倒進流理臺的廚餘架裡。「虧我還特地幫妳熱牛奶，妳沒有要喝對吧？」不等小心回答，就將牛奶倒進流理臺。流理臺瞬間飄起了大煙，又立刻隨著水聲消失無蹤。

其實小心本來要吃的，但她來不及回答，就這麼穿著睡衣僵在門前。

「讓開！」媽媽故意無視小心，直直走向後方的客廳，不久便傳來講電話的聲音：「喂，不好意思，我姓安西。」媽媽換上對外的態度，言語之間聽不出半點不開心。「是的，對，她突然說她肚子痛。真的很抱歉，那天參觀她還信誓旦旦地說她要去，是，是，真的很抱歉，給您添麻煩了……」

媽媽帶小心去參觀的「中心」，叫做「心之教室」。

門口的招牌上寫著「育兒支援」四個字。

那是一棟古老的建築物，整體氣氛像學校又像醫院，二樓傳來疑似小學生的聲音。

「小心，我們進去囉！妳很緊張對吧？」

媽媽笑著推了小心的背一下，事實上，她看上去比女兒更緊張。

「心之教室」這個名字實在有點尷尬。

因為跟小心同名。

媽媽也注意到了這件事，她不是為了讓女兒來這裡，才把女兒取名叫「心」的。一想到這裡，她不禁黯然神傷。

在成為「拒學族」之前，小心並不知道有這種專門給「拒學族」上學的地方。小學六年來，小心班上從未出過「拒學族」。雖然有些人偶爾就會「裝病」一、兩天，但都沒嚴重到要來這裡。

帶小心參觀的老師，都管「心之教室」叫「中心」。

小心穿不慣這裡的拖鞋，腳底涼颼颼的感覺讓她心煩意亂。老師帶她到辦公室坐下後，她一直蜷著腳趾。

「安西心同學，妳就讀雪科第五中學對吧？」

老師用溫暖的笑容向小心確認道。這個老師好年輕，看上去很像兒童節目的大姐姐。她胸前的向日葵名牌上面寫著「喜多嶋」，旁邊還畫了一張她的臉，看起來應該是小孩子畫的。

「是的。」小心的聲音微弱而含糊，她也不知道為什麼自己發不出聲音。

喜多嶋老師莞爾而笑。

「我也是喔。」

「喔。」

對話到此結束。

喜多嶋非常漂亮，一頭俏麗的短髮，給人一種活潑開朗的印象。小心很喜歡這位老師，卻很羨慕她已經畢業，已經不是雪科第五中學的學生。

其實，說小心「就讀」雪科第五中學是言過其實了。因為她只讀了一個月，也就是剛入學的四月份。

「我已經打電話聯絡好了。」

媽媽回到飯廳後，聲音又再度充滿了怒氣，見小心站在原地不動，皺起眉頭對她喊道：「肚子痛就去睡覺！」

「我幫妳做了便當，本來要讓妳帶到中心去吃的，反正妳不去了，就在家吃吧。便當在那邊，妳能進食的話就吃。」

媽媽看都沒看小心一眼，便開始準備出門。

「如果爸爸在就好了，他一定會幫我說話……」小心心想。小心的爸媽都在工作，爸爸因為公司較遠，早上很早就得出門，所以一般小心起床後都見不到他。因擔心待在原地又會被媽媽罵，小心只好默默地上樓。背後傳來的嘆氣聲，讓她有種陰魂不散的感覺。

待小心回過神來時，已是下午三點。

小心房裡的電視一直開著，現在播的是下午的新聞談話節目，談論藝人的醜聞和一些新聞。進入購物廣告單元後，小心嘆了一口氣，從床上爬起來。

為什麼會這麼想睡呢？跟上學時比起來，小心在家總感到昏昏欲睡。她揉揉眼睛，擦掉口水，關掉電視後下到一樓。在洗手臺前洗臉時，才發現自己肚子餓了。

小心走進飯廳，打開媽媽留下的便當。

解開格子圖案的便當包巾時，小心心想：「媽媽在包便當時，應該以為我會在學園吃這個便當吧……」一想到這裡，小心就感到胸口一緊，覺得自己很對不起媽媽。

便當盒上還放了一個保鮮盒，裡面裝著奇異果，便當盒裡則裝著雞肉鬆三色飯，兩個都是小心愛吃的。

小心吃了一口便當，然後低下頭。

她實在搞不懂自己，參觀時不是還覺得很好玩嗎？身體怎會臨時打退堂鼓呢？她早上還覺得自己只是偶然肚子痛，但第一天就搞成這樣，感覺以後也去不了了。

中心裡有小學生也有國中生。

大家看上去都很普通，一點都不像「拒學族」。他們個性並不特別陰沉，外表也很正常，實在很難想像，這些人在學校居然會被排擠。

不過，那邊的國中生都沒有穿制服。

那天，兩個看起來比小心大一點的女生正併桌聊天，「哎唷，妳很討厭耶」、「可是啊……」相處的樣子和小心學校裡的女同學沒什麼兩樣。小心看到她們兩個，腹部下方不禁隱隱作痛，小心不敢相信，這兩個女孩也跟她一樣沒去上學。

參觀途中，一個小朋友跑來向喜多嶋老師告狀說：「老師！正也打我！」那孩子是那麼的可愛，小心不禁作起白日夢來，如果自己真來這裡上學，應該可以陪這孩子一起打電動吧？想像了一下後，她覺得自己應該做得到。

參觀前媽媽跟小心說：「我等等會到一開始去的那間辦公室，跟這裡的負責人一起等妳參觀完。」

雖然媽媽沒有跟小心多說，但小心知道，媽媽其實自己來參觀過幾次。因為這邊的老師看到媽媽都是說：「媽媽妳來啦？」一副之前就看過她的樣子。

小心不禁想起，媽媽邀她來參觀時那不自然的態度。「小心，我有話跟妳說……」天下父母心，那天媽媽的遣詞用字都非常注意。

小心參觀完、準備走進辦公室時，在門口聽到負責人跟媽媽的對話。

「國小的環境比較不受拘束，很多孩子剛升上國中都無法融入新環境。尤其第五中學經過整併後規模擴大許多，在這一帶是學生比較多的學校……」

小心倒抽了一口氣，在心中安慰自己：「還好不是什麼難聽的話……」

小心國小時每個年級只有兩班，升上國中後卻得融入七個班級的大環境，看到教室裡充滿了陌生臉孔，她一開始確實有點卻步。

可是……不是這樣的。

我並不是因為「無法融入新環境」才不去上學的，我哪有可能這麼簡單就拒絕上學。

這個人，根本一點都不了解我。

喜多嶋站在小心身邊不動聲色，不卑不亢地說了聲「不好意思我們進去囉」便打開門。只見媽媽和年邁的老師面對面而坐，聞聲同時看向門口。

看到媽媽握著手帕，小心只希望她剛才不是在哭。

只要電視開著，小心就會盯著電視看。

因為只要盯著電視看，即便閒閒沒事做，好像也過得滿充實的。

然而，小心看完電視後，總是想不起來剛才演了什麼，即便是連續劇也是一樣。也因為這個原因，小心每天都不知道自己在做什麼。

有次電視上在街頭訪問一名主婦，提到一句「小孩去上學時……」——就連這無心的一句話，都讓小心覺得那些人在責怪自己「沒辦法上學」。

小心班上的導師名叫伊田，是一位年輕的男老師。小心沒去上學後，他偶爾就會來家裡拜訪，但小心不是每次都願意見他。每次老師一來，媽媽就會問小心說：「老師來囉，妳要見他嗎？」

之前小心以為老師是「非見不可」。沒想到，有次小心回答「我不太想見他」，媽媽非但沒有生氣，還說：「沒關係，那今天就媽媽跟老師談就好了。」然後把老師請到客廳。

「不好意思，今天小心不太方便……」老師聽到媽媽這麼說，既沒有生氣，也沒有死纏爛打，只是說：「好的，沒關係。」

小心很驚訝自己這麼任性也沒有被罵。之前她一直以為，老師父母的話就是「聖旨」，小孩一定要聽大人的話，然而現在大人卻什麼都依她。這也讓她意識到，現在的事態有多嚴重。

大家都在迎合她。

偶爾小學同學沙月、好朋友墨田也會來探望她。他們現在跟小心不同班，應該是老師拜託他們來的。小心因為覺得自己沒去上學很丟臉，所以也不願見他們。

其實小心很想見沙月和墨田，也有很多事情想問他們，但她不想見到他們迎合自己的模樣，又怕尷尬，只好違背自己的心意。

小心在吃便當時，電話響了。正當她猶豫要不要接時，電話轉入了答錄機。

『喂，小心？我是媽媽啦，妳在嗎？在的話接一下電話！』

答錄機傳來媽媽溫柔而沉穩的聲音，小心接起了電話。

「喂。」

『小心？抱歉，是媽媽啦。』

媽媽笑了，聲音已沒有早上的怒氣。電話的那頭好安靜，她人在哪裡？是不是蹺班跑出來講電話？

『妳怎麼沒接電話？我好擔心喔。身體還好嗎？便當吃了沒？肚子還痛不痛？』

「已經沒事了。」

『真的嗎？如果肚子還痛的話，我再帶妳去看醫生。』

「已經沒事了。」

『媽媽今天會早點回家喔！——小心，別擔心！畢竟現在才剛開始，以後日子還長著呢！一起加油喔！』媽媽開朗地向小心喊話。

小心沒有多做回應，只是「嗯」了一聲。

是有人跟媽媽說了什麼嗎？媽媽早上情緒失控後，是不是在公司找人談過了？也有可能是自己反省過後，才打電話回家。

「一起加油」——小心不確定自己是否做得到媽媽的期望，只是茫然頷首。

時間來到四點多，小心已不能待在一樓。

二樓的窗簾依舊拉得緊緊的。

每次在等「那個聲音」時，小心每次都非常、非常緊張。「那個聲音」，她無論聽幾次都無法習慣。即便表面上裝得若無其事，故意開著小聲的電視看，但還是下意識地在等待。

「應該差不多了吧……」正當小心這麼想時，樓下傳來「咚」的一聲、東西丟進信箱的聲音。

每次聽到這個聲音，小心就知道東条同學來了。

同班的東条萌。

她是班上的轉學生，因父親工作的關係而拖延到入學手續，所以四月新學期開始後才轉進來。

東条同學長得非常可愛，還是個運動高手，剛好就坐在小心旁邊。看著她纖細的手腳、長長的睫毛，就連小心這個女生都不禁怦然心動。她雖然不是混血兒，卻有別於一般日本人，有著洋娃娃般的美麗臉龐。

老師之所以會安排東条坐在小心旁邊，是因為她就住在小心家的隔壁第三家，希望小心可以就近照顧東条。老師的安排正合小心的意，東条很快就問小心說：「我可以直接叫妳小心嗎？」一開始的兩週，兩人還會一起上下學。

東条還約小心去她家玩。

東条家和小心家是一樣的格局，內裝卻自成一格。雖然牆壁柱子的材質、天花板的高度都一樣，但門口櫃子裡的擺設、掛在牆上的畫、電燈的種類和地毯的顏色都有著天差地別。正因為是同系列的房子，差異更是明顯。

東条家的擺設很有品味，一進門就能看到許多童話故事的掛畫。據說這是她爸爸的嗜好。

東条的爸爸是大學教授，專門研究兒童文學。也因為這個原因，她家掛了很多她爸爸從歐洲買回來的舊故事書原版畫，像是《小紅帽》、《睡美人》、《人魚公主》、《大野狼與七隻小羊》、《糖果屋》等，而且都是連小心都知道的知名場景。

「盡是些怪場景對吧？」東条同學——喔不，是小萌說。因為小心那時候還叫她「小萌」。

「我爸爸專門收集這個畫家的作品，他還收集了很多格林童話、安徒生童話的舊書插畫喔。」

其實這些畫非但一點都不「怪」，還都是相當有名的場景，像是《大野狼與七隻小羊》中，大野狼進到家裡時，小羊四處逃竄的畫面；又或是《糖果屋》中和賽爾沿路丟麵包屑的樣子，雖然沒有畫出壞巫婆，但一看就知道是《糖果屋》的故事。

明明兩棟房子格局一樣，但東条家美輪美奐，感覺就比小心家大上許多。

東条家的客廳有一座書架，上面放著英語、德語等各種語言的書。

「這是丹麥語。」東条拿出一本書說。

一聽到是丹麥語，小心不禁驚呼：「好酷喔！」英語小心還懂一點，丹麥語對她而言就是完全未知的世界。

「安徒生就是丹麥人喔。」東条似乎有些難為情，接著又說，「其實我也看不懂，如果妳喜歡這本書，我可以借妳。」

聽到東条主動說要借她，小心喜出望外。雖然小心看不懂丹麥語的書名，但她知道封面畫的是《醜小鴨》。

「我們家還有很多德文的書喔，因為格林是德國人。」

小心聽過很多格林童話，聽到東条這麼說，小心更興奮了，而且外文故事書感覺就是特別有味道。

「下次換妳來我家玩吧，雖然我們家沒什麼東西就是了……」小心說。

她以為東条過不久真的會來自己家玩，她真的這麼以為。

然而，為什麼一切都變了調呢？

東条開始疏遠小心。

不用想也知道，一定是真田從中作梗。

那天，小心一如往常叫東条「小萌」，東条卻一臉厭煩地回應她。

那表情，很明顯在警告小心：「少來煩我，不要在大家面前——尤其是真田面前跟我講話。」

她們本來約好，某天放學後要一起去參觀社團。

然而，到了約定的那天，東条卻當著小心的面，跟真田幫一起走出教室。真田還故意在走廊用小心聽得到的音量說：「唉！班邊還真是可憐！」

班邊？意思是「班上的邊緣人」嗎？——大家紛紛看向小心竊竊私語，小心整理書包到一半，才領會到真田在說什麼。

喔喔，原來「班上的邊緣人」會簡稱「班邊」啊……小心不斷反覆想著這件事，沒看任何人就走出教室。一想到去參觀社團可能會碰到她們，小心就打了退堂鼓。

——為什麼那群人會視我為眼中釘呢？

她們當小心是空氣。

到處說小心壞話。

警告其他同學不要跟小心當朋友。

然後就是笑。

笑笑笑笑笑。

不斷不斷嘲笑小心。

有次小心肚子痛去上廁所，在廁所聽到真田幫的嬉笑聲而不敢出去。眼看著下課時間就要結束，小心急得眼淚都快要掉出來。好不容易鼓起勇氣開了門，卻聽到隔壁間傳出「喔」的一聲，接著真田就從隔壁間走出來，用不懷好意的笑容看著小心。

隔壁班的同學告訴小心，真田一直在隔壁間，從下方空隙偷看小心上廁所，說是要看她怎麼那麼久。一想到自己脫內褲的樣子可能全被真田看在眼裡，小心彷彿聽到了自己的內心崩潰的聲音。

那個隔壁班的同學雖然嘴上罵真田「真過分」，最後還是不忘提醒小心：「別說是我告訴妳的喔。」

小心好不甘心，就這麼傻傻站在原地。

怎麼就一刻不得放鬆呢？

然後，自從發生某個「關鍵事件」後——

小心就再也沒去上學了。

東条因為住在小心家附近，每天都會幫老師送講義和通知單到小心家裡。

非常制式化。

曾經，小心是那麼想跟她親近，彼此也愈來愈要好。然而，如今東条卻只會將講義投到她家信箱，連再往前走一步、按個門鈴都不願意。小心曾好幾次從房間的窗戶偷看東条，每次她都是交完差就立刻走人。

小心茫然看著東条身上的制服，藍綠色的水手領、胭脂色的領結，四月時，自己也每天穿著這一套制服。

大概是因為回家方向不同，每次東条都是一個人回家。這讓小心有一種獲得救贖的感覺。

會不會老師其實是叫東条去見小心、陪小心說說話，只是她沒有照做罷了？——關於這個可能性，小心不願多想。

「咚」的一聲——小萌回家了。

⚜

小心的房間裡有一面大型穿衣鏡。

自小心擁有自己的房間後，家裡就幫她裝了這麼一面橢圓形的粉紅石框鏡子。見到鏡子裡的憔悴面容，小心不忍繼續看下去，只覺得好想哭。

掀開窗簾、確認東条已經走掉後，小心緩緩地倒在床上。今天的電視亮光格外刺眼，聲音依舊小到幾乎聽不見。

自小心開始待在家裡後，爸爸就沒收了她的電動，說是不去學校又打電動會荒廢學業。本來爸爸還想把電視也收掉，但在媽媽的阻止下作罷。「先看看狀況再說吧！」媽媽說。

當時小心簡直恨透了爸爸，然而，現在小心卻無法保證，自己一定能抗拒電動的誘惑。爸爸說得沒錯，如果他沒沒收電動，小心肯定一天到晚沉浸在遊戲之中。因為就連沒電動可打的現在，小心也都沒在念書。

國中的功課應該更難吧？我肯定跟不上。今後我該如何是好？

這光真的好刺眼喔……把電視關掉好了……

「咦？」小心一抬頭，嚇得倒抽了一口氣。

電視是關著的。

小心早就把電源關掉了。

一直發光的，不是電視，而是門口附近的鏡子。

「咦？」

被嚇呆的小心，沒多想就走向鏡子。鏡子裡面閃閃發光，亮到幾乎讓人無法直視。而另一頭，似乎有什麼東西。

小心將手伸向鏡面。

待她回過神來，指尖傳來一股熱流，卻又能感受到鏡面的冰涼觸感。然而，問題不是出在溫度，當她用力將手伸進鏡子裡時——

「哇啊！」

小心不禁尖叫出聲。

鏡子將她整個手掌吸了進去。那裡沒有鏡子該有的硬度，取而代之的是一股水壓感。

再這樣下去小心一定會跌倒，整個人被吸進鏡子之中。

「我不要！好可怕！」小心還來不及反應，身體就被那道光吞噬其中。刺眼的強光逼得她閉起眼睛，那一瞬間，她彷彿通過了一個冰涼的神秘之地。

她很想叫媽媽，喉嚨卻發不出聲音。

身體彷彿不是自己似的，她分不清自己是在上升還是前進，全身被一股引導的力量所包圍。

「喂，醒醒啊！」

右臉頰傳來地板的冰涼觸感。

小心無力起身，只覺得腦袋深處隱隱刺痛，口乾舌燥。那個人又叫了她一次——

「喂，妳醒一醒啊！」

是女生的聲音，聽起來是個國小低年級的小女孩。

小心身邊可沒有年紀這麼小的小孩。她甩甩頭，慢慢恢復意識後起身，看向聲音的方向。然而，這一看卻嚇得小心目瞪口呆。

那裡站著一個怪異的女孩。

「妳醒啦？安西心。」

狼……臉。

她臉上戴著祭典上賣的那種狼面具。

怪異的還不只這一點，她戴著狼面具就算了，還穿著一套華麗的粉紅色蕾絲洋裝，彷彿要去參加婚禮或鋼琴發表會似的，活像個莉卡娃娃。

而且，她剛才是叫了我的名字嗎？

一片混亂中，小心慌張地四處張望。

地板散發著祖母綠色的光輝。這是哪裡？這場景，小心彷彿在故事書《綠野仙蹤》中看過。這讓她不禁懷疑，自己是否掉進了卡通或舞臺劇的世界。

就在這時，小心注意到頭上的巨大陰影。抬頭一看，她不禁深深倒抽一口氣，不可置信地摀住嘴巴。

眼前竟然有一座城堡。

還是西洋童話中那種富麗堂皇的城堡。

「恭喜妳！」正當小心瞠目結舌地看著城堡時，忽然間，有個聲音響徹雲霄。

因為女孩戴著面具，所以小心看不見她的表情，也不確定她嘴巴有沒有動。但這聲音應該是她發出來的。

狼面女孩繼續說——

「安西心同學！恭喜妳被選為這座城堡的特別嘉賓！」

小心還來不及回過神來，城堡的鐵門便發出陣陣悶聲，緩緩地打開。

⚜

小心的腦袋先是一片空白，才意識到自己必須趕快逃走。

太可怕了！

狼面女孩抬起頭，用她那不知是何表情的臉龐看著我。我應該是在作夢吧？這應該只是幻覺吧？神啊，拜託快讓這一切消失吧！——然而事與願違，狼面少女沒有消失，依舊仰望著小心。

小心戰戰兢兢地轉過頭，發現身後有面正在發光的鏡子。

那面鏡子雖然和小心房裡的不同，大小卻差不多，鏡框上排著五顏六色、有如水果糖一般的寶石。小心二話不說，拔腿就往鏡子衝去。這面鏡子應該是通往小心房間的通道，只要穿過鏡子，就可以回到原來的世界。

沒想到，狼面女孩從後面一把抱住小心的腰，將小心撲倒在地。

「不准逃！」

小心被她這麼一抱，在祖母綠的地板上跌了個狗吃屎。

「別逃啊！我可是從早上忙到現在，前前後後已經面試了六個人。妳是最後一個！已經四點了，快要沒時間了！」女孩說。

「誰管妳啊！」

小心終於發出聲音了，她難得口氣那麼差。反正這是在作夢，對方年紀又比她小，應該沒關係吧？總之，現在她的腦筋一片混亂。

小心使勁掙脫狼面女孩的懷抱。轉頭看向後方，城堡依然聳立在眼前。

那城堡猶如夢幻世界的產物，跟迪士尼樂園的灰姑娘城堡如出一轍。

小心覺得這一切都是夢，但眼前的情景很明顯不是夢境，腰上的女孩沉甸甸的。一想到這裡，小心更是全身發毛，拚命爬向發光的鏡子。

「妳這人有什麼毛病啊！難道妳對眼前的城堡一點都不好奇嗎？我一個小孩子這麼伶牙俐齒的，妳不覺得奇怪嗎？接下來也許有大冒險、異世界的神秘旅程在等著妳耶！妳難道就沒有半點期待嗎？妳怎麼一點小孩子的想像力都沒有啊！」

「我才不要咧！」

小心哭喊道。

雖然不知道發生什麼事，但小心的直覺告訴她，現在快跑還來得及。只要趕快回頭，這一切就可以當作沒發生過。

情況愈來愈混亂，小心的頭腦卻慢慢冷靜了下來，這讓她感到非常害怕。這女孩講了一堆小心難以理解的事，在在都告訴小心這不是在作夢！

狼面女孩雙手環得更緊了，小心被她抱得喘不過氣來，緊張得大呼小叫。

「這裡可以讓妳美夢成真喔！平凡如妳也可以許一個願望喔！妳聽我說！」

我已經在聽了啦！——小心很想這麼說，但女孩的懷抱緊到她發不出聲音。小心雖然不忍對小孩下手，但事到如今已經顧不了那麼多了！小心使勁一甩，推開狼少女的頭。她的頭摸起來又小又軟，是個貨真價實的小孩，讓小心嚇了一跳！小心死命一推，終於掙脫了她的懷抱。

她連滾帶爬地跑向鏡子，伸手摸向鏡面。跟來時一樣，身體彷彿沉入水中一般被吸入鏡中。

「站住！」

小心對狼少女的叫聲充耳不聞，只是屏住呼吸、閉起眼睛，整個人被吸入鏡子裡，融入亮光之中。

「妳這傢伙……——明天再過來喔！」

狼少女的聲音在小心的耳中嗡嗡作響，之後，各種聲音都變得愈來愈遙遠。

小心回頭一看，自己已回到房間的鏡子前。

鏡子已沒有發亮，映出小心瞠目結舌的表情。

心臟撲通撲通地狂跳。

「剛才究竟是怎麼回事？」小心下意識地將手伸向鏡子，又慌慌張張地縮回來。

鏡子裡是小心熟悉的房間，以及自己的身影。

但是……鏡子裡會不會有人正在看著我呢？那個狼少女會不會伸出手來抓我？一想到這裡，小心就感到寒毛直豎。

幸好，鏡子並沒有動靜，只是靜靜地照映出小心這邊的景象。

小心看了一眼電視上方的時鐘，不禁嚇了一跳。都已經這個時間了！電視已經開始重播小心最近很愛看的連續劇。

——剛才是怎麼回事？

小心默不作聲地咬著唇，往後退了幾步，遠遠看著鏡子。

那是幻覺嗎？

小心穿著一身睡衣，腰上還殘留著被人用力抱住的感覺。

她戰戰兢兢地靠近鏡子，小心翼翼地伸出手把鏡子翻過來，然後飛也似地逃開。

手指微微發抖。

「剛才是怎麼回事？」小心出聲問。

喉嚨發出聲音後，小心才想起剛才自己對別人大吼大叫的事。她因為平常很少跟人講話，偶爾自言自語聲音都很沙啞。然而，剛才她罵人的聲音卻非常宏亮。而且，她已經很久沒有跟家人以外的人講話了。

這是在作夢嗎？記得好像在哪裡看過……說白天作的夢叫「白日夢」，一般人都會作白日夢嗎？

我是不是生病了？

稍微冷靜下來後，小心終於能思考了。一想到自己可能不正常，她心裡就七上八下的。怎麼辦……我該怎麼辦？難道我是因為一天到晚待在家裡才出現幻覺？怎麼辦？

——狼少女說，那裡可以讓我美夢成真。

雖然腦袋混亂不堪，小心卻不經意想起狼少女說的話。

——平凡如妳也可以許一個願望喔！

這句話在小心耳內迴響，如果這真是幻覺，未免也太鮮明了吧？她因為不放心，不斷瞄向翻過來的穿衣鏡。

就在這時，門口傳來媽媽的聲音——

「我回來了！」

因為怕媽媽發現她偷看電視會被罵，小心急忙拿起遙控器關掉電視，抬頭喊道：「妳回來啦？」媽媽中午在電話中說今天會早點回來，還真的很早呢。

下樓前，小心忍不住又看了一次翻過來的鏡子，但鏡子已不再發光。

媽媽心情很好，對小心也很溫柔。

「小心，今天媽媽要擀麵皮，包妳喜歡的那種餃子喔，妳要不要一起包？」媽媽將手上的超商袋子放在門口，裡面裝著咖啡牛奶、優格、魚肉香腸。自從小心整天待在家裡後，媽媽就不時抱怨家中食物消耗得很快，要一直「補貨」很麻煩。

「媽……」

「嗯？」

媽媽穿著一身套裝，頭髮整齊地盤在後方。她將銀色髮飾拿掉後，脫了鞋子便往廚房走去。

小心本想跟媽媽說剛才的事，但看到媽媽的背影，她卻退縮了。她不想破壞媽媽的好心情，而且，她不覺得媽媽會相信，因為就連小心這個「當事人」都不敢置信。

「……沒事。」小心拿起塑膠袋，準備把食物放進冰箱。

媽媽轉頭看向欲言又止的小心，輕輕拍了一下女兒的背說：「沒事的。」

「媽媽沒有在生氣中心的事。」看來，媽媽以為小心是要為早上的事跟她道歉。

「沒辦法，畢竟今天是第一天嘛！但媽媽真的覺得那裡還不錯，如果妳改變心意，記得跟我說喔！媽媽今天打電話去的時候啊，喜多嶋老師，是叫喜多嶋老師嗎？那個老師也說，妳想去隨時都可以去。真是個好老師。」

「……嗯。」

小心被剛才的事嚇得魂飛魄散，早將今天沒去中心的事忘得一乾二淨。

一想到早上的事，心情又沉重了起來。媽媽聲音很開朗，言語之間卻透露出「她希望小心去，小心卻沒有去」的失望，那只會讓小心覺得，媽媽是在責怪她。
「下次上課是禮拜五喔。」
「嗯。」小心輕聲點頭。

爸爸今天也比平常早下班，晚飯前就回來了……大概是媽媽有跟他聯絡吧。
「哇！今天吃煎餃啊？」爸爸完全沒提中心的事，開心地坐到餐桌旁。
「老公，你還記得嗎？小心小時候吃煎餃只肯吃皮。」
「我記得我記得！她每次都把餡挖掉，只吃皮。」
「對啊，後來我乾脆就自己擀麵皮。想說她既然不吃內餡，那我就把皮做好吃一點。」
小心手上的白飯根本沒吃幾口。
「小心，妳還記得這件事嗎？」爸爸問道。怎麼可能記得呢？這件事小心從小到大聽了幾十次，每吃一次煎餃爸媽就要講一次，但充其量只是爸媽自得其樂罷了。
「不記得了。」
小心顯得興趣缺缺。她明明已經跟媽媽說過自己吃不下那麼多，但媽媽每次還是盛一大碗飯給她。
這兩個人，希望我一直當個只肯吃煎餃皮的孩子。
——回到我無法去上學之前的樣子。

晚上睡覺時，小心很擔心鏡子會再次亮起。但看來是她想太多了，鏡子完全沒有要發光的跡象。

她鬆了一口氣，卻沒有完全放心。就連鑽進被窩閉上眼睛，都還是忍不住頻頻看向鏡子。

進入夢鄉前，她迷迷糊糊地想著：「搞得好像我在期待什麼一樣……」那時狼少女對小心大喊：「妳難道就沒有半點期待嗎？」說實在話，是有一點，她確實有點期待會發生什麼特別的事。

這讓她想起了知名奇幻故事──《納尼亞傳奇》。

在《納尼亞傳奇》中，家裡的衣櫥是通往異世界的入口，若真有那樣的仙境，誰不憧憬呢？

我當下逃走是對的嗎？我是不是白白放棄了天大的好機會？可是……我的仙境嚮導可以不要是狼嗎？可以跟愛麗絲一樣是兔子嗎？

小心愈來愈搞不懂自己了，她既害怕想逃，卻又按捺不住心中的期待。但無論如何，鏡子不再發亮了，她突然覺得既可惜又落寞。

如果──

如果鏡子又亮起的話，我是說如果，如果又亮起的話。

我再進去一次應該沒關係吧？

小心有如溶化一般沉沉睡去。

隔天早上，鏡子依然沒發亮。

早上醒來後，小心睡眼惺忪地心想，昨天好像發生了什麼不得了的事。這才有如大夢初醒，看向牆壁旁的穿衣鏡。

她稍微鼓起勇氣，戰戰兢兢地將鏡子轉回原位。然而，鏡子裡卻只有穿著睡衣、一頭亂髮的自己。

小心一如往常地吃早餐、送媽媽出門上班，把碗盤洗好後回到房間。今天她總覺得心神不寧，注意力全在鏡子上。自從沒去上學後，她經常在家都穿著睡衣，今天卻換了外出服，把頭髮綁好。

九點鐘，小心換裝打扮好後，鏡子再度亮了起來。

那光芒和昨天一樣，有如被太陽照得金光閃閃的水灘。

小心屏氣凝神，深深吸了一口氣。這一切多麼像一場鬧劇，卻是真實的景象。

小心輕輕將手伸入鏡面，往前一推，整個人就被吸入鏡子之中。

小心還是覺得有點可怕。

但她心中卻充滿了期待，任憑自己被吞入黃白交織的世界。

小心以為，自己會到達昨天城門前的祖母綠地板。然而眼前的亮光消失後，取而代之的卻是樓梯和一座大時鐘。

小心眨了眨眼睛。

眼前是一片偌大的門廳，像是外國影集或電影才會出現的洋房入口。寬敞的窗戶旁是左右對稱的長梯，上面鋪著華美的地毯，彷彿隨時會有灰姑娘從上面跑下來。

樓梯上方沒有房間，只有一條外凸的走廊，上面放著一座大時鐘。上方不是一般的二樓，感覺這座樓梯是為了通往時鐘處而特別建置的。

大時鐘的鐘擺上畫著太陽和月亮。

直覺告訴小心，這裡是昨天那座「城堡」的內部。

樓梯那裡有幾個人影。小心眨了眨眼睛，那些人也一臉驚訝地看著突然出現的小心。

這些人看起來跟小心差不多大，應該都是國中生。

一、二、三、四、五、六——加上小心，一共有七個人。

「妳來啦。」

狼少女蹦蹦跳跳走到小心面前。她和昨天穿著同樣的洋裝，戴著同樣的面具，令人看不清表情。

「昨天不是逃走了嗎？怎麼今天還來啊？」

「那個……」

有了其他同齡孩子「壯膽」，小心今天比較沒那麼害怕了。這些人有男有女，一個男生只顧著低頭打電動，一個女生戴著眼鏡，一個女生皮膚曬得黝黑，一個……看到這個人，小心不禁緊張地握緊手心。

在時鐘的正下方，一個男孩靠著牆壁站著，長相非常的……帥氣。雖然他身上穿著有點像睡衣的襯衫，全身卻散發著偶像明星的光環。

小心趕緊低下頭，覺得自己好像看了什麼不該看的東西。

「哈囉。」聽到有人跟自己打招呼，小心循著聲音的方向看去，只見一個女孩笑瞇瞇地看著她。女孩看起來個性活潑開朗，身材高䠷，頭上綁著高高的馬尾。

見小心一臉困惑，女孩安撫她道：「我們也是剛剛才過來的。」

「這孩子叫我們在這邊等妳，因為妳昨天逃走了，她擔心今天又被妳逃掉。」

「這孩子？」

女孩看向狼少女。只見狼少女挺胸說：「叫我『狼小姐』！」

「好好好。」女孩露出微笑，改口說：「是『狼小姐』叫我們在這邊等妳。」

「她說一定要七個人全部到齊，所以大家才在這邊等妳。」

「這麼多人就只有妳逃跑。」女孩——「狼小姐」說，「一次叫所有人集合容易造成混亂，所以本小姐昨天才會把你們分開叫來，一個一個說明。好不容易到了最後一個，妳卻跑走了，以後少給我出這種亂子。」

「請問……這裡是哪裡啊？」小心因為不習慣大家把注意力放在自己身上，所以問得有些狼狽。

「狼小姐」哼了一聲說：「我昨天就是要跟妳解釋這個，結果妳這個白癡就跑走了。現在給我好好反省！」

「其實我們也是昨天才知道這件事，還有點一知半解的，狀況跟妳差不多。」馬尾女孩親切地告訴小心。

小心本以為馬尾女孩跟自己同年，但她說話的口氣是如此沉穩成熟，小心猜想她應該比自己大。

「這是一座可以讓人美夢成真的城堡。」一個刺耳的聲音高聲說道。

那聲音很像配音員，所以聽起來有點突兀。

小心循聲看去，看見一個戴著眼鏡的女孩，坐在右側樓梯的最下階。她頂著妹妹頭，身穿米色的帽T和牛仔褲，看上去沒什麼女孩味。

「沒錯！」

「狼小姐」突然大叫，更嚇人的是，「狼小姐」還沒叫完，突然傳來有如耳鳴一般的狼嚎聲，「啊嗚——」

聽得小心雙腿發軟，嚇得倒退了幾步。

其他人也瞪大了眼睛，不約而同地看向「狼小姐」，看來所有人都聽到了。然而，「狼小姐」卻對大家的驚恐視而不見，一股勁地說下去。

「這座城堡裡，有一個進不去的『許願房』。能進去的只有一個人，能許願的也只有一個人，小紅帽們。」

「小、小紅帽？」

這到底是怎麼回事？剛剛才聽到狼嚎，現在又被叫成「小紅帽」，還是被一個小女孩叫小紅帽，總覺得有些毛骨悚然。

「你們都是迷途的小紅帽。」她補充道，「從今天開始到三月為止，你們可以在城堡裡面尋找『許願房』的鑰匙。只有找到鑰匙的那一個人，才有權利打開『許願房』許願。總之你們要做的，就是找到這把『美夢成真鑰匙』，懂了嗎？」

小心沒有說話。

其他的人也面面相覷，沒有出聲。

雖然所有人都沒回答，但現場氣氛卻訴說了一切——這根本不是懂不懂的問題，而是趕鴨子上架；再加上問題太多，大家根本不知道從何問起。

「不准偷看別人！」「狼小姐」罵道，「不要期待別人會幫你問，想問什麼自己開口！」

「好，那我就問了。」

開口的又是剛才跟小心搭話的馬尾女孩。

「為什麼會發生這種事？這座城堡為什麼能實現我們的願望？還有我昨天問的，為什麼會選中我們這些人？另外就是，這是哪裡？是現實世界嗎？妳又是誰？」

「天吶！」

面對一連串的問題攻勢，「狼小姐」忍不住摀住耳朵——不是摀住面具的狼耳朵，而是自己的人耳朵。怪了，不是她自己叫人發問的嗎？

「妳這個人真沒夢想耶，被選為故事主角，妳就不能高興一點嗎？」

「這不是高不高興的問題。」

這次回答的是一個男生——一直坐在左側樓梯正中央打電動的男生。他聲音很大，厚厚的鏡片後方露出兇光。

「而是莫名其妙！昨天家裡的鏡子突然發亮，成了連接這裡的通道。大家都很混亂，妳就不能從頭到尾好好解釋一次嗎？」

「哼，終於有男生肯開口說話啦？」「狼小姐」笑道，「不過這也沒辦法，誰叫女生比男生更容易打成一片，女生都發言過多少次了？男生，加油好嗎？」

被「狼小姐」這麼一挑釁，現場男生紛紛皺起眉頭瞪向她。然而，「狼小姐」卻不為所動，故意清了清喉嚨，學老人家的口氣說：「是定期選出來的。」

「你們不是唯一一批人馬，之前我已經定期招待過好幾批迷途小紅帽，實現了很多小紅帽的夢想。只能說，你們這些傢伙真是好狗運。」

「——我可以回去了嗎？」

坐在樓梯上方的男孩站了起來。他的身材高䠷，看起來沉默寡言，膚色白皙，鼻頭處還長著雀斑，活像《哈利波特》裡的榮恩。

「不准走！」

「狼小姐」還沒說完，遠方又傳來「啊嗚——」的狼嚎聲，空氣傳來激烈的震動，站起來的男生被氣波逼得後仰，站在原地動彈不得。

「聽我說完才准走！」「狼小姐」透過面具，用她那不知是何表情的臉瞪著大家。

「聽完說明以後，要走要留隨便你們。聽好了！你們可以透過鏡子進出這裡，上次是通往門口，以後則是直接通往這座門廳。誰叫上次有人逃跑呢……」

大家跟著「狼小姐」一起看向小心，讓她感到無地自容。

「城堡會從今天開放到明年三月三十日，如果你們一直沒有找到鑰匙，三十日那天鑰匙就會消失，你們就再也不能來到這裡。」

「那、那如果找到的話呢？」

「狼小姐」聽到陌生的聲音，開始尋找聲音的主人。小心也循聲望去，只見一個又小又胖的男生，誇張地「咿」的叫了一聲，躲進樓梯扶手的陰影處。他似乎無法承受眾人的目光，只從樓梯間露出胖胖的手，畏畏縮縮地問下去。

「如果某人找到鑰匙、許了願望，鏡子還能通往這裡嗎？」

「只要『許願房』被打開，這個遊戲就結束了，城堡就會立刻關閉。」「狼少女」點點頭繼續說，「有件事你們一定要遵守，城堡的開放時間是日本時間的早上九點到傍晚五點，你們一定要在五點前從鏡子回家。如果到了五點還沒回家，你們就會受到非常可怕的懲罰。」

「懲罰？」

「非常簡單的懲罰——被狼吃掉。」

「什麼！」

聽到這裡，在場的人都張大了嘴巴，一臉不可置信地看著「狼小姐」，其中也包括小心。她很想叫「狼小姐」別鬧了，但想到剛才的狼叫聲，就覺得她應該不是在開玩笑。

「狼小姐」，妳說被狼吃掉，是指被妳吃掉嗎？

沒有人敢問出口，現場陷入一片冷冰冰的沉默——好不容易有空檔思考，小心靈機一動，腦中冒出一個可能性。

還記得昨天「狼小姐」對小心說「已經四點了，快要沒時間了」。小心回到房間時，電視已在播她常看的連續劇，導致小心沒看到開頭；房間裡的時鐘也依舊在動——也就是說，鏡子裡的時間跟現實時間是一樣的！

城堡開放時間是九點到五點，開放到三月三十日。

這個作息時間……跟學校如出一轍！

小心默默看向在場除了「狼小姐」之外的人。

小心。

穿著運動服的帥哥。

有禮貌的馬尾女孩。

聲音很像聲優的眼鏡妹。

有點自以為是的電動男。

長著「榮恩式雀斑」的安靜男

個性膽小，躲在樓梯後方的矮胖男。

——一共七個人。

每個人的類型都截然不同，卻都能在這個時間進到鏡中世界。

「為什麼會選中我們這些人？」——小心無法回答馬尾女孩這個問題，但她知道，他們七個人至少有一個共通點。

這些人都跟小心一樣，是「拒學族」。

「呃……我想請教一下關於『懲罰』的內容……」

接著發言的是馬尾女孩。

被狼吃掉——真是個青天霹靂的消息。

大家不約而同地看向「狼小姐」。

馬尾女孩依舊一臉疑惑，態度卻比小心冷靜很多。

「所謂的『被狼吃掉』，就是字面上的意思嗎？」

「從頭一口吞進肚裡。」「狼小姐」點點頭，「不過，你們可別搞童話故事裡的那些把戲喔，什麼叫媽媽來把狼肚剖開啦……拿石頭裝進狼的肚子啦……總之，你們自己注意時間。」

「是被妳吃掉嗎？」

「是一隻巨大的野狼，至於長什麼樣子，就任君想像囉。這股懲罰的力量非常強大，一旦觸動了**這套**機制，就無人可以阻止，就連我也沒辦法。」「狼小姐」環視大家，「還有，只要有一個人啟動懲罰機制，其他人也得負連帶責任。所以，只要一個人超過五點還沒回家，當天有來城堡的人，就都無法平安回家。所以請務必小心！」

「妳的意思是，其他人也會被吃掉？」

「是的！」「狼小姐」裝模作樣地說，「所以，請你們務必遵守時間。別想在非規定以外的時間自己一個人偷偷找鑰匙。還請各位諒解！」

聽「狼小姐」說話聽久了，總覺得狼面具的嘴巴好像真的在動似的。

「我們才剛認識耶！為什麼要負連帶責任？」留著妹妹頭、戴著眼鏡的女孩高聲說，「我們還不了解彼此，就被逼著要信任對方嗎？」

「沒錯，所以你們要好好相處喔！萬事拜託囉！」

萬事拜託囉？現場再度陷入一片沉默。

「城堡開放期間，『狼小姐』都會跟我們在一起嗎？」

這是小心第一次鼓起勇氣主動發問，但看到「狼小姐」轉向自己，小心還是反射性地縮起身體。

「我有時候會在，但不常就是了。你們也可以呼叫我，我高興時就會出現。你們就把我當作保母兼眼線吧！」

這個保母的態度還真囂張。

接著，又有人發問了——

「確定是三月三十日嗎？三月不是有三十一天嗎？」

提問的是一直保持沉默的運動服帥哥。他是小心的「菜」，溫柔而沉穩的目光，像極了小心喜歡的少女漫畫人物。

「狼小姐」搖搖頭說：「沒有錯，城堡只開放到三月三十日。」

「為什麼？」他追問，「有什麼特別的意義嗎？」

「沒有。硬要我說的話，三十一日就像是這個世界的維修日吧？用來進行改裝工程之類的。」

明明是在講這座城堡的事，「狼小姐」卻一副跟她無關的口氣。運動服帥哥雖然不能接受、一副想要反駁的樣子，最後卻沒說出口，只別開臉說了一句「我知道了」。

「許願就能成真？真的還假的啊！」

電動男無精打采地扭了扭脖子，向「狼小姐」問道。他的電動看上去很特別，但從小心的角度看不太清楚。他的問法充滿了挑釁，像是要故意找碴。

「只要找到鑰匙就什麼願望都可以實現？是用你們讓鏡子發光、製作通道的詭異力量實現的吧？如果我說要成為巫師、進入電玩世界，你們辦得到嗎？」

「辦得到是辦得到，但小心自討苦吃喔。就我所知，許這種願望的人都沒好下場。有些人進入電玩世界就馬上被敵人殺死了。當然，如果你願意，我是無所謂啦。」

「妳很沒夢想耶。算了，大不了我選《精靈寶可夢》，讓怪獸替我戰鬥就好。」

電玩男淡然說完，自己點了點頭。真不知道他說真的還說假的。

「城堡裡還有幾個注意事項！」「狼小姐」環視所有人，「只有你們七個人能進到這個世界，其他人是進不來的，所以別想請幫手一起找『鑰匙』。」

「——那可以跟別人說這裡的事嗎？」發問的是運動服帥哥。

「狼小姐」原本都是伶牙俐齒地回答每個問題，這次卻轉向他，沉默了一會兒。

「如果你說得出口，就試試看啊。」她緩緩開口，「前提是你覺得別人會相信這種鬼話，別怪我沒提醒你，小心被人家當成神經病。這裡只有你們七個人才進得來，你很難證明有這個地方。」

「走進鏡子不就好了？看到兒子消失在鏡子之中，爸媽一定會很擔心然後相信我們。」

「兒子？你要向爸媽求助啊？我還以為你們會找朋友幫忙呢，居然是找大人。」

「唔……」他的臉色瞬間一沉。

然而，「狼小姐」卻不以為然地繼續說：「你們如果那樣做，等你們回來後，大人一定會把鏡子敲碎。」

「就算沒有敲碎，也不會再讓你靠近鏡子，不會再讓你進入這個神奇的世界。不能過來，就沒辦法找鑰匙。如果你無所謂的話，隨便你要跟誰說都行。不過，魔高一尺道高一丈，我不喜歡在有其他人的時候開放入口。」

「妳的意思是，有大人在的時候，我們就無法進入鏡子？」運動服帥哥問。

「恭喜您答對了！」

「狼小姐」用力點點頭，大大的狼耳朵也隨之搖擺。

「只要不違反這些規則，這裡隨你們使用。」「狼小姐」繼續說明，「城堡開放期間，你們要做什麼都無所謂，要找鑰匙、玩遊戲、念書……都行。你們可以帶任何東西過來，書、電動、便當、零食……都可以。」

「這、這裡沒有吃的嗎？」躲在樓梯後方的矮胖男問。老實說，小心有點驚訝他會問這個問題。

這個人看起來就是個「愛吃鬼」，他卻完全不怕丟臉，毫不在意地問了一個「愛吃鬼」會問的問題。其勇氣令人感動，如果他是在小心班上問這個問題，班上的同學一定會從中作「梗」。

「沒有。」「狼小姐」淡然回答，「你們可是大野狼的食物，記得把自己餵胖一點、吃肥一點！」

接著，「狼小姐」慢條斯理地翹起下巴，命令大家自我介紹。

「接下來這一年你們可能會每天見面，自我介紹一下吧！」

聽到她這麼說，大家面面相覷，一方面擔心被「狼小姐」罵「不准偷看別人！」，一方面又擔心再度傳來狼嚎聲。馬尾女孩見狀趕緊說道：「這樣好了，『狼小姐』，可以請妳離開一下嗎？」

「……嗯，好吧。」「狼小姐」歪著頭，情緒似乎並未受到影響，「那你們慢聊，我晚點再過來。」

說完，她就……消失了。

她輕飄飄地舉起手，在身體前方晃了兩下，然後瞬間就不見了。

其他七個人看得目瞪口呆，你看我我看你，七嘴八舌地討論道：「你們有看到嗎？」「看到了，她憑空消失了……」「咦？咦？」「天吶……！」

「狼小姐」消失後，小心也比較敢說話了。

「我先好了！我叫小晶。」

大家在樓梯前的門廳圍成一圈坐下後，小晶率先開口。

小心抬起頭來，覺得她的自我介紹方式不太對勁。

她為什麼沒說全名呢？

然而，沒人提出異議，她也就順其自然地說下去。

「我今年國三，大家多關照囉。」

「彼此彼此……」

「也請您多多關照。」

因她比小心大，所以小心特別有禮貌。

這是小心第一次在沒有大人的情況下自我介紹。

以前自我介紹時，旁邊都有老師或其他大人在。今年四月剛入學時，老師請班上同學輪流上臺自我介紹。有個座號比較前面的男生只說了名字就草草結束，就被伊田老師當場糾正說：「喂喂喂，這樣會不會太隨便啦？至少也要說一下自己哪間國小畢業的、有什麼興趣跟嗜好。」之後大家開始介紹自己的興趣，有人說「打棒球」，有人說「打籃球」，小心則說自己喜歡「唱ＫＴＶ」。小心之所以會這麼說，是因為擔心如果說「看書」，人家會覺得她很陰沉；再加上前幾個女生都說自己的興趣是唱ＫＴＶ，只要跟著大家的說法，就不會被當成「異類」。

既然「狼小姐」這個「主持人」消失了，就不會有人要求他們「多說一點」。硬要說的話，他們之中小晶最適合擔任這個角色，但她卻連全名都沒說，所以大家也跟著有樣學樣。

「我叫小心。」小心鼓起勇氣接著說，「今年國一，還請各位多多指教。」

「我叫理音。」運動服帥哥開口道，「大家都說我的名字很像外國人，但我是道道地地的日本人。理音寫作理科的理，音樂的音，興趣跟專長是踢足球，今年國一，請多指教。」

他跟小心一樣大。

大家紛紛回答「請多指教」。這時現場彌漫著一股尷尬的氣氛，大家一副不知如何是好的模樣。大概是因為，接下來他們都得交代自己的名字寫法和興趣吧。

「我叫風歌，今年國二。」

眼鏡妹說。其實她的「聲優聲」聽習慣以後，就有如珠落玉盤般地悅耳。她猶豫了兩秒，最後還是決定只說這些就好。

「請多多指教。」

她只講了名字和學級，順利矯正了方向。

「──政宗，國二。」

電動男說，他沒有看向大家，自顧自地快速帶過。

「喔對了，別說我跟戰國武將、日本刀、日本酒同名，我不想聽，因為我已經聽膩了，聽到耳朵都快長繭了。這是我的本名！」

因為他沒說「多多指教」，大家也沒有回應。坐在他隔壁的高個子男生見狀，輕輕吸了一口氣──他是剛才說要回家、很像「榮恩」的那個男生。

「我叫昴啦，多多指教，今年國三。」

他一口氣把話說完。

小心覺得他是個奇妙的人，給人一種不食人間煙火的感覺。在小心認識的男生裡，沒人說話會以「啦」結尾，但這個男生卻非常適合說「啦」。

「嬉野。」一個男聲輕聲說道。

開口的是剛剛那個身材矮胖、很在意這裡有沒有供餐的男生。因大家沒聽清楚他說什麼，所以他又說了一次：「嬉野。」

「這是我們家的姓，不太常見就是了。我叫嬉野，請多指教。」

小心對嬉野特別有好感，因為他說話唯唯諾諾的樣子跟自己很像。小心很想問他是哪兩個字，又怕問了會破壞這和平的氣氛。

「是喔，哪兩個字啊？」一個聲音輕輕問道——是理音！小心不禁在心裡替他捏了一把冷汗。

然而，理音的大方卻緩解了現場緊張的氣氛，嬉野沒有因此而不高興，反倒鬆了一口氣。

「嬉笑的嬉，原野的野。」

「天吶，筆畫好多喔！我還不會寫『嬉』耶，這個字是幾年級教的？名字那麼難寫，你考試的時候應該很累吧。」

「是滿花時間的，浪費我寫考卷的時間。」

嬉野開心地笑了，氣氛也不再那麼沉重。

「我國一，」他補充道，「請多多指教。」

「所以，我們都是國中生。」

小晶點著頭環視大家一圈，幫「自我介紹」做總結。

「關於我剛才問『狼小姐』的那些問題……你們有什麼想法嗎？有人知道他們為什麼會選中我們嗎？」

小晶在問這個問題時，聽起來似乎有點緊張，是小心想太多了嗎？

「誰知道啊，」政宗毫不猶豫地回答，「完全沒有頭緒。」

「……我想也是。」小晶點點頭。

見小晶露出放心的表情，小心也鬆了一口氣。

為什麼會選中我們呢？

自我介紹結束後，所有人都不敢跟別人對到眼，現場陷入一片沉默。

雖然他們每個人個性都不同，有人沒大沒小，有人膽小如鼠。但很明顯，他們都跟小心一樣，注意到「那件事」了。

在座七個人，都沒有去上學。

但是，沒有人願意戳破這個事實，沒人問，也沒人說。

雖然沒有說出口，但他們都很有默契地不戳破彼此，沒人想在這裡確認那種事。

現場的靜默令人窒息，就在這時——

「結束了嗎？」

「狼小姐」無聲無息地出現在樓梯上，把大家嚇得驚慌失色，「哇」地驚叫出聲。

「不要用那種見到妖怪的表情看我好嗎？」她說。

妳本來就是妖怪啊——大家敢怒不敢言。

「你們做好覺悟了嗎？」「狼小姐」問。

然而，卻沒人敢看向她。

覺悟。

她是在說「美夢成真鑰匙」。自我介紹結束，大家對彼此有了初步了解後，才有心情思考「鑰匙」的事。

鑰匙只有一把。

能夠許願的只有一個人。

「狼小姐」早就看透了大家的心思，他們所想的都是同一件事。

「好了，今天就此解散。接下來要做什麼隨便你們，看是要留在這裡找鑰匙、到城堡裡逛逛，還是回家整理思緒。」

「啊，對了。」最後她補充道，「你們每個人在這棟城堡裡都有一間個人房，可以自由使用喔！等等記得去確認一下房門口的名牌。」

這句話融化了小心的心房，讓她心裡甜滋滋的，非常感動。

六月

五月結束，六月來臨。

那天早上，外面下起了綿綿細雨，打得窗戶玻璃滴答作響。

小心並不討厭這種天氣。

升上國中後她開始騎腳踏車上學，如果早上下雨，她就會穿上學校規定的雨衣騎車。小心很喜歡在傍晚放晴後，將濕答答的雨衣打開，聞上面殘留的味道。她忘了在哪本書上看過，說那是雨水和灰塵混在一起的味道，有些人很排斥，小心卻情有獨鍾。

四月小心還有去上學時，有天跟朋友相約回家，在腳踏車停車場聞了聞雨衣跟對方說：「有雨的味道耶。」

後來，真田幫就在停車場故意模仿她的動作說：「有雨的味道耶！」然後笑成一團。小心嚇得愣在原地，因為那代表著，這群女生一天到晚都在偷窺她的行蹤。

喜歡雨天沒什麼不對。

然而在學校，就連這種事都會被拿來當成笑柄，這讓她感到萬念俱灰。

小心下床走到一樓，跟媽媽說自己今天不想去中心。

媽媽沒有生氣，至少表面上看起來非常平靜。

「又是肚子痛對吧？」媽媽用冷冰冰的聲音問。

這句話讓小心傷心欲絕，為什麼自己是真的肚子痛，媽媽卻用這種「懷疑她裝病」的方式質問她？她輕輕「嗯」了一聲後，媽媽說：「妳回去睡覺吧。」

媽媽一副不想再看到小心的樣子。

自五月到現在，小心從來沒去過中心。

她其實有很多話想跟媽媽說，說她不是裝病，不是真的那麼排斥中心。然而，她卻沒有將這些細膩的心情傳達給媽媽知道，因為她怕再繼續待在一樓，媽媽會大發雷霆。為什麼媽媽不相信我是真的肚子痛？小心好難過，好不甘心。但她還是乖乖走上了二樓，因為她不想聽到媽媽打電話給中心的聲音。

小心躺在床上，聽到媽媽開大門的聲音嚇了一跳。

平常媽媽出門上班前，一定會跟她報備一聲，今天怎麼什麼都沒說呢？

小心躡手躡腳地下樓偷看，希望媽媽不是出門上班，只是出去院子一下。然而，玄關是全暗的，媽媽的包包和鞋子也都不在了。一股既落寞又慚愧的情緒向小心襲來，沉重到她喘不過氣。媽媽就連一句話都不想跟她多說了。

小心看向廚房，媽媽今天依然在餐桌上放了便當和水壺。

當她回到充滿雨聲和雨味的房間時，穿衣鏡已然亮起。

自從五月底的那天起，每天都是如此。

鏡子每天早上都會發亮，呼叫小心通往城堡。

恍惚之中，小心想起了五月底那天。

那一天，大家為了顯示自己的合群，都去確認了房間。

小心也不例外。看到自己的房間時，她不禁目瞪口呆。

這裡不但比小心的房間大，地上還鋪著軟綿綿的地毯，書桌上有木雕的花朵圖案，還有一張寬敞的大床。小心「哇」了一聲，戰戰兢兢地坐上床，床墊好軟好軟，彷彿陷下去就起不來了一般。

紅色的天鵝絨窗簾配上白色的格狀窗臺，窗邊還放了一個空鳥籠——這不是西洋童話裡才看得到的畫面嗎？

房裡還放了一個很大，喔不，是非常大的書架。

小心深深吸了一口氣——是古書的味道。大書店裡較乏人問津的專書區，通常都有這種帶點灰塵的味道，小心相當喜歡。

小心來到書架旁，這座書架高及天花板，占據了一整面牆，相當有魄力。

只有小心的房間有書架嗎？

這時，遠方傳來鋼琴的聲音。

小心豎起耳朵注意聽。

那人一陣一陣地彈著某首古典樂曲，似乎是在試彈鋼琴，琴聲清脆而響亮。小心雖不知道曲名，但常在廣告上聽到這首歌。

「喔，看來有人的房間裡有鋼琴。」

正當小心這麼想時，對方突然「砰」地用力拍了一下鍵盤，嚇了她好一大跳。緊接而來的，是胡亂敲打鍵盤的聲音，然後演奏就結束了。

小心在房裡繞了一圈，並沒有看到鋼琴，只看到一隻泰迪熊放在床頭。她很懷疑自己看不看得懂書架上的書，但還是隨手抽了幾本。一看才發現，書架上全是外文書。英文她還勉強讀得懂，但上面還有疑似德文和法文的書籍，大部分都是童話故事書。從封面來看，這些應該是《灰姑娘》、《睡美人》、《冰雪女王》、《大野狼與七隻小羊》，這本畫有老爺爺老奶奶一起拔蘿蔔的，應該是《拔蘿蔔》吧？看到疑似《小紅帽》的德文書時，小心不禁倒抽了一口氣，因為那天「狼小姐」才這麼稱呼他們。

她想要借一本英文書回家看，其他語言她看不懂，但英文書她遇到不懂的字還可以查字典。

小心開始物色書架上的書。

其中幾本美麗的封面她似乎在哪看過。跟東条爸爸收藏的畫好像啊——一想到這裡，小心的心就不禁隱隱作痛。「我可以借妳。」東条同學的這句話言猶在耳，卻已是物是人非，可能永遠無法成真了。

小心發現自己的房間裡沒鋼琴時，心中有些失落。但這也是無可厚非，畢竟她不會彈鋼琴。想必房間裡有鋼琴的人，一定是個萬中選一的鋼琴高手……是誰呢？應該是女生吧。是綁馬尾的小晶，還是戴眼鏡的風歌呢？

她大膽地躺到床上，看著天花板。這裡就連天花板都是美麗的花朵圖樣。

「這裡好吸引人喔……」小心深深吸了口氣，悠然閉上眼睛。

趁著這難得的機會，小心走出房間，在城堡裡稍微逛了一下。

長廊上掛著小心從未看過的大型風景畫，以及照明用的燭臺。走一段路後，便進到一間設有火爐的會客室。感覺城堡裡還有很多房間，小心很想再繼續參觀，但礙於周遭沒有半個人影，她只好再度回到樓梯處。然而，樓梯處卻只有「狼小姐」一個人。

「咦？其他人呢？」

「都回去了。」「狼小姐」一口回答。

這讓小心慌了，不是才沒過多久嗎？他們怎麼就離開了呢？而且還沒人跟小心說一聲。

「他們是一起離開的嗎？」

「分開走的。但我想，今天之內應該還有人會過來。」

在早上九點到下午五點這段時間，城堡是可以自由出入的。

小心這才鬆了一口氣，還好自己沒有被排擠。不過，這些人還真是任性妄為呢，為什麼不集合就各自回家了呢？

小心雖然無奈，但也只能模仿大家的「率性」，離開這裡了。說實在話，她並沒有特別想要回家，畢竟回了家也沒事做，倒不如留在這裡找鑰匙。但她不知道其他人到底多認真看待這件事，又擔心其他人的眼光，覺得自己很渴望得到「美夢成真鑰匙」，只好作罷。

她將手伸入發亮的鏡子當中，任憑光膜包覆整個身體。一回頭，才發現樓梯和門廳空蕩蕩的，「狼小姐」已經消失無蹤。

自那天起，小心就沒有進去過鏡子了。

每當鏡子發亮時，她總是躊躇不已。

她曾多次駐足鏡前，但都雙腳發軟。也許是因為膽子小的緣故，每到五點鏡子暗下後，小心總會鬆一口氣。然而，她卻每天都在期待，「狼小姐」或其他人會不會從鏡子裡跑出來邀她過去。這樣的自己，是不是很小人呢？

那些人後來還有去鏡中世界嗎？是不是在那碰頭了呢？如果是，他們應該已經形成小圈圈了吧……一想到這裡，小心就更猶豫了。其實，小心覺得自己跟其中幾個人應該是處得來的，但隨著「沒去」的日子愈來愈多，她就愈來愈沒心情去，甚至變得不敢去──對學校如此，對媽媽希望她去的「中心」也是如此。

然而，她還是很想念那個有如西洋童話世界般的房間。

小心很慶幸那些人沒有承認自己是「拒學族」，他們對自己的事情只是淡淡帶過，既沒有說出全名，也沒提自己住在哪裡。這讓她有一種在參加「網聚」的感覺，雖然她沒有參加過。

說實在話，小心為此鬆了一口氣，心裡卻總感到鬱鬱寡歡。

照理來說，他們這群人同病相憐，應該要彼此訴苦、無話不談才對。然而，他們卻自己扼殺了這樣的機會，這讓小心有些難過。

雖然才見過那麼一次，小心卻對他們感到莫名的親近。

她換好衣服，刷牙洗臉，將媽媽做的便當和水壺放在托特包中，背在肩上，站到閃閃發光的鏡子前。

「如果已經有人找到鑰匙該怎麼辦？」明明不去城堡是自己的決定，事到如今，小心卻在心中祈禱鑰匙還在。

小心有個願望。

——希望真田美織從這個世界上徹底消失。

如果那個笑我喜歡雨的味道的人，從一開始就不在這個世上，那該有多好。

這個願望彷彿在背後推了她一把似的——小心兩手伸進鏡中，推開城堡的入口。

她整個人彷彿被捲入了水中一般。

先閉氣，再吸氣。

待小心鼓起勇氣睜開眼睛時，她已來到上次的門廳。正前方是鑲有彩色玻璃的亮窗，大時鐘左右有兩座對稱的樓梯。

她握緊手上的托特包，檢查了一下四周，卻沒見到半個人。小心不禁鬆了一口氣，畢竟她有一陣子沒來了，見到其他人也不知該說什麼。

其他人都沒來嗎？

她轉頭看向鏡子，平時鏡子看上去有如流入油漬的水灘，反射出太陽的光芒，今天卻發出彩虹般的七色光輝。仔細一看，這裡一共排了七面鏡子，除了小心的之外，最右邊和左邊第二面鏡子也散發出同樣的光芒，其他四面則黯然無光，像普通的鏡子一樣照映出前方的樓梯。小心見到自己的鏡影時，還微微嚇了一跳。

難道是……來到這裡鏡子才會發亮嗎？

小心下意識地轉向後方，因為她覺得「狼小姐」似乎會現身說法，然而「狼小姐」卻沒有出現，這讓她莫名感到失落。

「啊，我得記住鏡子的位置……」小心的鏡子位於七面鏡子的正中央，因鏡子上沒有名牌，所以要特別注意。上次來這裡時她自顧不暇，根本管不了那麼多。

聽到城堡裡傳出聲響，小心心想：「果然有人在。」

她怯怯地邁出步伐。

聲音是從一樓後方傳出來的，既不是之前的琴聲，也不是說話聲，而是有點奇妙的、不是一座城堡該有的聲音。

如果小心沒聽錯，這應該是電動聲。

⚜

小心走進一間有火爐、沙發、桌子的房間，那是一個有點類似一般家庭的「客廳」的地方。

這種房間在城堡裡要怎麼稱呼呢？大廳？會客室？小心不清楚，但這裡應該是招待客人的開放式空間。

因門沒關，小心沒敲門就看到裡面有兩個男生。是戴著眼鏡的政宗，以及全身散發出奇妙氣息的昴。他們正對著電視打電動，那臺電視應該是他們從家裡搬過來的，又大又重，看起來應該是古董。他們在玩的電動小心也知道，是以《三國志》主題的動作遊戲，在上面連斬殺敵的感覺非常痛快。

她不禁「哇」了一聲。

前陣子，小心的電動被爸爸以「打電動會荒廢學業」為由沒收了。反正她在家整天沒事幹，就到處尋找電動的「蹤跡」，然而，只能說爸媽藏得真好，她把爸爸的書房、臥室、整個家都尋遍了，就是沒找著。

小心站在門口，右手還握著托特包，心想：「早知道先去房間放東西再過來。」這時，裡面兩個男生也發現了她，政宗看了她一眼，卻沒多搭理她，立刻轉向電視喃喃自語地說：「糟糕，我血快沒了，快死了。」小心遭政宗「視而不見」後，更不知該怎麼開啟話題了，就這麼默默地站在原地。

見小心愣在門口，昴趕緊上前幫她解圍。

他還是一如往常地空靈，趁著政宗「快死了」，他將手把放到腳邊，走向小心跟她說：「妳來啦？」

「我很想跟妳說『歡迎』，但這裡不是我家，大家都有權利使用。」

「你、你好。」小心尖聲說。

也不管他們正在說話，政宗無視小心的存在，向昴叫道：「喂！小昴！」

聽到「小昴」兩個字，小心不禁微微捏了把冷汗，看來他們已經很要好了。

「你怎麼中途脫隊啊？害我死掉怎麼辦！」政宗依然沒看向小心。

「抱歉抱歉。」

政宗碎念著準備重新「開戰」，昴卻沒有理他，轉頭問小心說：「坐啊，要不要一起玩？」

「你們自己帶電動來啊？」

「對，政宗帶來的。」

政宗沒有看向他們，只是默默地操縱畫面，然後說了一句：「超重的。」

「我把我爸放在倉庫的舊電視搬來了，搬得超累超辛苦的。他應該不記得家裡還有這臺電視了吧。主機也是現在家裡沒在用的。」

政宗的聲音沒有起伏，也不知道在跟誰說話。小心不知該如何回應，只好說了句「喔」，然後看向昴。

「今天只有你們兩個人來嗎？」

「對啊，等等可能有人會來吧？其他人都要來不來的，只有我們兩個每天都按時報到，可以領全勤獎了。」昴露出只能用「優雅」形容的微笑，「小心妳之前都沒來，我還以為妳對這裡沒興趣呢。」

「我……」

他是在拐彎抹角地怪我之前沒來嗎？小心不知該從何解釋起，嘴巴就這麼半張著。

「啊，抱歉……」昴突然道歉，「我居然直接叫妳的名字，失禮了。」

「沒關係，就叫我小心吧。」畢竟她也沒告訴人家全名。

昴果然是個奇妙的人，竟然是叫她的名字，而不是隨便用「喂」、「欸」代稱。相對的，政宗就從頭到尾都沒看小心一眼，雖然這種態度令人不悅，但這才是男生的正常反應吧？

小心開始參觀這個華麗的房間，這是她第一次踏進這裡。

牆壁上掛著一大幅森林湖泊的畫、嚇人的騎士盔甲。看到長著長角的鹿頭標本時，小心還以為是「狼小姐」的面具，嚇了好大一跳。

這房裡的東西常能在卡通、童話故事中看到，在現實中卻相當少見。而政宗和昴坐在刺繡絨毛地毯上打電動。

他們怎麼會在打電動呢？

「怎麼了嗎？」昴似乎感受到小心的疑惑，對她問道。政宗則再度「開戰」，不斷對著螢幕自言自語，「殺啊」、「真的假的」。

「你們不找鑰匙嗎？」

「什麼鑰匙？喔喔！」回答的依然是昴。

如果不主動出擊，政宗大概永遠不會主動理小心吧。於是小心把心一橫，直接叫他的名字。

「上次『狼小姐』在說明時，政宗一副要找鑰匙的樣子，所以……我還以為我沒來的那幾天，你們都在找鑰匙，而且已經找到了。」

「如果已經有人找到的話，城堡就會在三月之前關閉，我們還會在這裡嗎？」政宗從頭到尾沒理小心，這次卻回答得很乾脆，但還是沒看她。「所以應該還沒人發現鑰匙，我也找了很久，但就是找不到。」

「是喔。」

雖然政宗的說話方式沒什麼禮貌，但至少有好好回答小心。聽到鑰匙還在，小心暗自鬆了一口氣。

「政宗找得可認真了！」昴偷笑，惹得政宗低頭抱怨：「少囉嗦。」

「我也有幫忙找，但無奈天不從人願，所以我們才改打電動。一開始本來是在政宗房間打，後來小晶叫我們不要整天悶在房間裡，拿出來大家一起玩。」

「這樣啊。」

「小晶跟其他人也有陸續過來喔，只是今天還沒來罷了。」

「……昴，難道你對『許願房』不感興趣嗎？」聽到昴說「幫忙」，小心好奇地問。

「我？是啊。」

昴的回答簡直令小心不可置信。

「我對許願沒什麼興趣，找鑰匙倒是挺好玩的，有點像是偵探遊戲。不過比起這些，我還比較喜歡政宗帶來的那些電動。」

昴指向正對著電視螢幕奮鬥的政宗。

「我從來沒有打過電動，因為我們家沒有電動，所以我第一次玩的時候簡直驚為天人，實在太好玩了！而且，妳不覺得這座城堡很棒嗎？不但可以自由使用，還可以打電動。」

「所以我才說要趕快找到鑰匙，然後保管起來，到三月底再打開『許願房』。」政宗終於看向他們──喔不，是昴的方向。「這樣城堡就不會馬上關閉，我們就可以使用到最後一天了。但不是所有人都這麼想，應該也有人想要馬上許願吧？如果先被那些人拿到，可就沒戲唱了。這也是小昴願意幫我一起找的原因，因為只要我先找到，他就可以在這裡打電動打到三月底。」

「那除了政宗，還有其他人在找鑰匙嗎？」

小心相當困惑。先找到鑰匙再保管起來？沒想到還有這一招。只見政宗沒好氣地瞪了小心一眼。「好像有喔。」回答的是昴。「大家應該都在找，只是沒有明說。我們把公共空間的抽屜、地毯下都找遍了，但就是沒找到。現在就只剩每個人的房間了……」

「我跟『狼小姐』確認過，她說不會偏厚任何人，每個房間都是完全私人的空間。但她又說，房間裡可能會有線索，叫我們自己討論。」

「線索？」

「感覺她話中有話，說什麼：『反正城堡裡有線索就對了，你們自己去找。』」政宗模仿「狼小姐」的口氣說。看來這段期間，「狼小姐」跟大家說明了不少事情。

「小心，妳也想找到那把鑰匙嗎？」

「我……」

小心不知道該如何回答，畢竟昴剛才才成熟地跟她說，自己對許願沒興趣。她也有點顧忌政宗的感受，不希望政宗覺得自己想跟他搶鑰匙。

「我只是有點好奇。」
最後，她選擇了模稜兩可的答案。
這時候，政宗突然「語出驚人」——
「妳前陣子一直沒來，我還以為妳是『上學族』呢！今天是怎麼了？感冒還是學校放假？」
「咦？」
小心不禁睜大眼睛。沒錯，政宗是在跟小心說話，他口中的「妳」指的就是小心。這是政宗第一次正視小心。他按下了暫停鍵，螢幕上出現待機畫面。
「學校，」政宗重複了一次關鍵字，淡定地說：「妳沒去嗎？我以為妳有去。」
小心全身瞬間滾燙了起來，她覺得好丟臉，不知如何以對。
為什麼要哪壺不開提哪壺？不是說好不提這件事的嗎？小心有種被背叛的感覺。她以為不提「拒學」是這裡的潛規則，正因為大家的細心和體貼，她才不會覺得不自在……
有那麼一瞬間，她想要維護自己的面子而說謊。
有啊，我平常都有去上學，只是我體弱多病，常常得去醫院看診或檢查，所以不是每天都能去學校——光是用想像的就讓小心沉醉其中，如果這是真的該有多好？她多麼希望自己是身體不好，而非意志軟弱，這樣別人就沒理由責怪她不去上學了，相信爸媽一定也是這樣想的吧。
「我……」

她怯生生地開口，再這樣下去十秒鐘，她肯定會忍不住說謊。
就在這時，政宗再度輕輕開口——
「妳不用想太多，我只是想確認一下而已，因為我跟『上學族』沒話聊。」
「什麼?!」小心看著政宗的臉驚叫出聲。
「這很正常不是嗎？」政宗依然沒看向她，「義務教育不就是乖乖上學，任憑老師威脅打壓嗎？放任自己接受這一切才是腦子有洞吧。」
「政宗，你說得太誇張了啦。」昴露出苦笑，用關懷的眼神看向小心說：「你嚇到小心了。」
「我只是說出事實。」政宗不服氣地嘟起嘴唇，「我國一時爸媽就跟老師吵得沒完沒了，他們早就認清學校的水準有多低，說那種學校不去也罷。」
「你的意思是說，你爸媽說你不用去上學也沒關係……？」小心簡直不敢相信。
「對啊，」政宗瞄了小心一眼，毫不猶豫地點了點頭，「我想去他們還不准呢，說幹嘛去那種蠢地方。」
小心睜大了眼睛。
「不是嗎？」政宗繼續說，「老師跟我們一樣都是人，憑什麼自以為比我們高等？說實在話，很多老師資質都比我們差，只不過多一張教師執照罷了。偏偏這些人都自視甚高，把自己當教室之王，把學生當自己的子民。一想到他們可以恣意妄為，我就不爽。」
「政宗家是這麼教他的。」昴笑得有些無奈，向小心解釋：「即便政宗無法融入學校生活，爸媽也不會責怪他。既然在學校學不到東西，乾脆就在家自學，畢竟不是每個人都適合上學嘛。」

「我並沒有無法融入好嗎？」政宗不滿地瞪了昴一眼。

「其實我成績並不差。」政宗嘆了口氣，「我國小有好好去上學，但上課都沒在聽。不過，就算只靠補習跟函授課程，我在全國模擬考還是拿到很好的成績，名次也很前面。」

「你現在還有在補習跟上函授課程嗎？」

「我現在只有補習而已，我爸媽幫我找了口碑很好的補習班，那裡的老師程度都很好，不像學校老師那麼蠢。」

政宗說，他都是晚上去補習，所以白天可以自由活動。

「那些因為大家都上學所以我也乖乖上學的人，只能用隨波逐流來形容，才會甘願去學校這種制式化的地方。我認識開發這臺電玩主機的人，他說他國小到高中都不太去學校，因為學校很無聊，老師同學都很遜。」

「什麼？你是說這臺主機嗎？」

小心仔細打量了這臺主機一番，這可是現在相當主流的機種，全球的當紅炸子雞。

「真的嗎？這臺我們家也有耶！居然是你朋友開發出來的！」

「是啊。」

「好酷喔！」

小心想起第一次見到政宗時，他手上也拿著一臺很新奇的電動。

「難道說……你之前手上拿的那臺電動，是還沒上市的機種？」
「嗯？喔喔……」政宗瞄了小心一眼，「是那個人拜託我測試啦。」
「測試？什麼意思啊？」
「就是試玩啦！一般是給大人試玩，但他說想聽聽小孩子的意見，看看有沒有什麼問題，所以就先把半成品拿給我。」
「哇！好好喔！」
小心不禁讚嘆出聲。眼前的政宗全身散發出成熟的光芒，同樣是中學生，居然認識這麼厲害的大人物。
「很厲害吧。」昴附和道，「我聽他說這件事的時候也嚇了一跳。」
「所以，對我來說上學是沒有意義的，就算不走正常的管道，我一樣可以找到電玩方面的工作。我朋友早就在邀我了，說我的意見很有參考價值，希望我將來到他們公司工作……」
「邀你去他們公司……」聽到「將來」兩個字，小心更震驚了。
「啊，我今天帶來的是二代，三代放在家裡。其實我已經在試玩四代了，但這臺電視太老了，接頭不合，沒辦法玩四代。」政宗喃喃補充道。
「三代?!」小心不懂專業術語，但還是下意識地驚叫出聲。
「妳應該驚訝的是四代吧。」政宗笑了，似乎對她誇張的反應很滿意，然後點點頭說：「不過……妳不是女生嗎？居然也打電動？」
「很多女生都會打電動啊。」

小心的腦海中浮現出幾個小學同學。

「是喔……」政宗有氣無力地點點頭。

「只是……」想到自己跟政宗的差異，小心又想嘆氣了。

政宗父母的行為讓小心驚訝得說不出話來，他們居然跟政宗說沒必要去上學，甚至還阻止他去上學，孩子無法適應學校，爸媽居然不是怪他，而是怪學校跟老師——這在小心家簡直是天方夜譚。

——妳不用想太多，我只是想確認一下而已，因為我跟『上學族』沒話聊。

隔了一段時間後，這句話開始在小心的心中發酵。

仔細想想，這句話雖然沒什麼禮貌，卻是在間接稱讚「拒學」這個行為。這是小心第一次因為沒去上學而受到肯定。

「昴，你家的情況也跟政宗差不多嗎？」小心沒頭沒腦地問。

「嗯，就差不多那樣囉。」昴頷首，他雖然沒有多說，然而他臉上的無奈笑容，似乎在告訴小心別再追問下去。

小心還想跟他們多聊一些，她想知道其他人是什麼樣的人，各自抱有什麼苦衷。

因為她發現，自己跟他們在想法上似乎有很大的差異。

她以為大家之所以不聊「拒學」，是因為不想在別人傷口上撒鹽。但事實上並非如此，至少政宗和昴就沒有特別避諱。他們之所以不聊這件事，只是覺得這沒什麼大不了的，根本不值一提。

「要一起玩嗎？」

昴拿起手把問小心，政宗也看向她。

「要！」

小心簡短地回答後，接過手把。

結果，那天其他人都沒有去城堡。

小心暗自鬆了一口氣。這是她第一次單獨跟兩個男生一起玩，如果小晶或風歌看到這情景，會怎麼想呢？一想到這裡她就不禁背脊發涼。

「明天也要來喔！」昴對小心說。

時間很快就來到傍晚五點前。中途小心除了回家吃午餐、拿點心、上廁所——這座城堡裡雖然有浴室，卻沒有廁所，所以她來回跑了好幾趟，其他時間則一直在打電動。還好小心在爸爸把電動沒收前有「練過」，玩得還不錯，就連滿口厭世談的政宗也對她另眼相看，甚至還邀她說：「我們明天應該也會過來，妳有空也過來吧。」

「謝謝。」小心回答。

小心樂瘋了，簡直開心到無法言喻。她已經好久沒跟爸媽以外的人講那麼多話。

我已經不會害怕來這裡了——

正當小心這麼想時，突然響起「啊嗚——」的狼嚎聲。小心嚇得四處張望，卻不見「狼小姐」的蹤影。

「啊，每天一到四點四十五分，就會聽到這個狼嚎聲。」昴解釋道，「應該是在提醒我們該回家了。」

「『狼小姐』每天都會過來嗎？」

「嗯……時在時不在。就像她說的，只要呼叫她就會出現，但有時候沒叫她，她也會突然冒出來，我就被她嚇過好幾次。要幫妳呼叫那位女士嗎？」

「不用不用，謝謝。」

小心急忙搖頭。當初「狼小姐」從背後抓住她的模樣，還是令她心有餘悸。

「昴真是個彬彬有禮的成熟男生……」小心心想。雖然「狼小姐」看起來只是個小女孩，他卻尊稱她為「那位女士」。

正當他們三個人走回鏡子門廳，準備回家時——

「對了，」小心鼓起勇氣問道，「你們找到『許願房』了嗎？在哪裡啊？」

這間房間只能實現一個願望，他們應該早就確認過位置了吧。

被小心這麼一問，政宗和昴面面相覷。

「還沒找到。」政宗皺起眉頭說。

「咦？這麼說來……」

「不只鑰匙，連『許願房』都要自己找。」昴說。

「是喔……」小心微微吸了口氣。

「真令人不爽，『狼小姐』那傢伙有沒有搞錯啊？如果房間也要自己找，應該要先跟我們說清楚吧。」

小心被政宗的話逗得噗哧一笑。「妳笑什麼？」見政宗橫眉豎目地看著自己，小心趕緊說：「沒事。」

不過，真的好有趣喔。

政宗雖然講話沒什麼禮貌，卻還是尊稱狼面女孩為「狼小姐」，不錯不錯，真是可愛。不過，這件事只可意會不可言傳，否則政宗一定會生氣的。

「什麼嘛……」小心心想。

雖然政宗沒有昴那麼彬彬有禮，但其實也是很紳士的。

「我走囉。」

政宗背著裝著電動主機的後背包，在最右邊的鏡子前揮了兩下手。

「嗯。」昴點點頭，將手放在左邊第二面鏡子上。有如將手放進瀑布一般，昴摸到的鏡面開始融化，將他的手掌吸了進去。相對於小心的大驚小怪，政宗和昴早已見怪不怪。

這是小心第一次目睹別人「入鏡」。

她感到非常神奇。

鏡子是城堡和房間的通路。這讓她不禁心想，如果偷偷將手伸向其他發光的鏡子，甚至是沒發光的鏡子，是不是也能通到其他人的房間呢？

想歸想，小心不會做這種事就是了。

這比偷看別人日記更不可饒恕，她也完全無法接受別人闖入她的房間。

小心雖然有些擔心，但她很快就發現自己是在杞人憂天。看著政宗和昴單手伸進鏡子、看著她的模樣，小心知道至少他們兩人是信得過的，其他人應該也不會做這種事。

「下次見囉。」
「走囉。」
「嗯，掰掰。」
小心和兩人道別後，便將手伸進鏡子，潛進光芒之中。

隔天，小心再度前往城堡。
去過一次後，小心便不再害怕見到其他人了，她甚至懷疑以前自己到底在怕什麼。會客室儼然已成為「電動室」。上午十點多，正當小心和政宗、昴在「電動室」打電動時，小晶走進來說：「哈囉。」
雖然一陣子沒見面了，小晶卻毫不生疏地跟小心打招呼：「小心，好久不見！」就算不知道小晶已經國三，小心也覺得她絕對是「學姐」。小心很高興小晶直接叫自己的名字，卻因為不知道該叫她什麼而脫口而出：「啊，晶學姐……」
政宗聽到後哈哈大笑。
「我的媽啊，這裡又不是社團，妳幹嘛叫她學姐啦！也太好笑了吧！」
「呃……呃，那我該怎麼稱呼她才好？」小心沒料到自己會被笑，緊張得都結巴了。小晶見狀，趕緊安慰她道：「又沒關係！被叫學姐我很高興啊！」
「妳好有禮貌喔，其實叫我小晶或晶晶都可以啊，心，妳還真可愛耶。」

聽到小晶故意開玩笑叫她「心」，小心微微吃了一驚。她非常佩服小晶的社交能力，怎麼能一下就和小心拉近距離？跟政宗和昴似乎也混得很熟了。

感覺小晶應該是學校的風雲人物啊，怎麼會沒去上學呢？

「心，妳這麼溫順可愛，應該很多學長姐都很疼愛妳吧？」

「啊……沒有耶，我只有去開學那一陣子而已，所以沒認識半個學長姐，也沒加入任何社團。」

雖然政宗和昴不斷向小心強調「拒學並不丟臉」，但她還是無法深聊自己沒去上學的事，所以只是簡單帶過。一想到自己連社團都沒去參觀，小心就覺得悲慘不堪。

小晶原本只是想要逗弄小心，聽到這句話後表情卻瞬間一沉，一旁的政宗和昴也張大了嘴巴。

「喔……」小晶一副興致盡失的模樣，轉身準備離開會客室，「那妳跟我一樣，都沒加入社團。」

「咦？」

「我今天會待在房間裡，風歌好像也來了，你們可以找她一起玩。」

小晶說完，便走進兩邊牆上排有燭臺的長廊，踏著紅毯往房間的方向走去。

待小晶高眺的背影消失後，昴悄悄地靠近小心，壓低聲音說：「跟妳說喔……」

「嗯？」小心懷疑自己說了什麼不該說的話，惹怒小晶了。

「我知道這很難拿捏分寸，不過，小晶好像不喜歡聊學校的事。」昴提醒小心。

「啊……」

小心非常懂小晶的心情，說實在話，她本來也屬於這一派，只是受到政宗和昴的影響，才會配合他們侃侃而談。

「真不懂這有什麼好避諱的。」政宗一臉不高興地說。他盯著電視螢幕，完全沒有要替小晶說話的意思。

小心這才想起，大家之所以在自我介紹時只說外號和年級，就是受到小晶的帶動。她看向小晶離去的走廊，反省了一下自己的言行。

小心原本以為，不提學校的事大家才能和平相處，直到得知有人根本不在意、甚至有父母覺得不去上學也無所謂，她才放下了心中一塊大石頭。相信不只自己，所有人都還在摸索哪壺該提、哪壺不該提。

昴說的沒錯，這的確很難拿捏分寸。

「今天風歌有來啊……」小心回想了一下風歌的長相，自言自語道。

風歌今年國二，是比小心大一屆的學姐。

「風歌就直接叫名字，不用加學姐喔？」政宗故意調侃她。

「不是啦……」個性正經的小心趕緊搖頭解釋道，「該怎麼說呢……因為小晶看起來比較有學姐的樣子……」

「而且不是我在說，我跟昴也是妳的學長耶。」政宗逗完小心，也不等小心回答，就搶了她的話，回到原來的話題，「風歌很常來喔，只是不常見到她就是了。」

「她都待在自己的房間嗎？」

「對。有一次我邀她一起打電動，她居然說不要。看她一副宅女樣，怎麼可能不打電動！」

「政宗！」昂嚴聲斥喝道。

「怎樣啦。」政宗不服氣地嘟起嘴巴，見昂冷眼瞪向自己，他故作誇張地嘆了一口氣，然後轉換話題說：「她經常把自己關在房裡。」

「不知道她都在房裡做什麼，但基本上都是單獨行動。」

「平常嬉野一點過後都會來，但昨天沒來就是了。」

「喔喔……」

一聽到嬉野下午才來，小心馬上就聯想到，他應該是在家吃完午餐後才來。嬉野跟小心同為國一，才剛升上國中不久。小心這才想到，還有另一個國一生。

「那另外一個男生呢？」

「誰？」政宗懶洋洋地瞄了小心一眼，口氣不甚親善。

「理音。」

「喔喔，妳說那個小鮮肉啊？」

政宗話中帶刺地說。

我不是因為理音很帥才特別注意他——小心很想辯解，但又不知道該怎麼表達。昂聽了念叨道：「那什麼口氣啊，人家帥惹到你了嗎？」見政宗沒有回答，他對著小心用力聳了聳肩。

「他都是下午過來。」昂幫政宗回答，「理音大多都是接近傍晚才來，而且每次來都是穿運動服。城堡關閉前常能見到他，我在想，他可能白天要上補習班吧。」

「他也會跟我們打電動。」

政宗補充。

城堡裡的大時鐘指向正午十二點。

小心先回家一趟，吃完媽媽準備的便當、刷好牙之後，再度前往城堡。其他人中午不是回家吃飯，就是在城堡吃便當。

先吃完飯再回城堡——這跟學校的午休時間相當類似。上國中後因為是剛開學，小心對午休比較沒有特別的感覺。以前念國小時，中午大家都會先解散，各自吃完午餐再回教室。也因為這個原因，小心中午穿過鏡子時特別開心，那讓她想起了國小的快樂時光。

媽媽幫小心準備了沒削的蘋果。小心打算將蘋果帶到城堡跟大家一起吃，基於安全起見，她用鋁箔紙將水果刀層層包好，連同蘋果一同放進托特包中。

進入城堡後，她發現隔壁的鏡子正在發亮，風歌正準備回家，剛將手放入鏡中。

「啊……」

風歌聞聲，面無表情地看向小心，臉上沒有一絲笑容。仔細想想，這是小心第一次單獨和風歌對話。

「妳、妳好。」

「……嗨。」

風歌的態度相當冷淡。雖然只說了短短一個字，卻掩飾不了她動聽的聲音。風歌沒有多搭理一旁的小心，就這麼默默地滑入鏡中，消失了。

果真如昴所說——小心回到會客室時，嬉野已經來了。

他鳩占鵲巢，坐在小心的位子上打電動。那臺大電視怎麼看起來變小了？是因為他體型龐大的關係嗎？

小心呆站在門口，跟昨天第一次踏進這裡的時候一模一樣。但嬉野立刻看向小心，不像昨天政宗無視她的存在。

「啊……我記得妳叫……心……」

「對，小心。」

見嬉野不知該如何稱呼小心，昴趕緊幫他解圍。

「小、心……」嬉野看著小心，有點害羞地重複了一遍，「我以為妳不會來了。」

「她是昨天來的，電動打得很好喔。」政宗介紹道。

小心對嬉野說：「嬉野同學，請多多指教。」

因為人數不多，小心比較敢主動開口，這比學校換班後要認識新朋友簡單多了。

然而——

「嗯哼……多多指教。看來又多了一個對手……」

聽到嬉野低聲咕噥，小心不禁全身僵硬。「他是在暗示我不該來嗎？我應該一開始就來的……」小心又開始沉浸在負面思考之中。

——那天看他滿腦子只想著供餐，我還覺得他滿可愛的。本以為他是個沉靜溫和的人，沒想到竟然說出這種話……

小心走到電視旁坐下，只見嬉野拿著把手，三不五時就望向門口。昴見狀，提醒嬉野說：「你在等小晶嗎？她不會來這裡喔。」

嬉野突然正襟危坐，反應非常誇張。

「她上午來過，現在應該待在自己的房間。」

「是喔……」嬉野垂頭喪氣地說。

這時，政宗突然嘟噥了一聲「無聊死了」。他難得放下把手，對小心露出不懷好意的笑容，「妳知道嬉野的願望是什麼嗎？」

「不知道。」

他是指嬉野想在「許願房」許的願望吧？我才剛來，怎麼可能知道呢？

「他希望能跟小晶交往。」政宗看著嬉野的眼神充滿了調侃。

「咦？」

「喂！你幹嘛說出來啦！」嬉野的喊聲蓋過了小心的驚呼。他滿臉通紅地叫政宗住嘴，聲音聽起來卻是欲拒還迎。昴沒有阻止他們嬉鬧，只是一臉無奈地站在旁邊。

「所以……嬉野喜歡小晶？」

見嬉野閉口不答，小心覺得自己似乎太多管閒事了。過了一會，嬉野才嘟噥道：「對啊，有意見嗎？」

「是沒意見啦……」

小心差點就要問他，你們不是前陣子才認識的嗎？

「我對她一見鍾情。」嬉野說。

小心不禁瞠目結舌，一見鍾情？這不是漫畫或小說才會出現的臺詞嗎？這是她第一次在現實生活中聽到這四個字，而且還是出自男生之口。

「大概來這裡一週後吧，總之很快就對了，他就跑去跟小晶告白，然後被拒絕了。」

「小晶一定也不知所措，」昴露出無奈的笑容，輕聲對小心說，「她應該滿為難的吧，畢竟見面也挺尷尬的。」

「是啊……」

這其實不難想像。看嬉野那樣望穿秋水的模樣，就知道他看到小晶根本不會尷尬，反倒滿心期待小晶的到來。雖說想要見到喜歡的人是很正常的，但看他那個樣子，就知道他看到小晶後的反應一定很誇張。

小心身邊不乏這種墜入情網的朋友，但那些人都是女生，很少遇到，喔不，是第一次遇到這種男生。

「政宗，你幹嘛那麼大嘴巴啦，小心又不知情……」嬉野嘴巴上在對政宗發脾氣，卻一副有點暗爽的樣子。

小心覺得自己似乎必須說些什麼，便道：「不過，小晶真的是個很棒的女生。」

嬉野聽了先是有些詫異，喜上眉梢地看著小心。

「她既漂亮又落落大方，我也很崇拜她。」

「對吧。」嬉野點點頭。

沒想到自己才沒來兩個禮拜，城堡裡居然已經有人戀愛了。小晶現在對嬉野沒意思，那如果嬉野真的找到鑰匙、在許願房許了願，小晶會跟他交往嗎？到時候小晶的內心真的會有所轉變嗎？

如果真有一股奇幻力量讓小晶喜歡上嬉野，那這樣的小晶，還是嬉野喜歡的那個小晶嗎？當一個人的心情或想法遭到外力扭曲，還是原本的自己嗎？

小心將蘋果放在桌上，沒有走向把手四散的「參戰區」，而是在沙發上坐了下來。

「我帶了蘋果來喔，你們要吃嗎？」

「可以嗎?!」聽到「蘋果」二字，嬉野的雙眼閃閃發光。

他毫無掩飾的誇張反應嚇了小心一跳，惹得小心苦笑心想：「看來，這個人天性也不壞。」

原本默不作聲的政宗和昴，突然露出驚訝的表情說：「要削掉啊？」小心稍微花了一點時間才意會過來，原來他們是在說蘋果皮。

「對呀。」

政宗只回了一句「是喔」，便沒再多說什麼。小心繼續把皮削乾淨，蘋果削皮不是很正常嗎？不懂這有什麼好大驚小怪的。她忘了帶砧板，只好在塑膠袋上切蘋果，然後直接拿塑膠袋當盤子用。

「小心，妳好會削蘋果喔，好像我媽咪喔。」嬉野盯著小心的手說。

政宗沒說什麼，但還是邊打電動邊把蘋果吃完了，這讓小心鬆了一口氣。

接近傍晚時，小心稍微在城堡裡繞了一下。

基於剛才的「盤子事件」，小心想找找看城堡裡有沒有廚房。畢竟「狼小姐」只說這裡沒有食物，可沒說沒有碗盤。

雖說城堡相當寬敞，但也沒大到無邊無際，跟電玩裡那種有地窖的城堡比起來要小得多。

有兩座大樓梯的「入鏡處」是門廳，再往前走是長廊，私人房間分布在長廊的兩側，長廊的盡頭是他們用來打電動的共用空間。

城堡裡也有飯廳。

小心進到飯廳時，不禁驚呼出聲。

其他地方的窗戶都是看不見外面的毛玻璃，就只有飯廳的這扇窗戶能看到外面的翠綠景色。

小心走近一看，才發現外面是座中庭，對面是「入鏡」門廳的那棟樓，將整個中庭隔成倒C形。

大樹下的萬壽菊和一串紅爭相綻放。小心很想出去，但窗上卻沒有窗栓，看來這是座觀賞用庭院。

飯廳裡放著動漫、電視劇裡富豪必備的「長桌」，電視上經常可看到有錢人家隔著這種桌子用餐的場景。飯廳裡也有火爐，火爐上掛著一張花團錦簇的花瓶畫。

空無一人的飯廳靜謐而冷清，感覺已經很久無人問津。然而，白色桌巾卻一塵不染，非常乾淨。

打開飯廳後方的門，就進到一間廚房——喔不，是非常大的廚房。

廚房裡有一個抬啟式水龍頭，小心上抬下壓了一番，水龍頭卻毫無動靜。她接著打開銀色的大冰箱、把手放進去，裡面不但空無一物，也完全感受不到冷氣。牆邊放了好幾座櫥櫃，裡面放了許多白瓷盤、湯碗、茶具套組，卻都潔白如新，完全沒有使用的痕跡。

這讓小心感到匪夷所思，這座城堡到底是幹什麼用的？

這裡什麼都有，什麼都不缺，卻沒水沒瓦斯。浴室裡有漂亮的浴缸，卻沒有馬桶，想上廁所還得特地穿過鏡子回家。咦，這樣的話……政宗他們是用哪裡的電打電動啊？

「我是不是該回去了？否則碰到人就尷尬了。」小心心想。

雖然她已經習慣和政宗他們相處，但與人單獨聊天又是另外一回事了。剛才在鏡子那邊遇到風歌時，氣氛就僵到不行。

無意間，她瞥到飯廳的紅磚火爐，突然想到「美夢成真鑰匙」——有人檢查過火爐了嗎？

這座火爐連著煙囪嗎？還是像沒水的浴室和廚房一樣，只是「中看不中用」呢？

小心往火爐裡一看，不禁「啊」的叫了一聲。

那裡沒有鑰匙，但有一個淡淡的「×」記號。

這個掌心大的記號上面積了一層薄薄的灰塵，感覺有些時日了。當然，這有可能只是不小心弄到的傷痕，但明顯能看出是一個「×」。

這時，小心背後突然傳來「哇！」的一聲，把她嚇得驚聲尖叫。轉頭一看，一張狼臉映入眼簾，更是嚇得小心大驚失色。

「『狼小姐』……」

「妳一個人在找鑰匙啊？敬佩敬佩！」

「妳嚇到我了……」

小心被嚇得魂飛魄散，心臟撲通撲通地跳。今天「狼小姐」換了衣服，穿著一套刺繡領的綠洋裝。

「找到了嗎？」「沒有。」小心和「狼小姐」一起走向「電動室」（小心已經這麼稱呼那間房間了）找其他人。

走進長廊後，見到對面有人影，小心緊張得倒吸一口氣。

政宗口中的「小鮮肉」——理音見到小心和「狼小姐」，「喲」了一聲打招呼。

他今天不是穿成套的運動服，而是T恤配運動褲。他的褲子不是學校的體育褲，而是時尚的黑色愛迪達，T恤上則印著《星際大戰》的反派角色。小心雖然沒有看過《星際大戰》，但她知道有這個角色。

小心心裡七上八下，不知該怎麼向理音解釋自己那麼久沒來。然而，理音卻一臉泰然，主動跟小心打招呼說「好久不見」，小心也自我介紹說：「我、我叫小心。」

這番話把理音給逗笑了，他回道：「妳幹嘛自我介紹啊？我認識妳啊。」小心聽到他還記得自己，不禁喜上眉梢。她注意到理音手上多了一支手錶，上面有耐吉的標誌，是運動男孩常戴的錶款。

「怎麼了嗎？」見小心一直看著自己的手錶，理音覺得奇怪。

小心這才回過神來，趕緊辯解道：「沒有啦，我想說現在幾點了……」

理音沒多說什麼，一副「原來如此」的表情。他指向長廊的另一邊說：「那邊有時鐘喔。」然後眯起眼睛看著門廳方向。他說的，是鏡子門廳中央的大時鐘。

小心「嗯」了一聲敷衍帶過。理音的劉海接近褐色，看上去顏色特別淡，微微遮住了他眯起的雙眼。

看來昴沒騙她，理音可能因為白天要補習，所以都是快傍晚才過來。小心感到匪夷所思，像小晶、理音這種這麼健談的人，應該很有異性緣吧？喔不，感覺他們在同性之間也很受歡迎。像這樣的人，在補習班應該也很吃得開啊，怎麼會拒學呢？

回到「電動室」後，小心發現人變多了。

小心用來切蘋果的塑膠袋還放在桌上，風歌則坐在旁邊的沙發上看書。

「今天所有人都到齊了呢。」「狼小姐」站在門口說。

聽到「狼小姐」的聲音，風歌和正在打電動的男生不約而同地抬起頭來。男生看到理音來了，簡單地打起招呼——「呦」、「哈囉」。風歌則沒有出聲，只是瞄了一眼他們，便低下頭繼續看書。

「小心。」嬉野喚道。

「怎麼了？」

「妳現在有男朋友嗎？還是有喜歡的男生？」

「咦？」

面對這突如其來的問題，小心睜大了眼睛。他是太喜歡小晶，又不知道找誰商量是嗎？——小心看了看其他人，才發現氣氛怪怪的。

政宗停下手邊的遊戲賊笑，昴的臉上則掛著無奈的笑容。正當小心不知道該如何回答嬉野時，政宗的一句話讓她的心涼了一半——

「請節哀。」

即便小心在這方面很遲鈍，對事情為何發展至此也毫無頭緒，但她還是明白了嬉野的「意思」。

「小心，妳明天也會過來嗎？幾點過來呢？」

見小心不回答，嬉野繼續追問。

「我不知道耶……」小心好不容易才擠出這幾個字。

「欸！搞什麼啊！嬉野你是在換車嗎？從小晶換成小心！」政宗喊道。

見「狼小姐」抬頭看著自己，又聽到政宗露骨的酸言酸語，小心只想找個地洞鑽進去。

嬉野「哇哇哇哇哇！」地大叫幾聲後，先是轉頭看向「狼小姐」，然後一臉蒼白地用哭腔問小心說：「妳有聽到嗎？」

「沒有……」小心回答得很勉強，幾乎要發不出聲音來，她好希望自己遲鈍到根本沒有發現嬉野的心意。理音對這場鬧劇似乎不感興趣——不，他是真的漠不關心，只是看了小心他們一眼，就問政宗今天帶了哪些遊戲過來。

理音的反應讓小心鬆了一口氣，然而風歌接下來的一句話，卻讓她涼澈心扉——

「蠢斃了。」

她的聲音清晰而響亮。

那個聲音喚醒了小心最不願想起的回憶，以前也曾有人用一樣冰冷的聲音跟她說——

「蠢斃了，妳怎麼不去死啊？」

她咬著唇。

「妳真的沒聽到吧？真的吼？」面對嬉野天真的表情，小心露出不明所以的笑容，卻是皮笑肉不笑——她好討厭這樣的自己，想生氣就生氣啊！為什麼敢怒不敢言？只敢在心裡自怨自艾？

小心確實不懂，像小晶和理音這種正常人為何無法融入學校生活，但她知道嬉野無法上學的原因。

像這種滿腦子只想談戀愛、惹人厭的男生，在學校會被排擠也是無可厚非。

七月

進入七月後，小心每次來城堡都感到很不自在。

原因無他，就是因為嬉野。

「小心，妳要不要吃我帶來的餅乾？」

「小心，妳的初戀是什麼時候？我是幼稚園時……」

「電玩間」的氣氛原本是那麼融洽，如今只要一過中午，小心就待不下去。因為她受不了嬉野的「提問攻勢」，也不喜歡政宗看好戲的態度，所以她漸漸開始待在房間裡。

其實，小心大可以就此不來城堡。但她很清楚，自己只要不去一次，之後就會畏首畏尾、愈來愈不敢去，學校是這樣，媽媽希望她去的中心也是這樣，小心不想重蹈覆轍。

然而，她都已經委屈自己待在房間了，偶爾嬉野還會來敲門問：「小心，妳在嗎？」讓她感到無處可逃。

尋找「美夢成真鑰匙」是他們來城堡的目的。然而，就連小心在找鑰匙時，嬉野也跟在她屁股後面。

「小心，我可以跟妳一起找鑰匙嗎？」

小心覺得奇怪，嬉野不是把她視為「對手」嗎？為什麼好意思一臉天真地問這種話呢？

小心雖然沒親耳聽過，但她默默地感覺到，嬉野似乎在大家面前都稱她為「心」，還一天到晚告訴大家：「雖說心不是我理想的類型，但感覺是個賢妻良母呢……」有沒有毛病啊？這個人。

由此可見，嬉野根本不是真的喜歡小心，只是在向別人展現自己沉浸在愛河中的喜悅。

然而，小心卻無法坦然拒絕嬉野，一方面是因為心軟，一方面是因為擔心若得罪嬉野，他會跟其他人說小心壞話。

「小心，妳想許什麼願啊？」嬉野朗聲問。

「我還沒想好。」小心回答得很敷衍。她如果說出真正的願望——希望真田美織從世界上消失，肯定會把嬉野嚇跑的。

「是喔……好吧。」

兩人走在長廊上，嬉野三番兩次望向小心的臉，似乎還有什麼話想說。

不久前，嬉野的願望還是「想和小晶交往」，現在該不會已經變成「想和小心交往」了吧？小心覺得嬉野很煩，但比起這個，她更擔心自己被「許願」的力量操控，一想到自己可能會愛上嬉野，她就感到害怕。

漫畫和小說中常出現可以操控人心、讓別人聽命於自己的道具，小心心想，那些被操控的人，肯定也是千百個不願意。

小晶聽到嬉野的「對象」從自己換成小心時，先是蹙眉同情小心說：「天吶，妳一定很傷腦筋。」隨後露出鬆一口氣的笑容，因為她之後就不用每天關在房間裡了。

政宗總是拿嬉野的事情挖苦小心。理音和昴則對這種男女話題不感興趣，他們的態度給了小心喘息的餘地。

有次小心撞見嬉野「警告」理音說：「理音，你有女朋友嗎？你應該沒對城堡裡的女生動歪腦筋吧？」理音只回了「沒」，一副興致缺缺的樣子。除了理音，嬉野似乎也這麼「警告」過其他兩個男生。

小晶和理音的反應都還好。

政宗的酸言酸語小心也能忍受。

然而，風歌的態度卻讓她相當受傷。

城堡裡只有三個女生，自我介紹時，小心還以為自己跟風歌很合得來。然而，她們還來不及深聊、來不及進一步認識對方，風歌就不斷放冷箭刺傷小心。

——蠢斃了。

小心潛入鏡子前、晚上睡覺前，都不斷在「說服自己」——她這句話並不是在罵我，而是在罵嬉野三心二意的行為。

風歌來城堡時，大多都待在自己的房間裡，即便來到「電動室」，也是一個人在看書，所以小心一直沒機會跟她說話。

有一次嬉野沒來，小心和政宗等人待在「電動室」裡，那時風歌也在。

「還真是無妄之災啊。」

面對政宗的挖苦，小心不知該如何回答，又因為在意風歌，所以只是「嗯……」了一聲，若有似無地點點頭。然而，這時風歌又說了那句話——「蠢斃了。」而且還沒把頭抬起來。

小心的心跳停了一拍。

風歌邊看書邊繼續說：「這種沒異性緣的男生最喜歡追班花了，癩蛤蟆還想吃天鵝肉，看了就煩。」

「媽呀，真可怕，妳講話好毒喔。」

她說的「班花」是指我嗎？小心很想否認，但又覺得這麼做是多此一舉。

小心明明很注意的。

跟昴和政宗相處時，小心一直非常注意自己的言行，生怕自己跟兩個男生太要好，會惹其他女生反感。

為什麼自己那麼小心翼翼，卻還是落得這般田地呢？

無法和風歌拉近距離讓小心非常沮喪，於是，她放了自己一天假，沒去城堡。

說「放自己一天假」其實有點怪怪的，但由此可知，進入七月後，城堡對小心而言已變得和中心、學校一樣，都是「非去不可的致鬱場所」。

缺席隔天——

小心來到城堡後，像平常一樣走向「電動室」。然而，「電動室」裡的情景，卻讓她目瞪口呆。

「小晶妳喜歡第一集啊？我比較喜歡續集耶！」

「咦？那部電影有續集嗎？」

「什麼？那部的續集很有名耶！怎麼會有人不知道？」

風歌和小晶並肩坐在沙發上，完全沒注意到小心就站在門口。

小心聽不清楚她們在聊什麼，但看到兩人前方的面紙上放著花朵形狀的餅乾，花芯部分塗著巧克力醬。

小心很喜歡那個萬壽菊形狀的餅乾，視覺刺激讓她想起餅乾的香甜，真想跟她們要一塊來吃。

然而，她卻開不了口。

趁風歌和小晶沒注意，小心急急忙忙轉過身，走向自己的房間——她在心中拚命祈禱，生怕自己的背影被那兩人看見。

小心的心痛如刀割——她們什麼時候變得這麼要好的？她們在聊什麼我不知道的事？還聊得那麼開心？

她一心一意地往前走，穿過門廳，來到發光的鏡子前。她的目的地不是城堡裡的房間，而是現實中和爸媽同住的家裡房間。她彷彿在尋求避風港一般，將手伸入彩虹光芒之中，逃回家裡。

這是她第一次，用這種心態逃回家裡。

小心之所以撐到現在，是為了獲得許願的機會。但她現在覺得自己跟這裡的人也處不來，似乎已經到了極限。

小心的願望──
希望真田美織從世界上消失。

其實，小心從來沒有跟她──真田美織說過話。

一開始，小心只覺得她是個外向而強勢的女孩，果不其然，第一次開班會，她就被提名為班長候選人。

聽說真田已跟朋友說她要加入排球社，小心聽到這個消息後心想，像這種毫不猶豫選擇體育社團的女孩，運動神經一定很好。小學時能當班長的人，基本上都是很會運動的風雲人物，功課好不好倒是其次。

四月開學後，小心被分到跟真田同班。班級自我介紹結束後，小心還記不起來班上同學的名字，但她知道，接下來的日子，大家就會慢慢顯露出自己真正的個性了。

雪科第五中學算是規模相當大的學校，雖是固定學區，但也匯集了高達六個國小的學生，而不同學區的人若經過特別申請，也可以進入雪科五中。該校的新生各路雲集，再經過編班，所以新學期的班上大多都是生面孔。

小心國小的同校同學，只有三個男生和兩個女生升上雪科五中。

真田就讀的國小因人數較多，一開始就認識很多人。再加上她有補習，跟補習班裡的他校同學也都很熟。

真田一副天不怕地不怕的樣子，總是在新教室裡旁若無人地和朋友大聲聊天。相對的，小心和同間國小的學生就非常低調，彷彿學校屬於真田那些人，自己只是「借用」這間教室罷了。雖不知為何會發展成這樣，但剛開學時班上確實瀰漫著這樣的氣氛。

雖說大家都是同年紀，但學校和班上的所有權利，似乎都握在她們手上。什麼權利呢？——優先選擇社團的權利、只要有人跟她們選一樣的社團，就可以在背後說「她又不適合，幹嘛選這個社團」的權利、擅自決定哪個同學「有資格」加入她們的權利、優先選擇要喜歡哪個男生的權利，也就是所謂的戀愛自由。

而被真田美織「選上」，經由告白後交往的對象，正是小心國小六年級的同班同學——池田仲太。

他本來是小心的朋友。

小心對他印象還算不錯，因為在籌備畢業謝師宴時，他雖然不斷把「麻煩死了」掛在嘴邊，卻還是把該做的事情一一做好，這讓小心對他另眼相看。但小心只當他是普通朋友，對他既沒有異性之間的好感，也不覺得他特別帥。

「沒想到也有你這麼認真的男生。」小心若無其事地說。

「是嗎？都已經要畢業了，我可不想再惹出什麼麻煩。而且不是每個男生都是白癡，要做還是做得到的。」池田仲太的反應讓小心感到相當意外，話題也就此打住。

所以小心完全想不透，池田仲太為何之後會對她說那種話。

「欸。」

四月中旬，有人在腳踏車停車場叫住小心。小心一轉頭，只見池田站在她的身後。

「我最討厭像妳這種醜八怪了。」

小心睜大了眼睛，聲音卡在喉嚨出不來，眼前的池田開始劇烈晃動。

她雖直視著前方，卻感到天旋地轉。

池田的臉上沒有半點表情。

似乎有人蹲在池田後方——其他班級的腳踏車停車場，屏氣凝神地看著這一切，而且還是好幾個人。

「嗯，就這樣。」池田的手插在口袋裡，無精打采地轉身離去。

就這樣？小心僵在原地，看著他逐漸遠去的背影。

池田走進那個「可疑的」停車場後，突然傳出一陣爆笑，「噗哈哈哈哈哈，超讚的！欸，她剛剛是不是以為仲太要跟她告白啊？」「她也不照照鏡子！」

是女生的聲音。

接著，便看到真田美織站起來的身影。

「這樣可以了嗎？」池田不耐煩地問真田。

見真田看向自己，小心慌張地低下頭。她高聲向小心喊道：

「仲太根本就不喜歡妳！」

既然要大聲說話，一開始何必躲起來呢？小心過了一陣子才意識到，這句話是衝著她說的。罵聲彷彿在填補空白似的接踵而來。

「聽到沒？醜八怪！」

——以前就算跟朋友吵架，我也從來沒有被這樣辱罵過。

不過話說回來，她跟真田美織本來就不是朋友，連點頭之交都稱不上。小心完全不了解真田，真田也不了解她，然而，真田卻罵得那麼順口、那麼自然。

「蠢斃了，妳怎麼不去死啊？」

——池田仲太國小時曾暗戀小心。

一個國小同學得知這件事後，告訴了小心。事實上，池田仲太並沒有向小心告白，小心甚至沒有感覺到他的心意，所以她聽到這件事實非常驚訝。然而，這件事在男生之間卻是眾所皆知。

而池田仲太和真田交往後，把這個「過去式」告訴了真田。

⚜

小心已經三天沒去城堡了。

再加上接下來的週六週日，她已有五天沒去城堡。

小心不去學校、不去中心，現在就連城堡都不去了，這讓她感到特別沉重，畢竟她曾經那麼喜歡城堡。她不再期待電視劇的重播，看綜藝節目也開心不起來。

好無聊喔。

她將鏡子轉向後方，光芒卻依然刺眼，彷彿在呼叫她似的。

看著那光芒，小心不禁心想：「那些人是不是也在呼叫我呢？我不去他們應該也沒差吧。大家現在在做什麼呢？」

隔鏡如隔山，即便他們希望我過去，也無從聯絡。

星期六，爸媽約小心一起去購物，卻被小心一句「我不用，你們兩個自己去吧」堵得一時語塞。

爸媽對看了一陣，那表情該怎麼形容呢？既沒有悲傷，也沒有憤怒——又可說是悲憤交加。那天，爸爸問小心以後要怎麼辦。

「妳現在連假日也不出門了，以後要怎麼辦？」

小心不知道。

她何嘗不想知道。

但是，一想到出門可能會遇到同學，小心就裹足不前。

小心知道爸媽擔心她的將來，但這份關懷太過沉重，化作言語後簡直壓得她喘不過氣。

小心好害怕，也不清楚自己想做什麼。

她很想知道，其他「拒學族」是怎麼打算的？

——我得鼓起勇氣向嬉野說「不」！

雖說嬉野還沒跟她正式告白，現在拒絕他感覺很自戀，但小心還是決定向他說清楚。然後主動跟風歌聊天。

雖然「蠢斃了」這句話讓小心有點想打退堂鼓，但她已下定決心，要告訴風歌自己對男女關係有「陰影」。

小心沒有向爸媽或任何人提過「池田仲太事件」，但現在她覺得，自己在小晶他們面前似乎能侃侃而談。政宗說話總是一副高高在上、無所不知的語氣，或許會拿這件事挖苦自己，但小心還是很想聽聽看，政宗會怎麼評論真田美織和池田仲太的行為。

小心希望能有人對自己說，她並沒有做錯。

星期一，小心潛入鏡子。上一次「入鏡」已是六天前。

「出鏡」時，小心發現鏡子上貼了一封淺藍色的信封，隨著她走出鏡子，信也跟著掉落在地毯上。

信封上沒寫收信人。小心雖有些不明所以，還是將信撿了起來。這封信沒有封口，裡面裝著一張淺藍色的信紙。

「小心：

記得來打電動的地方找我們喔，說不定能看到有趣的場面喔。

昴」

小心很高興昴這麼關心她。

心撲通撲通的跳著。

小心快步走向「電動室」，發現大家都齊聚於此——見到嬉野也在，小心不禁有些卻步。

「心。」

聽到小晶的喚聲，所有人不約而同看向小心——其中也包括嬉野和風歌。

見嬉野「啊」了一聲，小心以為他接下來會肉麻地喊她「小心」，然而，嬉野卻低下了頭，什麼都沒說。

小心本在思考怎麼解釋自己連續五天沒來，但仔細想想，為什麼非得跟他們解釋？這個想法本身就很有問題。不知如何是好的小心，只好用眼神向昴求救，然而昴只是笑笑地看著她，若無其事地說：「小心，好久不見！」

政宗則是和往常一樣拿著電動手把，一臉準備看好戲的模樣。

正當小心注意到氣氛不太對勁時，嬉野突然「嘿」了一聲。小心戰戰兢兢地看向嬉野，眼前的景象卻讓她瞠目結舌。

嬉野並沒有看向小心，而是看著……風歌。

「風歌，妳的好朋友都怎麼叫妳啊？風風嗎？」

風歌今天也依舊在看書，回答時也沒有抬起頭來。

「就一樣啊，就連我媽都是叫我風歌。」

她的口氣充滿了不耐煩，然後抬起頭來瞪向嬉野。

「怎樣？你問這個幹嘛？」

「沒有啦，我只是想說妳有沒有外號……」

風歌準備打開書本時，和小心對到了眼。她似乎有話想對小心說，但最後還是沒說出口，閉緊嘴唇低下頭。

風風？小心不禁眨了幾下眼睛。

嬉野被澆了一盆冷水，卻還是不死心地偷瞄風歌，接著瞥了一眼小心，彷彿在跟她說：「喔，妳來了喔？」

小心愣在原地，這到底是怎麼回事？風歌被嬉野「盯」得心浮氣躁，向他發脾氣說：

「走開好嗎？你要追就去追那些可愛的女生，幹嘛突然來煩我？」

「咦？我覺得風歌妳也很可愛啊，不是嗎？」

嬉野的這句話，讓風歌睜大眼睛愣在原地。只見嬉野一臉不可置信地繼續追問：

「妳怎麼會這樣說呢？」

風歌輕嘆了一口氣後呢喃道：「隨你便……」

小心下意識地看向昴——昴信裡說的「有趣場面」，原來是這個啊。昴臉上依舊掛著笑容，看著風歌和嬉野的互動。

——傻眼耶……

事已至此。雖然不知道這份情愫從何而生，但嬉野愛上風歌了。

這麼一來，他就把僅有的三個女生都喜歡過一輪了。

⚜

那天，小晶約兩個女生一起喝下午茶。

嬉野的言行讓小心啞口無言。回到城堡裡的房間後，門口傳來輕輕的敲門聲，有那麼一瞬間，小心還以為是嬉野，嚇了好一大跳。

打開門後，才發現敲門的是小晶——風歌則站在她身後。

「這……呃……」

小心沒有跟風歌聊過天，非常擔心風歌不希望她去。一想到之前小晶跟風歌相談甚歡的模樣，小心就覺得心口悶悶的。

然而，風歌卻沒有說什麼，雖然沒有看向小心，但也沒特別露出不悅之色。面對她們的邀約，小心其實非常開心，說了句「等我一下喔」，便拿著從家裡帶來的零食走出房間。

小晶帶她們到小心之前獨自來過的飯廳。

「我泡好紅茶了喔！」小晶說。

小心疑惑地抬起頭，廚房沒有半點水蒸氣，她是怎麼泡紅茶的？只見小晶從牛仔包裡拿出水壺。小晶的包包上別了很多愛心形狀的徽章，上面有星星有亮片，相當時髦。

她打開蓋子後，水壺裡冒出了裊裊白煙。

小晶接著到廚房拿了三套杯組，放在小心和風歌的面前，幫她們倒紅茶。

「謝謝，我有帶餅乾來喔。」

小心拿出餅乾盒放在桌上後，小晶笑咪咪地向她道謝。

「這裡的廚房沒水也沒瓦斯。城堡裡到處都很亮，溫度不冷也不熱，真不曉得是怎麼一回事。」

「真的耶……」小心連這麼簡單的事都沒注意到，經小晶這麼一說才恍然大悟。她下意識地看向天花板，上面掛著一盞大型水晶吊燈，許多水滴狀的玻璃順勢垂下。這盞燈看上去並無通電，也沒有發出應有的黃光或橘光。

小心沒有注意過溫度的事，現在仔細一聽，才發現沒有空調的聲音。

「不過，既然男生他們可以打電動，就代表這裡有電吧？」

「對耶……這就怪了……」

經風歌這麼一說，小心也歪頭表示不解。

「我有問過那些男生，他們說電是從插座來的。」

「咦？『電動室』裡有插座啊？」小心驚呼出聲。

小晶聽了噗哧一笑，小心不懂她在笑什麼，自己沒講什麼好笑的事啊。

「『電動室』？這個叫法不錯耶！」

「啊……」

「我也學妳這麼叫好了，那些男生真的一天到晚都在那裡打電動，」

小心從未在人前說過「電動室」這個稱呼，不小心說出心裡話讓她有些難為情，見小晶露出開懷的笑容才鬆了一口氣。不僅如此，小晶還立刻改口稱那間房間為「電動室」。

「有電的不只『電動室』，這裡光線充足，但其實這盞水晶吊燈也可以開喔，妳們看。」

小晶按下牆壁上的電燈開關，橘色的光膜瞬間包住整個飯廳。測試完後，她立刻將電燈關掉。

為什麼有電，卻沒有水和瓦斯呢？

等等來問「狼小姐」好了——正當小心這麼想時，風歌雙手合十、微微低頭說：

「我要開動了。」

「看來她是很有家教的小孩。」小心心想。如果身邊沒有大人，小心是不會主動這麼做的。

「快喝吧。」在小晶的催促下，小心也低頭說「我要開動了」。她拿起杯子聞了聞，一股果香撲鼻而來。

「這個茶好香喔。」等茶涼時，小心向小晶詢問茶種，她說這是蘋果茶。

「這裡的水電已經夠神奇了，但更妙的是，碗盤還會自動變乾淨喔！」

「咦？」小心驚呼。

小晶低頭看著不斷冒出香濃熱氣的茶杯。

「之前我也曾借用這裡的茶杯，但因為這裡沒有水，我不知道該到哪裡洗，所以沒洗就離開了。沒想到下次來時，杯子已經洗乾淨放回去了，也不知道是誰洗的。」

「真的啊？」

「對啊，我以為是其他人洗的，結果大家都說沒有，所以我在想啊，會不會是『狼小姐』在我們離開後幫忙洗的。」

「感覺好可愛喔。」

「是不是？」

一想到「狼小姐」戴著面具、穿著洋裝洗碗盤的樣子，小心就覺得好笑。小心喝了一口茶後，小晶突然提起小心這陣子的煩惱——「嬉野很令人傷腦筋對吧？」

小心慌張地將口中的紅茶吞下肚，然後看向小晶。香甜的紅茶在她的胃裡微微發熱，真是好喝。

小晶看看風歌又看看小心，無奈地笑道：「有些男生啊，對女孩子一點抵抗力都沒有，只要女生跟他熟一點，又或是對他好一點，就會馬上跟對方告白，展開追求攻勢。其實做朋友不是很好嗎？他們大概是電視跟漫畫看太多了吧。」

「真是煩人。」風歌露出跟昴他們相處時的慍色，「那種人只要是女的都好，他以為女生都這麼好騙嗎？」

「請問……」小心出聲後，風歌第一次正眼看向她。

雖然風歌並沒有在生氣，但眼神卻依然銳利。這讓小心有些卻步，她很怕風歌又會口出「蠢斃了」這種惡言，所以相當戰戰兢兢。

「嬉野為什麼會喜歡上風歌呢？——啊，請不要誤會，我不是在怪妳搶走了他，只是覺得一切來得好突然，想知道原因罷了。」

「哎呦，心，妳想太多了啦，不會有人覺得妳心疼嬉野被搶走好嗎？」見小心愈描愈黑，小晶笑著安慰她。

然而，風歌沒有馬上回答，小心左等右等，風歌才不甘不願地擠出兩個字：「商量。」

「小心，妳上禮拜沒來城堡不是嗎？那傢伙因為怕妳出事，來找我商量要不要穿過妳的鏡子，去妳家探望妳。我聽了很生氣，跟他說這麼做很沒水準，而且還違反規則。然後不知不覺就變成這樣了。」

「那時候風歌簡直氣炸了。」

「因為如果換作是我，也不希望有人亂闖進我的房間。」風歌別過臉。

小心聽了好生感動。嬉野的行為確實出人意料，但更令她驚訝的是，風歌居然會保護自己。

「謝謝妳。」小心盡力表示誠意。

只見風歌露出無奈的表情說：「不會。」

「不過這也不是我的功勞，因為嬉野本就無法得逞。他後來不聽我的勸告，把手放到了妳的鏡子上。」

「什麼?!」

「結果完全進不去，他說摸起來是硬硬的玻璃觸感，就像普通鏡子一樣。看來，我們根本進不了別人的鏡子。」

「是喔……」

小心以前很擔心自己誤闖別人的鏡子，現在看來這只是在杞人憂天，這讓她「呼」地鬆了一口氣。小晶接著笑了。

「風歌罵了嬉野一頓，叫他不要滿腦子都是戀愛，成熟一點，不要像個長不大的小孩。罵著罵著，風歌不小心說漏嘴，說自己孤家寡人到現在還不是過得好好的。結果這句話觸動了嬉野異於常人的『天線』。」

「天線？」

「他跟風歌說：『孤家寡人到現在？風歌，妳該不會還沒喜歡過任何男生吧？好可愛喔！』」

「不要學他說話啦。」

因小晶模仿得實在太像了，惹得風歌皺起眉頭。小心此時此刻的心情已經不能用「驚訝」來形容，而是「傻眼」。她實在搞不懂嬉野愛上風歌的「點」到底在哪。

「嬉野是因為被小晶拒絕，又追不到小心，覺得我比較好『把』，才把目標轉移到我身上。那傢伙到底把別人當什麼了。」

風歌像是在自言自語一般，深深嘆了口氣。

聽到風歌喊自己「小心」，小心暗自欣喜。看來風歌並沒有討厭自己——小心放下心中大石後，感到雙腳發軟，站都站不穩。

「那個……真的很謝謝妳。」

「咦？」聽到小心突然道謝，小晶和風歌不約而同地看向她。

小心已做好心理準備——她不知道她們兩個聽到會怎麼想，也不知道從何說起，但還是決定說出一切。

「我其實很不擅長於面對男女關係，因為有一些不好的回憶……」

小心從來沒對人說過這些事，但講出來後她發現，自己其實早就想一吐為快。

真田美織莫名其妙把她視為情敵……

腳踏車停車場的「池田仲太事件」……

隨之而來的惡作劇與排擠……

「過了不久後……」

接下來小心要說的事，她完全不想讓其他人知道——包括以前的同校好友、從小玩到大的死黨。正因為她跟這些人有深厚的感情，才不願讓他們知道。

然而，小心卻願意向眼前這兩個不知道住哪裡、才認識沒多久的女生坦白，就連她自己也感到不可置信。

「那些人居然直接來到我家。那天我剛放學，在家裡寫作業，等媽媽回來……」

叮咚一聲，門鈴響了。

這個時間是誰啊？宅配的人嗎？小心說了聲「請等一下」，起身往門口走去。就在這時——

「安西心！」門外傳來一聲怒吼。

這聲音不是真田。

而是小心不認識的一個女生。小心曾經看過這個人，她是別班的班長，也是真田的……朋友。至今小心依然覺得很不可思議，當初自己並沒有開門，怎麼知道門外是那個人呢？

一股涼意從腳跟竄至全身，小心的視覺、聽覺變得比平時更加靈敏。門外不單單只有一兩個人，而是很多人。門是鎖著的，媽媽曾叮嚀過她，一個人在家一定要把門鎖上。

咚咚咚——門外傳來急促的敲門聲。

「滾出來，我知道妳在家！」

「我們繞一圈看看，說不定可以從窗戶看到她。」

小心開始起雞皮疙瘩。

「這次一定要給她好看！」

小心不懂給一個人「好看」是什麼意思。她的國小同學升上國中前，也很擔心國中的學長姐會給他「好看」。

好看？到底哪裡好看？思緒一條一條有如震撼彈般落在腦中，折磨著小心。重點是，外面的人不是學長姐，而是同年的女生。

她們都是和小心同年紀的女孩子。

她們為什麼會來？此時雞皮疙瘩爬滿小心全身。

小心用最快的速度跑回客廳，將一樓所有的窗簾都拉起來，客廳、廚房、每個房間……也不知道是否來得及。暮色茫茫的窗外除了幾個人影，還有她們騎過來的腳踏車。

是東条告訴她們的——小心萬念俱灰。

小心不禁往壞處想，腦中不斷浮現東条為她們帶路的畫面。

「那女的有夠自以為是！真令人不爽，一定要給她好看！」

「小萌，妳住在她家附近對吧？她家住哪？」

「好啊，我來帶路。」

小心不確定東条是否在外面，她迫不及待想知道，又希望自己永遠都不要知道。光是想到那個像洋娃娃一樣可愛、她曾經那麼喜歡的女孩子可能在外面，就讓她快要窒息。

「給我出來，妳這個膽小鬼！」

是真田美織的聲音。

小心屏氣凝神，趴在客廳的沙發旁邊，生怕窗外看到自己的影子。

客廳的外面是圍有矮柵欄的草坪。小心全身發抖，她不知所措，也不敢發出聲音，只在心裡不斷大聲喊著媽媽，祈求她們趕快離去。

家裡是小心唯一能放鬆的地方。

無論在學校遇到什麼不愉快的事，只要回到家裡，就好像一切都沒發生過似的。

這裡是她和爸爸媽媽一起生活的地方，小心不懂，這些人根本不認識她的爸媽，也不是小心的朋友，充其量只是同班同學，憑什麼來到這裡？

咚咚咚咚、咚咚咚咚——那些人不斷敲門。

外面的女生每個都像殺紅了眼一般，不斷喊著要小心「滾出來」，罵她是「膽小鬼」。

從聲音聽來，外面大約有十個人。但她們說的話就只有那幾句，大多都只是在跟著起鬨。

「乾脆進去院子好了！」此話一出，那些女生便闖進了小心家的院子，當下小心的反應只能用「暫時停止呼吸」來形容。她立刻往窗戶的方向看去，但因為窗簾拉起來的關係，看不到窗戶是否有上鎖。

小心非常害怕，她認為真田幫目前已經走火入魔，若窗戶沒上鎖，她們一定會直接闖進來，「揪出」小心，然後——不誇張，殺了她。

小心害怕得哽咽。

屋子裡一片昏暗，窗簾外的人影卻愈發清晰，其中一個人影將手伸向窗戶。

小心閉起眼、摀住嘴巴，只恨自己沒有多餘的手摀住耳朵，只聽見窗戶搖了一下——

感謝老天，小心睜開眼時，窗戶並沒有被打開。

窗戶是鎖上的。

「打不開耶！」窗外的一個同學說，那聲音聽起來跟她們在教室聊天時並無不同。

小心屏住呼吸、壓低身體，到廚房、日式房檢查窗戶有無上鎖，她咬著唇，不懂為何自己要受這種折磨。

為什麼我這麼害怕，卻沒有哭呢？——才這麼想著，她的嘴唇有如凍結一般，呵出一口氣，嘴裡隨即嚐到了淚水的苦鹹。原來她在不知不覺間已淚流滿面。

為什麼我這麼害怕，身體卻還動得了呢？——才這麼想著，還沒檢查完最後一個窗鎖，她已動彈不得，有如一隻雪做的兔子，沒有雙腳，整個人固定在地。她蜷縮在地，將臉埋在身體裡，從兔子變成烏龜，縮在牆角發抖。

夕陽餘光慢慢從昏暗的屋裡淡出。

這段期間，小心腦中一片空白，只是不斷在心中道歉。

這是爸爸媽媽的家，她卻任憑那些陌生人擅自闖入，還進到媽媽細心照顧的庭院。對不起，對不起，對不起。

「妳為什麼不出來？太過分了吧！」真田美織的聲音愈來愈小，逐漸變成哭腔，嬌弱地泣訴道：「她真的好卑鄙……」

其他人見她哭了出來，趕緊出聲安慰：「哎呦，美織，別哭別哭……」

在她們的眼裡，世界永遠圍繞著她們轉。

「仲太好可憐……」真田美織說。

「她故意引誘仲太摸她對吧？」一個女生附和道。

我才沒有——小心的喉嚨有如堵住了一般，就連自言自語都沒辦法。此時此刻，她的心中只有恐懼。

屋子裡只剩下黑暗。小心僅穿著制服，她的雙腿已然涼透，冰冷的地板剝奪了她的體溫。

「真是不可原諒！」一個聲音說。

小心已經無法分辨這是不是真田的聲音了。

妳們不用原諒我。

因為，我也永遠不會原諒妳們。

小心不知道過了多久時間，只知道過了很久很久，久到剝奪了她心中僅存的光明與溫暖，徹底拔除了她的正面與積極。

「掰掰，明天見！」真田她們似乎玩膩了，在小心家前互相道別。

小心不敢輕舉妄動，就怕這是她們設下的陷阱。

她害怕自己如果打開電燈，真田等人就會察覺到她的存在，進而闖進家裡殺了她。

開門的鑰匙聲在黑暗而寂靜的客廳中迴盪——

「小心？」媽媽的聲音充滿訝異和擔心。聽到媽媽的呼喚時，小心感到一陣酸楚，熱淚盈眶。

媽媽，媽媽，媽媽……

她好想奔向媽媽的懷抱大哭一場，然而，此時此刻的她身體依舊無法動彈，淚眼汪汪卻只能將眼淚往肚裡吞。

直到媽媽進入客廳、打開電燈後，小心才抬起頭來。

小心揉了揉眼睛，假裝自己剛才在睡覺。

「小心。」

媽媽穿著上班穿的灰色套裝，站著鬆了一口氣。小心看到媽媽的臉，好想把剛才自己受的委屈全盤托出，但最後還是硬生生把話吞了回去。

「媽媽……」小心的聲音有些沙啞。

「妳快把媽媽給嚇死了，怎麼啦？也不把燈打開，媽媽好擔心喔，以為妳還沒回來。」

「擔心」二字在小心的心中迴盪。

「我不小心睡著了。」

為什麼不說實話？

她也不知道。

小心不斷告訴自己，自己今天其實不在家。

真田那群人在那猛敲門、闖入院子時，她根本就不在。那些人只是在空屋外叫囂作亂。

什麼都沒發生。

小心家沒有發生任何事。

她也沒有差點被殺死。

隔天就告訴媽媽，自己肚子很痛。
她是真的肚子痛，不是裝病。
媽媽也說：「妳的臉色好差喔，還好嗎？」
之後，她就再也沒去上過學了。

會不會——

媽媽會不會發現院子被人弄得亂七八糟呢？
鄰居會不會目睹了一切，把事情告訴爸媽，又或是報警呢？
——很久以後小心才發現，自己其實是這麼希望的。
然而，事與願違，什麼都沒發生。
小心好恨。那天她們鬧得這麼兇，院子怎麼可能完好如初？
這件事攪亂了小心的國中生活。如果她在事發當天立刻跟媽媽坦白一切，媽媽或許還會相信她，現在恐怕就不一定了。
如今她好後悔，當初自己為何沒有奔向媽媽的懷抱。
真田美織來我家——用語言表達，就只是這麼短短一句話。這讓小心感到心灰意冷。
大人聽了，肯定會不當一回事。在他們眼裡，這只是孩子之間的爭執，來家裡又怎樣？應該沒有惡意吧。

畢竟她們沒有破壞東西，也沒有傷害小心。

然而，對小心而言，卻不僅僅是這樣而已，而是生死關頭。還好門窗有上鎖，窗簾有拉上。那如果沒有呢？學校可沒有鎖和窗簾保護她，去學校等於是飛蛾撲火。

在那裡，小心能保護自己嗎？

所以，她決定不去學校了。

因為她不想慘死在那群人手下。

她知道家裡也並非絕對安全，但還是選擇了躲在房間裡。她唯一能夠自由出入的，就只有這座城堡。

現在，她有了新的想法——

鏡中的朋友會保護自己，這座城堡，是僅存的安全之地。

⚜

小晶和風歌從頭到尾都看著小心的眼睛，靜靜聆聽。

小心並不善於言詞。她謹慎挑選用字，緩緩敘述，徐徐傾訴。說到一半，她已看不清小晶和風歌的臉龐。

她並沒有哭。說話期間，她有好幾次都覺得雙眼彷彿忘了眨眼似的，乾澀不已。時而無聲，時而語塞。

然而，小晶和風歌都沒有打斷她，只是靜靜聽她把話說完。

城堡裡總是明光錚亮。無論是傍晚還是雨天，飯廳外的中庭都是陽光璀璨，晴空萬里。

「這是進行式嗎？」

一直沉默不語的小晶終於開口。

小心並沒有說這是自己拒學的原因，但她知道，小晶一定明白她不想提到這兩個字的心情。

小晶聽完後會有什麼感想呢？她會不會覺得我很小題大作？——小心不禁擔心起來。

小心戰戰兢兢地點點頭。

「對，現在還在繼……」小心還沒說完，小晶就突然從椅子上站起來，伸出右手用力摸小心的頭，把她的頭髮摸得亂七八糟的。

「咦？咦？」

小心頂著一頭亂髮，滿臉疑惑地抬起頭。

「妳好棒！」

小晶直直地看著小心，彷彿在用眼神慰勞她似的，眼裡盡是溫柔。

「妳好棒！真能忍耐！」

聽到這句話的瞬間——

小心感到一陣鼻酸，還來不及反應過來，腦中已是一片空白。

「嗯……」

小心點點頭。雖然她馬上咬緊牙根，但眼淚還是就這麼流了下來。

風歌沒有講話，只是默默地將手帕遞給小心，她的眼裡閃爍著和小晶一樣的溫柔光芒。

看到風歌的眼神，小心再也忍不住了。「抱歉……」她淚眼婆娑地道歉，硬擠出的笑容也隨之崩潰，淚流滿面。接過風歌的手帕後，小心屏住氣息，然後安靜地深呼了一口氣。

八月

學校放暑假了，小心雖然待在家裡，卻也感受到了這股氣氛。她從來沒想過，自己居然會這樣度過國一的暑假。不過，該來的還是要來，八月就這麼來臨了。

小心待在房間時，常能聽到小學生或中學生邊騎腳踏車邊和朋友聊天的聲音，也常有國小的學弟妹從樓下經過。

八月初暑假剛開始時，爸爸在吃晚餐時突然冒出一句：「太好了……」有那麼一瞬間，小心以為爸爸不是在跟自己說話。畢竟像她這種拒學的女兒，有什麼事可以讚嘆的呢？

爸爸不以為意地接著說：「這樣妳就不會那麼突兀了。」小心夾菜夾到一半，停下手邊的動作看向爸爸。

爸爸的口氣泰然自若。

「妳要不要去圖書館？每天待在家裡很膩吧？現在已經放暑假了，妳走在路上也不用擔心被盤問……」

「老公！」媽媽打斷爸爸的話，偷偷瞄了一下女兒說：「小心應該不想出去吧？」

「出去遇到同學不是很尷尬嗎？對吧？」

「嗯……」

見小心支支吾吾，媽媽眉頭深鎖。

「小心，還記得我之前跟妳說的嗎？如果妳有不想去學校的原因，隨時都可以告訴我。」

「好。」

小心低下頭，輕輕咬了一下嘴邊的筷子。

不知不覺間，媽媽已不再逼小心去中心。但小心微微察覺到，媽媽和那邊的老師似乎還保持聯絡。小心因為不想去中心，所以也不會刻意提起這個話題。

媽媽的態度也開始有了轉變。以前她覺得小心是偷懶不去學校，最近則開始委婉地問小心「是不是有什麼特別的原因」。

放暑假前，爸媽曾問小心要不要去上補習班的暑期班。

「妳可以去住奶奶家或其他地方，到遠一點、沒有同校同學的補習班上課，把上學期的功課補回來。」那天晚上，小心只覺得胃好沉重，徹夜難眠。

她的課本幾乎是全新的，一直都放在書桌的抽屜裡。大家已經上了一學期的課，現在補救不會太慢嗎？我不會落後太多嗎？

雖然她這輩子都不想再去上學，卻還是很擔心功課跟不上的問題。

小心試著想像自己去上補習班的樣子，卻和當初的中心一樣，無從想像。她跟爸媽說自己要考慮一下，然而，即便已經開始放暑假，媽媽也沒有特別再提起這件事。

「不用勉強自己喔，小心。」

媽媽說。

學期初時，班導伊田老師還常來探望小心，現在也不太來了。「他大概已經放棄我了吧。」小心心想。

之前，小心國小的好朋友——沙月偶爾會代替東条送講義到她家，最近也不來了。對此，小心偶爾也會後悔之前沒有跟他們見面，但還是鬆一口氣的成分居多。

小心只希望他們不要再管她，這對她才是最輕鬆快樂的方式。

然而，一想到今後也是這樣，她就感到一股沉重。

⚜

隔天小心到城堡的飯廳，把事情跟風歌一說——

「我懂妳擔心功課跟不上的心情。」風歌微聲說道。

自從上次小心「自白」後，「男生待在『電動室』，女生待在飯廳」便成了一種默契。所以小心每次到城堡後，就會先到房間放東西，然後前往飯廳。

到城堡和小晶、風歌相聚，成了小心最期待的事。

就連嬉野也沒有那麼纏人了。大概是因為氣氛的關係吧，只要她們三個人待在食堂，嬉野就不太會來打擾她們。

經過一段循序漸進的過程，每每小晶不在時，小心和風歌就會像今天這樣——聊起拒學的事。

「風歌妳有功課跟不上的經驗嗎？」

風歌戴著眼鏡，頂著妹妹頭，感覺很聰明，看起來就是個模範生。被小心這麼一問，風歌微笑著說：「很意外吧。」

「我知道我看起來很會讀書，但其實我的成績很差，常常跟不上進度，現在已經不知道從何補救了。」

「那妳有去補習……」

正當小心問到一半時——

「風歌、心！早安！」

小晶走了進來，朗聲跟她們道早安。話題也就此打住。

這些事情跟風歌還可以聊，在小晶面前卻是禁忌話題。

「啊……這裡好涼喔，感覺又活過來了。」小晶嘟噥道，拿出水壺準備幫大家倒茶。

小心和風歌也各自拿出餅乾。小晶今天帶來的餅乾紙墊，邊緣畫了一圈荊棘和小鳥的圖案。風歌難得稱讚道：「好可愛喔！」然後拿了一張問：「這是在哪買的？」

「很可愛吧？」小晶莞爾，「我週末去附近的文具店看到的。其他還有很多可愛的款式，我選了好久。風歌妳喜歡這種東西嗎？可以送妳喔。」

「喜歡嗎……嗯，算是吧。」

「真的好可愛喔。」

聽到小心的讚嘆聲，風歌抬起頭來。

「小晶。」

「嗯？」

「可以給小心一張嗎？」

「當然可以啊！」

「真的可以嗎？」

「給妳。」風歌遞了一張紙墊給小心，小晶則幫大家倒紅茶。溫暖的熱氣和蘋果香隨之蔓延開來，紙墊的圖案和紅茶的色澤簡直是天作之合。

「謝謝。」小心向小晶道謝。

風歌鋪了一張新紙墊，將餅乾放在上面——這時，嬉野彷彿等著吃餅乾似的，出現在飯廳門口。

他通常都是中午過後才過來，很少像今天這麼早。

嬉野扭扭捏捏的，等著小心她們發現他。

「喔，嬉野。」小晶主動跟他打招呼。

「早。」嬉野回答得非常小聲，直盯著他「現在」喜歡的人——風歌瞧。

風歌瞄了嬉野一眼，隨後尷尬地放下杯子，看著自己的雙手。

小心不禁在心中嘆了一口氣。嬉野也許是真心覺得風歌可愛，但他所謂的「喜歡」卻非常輕浮。小心身為「受害人」之一，所以非常清楚。嬉野是先「選定」喜歡的人後，一廂情願地催眠自己，然後制式化地追求對方。

「你有什麼事嗎？」小心問。
自從女生改在飯廳聚會後，嬉野就很少過來了。只見嬉野把手藏在後方，似乎拿著什麼東西。
當嬉野將手伸向前方時，小心不禁驚呼出聲。
「風歌，今天妳生日對吧？我帶了花來送妳。」
嬉野手上拿著一把用百貨公司包裝紙包著的小小花束，小心不知道這種花叫什麼名字，裡面共有兩支長莖花朵，粉白各一。
「咦？今天是妳生日啊？」
小晶和小心不約而同地看向風歌。風歌不知何時已抬起頭，呢喃道：「你還記得啊？」
「因為我問過妳啊！」嬉野喜上眉梢，「我不會忘記的！」
「風歌，妳怎麼不告訴我們呢？」
「這又沒什麼好說的。」
風歌的聲音有如銅鈴一般，口氣卻依舊冷淡。她也許是因為害羞，所以才會低著頭吧。
「那我們來幫風歌慶生吧，乾杯！」
小晶拿起茶杯和風歌乾杯。風歌彆扭接下花束後，尷尬地說了聲謝謝，嬉野則樂不可支地嘿嘿笑。
「小晶，我的茶呢？」嬉野完全沒有要離開的意思，送花的成功似乎讓他高興過了頭，厚臉皮地問道：「我可以吃餅乾嗎？」好不容易才讓人對他另眼相看，現在又全毀了。

嬉野的行為讓小晶看傻了眼，毫不掩飾地教訓他說：「欸，這可是女生的下午茶會耶！你趕快離開啦！」惹得嬉野不滿地回嘴道：「妳怎麼這麼說啦！」因為那樣子實在太滑稽了，小心也忍不住笑了出來。

「差不多該吃午飯了吧？」

在小晶的提醒下，大家準備解散，各自回家吃飯。

「哇！我得趕快回家了！」嬉野一馬當先地衝出飯廳。

仔細一看，嬉野帶來的花雖然開得很漂亮，卻沒什麼生氣。

「這花應該是他從院子摘的。」小晶說，「他可能沒想那麼多，就把花摘來綁成花束。真是苦了這兩朵花了，得趕快把花插進水裡。這包裝紙應該也是回收再利用吧？上面全是皺紋，感覺好遜……」

「會嗎？」風歌歪著頭，打斷小晶的批評。

小晶被風歌的反應嚇了一跳，趕緊閉上嘴。風歌不發一語地拿起花束，起身往門口走去。

「對了！」小晶尷尬地對著風歌的背影叫道，「要不要把花插在這裡？我去找花瓶……」

「不用。」

風歌沒有回頭。

「這裡沒有水，我還是帶回家吧。」

「……好。」

「嗯。」

看著兩人的互動，小心不禁在心中捏一把冷汗。她國小偶爾也會遇到這樣的突發狀況——女生之間的劍拔弩張，以及隨之而來的尷尬氣氛。

風歌離開後，小晶和小心陷入一片沉默。小心因耐不住沉重的氣氛，決定先離開。

「那我們下午見。」「喔，好。」小晶回答得有些急促，表情卻是一如往常地開朗。

正當小心準備離開時，她聽見小晶喃喃低吟的聲音——

「……像她這種個性，肯定沒有半個朋友。」

小心聽到這句話，不禁寒毛直豎。是我聽錯了嗎？她忍著回頭看向小晶的衝動，加快腳步離開飯廳，往鏡子另一邊的房間走去。

不，我沒有聽錯。

小心雖然沒有回頭，但她很清楚，小晶確實說了這句話。雖然聽起來很像在自言自語，但小晶似乎並不在意被小心聽到。

回到家後，小心將媽媽準備的冷凍焗烤放入微波爐加熱，愈吃愈難過。

她很喜歡風歌，也很喜歡小晶，沒想到城堡裡會發生那種衝突。今天下午，小晶和風歌會不會就不去城堡了呢？

然而，小心的擔心顯然是多餘的。當她一點多回到城堡時，她們兩個已經在飯廳了。

小晶似乎在等待小心的到來，她笑著說：「嬉野剛才過來了一下，不過被我趕走了。」

「我們繼續剛才的慶生會吧！這是我的禮物。」說完，小晶拿出三個迴紋針。

那是相當有設計感的木製迴紋針，上面黏著西瓜、檸檬、草莓等可愛黏土，透明的包裝袋上還黏著一個藍色的蝴蝶結。

「我是從家裡拿現成的，所以包裝得沒有很精緻。」

小心覺得小晶客氣了，她明明就包裝得很細心，跟剛買來的一樣漂亮。風歌接過迴紋針說：「謝謝。」就連向小晶道謝時，也一直盯著手上的禮物。

「超可愛的！謝謝妳！」

「太好了。」小晶展露笑顏，又說了一次：「生日快樂！風歌。」

⚜

隔天早上，小心心驚膽跳地起床。

她做了一個深呼吸。爸媽已吃完早餐出門了，只剩她一個人在家。

大多店家都是十點左右開門。

小心今天，打算出門買風歌的生日禮物。

昨天是風歌的生日，嬉野和小晶都送了生日禮物，小心卻什麼都沒準備。雖然風歌看上去並不在意，小心當場也沒有什麼表示，但她很想幫風歌慶祝一番。

屋子裡一片寂靜，沒有人知道小心接下來的計畫。

只要悄悄地出去，再悄悄地回來就沒問題了。

今天，她不是站在發亮的鏡子前，而是站在一樓的大門前深呼吸。她很想戴帽子出門，但如果是小學生還可以矇混過去，國中生戴帽子只會更加顯眼。

她穿上T恤和裙子，仔細洗了兩次臉，還綁了頭髮。

推開大門時，她的心臟撲通撲通地狂跳。

燦爛的夏日陽光射進昏暗的玄關，小心不禁瞇上眼睛。黃色的太陽高掛，鳥兒翱翔空中，腳底傳來柏油的熱度。

是外面。

是久違的外面世界。

空氣是那麼地清新，吸起來非常舒服。光是這樣，就足以讓她鬆一口氣。蟬鳴的另一端，傳來帶狗散步的人和小孩的聲音。

今天的天氣雖然炎熱，卻相當清爽。

小心悄然無聲地走出門外。

她已經想好要送風歌什麼禮物了。

她的目的地是客來優。

客來優是位於小心家附近、步行即可到達的購物中心，於小心升上國小的那年開幕，裡頭有麥當勞、Mister Donut等各種店家。客來優裡面有一家雜貨舖，裡面有很多小晶昨天帶來的那種餅乾紙墊，琳琅滿目，令人難以選擇。自從她沒去上學後，媽媽就沒有給她零用錢了。

小心有預感，久違的外出一定是充滿了趣味與驚奇。這跟去中心時不一樣，媽媽沒有跟在身邊，她從來不知道，「一個人」是如此輕鬆而舒適。

然而，正當小心進入大馬路時——

兩個男生騎著腳踏車從她面前經過，他們身上穿著小心目前就讀，喔不，是之前就讀的雪科第五中學的運動服，邊騎邊「欸」、「糟糕」地交談。小心見狀，雙腿有如被釘在原地一般，動彈不得。

每個年級的運動服顏色不一樣，他們穿的不是一年級的藍色，而是二年級的胭脂色。

小心彷彿能聽見自己胸口碎裂的聲音。

她下意識地低下頭，避免與那兩個男生對到眼，卻又有一股想看向他們的衝動。於是，小心的內心陷入了天人交戰，拚命壓抑著這股欲望。

有個聲音不斷告訴她，快聽清楚那兩個男生在說什麼，會不會是在說她的壞話？他們是不是在回頭看她，然後交頭接耳？

小心倒抽了一口氣。她很驚訝自己會有這種想法，因為，這根本是無稽之談。

雪科第五中學是一所大學校，小心沒有加入社團，跟那兩個男生又不同年級，他們怎麼可能會認識自己？

對方既非一年級，也不是女生。然而，小心卻無法控制自己往壞處想。

如果他們認識真田怎麼辦——小心無力地蹲了下來，想找個地方躲起來。
想到這裡，小心又倒抽了一口氣。
真田的好朋友——東条就住在這附近。
她再次看向大馬路，腳踝彷彿被柏油路的熱氣纏住了一般。又直又長的馬路的另一頭，能看見目的地——購物中心的招牌。爸媽開車帶她去時彷彿近在咫尺，此時卻是遠在天邊。
小心很想往購物中心走去，卻因為雙腿發軟而動彈不得。
她咬著嘴唇，深深吸了一口氣。
都來到這裡了——
她不斷說服自己前進，甚至懷疑自己是不是在裹足不前的地方留下了腳印。每一步都是如此沉重。
也不知道走了多遠。
中途小心突然覺得很不舒服，走進路邊的便利商店。
她覺得頭暈目眩。
才走進門，就看到放便當和飲料的冷藏櫃散發出絢麗奪目的光芒。她以前來過這間便利商店多次，但今天的光卻比以前更明亮、更刺眼，商品也比以前多很多。平常她總是懷著愧疚之心，拜託媽媽幫她買零食和飲料。而這些零食飲料，現在卻有如壁畫一般伸展開來，彷彿永無止境似的，非常怪異。看得小心眼睛都花了，不知從何下手。
小心伸手拿了一瓶寶特瓶飲料，然而，手卻像不是她的一般不受控制，一不小心就把飲料摔在地上。「對不起！」她口中念念有詞地撿起飲料後，將飲料放在胸前，突然感到面紅耳赤——我在跟誰道歉啊？聲音會不會太大了？

這時，一個上班族男人默默從她身後走過，對方並沒有觸碰小心，她卻被他嚇得心驚膽顫。這段日子，她不是待在家裡就是待在城堡，從未接觸過其他人，她簡直不敢相信，這個人居然離她這麼近。像這樣近距離與陌生人擦身而過，簡直就像開玩笑一樣。

別開玩笑了，真令人不敢相信，我的頭好暈，好不舒服——世間的詞彙無限多，此時此刻，這幾句話最能形容她現在的心情。

好可怕。

便利商店，好可怕。

胸前的飲料好冰，小心彷彿依偎著胸前的冰冷似的。突然，她領悟了。

她做不到。

她根本走不到購物中心。

⚜

接近傍晚時小心來到城堡，卻發現風歌不在。

飯廳裡空無一人，小心到「電動室」後，政宗告訴她：「風歌上午來過了，可能有一陣子沒辦法過來了。」

小心啞口無言，手上抱著在便利商店亂抓到的巧克力。還記得結完帳後，她便像逃命似地衝出店門。

「為什麼？」

「她說爸媽幫她報名了暑期班，接下來的一週都要參加短期集中課程，把落後的功課補回來。」

這番話有如一記當頭棒喝。

參加暑期班，把落後的功課補回來——爸媽之前也跟小心提出過相同要求，這陣子，她也因此而備感壓力。

小心一直很想問其他人，拒學後功課跟不跟得上。聽到這個消息，讓她有一種被風歌「搶先一步」的感覺，這讓她的肚子又開始隱隱作痛，內心忐忑不安。

「那小晶呢？」

「不知道耶，風歌走後，她應該就回去自己房間了吧？」

這天的「電動室」難得只有政宗一個人，據他說，昴和嬉野今天也沒過來。

「昴之前說過他要跟爸媽去旅行，暑假嘛。嬉野沒來倒是挺難得的。」

「……這樣啊。」

小心想起自己今天在便利商店的生理反應，相對於她，昴就成熟多了，居然能從容地外出旅行。

「政宗，你跟得上學校功課嗎？」

「妳問那什麼問題啊？我可是天才耶！」政宗的聲音輕飄飄的，彷彿要飄到世界盡頭似的，「我之前沒跟妳說我在補習嗎？就算沒去學校，我成績還是很好。」

「是喔……」小心說完，便走向門口。

「啊，對了。」政宗對著小心的背影叫道，「別怪我沒提醒妳，學校的功課在現實社會裡根本派不上用場。」

聽到政宗能到補習班念書，小心簡直羨慕極了。

她無力地「嗯」了一聲，便前往飯廳。因為她不想再聊這個話題了。

小心將風歌的禮物放在飯廳的桌上。

從便利商店回來後，她拿出媽媽之前不知道從哪帶回來的英文報紙，將巧克力包好，用透明膠帶固定後，再貼上可愛的貼紙。為了把禮物包得漂亮一點，手邊能用的東西她都用上了，也包得非常努力。然而，現在看起來，這份禮物卻是如此窮酸，嬉野的花束要體面多了。

也許「不送」才是正確的選擇。

一整天的大小事件積在胸口，壓得她喘不過氣。

看著窮酸的禮物，小心心想，為什麼自己無法做得跟小晶一樣好呢？不過是去個便利商店罷了，怎麼會嚴重成這樣？——這讓她感到忐忑不安。

從四月休息到八月，如今已經放暑假了。小心覺得自己才休息沒多久，怎麼會對外面的世界感到如此恐懼呢？

有那麼一瞬間，她好想放聲大哭，卻又立刻打消念頭。其他人若看到她哭，說不定會覺得她很煩。想哭，在家裡的浴室或哪裡偷哭就好。

就在這個時候——

「奇怪？」

小心愕然看向門口，微微眨了一下眼睛——是理音！難得他會來這裡。

「今天只有妳一個人啊？其他女生呢？」

「小晶應該在房間裡，風歌從今天開始參加暑期班……」

「暑期班？那是什麼？」

「咦？」

理音走進飯廳。

他近看更加帥氣，挺拔的鼻子、帶著點睏意的長睫大眼。從黝黑的皮膚來看，他應該經常從事戶外活動。這讓小心更沮喪了。

「你不知道暑期班啊？就是補習班推出的暑假課程，複習上學期的功課。」

「啊，對喔，已經放暑假了，念書真辛苦。」理音的語氣不像政宗那般嘲弄。見小心吃驚地看著自己，理音問道：「怎麼了嗎？」

「……理音你不用念書嗎？」

「我不喜歡念書，所以適量為之囉。話說回來，有人喜歡念書嗎？不過，心妳看起來還滿認真的。」

「我都沒有念耶。」

此時的小心正為了功課跟不上而備感壓力。不過，聽到理音喚她「心」，還是讓她心中小鹿亂撞了一番。理音「嗯」了一聲，似乎沒有興趣再追問下去，往桌面一瞥問：「這是禮物嗎？」
小心有如青天霹靂，剛才應該要把禮物藏起來的。
「嗯。」
「要送風歌的？」
「對，你知道她昨天生日啊？」
「像嬉野那樣大肆宣傳，想要不知道都難。不過話說回來，他這個人還真是有趣，前陣子還在追妳，一轉眼就換成風歌了。」
「別說了。」
小心忍不住低下頭來。此時此刻，她巴不得眼前這個包得歪七扭八的禮物憑空消失。
這時，理音開口了——
「好可惜喔，妳特別準備了禮物，卻沒辦法送出去。」
這句話其實沒什麼特別的。
然而，小心的胸口卻感到一股巨大的暖意。
難看的包裝，醜陋的禮物。
裡面包的，是小心逃出便利商店前、隨手亂抓的巧克力點心。
「嗯，」小心回答，「對啊，真的好可惜喔。」
昴跟家人去旅行了，風歌去參加了暑期班，大家漸漸都不來了。在這樣的情況下，每天來城堡實在很沒面子。

何況，小心還是自己放棄了去暑期班的機會。

「我功課大概快跟不上了……」

小心不小心說出了自己的「心聲」，她其實很在意自己一整個學期都沒去上課。

「咦？」

見理音轉頭看向自己，小心趕緊換上開朗的笑容說：「沒事。」然而，卻還是改變不了理音聽到的事實。

「妳很擔心功課跟不上是嗎？心，我記得妳是國一吧？跟我一樣。」

「對。」

「是喔。」

話題就此打住。

這樣或許對理音很不好意思，但一想到理音的狀況可能跟自己一樣，小心就微微鬆了一口氣。

至於錯過的暑期班……現在報名說不定還來得及，插班也不失為一個方法。

這些小心都知道，但此時此刻她的腦中一片混亂，根本無法冷靜思考。說實在話，她並不想上補習班。

她害怕功課落後，也害怕補習班。

要怎麼做，才能讓自己如願回歸「日常生活」呢？小心能想到的方法只有一個。

那就是找到「許願房」——找到「美夢成真鑰匙」。

只要真田消失，小心就一定能回歸校園生活。

⚜

隔週，小晶也不太來城堡了。

據政宗說，嬉野回奶奶家了，最近也不會過來。

小心的爸媽都忙於工作，本來就很難請假。再加上女兒不肯上學又不肯去中心，哪有心情出去玩呢？小心因怕尷尬，也不敢隨便提起出遊的事。

不過，小心並不是孤獨一人——政宗也每天到城堡報到。小心的爸媽因為週六、週日都在家，所以平常她只有平日才會過來。政宗會不會連週六、週日都來城堡呢？一般人都是週末休假，小心實在很好奇，政宗的爸媽思想這麼特別，到底是什麼樣的人、從事什麼工作呢？

政宗大多時間都是獨處，即便小心進到「電動室」，他頂多只是瞄小心一眼，不會主動跟她打招呼。

昴和其他男生沒來時，政宗大多都不是玩電視遊樂器，而是目不轉睛地盯著掌上型電動。

「啊，那是……」小心沒頭沒腦地說。

「蛤？」政宗抬起臉來，只見小心盯著自己手上的電動瞧。

那是第一次見面時，政宗拿在手上的電動。小心記得政宗曾說過，這是朋友託他「測試」的機種。小心很是羨慕，但「測試」可能牽扯到商業機密，政宗應該不能隨便借別人看吧?

「喔……」政宗看看小心,又看看手上的電動,電動正發出微微的音樂聲,「妳要玩嗎?」

「可以嗎?可是……」小心睜大了眼睛。

「我記得妳的電動被爸媽沒收了吧?可以借妳喔,反正我家還有很多剛買的新機種。」

「妳喜歡RPG嗎?」政宗彎下腰,從後背包中拿出遊戲軟體。政宗玩掌上型電動時,一般都是玩有故事情節的RPG。平常和其他人打電視遊樂器時,則都是玩對戰型的競速或動作遊戲。

「我不喜歡玩RPG耶,感覺又長又難。」

小心很感謝政宗特地問她,她說這話也沒有批評的意思,然而——

政宗卻「蛤?」了一聲,瞪了小心一眼,然後故意大聲嘆了口氣。

「聽到女生會打電動,我本來還對妳有點另眼相看的,沒想到妳居然會說RPG很長?」

政宗的表情充滿了鄙視,毫不遮掩地展露他心中的失望。

「妳的意思是說,妳從來沒有玩過有故事的電動?在妳眼裡,只有簡單爽玩的才叫電動?」

「就很難嘛……」

「很難?!」政宗再次皺起眉頭,「看來我跟妳沒什麼好說的。自從開始玩RPG,

我才認識到電動的美好。我第一次打電動打到哭，就是玩RPG。」

「打電動打到哭？」這次換小心嚇一跳了。她瞅著政宗問：「是因為沒破關太不甘心嗎？」

「不是好嗎？我是被劇情而感動！這種事還要問？」政宗不耐煩地說。

小心完全傻眼，她確實在電視廣告上看過幾個像電影一般、聲稱是「催淚之作」的電玩遊戲，但沒想到真的有人會玩到哭，而且還是個男生。

政宗又不客氣地說了一次：「看來我跟妳沒什麼好說的。」小心聽了很生氣，卻無從反擊。

「妳曾經看小說漫畫看到哭嗎？又或是動畫、電影？」

「有是有……」

「那我問妳，這些東西跟電動有差嗎？妳怎麼那麼缺乏想像力啊？」

小心知道自己惹怒了政宗，但有必要說得那麼難聽嗎？

「那你也不用委屈自己借我了。」小心終於忍不住回嘴。

政宗不悅地瞇起雙眼。他本來要把掌上型電動遞給小心的，便順勢收了回來說，「好啊，看來妳對電動的熱情也不過如此。」

小心聽得怒火中燒，但又不想繼續吵下去，只好不說話。

小心心想，像政宗這種神經大條的人，肯定很快就忘了這件事吧。

然而，那天小心吃完午餐回到城堡後，卻不見政宗的蹤影。

一直到城門關閉之前，政宗都沒有過來。小心在空無一人的「電動室」中咒罵：

「那個死宅男。」然後揍了華麗沙發上的抱枕三下出氣。

揍完抱枕後，她深吸了一口氣，看向政宗放在電視前的主機。

乾脆趁他不在把主機弄壞好了——想歸想，小心可不敢動手，只是想一想讓自己冷靜點罷了。

冷靜下來後，她發現了一件事——政宗其實比較喜歡一個人玩RPG，他之所以在這裡都玩動作遊戲，是為了讓大家可以同樂參與。

隔天，好一陣子沒見的昴來到了城堡。

因為政宗沒來，昴獨自靠在「電玩室」的窗邊，戴著耳機不知道在聽什麼。耳機是從他的包包裡延伸出來的。

「昴。」

昴因為在專心聽音樂，沒注意到小心的叫喚。直到小心拍了他兩下肩膀，他才抬起頭來，拿下耳機。

「抱歉，我沒注意到妳來了。」

「沒關係，抱歉打擾你聽音樂。政宗呢？」

「他好像沒來，真可惜，我很久沒見到他了。」

昴彎下腰收起耳機，用他那長滿雀斑的白皙臉龐看著小心。

「昴，有人說過你像《哈利波特》裡的榮恩嗎？我第一次看到你的時候就覺得好像喔。」

「哈利波特？」

「對，小說的《哈利波特》。」

話說出口小心才想到，小說跟電影還不都一樣？然而昴卻聳聳肩，搖頭說：「沒有人說過。」

「妳喜歡看書對吧？」

看著眼前的昴，小心多希望自己班上也有一個這麼成熟穩重的男生。

「大概是因為你跟『昴星團』同名，讓我聯想到奇幻故事吧。」

「這樣啊。不過，在我老爸給我的東西中，我大概最喜歡自己的名字吧。」

「咦？」

小心驚訝的不是名字的事，而是像昴這種彬彬有禮的男孩，居然會叫自己的父親「老爸」。昴微笑看著剛摘下的耳機說：

「這就是這個月見面時，老爸給我的。」

「咦？」

這個月見面時？一般不會這麼說吧。難道昴平時沒跟爸爸住一起？

昴抬頭看著欲言又止的小心。小心不知道自己是否該問出口，但她能感覺到，昴似乎希望她繼續問下去，但這也有可能是她的錯覺……

「昴你……」

正當小心想要進一步追問時，突然感覺到門口有人，昴比她先一步往門口看去——是風歌。小心已經好久沒在這裡見到風歌了。

「風歌……」

「小心！謝謝妳的禮物！」

「啊……」

為了讓風歌來時就能看到，小心將禮物放在風歌的鏡前，還附了一張寫著「生日快樂，這是遲來的禮物」的卡片。

風歌將禮物抱在懷裡，在「電動室」的桌上拆開後，不斷盯著點心的外盒看。這是小心拚了命才買到的點心，但不知道的人，說不定會以為這是她從家裡拿來的。

見小心和風歌聊了起來，昴不好意思在旁邊聽，便起身說：「我先回家一趟喔！」然後戴上耳機說：「待會見。」「嗯，好。」小心雖然還沒跟昴聊完，也只能先跟他暫別。

昴離開後，小心見風歌還在看收到的點心，覺得自己似乎應該要解釋一下。然而就在這時，風歌抬起頭來——

「妳很喜歡這個點心嗎？」

「咦？」

「我沒吃過這個點心耶，這是妳特別愛吃的點心嗎？」

「……對啊，很好吃喔。」

小心確實滿愛吃這個點心的，但聽到風歌問她是不是「特別愛吃」，瞬間卻有些猶豫要怎麼回答。風歌沒吃過這個點心啊……她是不是不常去便利商店呢？像她這種注重禮節的女孩，家教應該很嚴，爸媽應該不隨便給她吃零食吧？

「我好高興喔，晚點來吃吃看。」風歌笑了。

小心胸口一緊。風歌的聲音聽起來好開心，看來，她說的是真心話，並不是在敷衍小心。

——風歌真是個奇妙的女生。

她喜怒不形於色，讓人摸不透她的心思，也沒有意思要討好別人。所以，她願意像這樣敞開心房、向小心表達情緒，讓小心感到非常高興。

「小心，我很想馬上打開跟妳一起吃，但我可以帶回家自己享用嗎？」

小心被這個突如其來的問題嚇了一跳。

「因為這是妳特地送我的，我想要全部自己留著吃。」

「當然可以啊！」

風歌那天中午回家就吃了，她不失禮儀地向小心報告感想：「很好吃喔。」

聽到風歌這麼說，小心好慶幸自己去了便利商店。

雖然開始放暑假後，城堡整體的出席率降低了，小心卻經常見到一個人——理音。

他依舊活潑開朗，感覺很受女生歡迎。自從第一次見到理音，他的皮膚一次比一次黑，身材也高了不少。看到他曬到脫皮的臉頰，小心不禁心想，他是不是每天都蹺課出去玩啊？雖然他看起來沒有學壞，也不像會跟不良少年混在一起的人，但凡事很難說。

「奇怪，其他人呢？」

「今天只有我跟小心喔，昴上午有來，但已經回去了。看來暑假大家都很忙。」

風歌說。

時間已來到下午四點多。理音環視沒有半個男生的「電動室」後呢喃說道：

「是喔……」

「政宗也沒來啊？真難得，我本來想跟他借電動的。」

「他在生我的氣。」

理音看向小心。

「什麼？真的嗎？為什麼？」

班上偶爾就會有理音這種人。他們不會因為自己長得帥或受異性歡迎就擺架子，也不會特別排擠政宗或嬉野這種人緣不好的人，對男生女生都一視同仁。

為什麼這種人會來城堡呢？小心很清楚這是禁忌話題，自然不會多問。

小心在說明自己跟政宗吵架的過程時，總覺得胸口悶悶的。

「我說我覺得RPG又長又難，他就生氣了。看他那副瞧不起人的嘴臉，我就覺得心裡一把火……」

可是——

「可是，吵架後，他本來還要借我電動的……」

政宗本來要把電動遞給小心的，是她耍性子拒絕了他。

「是喔，我對電動也不是很了解。不過，我覺得妳還是跟政宗道個歉比較好，畢竟妳可能說得太過分、傷到他的心了。」

看理音一副理直氣壯的樣子，小心也虛心受教，想了一會兒說：

「我見到他會跟他好好道歉的。」

⚜

那天爸爸因為工作晚歸，只有小心和媽媽兩個人在家吃晚餐。

就在小心洗好米、電鍋的飯快要煮好時，媽媽回來了。媽媽換上家居服，穿上圍裙。

大概是因為最近工作特別忙的關係，媽媽沒有煮飯，而是從客來優裡的熟食店買了沙拉和煎餃。她將飯菜放到桌上後，向小心道歉：「對不起喔。」但其實，小心很喜歡這家店的熟食，它的沙拉裡有堅果，比媽媽做的要精緻許多。

在準備飯菜時，媽媽突然說：「對了，小心。」

「什麼事？」小心做好心理準備。沉穩之中帶點強硬——媽媽用這種聲音說話時，通常都是要講一些尷尬的話題，像是中心或學校之類的。

「……妳白天有出門是嗎？」

小心本在準備杯子和筷子，被媽媽這麼一問，心臟猛然跳了一大下。

「咦？」見小心支支吾吾，原本在排碗盤的媽媽停下手邊的動作，觀察小心的表情。

「我沒有生氣啦，還好現在是暑假，妳想出門也是好事。」

「還好」兩字在小心耳邊揮之不去，導致媽媽其他說了什麼，她完全聽不進去。

還好。

還好現在是暑假。

如果不是暑假，媽媽是不是就不希望她出去了？她是不是不想被人看見女兒沒去上學、在外面閒晃？

媽媽繼續說——

「媽媽本來不想說的，其實我前陣子曾在白天回來過一次。」

這句話給了小心一記當頭棒喝，意識愈飄愈遠。

「結果小心妳不在家。」

「妳為什麼要回來？」

她無法控制自己的情緒。

一股怒氣湧上胸口。

上班就上班，為什麼要中途回來？小心知道自己這是在亂發脾氣，但她真的覺得媽媽很過分。白天是她在家獨處的時光，這讓小心不禁心想，媽媽是不是不信任我，才會來個突擊檢查？

我的表情依舊稀鬆平常嗎？——小心幾乎不能控制自己的臉部肌肉和眼神。

「小心，媽媽並沒有生氣。」媽媽安撫她，「我本來不想說的。」

「那妳幹嘛說？」

「妳說那什麼話？」媽媽皺起眉頭，原本用來粉飾太平的低聲也變高了，「當然是因為擔心妳啊！媽媽看到妳鞋子還在門口，還以為妳被壞人抓走了。」

「鞋子……」

小心一時語塞，沒想到媽媽會檢查得那麼仔細。媽媽肯定進了她的房間，但鏡子應該沒有發光。雖然她不知道自己進去鏡子後，房間裡的鏡子會不會繼續發光，但如今看來應該不會。

小心不知道要怎麼解釋鞋子的事，媽媽可能以為小心穿了別雙鞋吧。

「小心……」

媽媽的眼神充滿了為難。那雙眸子彷彿在提醒小心，這個人並不相信自己。

「媽媽並不是在怪妳，妳能出門是好事，只是我想知道妳去哪……」

「我只是出去一下！」

小心說謊了。

那讓她感到喘不過氣。

她其實不願意這麼說。

因為她根本就沒有出門。

她很想讓媽媽知道，那天走在大太陽底下的自己有多麼痛苦、便利商店的燈光有多麼刺眼，光是看到穿著同校運動服的男生，就讓她全身僵硬到動彈不得。然而，她卻只能說自己出去外面，這讓她既不甘心又委屈。

出門簡直要了她的命，她不想讓媽媽覺得她跟其他人一樣能夠正常外出、正常生活。

媽媽嘆了一口氣。不知道她聽到小心的辯解有什麼想法呢？本來不是不想說嗎？

那為什麼忍不住說了？還拿「擔心」當擋箭牌，擅自闖入小心不願讓人觸碰的世界？不是說沒有生氣、不是在怪小心嗎？那又何必在小心面前咳聲嘆氣？

「妳要不要再去一次中心？」

媽媽的這句話讓小心的腹部備感沉重。見小心不發一語，媽媽繼續說：

「妳還記得中心的喜多嶋老師吧？」

媽媽說的，是帶小心參觀教室的年輕女老師。當時她還問小心說：「安西心同學，妳就讀雪科第五中學對吧？」她胸前的向日葵名牌上面寫著「喜多嶋」，旁邊還畫了一張她的臉，看起來應該是小孩子畫的。

那天喜多嶋老師用溫柔的微笑告訴小心，她是雪科第五中學畢業的，聽得小心好生羨慕，因為她已經長大成人，不用再去那間學校了。像那種留著俏麗短髮、看起來開朗活潑的老師——一看就知道非我族類。

「那個老師說，她想再跟妳聊聊。」媽媽凝視著小心。

小心的第六感果然沒錯，媽媽這段期間依然與中心的老師保持聯絡。媽媽沉默了半晌，像是在猶豫什麼似的。

「……那個老師跟媽媽說，拒學一定不是小心的錯，背後肯定有什麼原因。」

小心微微睜大雙眼。

媽媽說得很是為難。

「她跟媽媽強調了好幾次，說小心並沒有錯，叫我不要怪妳，也不要生妳的氣。所以我一直在忍耐，不過問妳的事情。」

既然都忍耐了，為什麼不忍耐到最後呢？為什麼要選在這個時間點跟我攤牌呢？媽媽直愣愣地瞅著小心。

「妳不在的隔天，我又趁著工作空檔偷偷回來了一次，結果妳還是不在……有好幾次都這樣。」

對此小心無話可說，無以反駁。媽媽看著小心，臉上盡是疲憊。

「我上班時一直很擔心，如果晚上回家妳還沒回來怎麼辦。可是我回家時，妳卻一副若無其事的樣子。我這才發現，原來妳白天都瞞著我出門，晚上還能不動聲色地跟我們吃飯……」

「……好啦！我以後不會再出門了！」

被小心這麼一吼，媽媽似乎也嚇到了，她眨了眨眼說：「我不是不准妳出門！」

「妳肯出門是好事，但妳要讓媽媽知道妳去了哪裡！公園？圖書館？妳應該沒有去卡雷歐吧？那裡的電動遊樂場龍蛇……」

「我怎麼可能跑那麼遠！」

這是實話。小心根本去不了那麼遠，便利商店已經是她的極限了。她再也受不了媽媽的誤解和咄咄逼人了！

小心將手上的杯子和筷子往桌上用力一放，便跑出飯廳。

「小心！」不顧媽媽在背後的叫喚，她頭也不回地跑到二樓房間，撲到床上。

為什麼鏡子現在不發光呢？她好恨。此時此刻的她，多想闖進夜晚的城堡，從這個房間徹底消失。

「小心……」然而，樓下媽媽的叫聲，以及上樓的腳步聲，都讓她無法輕易離家。

現在她的腦中只有喜多嶋老師。

以及喜多嶋老師說的那句話——

「拒學一定不是小心的錯，背後肯定有什麼原因。」

聽到這句話後，一股淺淺的期待撼動了她的心。

難道喜多嶋老師知道了什麼？身為中心的老師，就算跟區域裡的中學有什麼交流也不奇怪。會不會是有人告訴了她實情？告訴了她小心在學校裡的遭遇？

然而，小心卻馬上告訴自己這是不可能的。天底下哪有這麼巧的事？

真田美織可是一年級的中心人物，她的朋友都不敢違背她，更別提跟大人說真田的壞話了。其他同學也一樣，他們早就忘了小心這個人，各自為了社團、生活而忙碌。

小心已追不上教室裡的時間。

「小心……」聽到媽媽走近房間的聲音，小心愕然起身。

她急急忙忙將桌上小晶送她的紙墊藏在身體下方。因為如果被媽媽看到，她又要問東問西、大驚小怪了。

看到可愛紙墊被壓得皺巴巴的，小心不禁悲從中來。

一想到小晶帶紙墊去城堡、泡紅茶給她喝，以及風歌收到禮物後的開心模樣，小心就委屈得想大叫出聲。

為什麼不讓我毫無顧忌地去城堡？

為什麼不讓我經營自己的生活？

「小心，我開門囉。」媽媽說完，便走進小心房間。

⚜

跟媽媽吵架的隔天，小心沒有去城堡。

「昨天很抱歉……」那天早上媽媽主動跟她道歉，語氣格外溫柔。

「媽媽沒有意思要過問妳白天做什麼。那天突然回家純屬偶然，並不是要突擊檢查。對不起。」

小心只是「嗯」了一聲，因氣氛尷尬而感到不自在。媽媽接著說：「我不會再突然回來了。」

「媽媽不會再做這種類似檢查的事了。」

這是喜多嶋老師他們教妳的講法嗎？讓女兒覺得妳是個開明的母親。

小心因擔心是陷阱，那天一整天都待在家裡。畢竟媽媽很有可能說一套做一套，暗中監視她也不一定。

小心關上窗戶，將炎炎烈日阻擋在外，打開冷氣，時而看書，時而看電視。學生都放暑假了，外頭傳來孩子在公園玩耍的聲音。

吃完媽媽事先準備好的午餐後，小心戰戰兢兢地看向外面。然而，一直到接近傍晚，媽媽都沒有回來。

她乖乖待在家裡，媽媽卻沒有回來檢查。

小心好不甘心，悔不當初。

早知如此，今天就去城堡了。

隔天，她還是很猶豫要不要去城堡。因等到下午媽媽也沒有回來，所以下午三點多她還是決定過去一趟。

我去去就來——她這麼告訴自己。

去去就來。

只要跟大家見個面，在媽媽回來檢查前回到家就好。

然而鏡子的那一頭，卻有驚人的事情在等著小心。

城堡一開始瀰漫著一股不真實的人工感，然而開放三個月後，處處可見大家亂丟的玩具和零食，充滿了生活的痕跡。不知道誰用圖畫紙幫成員做了名牌貼在鏡子上，大家各自在上面寫了名字，不過當然不是全名，而是「小心」、「小晶」、「政宗」……等。

很難得的，今天所有鏡子都發出彩虹光芒，小心是最後一個到的。

小心進入再熟悉不過的「電動室」，卻被眼前的景象嚇得瞠目結舌。

「喔，小心！」

「電動兩兄弟」——政宗和昴同時看向小心。
所有人都到齊了。風歌和小晶坐在沙發上，其他男生則圍在電動旁邊。
然而，小心的眼光卻被一個人深深吸引。
那就是上次跟她聊「爸爸」聊到一半的人——昴。
昴的頭髮變成了褐色。不是像理音那種曬出來的褐色，而是染出來的人工色。
「昴……」
「嗯？」
「你的頭髮……」
他應該已經被大家問過了吧？這會不會又是「禁忌話題」呢？——小心雖然有所顧忌，卻還是忍不住問出口。
現場鴉雀無聲，但小心知道他們都在等昴的回答。
「喔，妳說我的頭髮啊？」昴倒是毫不在意，將自己的一小撮頭髮抓到耳邊，這讓小心瞬間有些混亂，眼前的昴和以前簡直判若兩人，看起來更老成了。
更驚人的還在後頭呢。
昴抓起頭髮後，小心看到他的耳垂上，有一個閃閃發光的小耳環——他穿了耳洞！
「我哥幫我弄的。」昴說，「其實是被他半強迫的啦，他說暑假就應該改變一下造型。」
「是染的嗎？」
「不是，是用漂的。第一次染髮顏色會上不去，一定要用漂的才能變色。」

「是喔……」

小心的心跳得好快。

一旁的政宗沒有一副等著看好戲的表情，問道：「你有哥哥喔？」

小心被他帶點忐忑的聲音嚇到。

她今天才知道昴有哥哥，但沒想到就連昴的死黨政宗也不知道。

「那耳洞呢？也是你哥幫你打的？」

政宗又問。

「嗯，是我哥跟他女友幫我打的。一開始怕洞合起來，我連睡覺都戴著耳環。但昨天睡覺翻身時不小心刺到肉，血還流到枕頭上。」

「喔。」

政宗若無其事地回應，但雙眼卻比平常更無神。

小心能夠了解政宗現在的心情。

他對昴感到很反感。

褐髮、耳環——這兩樣東西和政宗的生活格格不入。他很努力地假裝鎮定，假裝自己不會因為這點小事就有所動搖、改變對昴的態度。事實上，小心也跟他一樣，其他人大概也是如此。

「是喔……」小晶附和道。

現場一片尷尬，唯有小晶毫不在意，一如往常地跟昴說話。

「不過，你這顆頭開學不會被『盯』嗎？每到學期末，老師不是都會嘮叨一堆，叫我們不准染頭髮來學校。」

「會啊，不過我不在意。」

「真好，我也想要染一下。」

「好哇，應該挺適合的。」

「我也來幫風歌和小心染好了……不過，如果擅自改變風歌的造型，某人可能會氣得跳腳吧？」

小晶對嬉野露出露骨的竊笑。只見嬉野眨了眨圓圓的眼睛，露出驚恐的表情。一旁的風歌則尷尬地假裝沒看見。

昴彷彿連長相都改變了，小心能看見昴褐色頭髮下微微透出的臉頰。他的內心還是昴，沒想到髮色居然能讓一個人看起來如此不同。就連若無其事跟他聊天的小晶，也讓人感覺難以親近。

是我哥跟他女友幫我打的——小心的直覺告訴她，昴的哥哥和女朋友絕非善類，應該是穿得不倫不類、常蹺課去打電動或四處閒晃的那種人。她很擔心喜多嶋老師和媽媽覺得自己跟這種人混在一起。

就在這時，一個聲音大喊——

「聽我說！」

是嬉野的聲音。

「我有話要說……」

「怎麼了？」小晶問道。

嬉野脹紅著臉，瞪向小晶，瞪向所有人。

「我下學期要去上課了！」

霎時間，小晶瞪大了眼睛，其他人也大驚失色。嬉野面紅耳赤，表情非常認真。

「之前因為顧慮到大家的心情，我一直沒有戳破你們……」他繼續說，「我們全都沒有去上學，而且是沒有辦法去上學。」

小心聽了心想，那你現在幹嘛講出來？大家都心知肚明不是嗎？

但仔細想想，上次她聽政宗批評學校、在小晶面前提起學校搞砸氣氛，都是在上午，而嬉野都是下午才過來。

小心也從沒跟嬉野聊過學校的事，一方面是因為他愛吃又滿腦子都是戀愛，給人一種「吉祥物」的感覺；一方面是因為小心本來就不確定這裡所有人都是「拒學族」。

「蠢斃了……明明在現實生活中根本沒辦法去上學，還在這裡假裝普通人。小晶跟昴剛才還說什麼開學會被盯……少在那邊幻想了！你們根本就不會去上學！」

小心把驚叫聲硬生生地吞了回去。

小晶沒有說話，只是脹紅著一張臉，橫眉豎目看著嬉野。然而，她的頸部以下卻有如鬼魅一般慘白。

「但我跟你們不一樣。」嬉野的語氣充滿了堅定，他環視一圈後繼續說：「我下學期要重回學校，不會再過來了……你們就永遠待在這裡吧！」

「欸，你說得太過分了吧！」

原本躺在一旁的理音出聲喝止。

他起身面向嬉野，聲音也不知不覺大了起來。

「這裡很好玩不是嗎？」

「一點都不好玩！」嬉野眼歪嘴斜地吼道。

理音沒料到嬉野會大吼反擊，瞬間有些驚慌失措。嬉野則見縫插針，破口大罵。

「你們都瞧不起我！每個人都瞧不起我，每個人！我不知道你們為什麼要這麼對我，沒有人把我當一回事，全把我當白痴耍，對我為所欲為！」

「才沒有那回事！」

小心脫口而出。

話才說出口她就後悔了，因為話還沒說完，她就發現——

其實有。

在她眼中，嬉野確實是個可以任意開玩笑也無傷大雅的角色。女生經常私底下嘲笑他不斷更換追求對象的事，她還因為這個「共通話題」，跟小晶和風歌成為好朋友。說實在話，她甚至很感謝嬉野，多虧了他，自己才能跟女生打成一片。

她一直都沒把嬉野當一回事。

但此時此刻她又不能承認，只好向嬉野賠不是。

「很抱歉讓你有那種感覺，但是……」

「啊啊啊啊啊！煩死了！」

嬉野的叫聲嚇得小心縮起身體。

「妳也一樣！」

嬉野看向小晶，然後轉過頭看向昴。
「你也一樣！你也一樣！妳也一樣！」
他環視一圈後，最後看向站在自己面前的理音。
「少在那邊裝得事不關己！你也一樣！你們都跟我一樣，被同學霸凌、被班上排擠，沒有朋友！」
「……嬉野，你冷靜一點。」
理音抓住嬉野的肩膀，嬉野依舊面紅耳赤。
每個人都有自己的苦衷——小心自踏進城堡那一瞬間便明白。
然而，此時此刻，她卻無法說出這句話，那太痛苦了，以至於她不知該如何開口。
嬉野揮開理音的手。
「那你說啊！」嬉野惱羞成怒，把問題推到理音身上。他氣喘吁吁地逼問理音：「你為什麼沒辦法上學？說啊！告訴在場所有人啊！」
理音沒有立刻回答，只是睜大眼睛看著嬉野。所有人的目光全落在他們兩人的身上。
嬉野泫然欲泣，身為攻擊方，他的表情卻像在求救似的，令人不忍直視。然而，大家卻沒有因此移開視線。
「我……」理音猶豫了片刻，抿了抿嘴，隨後直視著嬉野說：「我有去上學。」
現場一片愕然，所有人都瞠目結舌。嬉野先是大吃一驚，然後大吼道：「少騙人了！」
「都什麼時候了你還不肯說實話？你這個人真是爛透了！我可是很認真在……」

「我沒有騙人！」理音皺起眉頭，有如下定決心一般繼續說：「只是，我不是在日本上學，而是在夏威夷上寄宿學校。」

嬉野傻住了。

如同傳染一般，其他人也受到了相同的驚嚇，小心更是瞪大了眼睛。

夏威夷。

她的腦中浮現出遠在千里之外的南國群島、微風、海岸、草裙舞、椰樹、大自然……這一切的一切，都和理音黝黑的皮膚如此合拍。然而，令人驚訝的還在後面——

「我一個人住在學校的宿舍，現在夏威夷是晚上不是白天，我都是放學後才過來的。」

原來如此，所以理音總是手錶不離身，小心沒有近看過他的手錶，但她知道理音很在意時間——此時此刻，他也戴著手錶。

小心想起來了。

之前她曾問過理音現在幾點，理音先是看了一下手錶，然後指向門廳的大時鐘說：「**那邊有時鐘喔。**」

他之所以會那麼做，是因為他手錶上是外國——夏威夷的時間，而非小心想要知道的日本時間。

「夏威夷？」

開口的是政宗，他臉上掛著僵硬的笑容，彷彿在幫所有人詢問一樣。

「你說的夏威夷，是我們都知道的那個夏威夷嗎？呃……你是特地從那邊過來的嗎？」

「我是從宿舍的鏡子過來的。」理音蹙眉，「我想大家應該都是從鏡子過來的吧？跟距離無關。」

「這麼說來……」風歌用清亮的聲音說

小心聞聲轉過頭，只見風歌凝視著理音，深深嘆了口氣。

「當初『狼小姐』在說明城堡的事情時，曾說過『城堡的開放時間是日本時間的早上九點到傍晚五點』。」

小心恍然大悟，這才想起確實有這麼一回事。

風歌繼續說：「我那時候就覺得奇怪，她為什麼要特別強調『日本時間』，原來是因為你的關係。」

「……應該不只是因為我吧。」理音尷尬地低下頭。

「喔？那是為什麼？」政宗的語氣挑釁到讓人難以忍受，「你好啊，優等生。」

理音沒有說話，在他抬起頭的那一剎那——真的只有短短的一瞬間，小心看見他露出受傷的眼神，雙眼彷彿蒙上了一層灰一般。

理音搖搖頭。

「我並不是優等生。那間學校的入學考試很簡單，課程進度也比日本的學校慢。學校很鼓勵學生在大自然中踢足球。」

「所以你是為了踢足球才去留學的嗎？」就連昴——小心不知道他在想什麼的昂，也興致勃勃地向理音發問。

「真厲害……」昂如此呢喃，「能到夏威夷念書……你家應該很有錢吧？好像明星喔。」

「並沒有好嗎？沒有你們想的那麼好。」

「不過……」

那一瞬間小心明白了，大家跟她想的是一樣的事情。無論理音怎麼辯駁，都改變不了大家的想法。

理音不是「拒學族」。

而是在夏威夷念貴族學校的正常人。

這莫大的打擊，讓小心的心亂成一團。她知道這樣很對不起理音，但她無法控制自己的思緒。

理音跟我們不一樣。

小心以前就覺得很奇怪，這種人怎麼會是「拒學族」。

原來他是有處可歸的人。

「你這個人……」嬉野的聲音彷彿失了魂似的，用責怪的眼神看著理音。

理音微微咬唇。

「你是在耍我們嗎？為什麼要刻意隱瞞？」

「我沒有意思要耍你們！」

理音急忙搖頭否認，然而，他臉上的尷尬表情卻說明了一切。

或許理音沒有惡意，但很明顯的，他感到非常心虛。他可能沒有意思要刻意隱瞞，但如果沒有人問，他也不會主動坦白。

「我不是在耍你們。一開始我也覺得很莫名其妙，以為你們也是夏威夷的留學生。但後來我發現，你們聊天都是以日本的時間為前提，再加上城堡是開放到三月，我才明白你們都是從日本來的。」

聽到這裡，小心才想起美國等多數外國學校都是九月開學，跟日本不同。

理音繼續說——

「我一開始沒想那麼多，只知道你們不是留學生，但不知道你們都沒有去上學，直到有人提起拒學的事，我才注意到。但就算知道了，我也不覺得怎樣啊！」

「……那還真是對不起喔。」政宗說。

理音一臉無奈，他明明就不是那個意思。

政宗故作誇張地嘆了一口大氣。

「不好意思喔，我們不是夏威夷的留學生。不過你也無須內疚，我只是嘴巴賤了一點，並沒有因此而受傷。」

「……我真的沒有惡意，」理音低著頭說，「很抱歉沒有跟你們說，但我真的很喜歡這裡，因為我在夏威夷沒什麼日本朋友……」

所有人都看著理音。

「如果你們不准我來，我就不會再過來了……但是，我雖然是留學生，但英文並沒有很好，常常因為言不達意而沮喪洩氣。所以，能跟你們聊天我真的很高興。」

「沒有人不准你來……」

小心久違地開口，彷彿鬼壓床終於結束似的。

事情為何會失控至此？

理音不是「拒學族」這件事確實讓她大受打擊。夏威夷的留學生——說實在話，這比一般中學生更讓她感到畏懼。當然，聽到理音「非我族類」，也讓她有種遭人背叛的感覺。

但是，她絲毫不覺得理音在耍他們。理音和她一樣，都想和大家和平相處。到底為什麼會失控至此？

小心想歸想，卻不知道該怎麼說，最後只好以沉默帶過。

「嬉野……」理音喚道。

然而，嬉野卻只是低著頭，不發一語，也沒有看向理音。

「你就去啊！」一個冰冷的聲音說。

小心心驚膽戰地循聲看去——是小晶。

「你要去學校就去啊！反正這裡根本沒人在乎你的死活，你想怎樣就怎樣，隨便你！」

嬉野沒有回答，不發一語地繞開理音，走出了「電動室」。沒有人去追他。

嬉野離開後，現場陷入一片寂靜。

「理音，」風歌率先打破沉默，看著理音的手錶問：「你這麼小就一個人住在國外啊？是被夏威夷的球探發掘的嗎？」

「不是，我是請日本的教練幫我寫推薦函才入學的，而且學校還是爸媽選的。」

「夏威夷跟日本差幾小時？」

「……十九小時。」說完，理音終於露出疲憊的微笑。

「電動室」裡的時鐘指向下午四點。

「現在正好是晚上九點，我的同學都吃完晚餐，差不多要熄燈了。」

「晚上九點？是昨天還是今天？」

「昨天，夏威夷比日本慢一天。」

理音露出微笑，現場也因此再度陷入沉默。

「我先回去了。」理音說，「……抱歉一直瞞著你們。」

他其實沒有錯，但還是道歉了。

之後的一段時日，大家一如往常，彷彿沒有發生過任何事一樣。

但不可否認的是，嬉野的怒氣，在安穩的城堡生活中留下了一道裂痕。

他觸犯了禁忌話題，在所有人的傷口上撒鹽，在和平的城堡中掀起了軒然大波。

一週後，當小心好不容易習慣昴的新髮色和耳環時，城堡又再度陷入一片驚呆。

這次換小晶染了頭髮。

第二部

恍然大悟的第二學期

九月

暑假結束，日本全面開學。

不知是不是為了避免跟嬉野碰頭，自從「嬉野事件」後，小晶便不太來城堡了。好不容易等到開學，她終於來了，頭髮卻變成了亮紅色。

昴比較接近金髮，小晶則是紅髮。

「我染了。」

小晶注意到小心的視線，打趣地笑了。

「心，妳要染嗎？我可以幫妳找染髮劑喔。」

「沒關係，我不用。」

小心聞到她的肩膀上有香水味。小晶不只換了髮色，還剪掉了招牌髮型——長馬尾，手指也擦上了粉紅色的指甲油。不過，她塗的技巧似乎不是很好，有很多地方都塗到了肉上。看到她塗得亂七八糟的指甲，小心覺得自己似乎看到不該看的東西，趕緊別開眼睛。

小心不禁開始幻想——

如果我染髮的話……

媽媽一定會氣到昏倒，然後強迫我染回灰色。

昴跟小晶的爸媽難道不會生氣嗎？

自從「嬉野事件」後，嬉野就不來城堡了。

去上學也好，這對他而言是好事。也許他不是回去原來的學校，而是轉到其他學校也不一定。

小心好後悔，她後悔自己從來沒有好好跟嬉野聊過天，也後悔自己沒有阻止他離開。

她應該跟嬉野道歉的。大家總是肆無忌憚地開嬉野的玩笑，難怪嬉野會生氣，覺得他們瞧不起他。

嬉野的鏡子就在小心的鏡子旁邊。看到黯淡無光的鏡子，一想到嬉野不會再來了，小心就感到好難過——好自責。

她應該好好聽嬉野說話、進一步了解他的。

這天，正當小心一臉難過地站在嬉野的鏡子前時，理音來了。

「嬉野好久沒來了……」理音說。

經過了那次軒然大波，理音依舊每天來城堡。這讓小心感到相當欣慰。

「是啊。」

「……其實何必分什麼拒學族上學族，只要能夠在這裡放鬆享樂不就好了，他何必想那麼多呢？」理音說完呢喃道：「就跟我一樣……」

理音喃喃自語時，看起來好落寞。

九月中旬——

嬉野再度來到城堡。

傷痕累累地歸隊。

臉上貼著紗布，手腕包著繃帶，臉腫得跟豬頭似的。

遍體鱗傷。

⚜

那天下午，嬉野悄悄地現身城堡。

他全身是傷，臉貼紗布，手包繃帶。

雖說看起來沒有骨折，腳還能走，手也沒有吊三角巾，但應該也吃盡苦頭了。

嬉野一言不發地走進「電動室」。

當時所有人都在場。

現場一片靜默，只有沒人玩的電動彷彿搞不清楚狀況似的，不斷播放輕快的音樂。

——我下學期要去上學了！

這句話言猶在耳。

開學不是還不到兩個禮拜嗎？

小心愕然看著嬉野，政宗、昴、小晶、理音也全都啞口無言地盯著他瞧。

嬉野似乎也不知該說什麼，他刻意迴避大家的眼神，默默走向沙發。

正當嬉野要坐下時，政宗開口了。

「嬉野……」

政宗走向嬉野，輕輕碰了一下他的肩膀。誰都能看出政宗在強裝鎮定，內心其實很緊張。他生硬地問道：「你要玩電動嗎？」

嬉野被他這麼一問終於抬起頭來，彷彿在壓抑情緒似地咬著嘴唇。大家屏氣凝神看著他們兩人的互動。

「要，」嬉野回答，「我要玩。」

兩人的對話到此結束。

大家不用問也知道，嬉野大概發生了什麼事。

小心不清楚其他人各自有什麼樣的苦衷，但她知道，對他們而言，去學校就有如跳入刀山火海，又或是投身暴風雨或龍捲風一般，只會弄得自己遍體鱗傷。

就像她覺得自己如果去學校，肯定會死在真田美織手上一樣。

嬉野在和大家鬧翻後回到這裡，應該需要很大的勇氣吧？但是，他還是不顧一切地回來了。一想到他投身暴風雨後又狼狽歸來，小心的內心便隱隱作痛。

她能體會嬉野的心情。

就連平常滿口酸言酸語的政宗，都用行為告訴政宗：「我懂。」

嬉野說「我要玩」時，表面看起來很鎮定，雙眸卻閃爍著一絲光芒。他似乎早已下定決心，即便眼淚奪眶而出，也沒有將淚水擦掉。

在政宗的催促下，嬉野坐到了電視前面。

那一天，沒有人向嬉野問起受傷的原因。

隔天，嬉野才主動提起受傷的事。

他平常都是下午才出現，那天卻帶著便當上午就來了。

令人驚訝的是，那天上午理音也來了。雖然他說是因為學校臨時放假，但小心覺得，他應該是因為擔心嬉野才提早過來的。

剛過十一點，嬉野就在大家面前打開便當，狼吞虎嚥地吃了起來。他的嘴裡似乎有傷口，一下喊痛，一下皺起眉頭，但完全不影響食慾。小心看得目瞪口呆，她心情不好就會腹痛沒食慾，所以對嬉野的好胃口感到很不可思議。

「你今天怎麼帶便當來啊？」

「……我跟媽咪說今天要去中心，請她幫我做的。但我今天不想去，所以就蹺課了。」

嬉野在回答政宗的問題時，嘴巴也嚼個不停。小心聽到「中心」兩字馬上意會過來，一旁的昴則滿頭問號。

「中心？是學校嗎？為什麼要叫中心？」

「他說的是自學中心吧？」政宗回答。

大家已經習慣昴的褐髮造型了，但政宗在跟昴打電動時，還是顯得不太自在。小心則是因為昴的黑髮長出來、變成一顆有點奇怪的布丁頭，根本不敢直視他。

「你家附近沒有嗎？專門給『拒學族』上課的地方。」政宗解釋道。

「沒聽過耶。」小晶一副劉姥姥進大觀園的表情，呢喃道：「是喔……沒想到有這種地方。心，妳聽過嗎？」

「……嗯，我們家附近就有一家。」

見話題轉到自己身上，小心的心跳得好快。政宗則一副心知肚明的模樣。

「就只是民間支援團體啦，小孩成為『拒學族』後，爸媽通常都會很緊張地向這種單位求助。我們學校附近也有一家，但我爸媽對這種團體完全不感興趣，只用一句『政宗，你一定不肯去這種地方吧？』就草草帶過。」

「是喔……我沒聽過耶，我們學校附近大概沒有吧。」小晶一臉欽佩。

「感覺我們學校附近應該有，只是我沒留意罷了。」風歌呢喃道。

「妳爸媽沒有跟妳提過嗎？」

被政宗這麼一問，風歌不知為何低下了頭，淡淡地說了一句：「我媽很忙。」

小心不發一語，只是杵在一旁。

有那麼一瞬間，她很猶豫要不要告訴大家，自己曾去中心參觀過。但一想到那間中心的名字叫做「心之教室」，她便打消了念頭。雖然只是名字一樣，但如果被人拿這件事說嘴，她就沒有勇氣活下去了。

就這點而言，政宗真的很厲害。

他能泰然自若地說出「自學中心」這四個字，並向大家解釋那是一種民間支援團體。小心從來沒想過「中心」是什麼樣的組織。

政宗看向嬉野說：「你剛說你今天蹺課，你之前一直都有去中心嗎？」

「嗯，我只有上午去。」

嬉野將嘴裡的食物吞下肚後說。語畢，他抬起頭，猶豫了一秒開口：「既然你們沒有人問我，我就自己招了。」

他一副沒什麼大不了的態度。

「我是被同班同學打傷的，但不是霸凌喔，你們可別誤會了。」

聽到這裡，在場沒人敢吭聲。任誰都沒想到，嬉野竟然會自己提起這件事。

嬉野本來就不期待有人回答，自顧自地繼續說：

「大家看到我受傷，第一個念頭就是我是不是被霸凌了。我不喜歡那樣……」

「他們為什麼要打你？」理音毫不避諱地問道。

「我有幾個比較要好的國中同學，他們經常來我家打電動、一起去補習，感情還算不錯。我一直當他們是朋友，可是後來，他們變得很奇怪……」

嬉野回答時，沒有看向理音。他很努力地假裝平靜，但聲音裡的僵硬，卻洩漏了他內心的激動。其實他可以不用硬逼自己回想不愉快的回憶，但他卻沒有就此打住的意思。

雖然小心不知道嬉野的同學是什麼樣的人，但她能想像，如果嬉野在自己班上會是什麼樣的角色。

從小學開始，每個班上一定都有專門被嘲諷、被惡整的男同學。有些人不會拿捏分寸，有時開玩笑開過頭都不知道。

嬉野說不定就是這種人。他說他的同學「變得很奇怪」，會不會其實是霸凌行為，只是他沒意識到呢？

「他們幾個每次都會來我家喝果汁、吃冰淇淋。一起出去時，我同情他們沒有零用錢，常常請他們吃麥當勞。習慣以後，他們開始把這一切當作理所當然。但我也不在意，因為他們不但很尊敬我，還想盡辦法地討好我。我沒有叫他們這麼做喔！是他們主動奉承我的。沒想到，有天補習班老師把這件事告訴我爸媽，我爸對我發了一頓好大的脾氣……」

嬉野淡定地說，時而流暢，時而停頓。

「他說：『用錢買朋友，你不覺得丟臉嗎？』」

嬉野握起拳頭，幾乎無法拿好筷子，就這麼攥著不動。

「媽咪聽了很生氣，她覺得，明明錯的是那些要我買果汁的人，為什麼爸爸要罵我？老實說我也覺得爸爸很奇怪，但我不希望爸媽因此而吵架……我覺得所有人都好煩，爸媽把所有事情都告訴了對方家長，那群同學也都被家裡罵了一頓。我覺得很尷尬，後來就提不起勁去學校了……」

「是喔。」一個清脆嘹喨的聲音說。

嬉野抬起頭一看，是風歌。她看著嬉野點點頭，「然後呢？」

「……我拒學後，媽咪就帶我去中心上課。她自己也有工作，但上午卻為了我請假，每天陪我待在家裡、跟我一起去中心。老實說我覺得她好煩，一直在監視我，我實在很想跟她說，放心啦，妳兒子死不了啦！」

「死？」

昴皺起眉頭，一臉震驚。

「很可笑吧？」嬉野露出無力的笑容，「就我媽咪的說法，那些同學是在『霸凌』我。她很擔心我，因為她看了很多書，都說被霸凌的孩子很容易自殺、自責。有一次她還在我面前聲淚俱下地說：『遙遙，有媽咪在，不要怕。』真是莫名其妙，我一點都不想死好嗎？」

「遙遙？」

聽到這「天外飛來一筆」的名字，政宗覺得奇怪。嬉野的臉一半都包著紗布，但還是看得出來他露出「啊，說溜嘴了」的表情。

「遙遙是誰？」

「……我啦！」嬉野低下頭說，把大家都嚇了一跳，他接著大叫：「對啦對啦！我的名字叫作遙啦！怎樣啦？」

「哇，好可愛的名字喔，好像女生喔！」

小晶並無惡意，但嬉野卻氣得滿臉通紅說：「我知道這個名字不適合我。」

「原來如此……」小心在心中恍然大悟。

當初自我介紹時，大家都是說名字，就只有嬉野說姓，原來是因為這個原因。

可想而知，他大概因為這個名字受盡了奚落。嬉野轉移話題，不想再繼續聊名字的事。

「總之，我被爸媽搞得很煩。後來我爸說，我這樣不去上課很不像話，中心的老師勸他再多給我一點時間，但他說這樣會把我寵壞，逼我下學期一定要去上課。」

「你媽有幫你說話嗎？」風歌問。

嬉野只有在風歌提問時才會看向問問題的人，但他很快又低下頭。

「有啊，但最後還是依了我爸。」

「每次都這樣……」嬉野嘟噥，「其實我沒差，要我去學校我就去啊，我又沒有跟那些人吵架，是我爸媽自己太大驚小怪了。」

「嗯。」

小心點點頭，有點不敢聽後續。

「我沒去上學的時候，我們導師跟我說，那群人很擔心我，也很自責害我變成拒學族。可是去學校後，我總覺得有點不對勁。他們一副『喔，你來了喔？』的樣子，完全沒有要反省的意思。接下來說的事情我也很後悔——然後我就主動跟他們說話了，我想我爸大概跟他們說了一些不好聽的話，所以就跟他們道了歉。」

「……你沒有必要道歉吧？」

政宗一針見血地說，口氣聽起來很不高興。然而，嬉野卻沒有回答。

他說他沒有跟那些人吵架，卻主動跟他們道歉；他說那些人沒有欺負他，卻希望他們自我反省。嬉野的字裡行間充滿了矛盾，在在都顯示出他內心的混亂。也許是為了裝堅強，也許是不想說真心話。

但唯一肯定的是，他沒有說謊。

他只是直率地呈現出每一瞬間的感情罷了。

「沒想到，其中一個人跟我說：『既然你不能請我們吃喝玩樂，我們就沒有瓜葛了。』他說這話時，其他人在旁邊竊笑。很令人不爽對吧？我忍不住揍了他們，打成一團才受傷的。」

現場沒有人說話。

「因為先動手的是我，所以比較吃虧。現在這件事鬧得很大，我爸媽揚言要告對方，但不知道最後會變成怎樣。中心的老師也很擔心我，問我今後有何打算，只有他們願意聽我說話。」

「所以……」嬉野有些哽咽，突然看向政宗，「你不要說那邊『只是』民間支援團體，不要瞧不起那個地方。因為只有那裡的老師願意聽我說話。」

政宗尷尬地撇過頭。大概是怕氣氛變得更僵，他並沒有道歉。

「那你怎麼回答？」風歌問。

「回答什麼？」

「中心的老師不是問你今後有什麼打算嗎？你怎麼回答？」

「……沒有打算。」嬉野說，「我跟老師說，我想要一個人待在家裡，不想被任何人打擾，包括我媽咪……畢竟我也受傷了，想要在家放空一陣子，偶爾去去中心就好。」

「喔，」風歌點點頭，「但你還是想來城堡？」

被風歌這麼一問，嬉野的臉都綠了。若換作別人，他還可以回嗆或發怒，但因為對象是風歌，他也只能摸摸鼻子，怯怯地問道：「不行嗎？」

「當然可以。」回答的不是風歌，而是政宗。

大家不約而同地看向政宗。

「辛苦你了。」

政宗難得一臉正經，聲音還是一如往常地冷漠。

回家後，小心滿腦子都是今天發生的事。

嬉野的事、城堡的事、中心的事、其他人的事，還有……自己的事。

嬉野說完後，已接近關城的時間，大家來到時鐘門廳的鏡子前。

「明天見。」小晶說完後，大家也彼此道別，彷彿一切都是如此的理所當然。

⚜

其實，不是每個人每天都到城堡報到。尤其是小晶和昴，自從「變髮」後就很少來了。不僅如此，他們聊天的內容也愈來愈成熟。

當小晶說她有男朋友時，小心大吃一驚。

明知小心和風歌不喜歡聊這個話題，小晶卻有如捉弄她們似的補了一句：「我不是第一次交了。」

小心覺得自己得有點反應，只好問：「妳男朋友是什麼樣的人呢？」

「比我大，」小晶說，「二十三歲，他說下次要騎摩托車帶我出去玩。」

「你們是怎麼認識的？」

「這個嘛……就那樣囉，說來話長。」

小心被潑了一盆冷水，自然沒意願問下去了。風歌則早就毫無反應。

小晶也跟男生說了自己交男朋友的事。

有次小晶不在，政宗聊起了這件事——

「感覺不太妙耶，一個二十三歲的男生怎麼會跟國三的小女生交往？那男的到底在想什麼？」

「不過……」昴接著說，「我哥有個十九歲的朋友叫光男，他女朋友好像才國二耶。」

政宗面帶慍色地閉上嘴。

雖說昴不會像小晶一樣故意吊人胃口，但小心對他也感到敬謝不敏。

自從漂髮後，昴跟政宗開始漸行漸遠。

昴不像之前跑城堡跑得那麼勤了，即便來了，大多也是獨自坐在「電動室」的沙發上，戴著耳機聽音樂。

「你在聽什麼？」小心問。

「我在家大多都是聽廣播，但這裡好像收不到訊號。」昴說。

小心這才知道，這裡收不到廣播訊號。「電動室」的電視機一直都只用來打電動，大概也收不到訊號吧？

「之前這臺音樂播放器曾壞掉過一次。我拿到秋葉原修，結果對方說買新的還比較快。正當我走投無路、求助無門時，在巷子裡找到一家願意幫我修的店，這才把播放器修好。」

「這樣啊……」小心應道，看來昴很珍惜這臺他爸爸送他的音樂播放器。就在這時，原本在打電動的政宗抬起頭來說：「你去了秋葉原喔？」

小心倒抽了一口氣。

她不知道昴跟政宗住在哪，但既然昴可以去秋葉原，就代表他應該也住東京。畢竟這個年紀的孩子一個人不能跑太遠，還是他是跟別人一起去的？

除了理音說過自己住在夏威夷，其他人從未提過自己住在哪裡。小心本來以為，接下來就要聊開這個「禁忌話題」了，然而，昴卻只是「嗯」了一聲。

他和政宗對看了一眼，刻意保持沉默，就此打住這個話題。

不只是昴，小晶也經常聊起城堡以外的事情。

她的穿著也變得不一樣了。進入夏天後，她常穿一些短到不行的小熱褲，顏色不是白色，就是刺眼的螢光色。每當她露出修長的雙腿，就連同為女生的小心都不知道該看哪裡。

「上個禮拜六我跟我男朋友在一起的時候，一個大人追上來盤查我們，我差點被抓去輔導，真是嚇死我了。結果我男朋友居然跟他說，我已經十七歲，國中畢業了。」

「我看起來像十七歲嗎？不像吧？」她故作困擾地問小心和風歌，看上去卻有些樂在其中。說實在話，小晶染了頭髮，穿著也變得流裡流氣，看起來確實比以前老氣許多，小心實在不知道要怎麼跟她相處。

「啊，對不起，妳們都是好孩子，應該不喜歡這類話題吧？」

「也不是啦……」

「好孩子」三個字太過刺耳，導致小心和風歌無言以對。其實，聽小晶不斷炫耀自己未知的世界，小心只覺得心裡非常不舒服。

她並非羨慕小晶現在和誰交往、交往到什麼地步，而是聽到小晶依然和外界保有連結，覺得很有壓迫感罷了。那令她感到心浮氣躁。

每個人都有自己的苦衷。

聽完嬉野的遭遇，小心開始進一步思考這個問題。

也因為這個原因，她很好奇像理音這種普通學生，是怎麼看待他們這些「拒學族」的。

有天，她終於鼓起勇氣問理音——

「理音，你爸爸媽媽是做什麼的啊？」

「咦？」

「沒有啦，我只是想說，他們是不是因為工作性質的關係，才安排你去夏威夷留學。」

「喔……」理音吸了口氣，「我爸爸是上班族，媽媽以前跟爸爸是同事，生了我以後便辭職，在家裡當家庭主婦。」

「這樣啊……」

「妳呢？」

「我爸媽都在工作。」

「是喔……」

「你有兄弟姐妹嗎？我是獨生女。」

「我有一個姐姐。」

「你有姐姐啊？你姐也在夏威夷嗎？」

「不是……」理音顯得有些為難，「在日本。」

「她在日本。」

說完這句話後，理音的表情突然嚴肅了起來。

「心，妳也沒去上學嗎？」

這句話在小心的心中投下了震撼彈。雖說她本來就是要跟理音聊這件事，但這還是第一次有人單刀直入地問她這個問題，而且對方還是有好好上學的理音。

「嗯。」

小心好不容易才擠出這個字。理音又問：

「妳的情況跟嬉野差不多是嗎？」

「……嗯，算吧。」

那一刻，她好想將自己的遭遇告訴理音，告訴他真田美織對自己做了什麼事。

然而，理音卻沒有追問下去。

「這樣啊……辛苦妳了。」說完，理音便結束了話題。

從城堡回來後，小心一直等到天全黑，才開門去檢查信箱。

白天待在城堡的最大好處，就是不會聽到信箱的聲音。

不用聽到東条回家前、默默將學校通知單投入信箱的聲音。

但是，小心也不喜歡媽媽看見郵筒裡的通知單，那彷彿在提醒媽媽，她的女兒是個拒學族。所以，小心總會趁媽媽回來之前搶先檢查郵筒。

就在這時——

「叮咚！」家裡的門鈴突然響了，嚇得小心倒抽一口氣。

她急忙從二樓往樓下看，就怕是東条或是哪位同學來訪——雖然這種事情不可能發生。而且，也有可能是真田那群人。

她反射性地雙腿發軟、腹部隱隱作痛。都已經過了那麼久，她還是忘不了那天的恐懼。

確認過後，她鬆了一口氣。應該不是同學，門口沒有腳踏車，只站了一個女人。

是誰呀？雖然放下一顆心，但她還是有點緊張。這時，那個女人微微歪頭，露出側臉。小心這才認出她是誰。

「來了！」她快步下樓開門。

門外站著的，是「心之教室」的喜多嶋老師。即便好久不見，老師看上去還是那麼溫柔，態度依然大方。她笑咪咪地對小心說：「妳好。」

「……妳好。」

小心剛從城堡回來，穿著整齊，照理來說應該沒什麼好尷尬的，但她卻不敢與老師對到眼。「還好妳在家。」喜多嶋老師說。

小心緊張得屏氣攝息，這是喜多嶋老師第一次來家裡找她。

上學期──小心剛開始「拒學」時，班導還經常來家裡拜訪，但最近也不來了。她來做什麼呢？

媽媽似乎一直都有和喜多嶋老師保持聯絡。自從上次吵架後，媽媽就再也沒有逼問過小心白天去哪裡，大概是喜多嶋老師勸過她吧。

不知道是沒看出小心複雜的心思，還是故意裝傻，喜多嶋老師柔聲對她說：「好久不見。」

「妳過得好嗎？都已經九月多了，天氣還是好熱喔！」

「……嗯。」

她找我有什麼事？來勸我去中心上課嗎？

這次，喜多嶋老師似乎看透了她的心思，微笑著說：

「其實也沒什麼特別的事啦，只是很久沒見到妳，想說這個時間妳應該在家，就過來看看妳。」

「……嗯。」

除了「嗯」，小心不知道該說什麼。她並不討厭喜多嶋老師，只是不知該如何回應。

媽媽快要回來了。小心很慶幸喜多嶋老師在城堡關閉後才過來，因為如果老師按門鈴沒人應門，很可能會跟媽媽告狀。

不過，喜多嶋老師也許早就從媽媽那得知小心白天不在的事，說不定她今天就是來「突擊檢查」的。

她說自己想看看小心，但其實，她們也只在中心有過一面之緣。「家庭訪問」大概也是她的工作之一吧。

基於自我防備的心理，小心不發一語。但不可否認的是，這個人跟媽媽說的「那句話」正不斷在她內心暖暖發熱。聽到這句話的當下，小心好想撲到她的懷裡，緊緊抱住她。

——「拒學一定不是小心的錯。」

小心不知道喜多嶋老師對她的遭遇了解多少，但至少，這個老師知道小心不是因為偷懶才不去上學。

她懂我。

「老師。」

想到這裡，小心終於鼓起勇氣開口。這是她第一次主動和喜多嶋老師說話。喜多嶋老師「嗯？」了一聲後，看向小心。

「喜多嶋老師，妳真的跟我媽媽這麼說過嗎？」

老師的眉目閃爍，杏眼微動，直瞅著小心。小心將視線移開，無法與那雙眸子相對。

「說拒學不是我的錯……」

「有啊。」

喜多嶋老師毫不猶豫地點點頭。老師大方承認的態度讓小心很驚訝，忍不住看向她。

「我有說啊！」

「……為什麼……」

這三個字脫口而出後，小心頓時語塞。其實她原本有很多話想說，為什麼要幫我說話？為什麼妳會這麼覺得？妳有聽說過我的遭遇嗎？妳是不是知道？知道錯的不是我，而是真田美織？妳是不是注意到真相了？

小心抬頭望著喜多嶋老師，任憑思緒像洩洪般奔流而出。她發現，這些句子並非疑問，而是願望。

她希望老師察覺到自己的困頓。

然而，她卻說不出口。這個老師一定願意聽她說的，既然這麼希望老師察覺，何不主動告知呢？然而，她就是做不到。

她是大人。

而我無法對大人坦白。

這些老師是大人，而且是矯枉過正的大人。此時此刻，她很想將所有情緒託付給喜多嶋老師。可是，喜多嶋老師是如此和善，對誰肯定都一視同仁，即便今天是那個可惡的真田美織向她訴苦、說她不敢去上學，老師一定也是溫柔以對，就像現在對我一樣。

思緒如潮水般湧出，雖然她頓時失語，卻暗暗期待喜多嶋老師繼續追問。只要她再問一句——「妳不去上學應該是有原因的吧，在學校發生什麼事了嗎？」小心就會全盤托出。

然而，喜多嶋老師卻「違背」了她的期待。

「因為妳每天都在奮鬥不是嗎？」

小心靜靜吸了一口氣。喜多嶋老師沒有特別微笑，也沒有面露同情之色，總之，她完全沒有做出小心心目中「好大人」該有的行為。

小心不懂老師說的「奮鬥」有何含意。但聽到這兩個字的瞬間，她心中最柔軟的部分開始發熱發緊。這並非因為痛苦，而是開心。

「奮鬥？」

「對。在我看來，妳已經奮鬥了很久，現在也很努力在奮鬥。」

如果小心沒有去城堡，現在就是個不讀書、整天睡覺看電視、還被爸媽誤以為到外面閒晃的「拒學族」。然而，喜多嶋老師卻說她每天都在「奮鬥」。

「妳一直都在奮鬥」——那天，她在腳踏車停車場被人罵「我最討厭像妳這種醜八怪」；那天，有人從隔壁間偷看她上廁所；那天，那群人殺到她家，她像隻烏龜一般縮在地上動彈不得。

這句話與她過往奮鬥的記憶產生了共鳴，在胸口不斷震動。

她所說的「奮鬥」或許只是一般的意思，現在的中學生每天都得拚盡全力過活，再加上她從事的是這方面的工作。也許，她只是在陳述理所當然的事實罷了。

可是……為什麼她能如此輕易地正中紅心？小心從來不覺得自己多努力，但仔細想想，她確實一直都在奮鬥。就連現在不去上學，也是為了保命而奮鬥。

喜多嶋老師沒有多說什麼，只問了一句：「我還可以再來嗎？」

小心還是不知道，老師口中的「奮鬥」是什麼意思。

她的腦海中響起嬉野說的話——

「只有那裡的老師願意聽我說話。」

嬉野是不是和小心一樣，也跟中心的老師聊了很多這方面的事呢？

「……可以。」

光是這句回答，就讓她用盡了力氣。

「謝謝。」喜多嶋老師拿出一個東西遞給她，「這個給妳。」

小心揣量著裡面是什麼，喜多嶋老師告訴她：「是紅茶茶包。」

那是一個畫著野莓的水藍色信封，相當有厚度。

「這是我很愛喝的紅茶，妳願意收下嗎？」

「……好。」小心點點頭，禮貌性地補了一句：「謝謝。」

「不客氣，那我走囉！」

對話就這樣唐突地結束了，這讓小心有種意猶未盡的感覺。

將喜多嶋老師送出門後，小心總覺得她很像誰，有種莫名的熟悉感。

可是她根本沒認識什麼大姐姐，也不認識跟老師一樣年紀的人。

還是說，因為她是中心的老師，很清楚怎麼抓住小妹妹的心，才讓小心有這種錯覺？

小心打開沒上膠的信封，裡面裝著兩包和信封同色的茶包。小心的爸媽雖然也喝紅茶，但從未問過小心要不要喝。收到紅茶讓小心喜上眉梢，覺得自己受到大人般的禮遇。

十月

剛進入十月的某天——

時間來到五點前，小心一如往常準備入鏡回家。這時小晶突然問她：「妳明天會來嗎？」

小心覺得奇怪，因為小晶從來沒有這樣問過她，「會呀，怎麼了嗎？」

「我有事要宣布，」小晶神秘地說，「跟大家宣布，要每個人都在才公平。」

小心聽得心裡七上八下的，是有關我的事嗎？我是不是做錯了什麼？——一想到這裡，肚子感覺又要痛起來了。「那妳明天要來喔！」小晶大刺刺地說完，便潛入鏡子回家了。

隔天大家在「電玩室」等理音下午放學，好不容易才全員到齊。

大家都是來聽小晶宣布事情的，然而意外的是，政宗也上前站在小晶身邊。

看到這意外的組合，所有人都很好奇發生了什麼事。先開口的是政宗——

「我問你們，你們有認真找『美夢成真鑰匙』嗎？」

這個問題讓大家都吃了一驚。

「美夢成真鑰匙」——能打開城堡「許願房」的鑰匙。

能許願的只有一個人，就這一點而言，他們七個人其實互為競爭對手。

也因為這個原因，他們一直沒把這件事攤到檯面上來講。「狼小姐」也說了，只要有人找到鑰匙、到「許願房」許願，城堡就會提前關閉。

既然城堡還沒關，就代表還沒有人許願成功。小心其實早就發現，大家都暗自在尋找鑰匙。

「……我曾經找過一陣子，但最近沒找了。我現在沒那個心情，這裡又那麼好玩……」嬉野回答。

他手上的繃帶已經拆除，右臉的紗布也已換成大片的絆創膏，看起來也沒之前那麼痛了。

政宗瞄了一眼嬉野後開口：

「我也是。先不論願望是什麼，大家應該都搜過城堡了吧？」

「……嗯，算是吧。」昴說。

之前昴曾跟小心說，自己沒有特別想許的願望，只是在幫政宗找，但其實他私底下也搜過城堡。

「畢竟那把鑰匙還令人滿好奇的，所以我有稍微留意，想說運氣好的話也許能找到，結果沒有。」

聽昴這麼說，小晶也點點頭。

「我跟政宗之所以把大家召集到這裡，就是為了這件事。也許有人已經找到鑰匙，想要偷偷藏到三月底；又或是已經找到鑰匙，只是還沒找到『許願房』。都沒關係，先聽聽看我們的提案。」
「提案？」
政宗和小晶對看了一眼。
「之前有一次城堡裡只有我跟政宗兩人，無意間聊起這件事。坦白說……我們兩個都非常想要找到鑰匙，所以找得非常認真。」
「『狼小姐』說，鑰匙是藏在公共空間。這座城堡是很大沒錯，但能藏東西的地方並不多。我幾乎每個角落都找過了。」
「我也是……」小晶嘆了一口氣後看向大家，「可是毫無所獲。老實說，我找得很仔細，所有地方都找過了。正當我不知如何是好時，在飯廳巧遇也在拚命找鑰匙的政宗。」
「我才沒有『拚命找』好嗎？」政宗悻悻然地說，「妳還有臉說我，在人前裝得一副無所謂的樣子，實際上連盤子都要檢查，就差沒把盤子吞了。」
「你才是『偷偷來』吧？你每天都在伺機而動，趁大家不在的時候翻箱倒櫃，不知道的人還以為你一直待在『電動室』呢！」
見政宗和小晶兩人怒目相向，昴上前勸道：「你們兩個別吵了。」
「總之，我們兩個人想問問大家……」
「……要不要合作找鑰匙。」
前一句是小晶說的，後一句是政宗。
「我們是五月底來這裡的，現在都已經十月了，連個鑰匙的影子都沒看到。我們只剩半年的時間了，而且不只鑰匙，還得找到『許願房』的秘密入口。」

「再這樣下去，最後很有可能無疾而終。所以，我們不要再互相競爭提防了，分工合作吧！找到鑰匙後再看是要抽籤還是猜拳，決定由誰許願。」

「我真的到處都找遍了……」小晶咳聲嘆氣地說，「但就是找不到。所以才想借助大家的力量，若白白放棄機會就太可惜了。」

「……原來是這麼一回事，」一直沉默不語的風歌終於開口，隨後不假思索地看向小晶：「我都不知道妳有這麼想實現的願望，也沒想到政宗找得這麼認真。」

「每個人多多少少都有願望吧。」政宗說。

被風歌這麼一說，小晶有點不高興地撇開視線。

「是嗎？我就沒有。」

風歌此話一出，在場所有人都驚呆了。這句話是認真的嗎？沒有人知道。

「好啊，我可以幫忙。」語出驚人後，風歌又若無其事地說，「我贊成大家一起合作找鑰匙。但我得先聲明，我沒有很認真找，也還沒有找到鑰匙。」

在座所有人中，風歌是最常待在自己房間裡的一個。她可能真的對許願沒興趣吧。

小心不知該如何反應。

她有想實現的願望嗎？當然有，但這個願望無法光明正大地宣之於口。尤其不能被男生知道，他們肯定會退避三舍。她很好奇，如果真的合作找到了鑰匙，要怎麼決定許願權歸誰呢？

猜拳小心還有勝算，但如果是像選舉的政見發表會一樣，必須提出自己的願望說服大家，笨嘴拙舌的小心必輸無疑，最後一定是由小晶或政宗勝出。

不過，現在還沒人找到鑰匙，之後找不找得到都是個問題。

小心其實也瞞著大家偷偷找過，但毫無所獲。小晶說得沒錯，若白白放棄機會就太可惜了。

「我可以啊，就大家一起找吧。」

理音說。

一旁的嬉野也戰戰兢兢地點頭。

「我也可以……嗯。」

自從嬉野那次「棄城而去」，又傷痕累累地回來後，城堡裡的氣氛就變了，感覺大家比較願意坦誠相待。

現在就剩兩個人還沒答覆了——小心和昴。

能美夢成真當然最好，但對小心而言，在這裡開心地待到三月也一樣重要。剛聽到只剩半年，小心才意識到時間不多了。如果城堡關閉後，她還是無法去上學該怎麼辦？下學期看似遙遠，但總有一天會到來。一想到自己即將升上國二，小心就覺得全身血管緊縮，肚子隱隱作痛。

小心和昴互看了一眼說：「好啊，大家一起找。」

昴見小心答應了，噗哧一聲笑了出來，附和道：「沒問題。」

「好，那麼從今天開始，大家都要認真找囉！為了提高效率，我們先畫一張城堡的地圖，再把找過的地方一一刪掉，如何？」

「啊，我已經把飯廳都找遍了。」
小晶立刻舉手。
「空冰箱、窗簾後方我全都看過了，但你們還是再確認一次比較好。」
「這個房間我已經搜過五、六遍了。」
政宗掃視「電動室」一圈，指向鹿的標本和火爐。
一旁的昴也接著說：
「我一直覺得很奇怪，既然不能用水，為什麼要特地設置廚房跟浴室呢？所以我把用水的地方都找過了，包括水龍頭跟排水孔，但完全沒有鑰匙的蹤跡，也沒找到『許願房』的入口。」
「哇靠……」嬉野露出不懷好意的笑容。
「你幹嘛啦……」昴問。
「沒有啊，我以為你沒有特別在找，沒想到找得可認真的咧。你這傢伙的心眼真壞……」
「彼此彼此。」
聽到這裡，其他人都捏了一把冷汗，生怕戰火一觸即發。然而，兩位當事人——昴和政宗說完卻喜孜孜地笑了，把心裡的話說開似乎讓他們神清氣爽。
「我有件事想拜託大家。」
理音接著舉手，等待所有人看向他。
「『狼小姐』說過，城堡最晚開放到三月底，但如果中途有人許願成功，城堡就會提早關閉對吧？」
「對。」小晶說。
「所以……」理音繼續說，「我願意幫忙找鑰匙，但既然要團結合作，希望大家能遵守一個約定——即使找到鑰匙，也只能三月許願，讓城堡開放到三月底。」
小心屏氣凝神看著理音，他的想法正合她意。
雖然升上二年級學校就會換班，但一想到上學，小心就鬱鬱寡歡，所以她盡量不去想明年四月的事。
那麼久沒去學校，即便班上換了一批人，也無法再次燃起她去上學的欲望。真田就算跟她不同班，還是在同一所學校、同一個年級。
一想至此，她就感到毛骨悚然，甚至無法一個人待在家裡。因此她贊同理音說的，讓城堡開放到三月底。
理音再度開口——
「大家能遵守這一點，誰也不偷跑嗎？」
「……這還用你說？」政宗說完後掃視一圈，像是在確認其他人的心意似的，「大家應該都想待到三月底吧？」
沒人有異議。
漂了髮後愈發老成的昴、男友大她很多的小晶、沒有願望的風歌、滿身是傷的嬉野，全都沒說話，藉由沉默表達共識。
「太好了，」理音露出燦爛的微笑，「這樣我就安心了。」

「要結盟作戰啊？真是深謀遠慮！」

一個聲音從小心背後傳來，嚇得她尖叫出聲。

她一個踉蹌，往後一看——

是好久不見的「狼小姐」！

「『狼小姐』?!」

所有人都睜大眼睛看向她。「狼小姐」又穿著他們沒看過的新洋裝，因為實在太久沒看到「狼小姐」了，大家都被她的「狼頭」嚇了一跳。

「嗨，好久不見呀，各位小紅帽。」她走到大家的正中央。

「媽呀，嚇死人了。」政宗和理音齊聲說。

「抱歉抱歉，」她用不知是何表情的臉龐道歉，「看各位小紅帽聊得那麼開心，我也想要『參一腳』。而且我發現……我忘記跟你們說一件很重要的事。」

「很重要的事？」小晶歪著頭，「合力找鑰匙應該沒有違反規則吧？」

「沒有。」「狼小姐」回答，「而且我很鼓勵你們這麼做，團結就是力量，同心協力是很好的事。」

「那就好。」

「但我忘了告訴你們一件事。」

「狼小姐」走到沙發前的桌子旁，「嘿咻」一聲坐到桌上。

「……你們可以許願。但是，當有人找到鑰匙、在『許願房』美夢成真後，你們就會喪失所有跟這裡有關的記憶。」

「什麼？」其中一人發出驚呼，彷彿在幫在場所有人發聲似的。

「只要有人許了願，你們就會立刻忘記這座城堡，包括在這邊做過的任何事，當然，也不會記得我。」

「唉，真令人不捨。」她接著說。

小心等人還沉浸在驚嚇之中，說不出話來。

「不過，如果三月三十日之前都沒有人許願，即便城堡關閉，你們也不會喪失這裡的記憶。」

無視所有人的驚呆，「狼小姐」坦然聳肩。小心完全無法想像，狼面具下的她，此時此刻是什麼表情。

「抱歉抱歉，之前忘了告訴你們。」

她慵懶地說。

⚜

半晌，現場鴉雀無聲，沒有任何人說話。

「喪失這裡的記憶」——這個消息對小心而言有如青天霹靂，她覺得自己需要時間整理思緒。

過了許久，終於有人說話了。

「妳說的……是真的嗎？」開口的是理音，他的聲音充滿了疑惑，「我不是質疑妳……但妳是說真的嗎？」

小心能明白理音此時此刻的混亂。不只小心，其他人也是如此。他們知道「狼小姐」的意思，心裡卻無法接受，只好向「狼小姐」再度確認。

「是真的。」

「狼小姐」平靜地說，聲調一如往常沒有變化。

「還有人有問題嗎？」

「……那這段時間的記憶怎麼辦？」

政宗接著發問。他側著臉看著「狼小姐」，看似鎮定，又好像帶點怒氣。

「我們從五月到願望成真這麼長的時間都在做什麼？你們要怎麼處理這段記憶？」

「隨便換成其他記憶囉。」

「狼小姐」不假思索地回答，聲音卻非常堅定。

「這段期間，就當你們不斷在家睡覺、看電視、看書、看漫畫，偶爾出去買買東西、到遊樂場打電動……」

「真是自作主張耶……那我們這幾個月在這裡玩的電動、看的漫畫的記憶呢？也都會不見嗎？這樣不就都白玩、白看了嗎？簡直浪費我的時間！」

「應該是喔，那又怎樣？」

「狼小姐」一副毫不在乎的模樣。

「漫畫情節有那麼重要嗎？」

「當然重要啊！這也太過分了吧！」

政宗嘟起嘴巴，愈說愈不高興。小心想起在來城堡之前，自己整天關在有淺橘色窗簾的房間裡看電視。看的當下是很開心，時間也一下就來到傍晚。但每當一天結束，她卻怎麼都想不起來那天自己看了什麼。無論是重播的連續劇，還是新聞節目、綜藝節目，統統都不記得了。

但是政宗不一樣。對他而言，電動和漫畫、電影一樣，都是新知識的重要來源，他甚至曾被電動情節感動到流淚。若這些記憶全被移除，對他來說無疑是一種損失，更是浪費時間。

「狼小姐」搖搖頭，「這也沒辦法，這些記憶對你而言固然重要，但要實現願望，就需要這麼多能源。不爽就不要許願就好啦？」

她不懷好意地抬起頭，掃視所有人。

「各位小紅帽，消失的只有這裡的記憶，鏡子另一頭的記憶卻永遠不會消失，包括踢足球、交男友、染頭髮、回到學校被揍。」

嬉野明顯被最後一句話激怒，對著「狼小姐」大吼：「妳是在說我嗎？」

「妳是在嘲笑我嗎？『狼小姐』。」

自從上次那件事後，嬉野就不曾像這樣大吼大叫了。一旁的小心嚇出一身冷汗，只希望「狼小姐」不要火上澆油。但顯然是她想太多了，只見「狼小姐」不動聲色地說：「不是。」

「我很欽佩你重回學校的勇氣，所以才舉這件事當例子。如果你聽了覺得不舒服，我願意道歉，對不起。」

「咦？……喔，嗯。」見「狼小姐」老實道歉，嬉野反而不知道怎麼反應了。

「『ㄑㄧㄣ ㄆㄟˋ』是什麼意思？」一旁的風歌問。

「有點類似『尊敬』的意思。」聽到「狼小姐」這麼說，嬉野瞪大了眼睛，愈發沉默了。

「還有問題嗎？」

「狼小姐」問，但沒有人接話。

他們沒有問題，但很有意見，正確來說，是怨言。

喪失記憶——

忘記這座城堡，代表他們將忘記彼此。

不知道「狼小姐」如何看待此刻的沉默？

「沒問題的話，我先失陪了。」

簡單交代完後，「狼小姐」便消失了。

他們很久沒看到「狼小姐」憑空消失了，但也沒人說話。還記得第一次見到她突然不見時，大家面面相覷、驚呼叫嚷的情景。現在回想起來，還真令人有些懷念。

「……喪失記憶也沒差吧？」

小晶率先打破沉默。所有人不約而同地看向她，不知道她是真不在意還是假裝鎮定，一臉平靜地看著大家。

「我覺得無所謂。反正這座城堡本來就只開到三月底，之後我們本來就不會再見面了。若白白浪費許願的機會，未免也太可惜了吧？」

小晶像是在尋求附和似的，一一看向每個人。

「我們只是回到原來的生活罷了，回到從來沒有來過城堡、沒有見過對方的日子，不是嗎？」

「……我不要。」一個聲音堅決地說。

大家愕然循聲望去，是嬉野。平常情緒總是暴躁的他，此時此刻卻非常平靜。

小晶沒想到他會這麼說，一時語塞。

「我好不容易向你們說出心裡話，才不想忘記這一切。而且剛才『狼小姐』還說她很尊敬我，忘記就太可惜了。」

「……她不是尊敬你，是欽佩你。」政宗嚴聲糾正他。

「不一樣嗎？」嬉野歪頭問，隨後看向小晶，「總之，我寧願不許願，也不想忘記這裡。」

嬉野的眼神清澈無比，裡頭沒有挖苦也沒有惡意，有的只是疑惑。

「小晶，妳覺得許願比較重要嗎？」

小心震驚地盯著嬉野，他曾經那麼想要找到「美夢成真鑰匙」，此刻卻將這裡的記憶看得比自己的願望重要。這份記憶中有小心，有政宗，有小晶，有所有人；有互吼對罵，也有惡言相向。

見嬉野毫不猶豫地說出這些話，小心沒有說話，心底湧出陣陣暖意。她這才發現，自己其實很高興。

也許小晶也是如此吧。剛才她還說得如此篤定，卻被嬉野這番話擾亂了思緒，唯唯諾諾道：「也不是……」

小晶真的覺得能夠實現願望，忘記這一切也無所謂嗎？或許她這麼說只是逞強，又或是一時嘴快，還是覺得政宗應該會贊同自己的意見？

嬉野依舊困惑不解。

「雖然我剛剛答應要幫忙找鑰匙，但如果有人堅持要許願，覺得喪失記憶也無所謂的話，我……可能就要反悔了。看是就此收手，還是比你們先找到鑰匙，把鑰匙破壞掉、藏起來……小晶，我可能會阻撓妳喔。」

嬉野最後一句話說得很心虛，他偷偷瞄了一眼小晶後，縮起身子。小晶則脹紅了臉，面紅耳赤地瞪著嬉野。

「抱歉。」

嬉野低下頭，現場一片鴉雀無聲。

沒有人歇斯底里，也沒有人破口大罵，然而，此時的氣氛卻比上次更加沉重。

「隨便你。」

小晶垂頭喪氣地說完，便逕自走出「電動室」。沒有人阻止她……應該說，沒有人阻止得了她。

待小晶走遠後，剩下的人面面相覷，彷彿在確認是否可以講話了一般。

「……小晶到底想許什麼願望啊？」昴嘟噥道。

剛才昴一直保持沉默，說這句話也不是要尋求誰的意見，而是在自言自語。

他露出微笑，「不過話說回來，『狼小姐』還真過分，居然現在才告訴我們。她應該一直在伺機而動吧？」

「伺機而動？」小心不解。

「對啊。」昴給人的感覺還是那麼奇妙，那口氣彷彿事不關己似的。

「感覺她一直在等我們感情變好，等我們像嬉野一樣，寧可放棄許願也不要喪失記憶，才告訴我們這件事，讓我們知難而退。說不定，根本就沒有什麼『美夢成真鑰匙』……」

「有可能。」政宗低聲附和。

「對吧？」昴說。然而，這時理音卻插嘴了——

「不會吧。我覺得那位小姐沒那麼壞心眼，她是真心想讓我們實現願望。之所以現在才告訴我們，只是為了想試探我們——看我們願不願意為了許願而放棄記憶。這個問題並沒有正確答案，無論我們最後怎麼選擇，她都只會輕輕帶過。雖然這只是我的直覺，但說不定她是真的忘了告訴我們。」

這麼說也不無可能，確實很像那個女孩——「狼小姐」會做的事。聽到理音稱「狼小姐」為「那位小姐」，小心覺得很是新鮮。

「風歌，妳覺得呢？」

「我？」

被理音這麼一問，風歌轉向其他人，露出難以形容的表情。

「我原本打算在現實世界跟你們繼續保持聯絡。」

「咦？」

「我本來想在城堡關閉前跟大家留下聯絡方式，在現實生活中約出來見面，所以一直不覺得三月的離別特別難過。」

「……是喔。」

小心明白風歌的考量，她也不是沒有想過這件事。雖然現在他們因為不想干涉對方太多，互相只知道名字。但她打算在離別之前，跟大家留下聯絡方式。她無法想像之後再也見不到他們的生活。

風歌說的「現實世界」四個字是如此沉重。

雖說城堡也是現實沒錯，但他們的「現實」其實在鏡子的另一端，那個他們不願面對的世界。

「如果喪失記憶，我們就沒辦法保持聯絡了。即便交換了電子郵件，之後也不會記得。」

「但如果不許願，至少還可以留下外面的聯絡方式。」政宗說。

「所謂的聯絡方式，是指地址跟電話嗎？」昴問。

「對啊。」政宗點點頭。

剛來城堡時，昴和政宗一天到晚黏在一起打電動。一開始，小心還覺得他們倆有點像，但自從昴漂髮後，兩人便顯得格格不入。實在很難想像，一頭褐髮的昴跟政宗在城堡外——比方像是在教室裡一起講話的樣子。

「外面的聯絡方式」——這句話不斷在小心的耳邊迴盪。

現實世界、外面的聯絡方式……

這些詞彷彿在提醒他們，城堡跟外面的世界不一樣。

他們對彼此一無所知。

他們只知道理音住在夏威夷，其他人的住處則有如禁忌話題一般，無人敢問起。小心很想問，但又不是很想讓人知道自己住哪。

為什麼呢？小心很快就明白了。

她想忘記這一切。

在城堡時她只想悠閒過活，不願想起自己是雪科第五中學的學生、自己跟真田同班、自己住在東条的隔壁的隔壁。

其他人應該也跟小心一樣。所以，即便他們都跟風歌一樣，想要留下彼此的聯絡方式，但至少不是今天。

⚜

自那之後，小晶好一陣子都沒來城堡。

喪失記憶也沒差吧——她之所以說出這句話，也許是為了說服其他人跟她站在同一陣線；又或許只是口是心非，在大家面前逞強罷了。

她大概以為，其他人會跟她一樣假裝灑脫，卻沒想到嬉野、其他人，甚至政宗都勇敢說出真心話，坦承他們不願忘記這一切，導致她沒有臺階下。

大家都很在意小晶沒來的事，政宗還酸溜溜地說：「她一直不來，就不怕我們比她先找到鑰匙嗎？」

小心等人有恃無恐，畢竟離三月還有一段時間。反正現在才十月。

還有得是時間找鑰匙，還要很久才會喪失記憶。

直到十一月初，小晶才再度現身城堡。

小心是第一個遇見她的人。中午過後，小心走進「電動室」，只見好久不見的小晶，一個人抱著膝蓋，蜷蹲在沙發旁。

小心不禁倒抽一口氣，怯怯地叫道：「……小晶。」

小晶抬起臉來，泫然欲泣。

明亮的房裡，只有小晶的四周黯淡無光，彷彿光線都被她吸走了似的，漆黑無比。因趴在膝上太久，她蒼白的臉上印著裙子的皺褶。

「心……」

小晶的聲音沙啞而乾涸，聽起來比上次更輕細、更虛弱，彷彿在向人求救一般。

小心再度倒抽了一口氣。

那天，小晶穿著制服。之前從沒有人穿制服來過城堡，所以小心不知道大家的制服是什麼模樣。

藍綠色的水手領、胭脂色的領結。
小晶起身後，小心發現她右胸的口袋上有校徽，校徽旁邊繡著校名——
「雪科第五」。
小心簡直不敢相信自己的眼睛，再度定睛一看——
她認識這套制服，絕對不會看錯。因為，她房間裡也掛著同一套制服。
「小晶……」
她決定鼓起勇氣問個清楚。
「小晶，妳是雪科第五中學的學生嗎？」
小晶循著小心的視線，低頭看向自己的制服。「喔……」她好一陣子才反應過來，彷彿這才注意到自己穿著制服一般。
「是啊。」小晶一臉愕然，看向小心。
「雪科第五。」
她說的，是小心就讀的國中校名。

見小心啞然失語，小晶起身問：「怎麼了嗎？」

在見到小心後，她原本黯淡無光的雙眸恢復了點生氣，但臉上依然印著裙子的紅色壓痕……小心這才注意到，她剛才應該在哭，有幾根髮絲還被淚水黏在臉上。

更驚人的還在後頭——

「啊……」

小心循聲轉過頭，發現昴和政宗站在自己背後。他們應該是在鏡子門廳巧遇，一起過來的。昴與政宗目瞪口呆，一臉不可置信地看著小晶。

他們是在驚訝什麼？是因為很久沒看到小晶嗎？還是覺得她穿制服來很奇怪？

正當小心煩惱著該說什麼時，奇妙的事情發生了。她發現昴與政宗不是在看小晶的臉，而是她胸口的……校徽。

「妳怎麼……」政宗率先打破沉默。

「妳怎麼穿制服？而且……」他看起來一頭霧水，「那是你們學校的制服嗎？」

「……這話是什麼意思？」

小晶瞇起眼睛瞪向政宗。小心這才意識到事情的嚴重性，這件事嚴重到讓上次的尷尬不值一提。

難道、難道說……

就在這時，政宗把小心的心裡話說了出來——

「**跟我們學校一樣。**」

小晶不禁睜大雙眼。

「妳穿的，是我們學校的女生制服。」

聽到這裡，一旁的昴一臉不可思議地看向政宗。

「**政宗你也是？**」

小心啞口無言。「咦？什麼啦？這到底是怎麼回事？」小晶一臉緊張地看著小心，然後看向呆若木雞的兩個男生。

「雪科第五中學……」小晶半張著嘴，話也說得結結巴巴的，「不會吧……」

「會不會只是制服很像而已？政宗、昴，你們也是南東京市雪科第五中學的學生嗎？」

「我也是。」小心終於能發出聲音了。昴、政宗、小晶聽到這三個字有如青天霹靂，一個一個都瞪大眼睛看著小心。

小心腦中浮現「狼小姐」的狼臉。

這到底是怎麼一回事……？

一片混亂中，小心在心中不斷呼喚「狼小姐」的名字。她不懂「狼小姐」為什麼要這麼做，這麼做又有何目的。

沒想到我們竟是同校同學……

喔不，正確來說，是「拒學前」的同校同學。

這段時間，他們一直迴避學校的話題，既不知道彼此住在哪裡，也不清楚彼此讀哪間學校。任誰都沒想到，他們竟然離得這麼近。

「啊……」

剛進到「電動室」的風歌，看著小晶的制服驚叫出聲。

對小心他們而言，風歌的反應早是意料中的事。

⚜

之後，他們決定等理音來。

風歌和嬉野的反應和其他人一模一樣——先目瞪口呆地看著制服說：「怎麼會……」然後看向校名，再抖聲說道：「跟我們學校一樣。」

大家都認為，理音在夏威夷念書，應該是唯一的例外。

接近傍晚時，理音來了。大家迫不及待地把自己全讀同一所學校的事情告訴他，沒想到，理音聽了卻面露驚訝之色。

「你們說的，」他呢喃道，「該不會是南東京市的……」

「對！」大家異口同聲。

理音深吸了一口氣說：「我本來也要上這所國中的……」

所有人都靜靜地看著理音，等他的解釋。

「我如果沒有去留學，就會上這所國中。」

「我大概懂了……」小晶雙手抱胸，喃喃自語，「我們之所以會聚集在這裡是因為，我們本來都是雪科第五中學的學生，但因為某些原因，都沒有去上學。」

「我也覺得，可是……」風歌環視在場所有人，不解地歪了歪頭，「人也太多了吧？」

「一間學校有這麼多『拒學族』嗎？」風歌有如在自言自語一般，「我還以為只有我一個呢……」

聽到這裡，小心胸口一緊。她也一直以為，全校只有她沒去上學。

小心、理音、嬉野是一年級。

風歌、政宗是二年級。

昴和小晶是三年級。

沒想到他們全是同一所學校，甚至同一個年級的學生。理音的情況比較特別，但至少，嬉野在現實生活中離小心非常近，他口中的那些事，全是在小心的教室附近發生的。

小心想起「心之教室」的負責人跟媽媽說的話——

「國小的環境比較不受拘束，很多孩子剛升上國中都無法融入新環境。尤其第五中學經過整併後規模擴大許多，在這一帶是學生比較多的學校……」

小心聽到這段話時非常不高興，這個人知道什麼？憑什麼把她歸類成「無法融入新環境的學生」？但現在想想，她說的不無道理，像雪科第五中學這種班級較多的學校，本就比較容易發生學生無法適應的情況。

「雪科第五人數很多不是嗎？我們沒看過對方很正常。」小心說。

「是嗎？」風歌質疑道，「一個年級也才四班，並沒有特別多啊……」

「咦？二年級才四班嗎？」

「對啊。」

「可是三年級有八班耶……」昴說完，惹得風歌驚呼：「有那麼多班嗎？」

「二年級是六班才對。」政宗糾正，「風歌，妳多久沒去學校了？連班級數也會記錯。」

「才沒有呢！」

風歌嘟噥。不過，小心也覺得二年級不太可能只有四班，因為這一屆二年級跟一年級的人數差不多。政宗說的也不無可能，風歌可能從一年級就沒什麼去上課，甚至從來沒去過學校也不一定。

「你們是哪間國小畢業的？」

雪科第五中學匯集了六所國小的學生，國小的規模比較小，如果讀同間國小的話，也許對彼此會有印象。

「二小。」

政宗臭著一張臉說。

「二小」是「雪科第二國小」的簡稱。

「我是一小。」

風歌說完，小心「啊」了一聲。
「……妳該不會也是一小吧？」風歌看著小心。
「對……」
雪科第一國小每個年級只有兩班。同屆同學小心還勉強認識，但因為不同屆的關係，小心對風歌完全沒印象。小學沒有正式的社團活動，如果沒有當幹部，根本沒機會認識其他年級的人。
再加上，風歌不是愛出鋒頭的人，感覺她沒有當幹部，也不是叱吒風雲的體育高手。小心也是一樣，所以風歌對她沒印象也不奇怪。
小心只是覺得這一切很不可思議罷了。
沒想到風歌居然跟自己念同一所國小。
「你們有看過對方嗎？有印象嗎？」昴看看小心又看看風歌。
「沒有。」
昴微微低下頭，「你們應該都沒聽過我念的國小。」
昴此言一出，所有人的注意力都集中到他身上。
「我是茨城縣名倉國小的畢業生，升國三前才轉到雪科第五中學，現在跟我哥兩個人住在爺爺奶奶家。」
「兩個人？」政宗問。
「嗯。」昴點點頭。
「你爸媽沒有一起住嗎？」政宗反射性地追問。

政宗和昴看起來很要好，但一直到昴換髮色後，政宗才知道昴原來有哥哥。昴倒是一臉不以為意，似乎本就沒有意思要隱瞞。

「沒有。在茨城的時候，我媽就留下我們兩兄弟離家了，我老爸也再婚了，現在跟新太太住在一起。所以我跟我哥才搬到奶奶家。」

政宗臉色鐵青，現場一片鴉雀無聲。

「因為在這裡沒半個朋友，我哥跟我一開始就不太想去上學。其實我們也可以選擇融入新生活，但在最關鍵的第一個月──四月我們就蹺課了，之後也不太好意思去學校。所以……說來慚愧，我不是因為被班上排擠，又或是在學校遇到什麼麻煩才拒學的，只是因為懶惰。」

聽到昴這麼說，小心覺得好愧疚。

就算他在學校沒遇到什麼困難，但怎麼能若無其事地說出自己搬到奶奶家的原因，面帶微笑說完這整件事？他從一開始就笑得出來嗎？

暑假時，昴說他和爸媽去旅行，爸爸還送了他一臺音樂播放器。

小心這才知道，當時昴說的那段話有多麼沉重。

政宗僵著一張臉，所有人都不發一語。昴似乎也不期待大家有所回應。

「青草小。」

理音的聲音在一片沉默之中顯得特別響亮。

青草國小和小心念的雪科第一國小中間夾著雪科第五中學，正好在反方向。一想到理音去留學前，曾離自己這麼近，小心就覺得不可思議。

理音說完後，嬉野突然縮肩大叫：「真的假的?!」

「怎麼了嗎？」理音問。

「我也是青草小耶！」嬉野彷彿失了魂一般一臉茫然，理音也驚訝地看向他。

「理音你現在國一對吧？所以我們國小是同屆囉？不會吧？我國小都有好好去上課，可是從來沒看過你耶！你真的是青草小的嗎？沒有騙我？」

「我也都有好好去上課……」

理音也摸不著頭緒。

「理音呢？」昴問，「你也對嬉野沒印象嗎？」

「……我不記得了耶，我們應該沒有一起玩過。」

「青草小很大嗎？有幾班？」

「三班。」

小心在旁邊聽得好尷尬。

她和風歌因為是不同屆，不認識還說得過去。但嬉野和理音明明是同一年級，卻從來沒有互動過，甚至不知道彼此的存在。

由此可見，他們倆本就是完全不同世界的人，更不可能一起玩過。

「我是清水臺小。」

最後開口的是小晶。在這七個人當中，小晶的學區離小心家最遠，但還是走得到的距離。這讓她不禁再度感嘆——原來我們這麼近！

他們以雪科第五中學為中間點，從各自的家、各自的房間穿鏡而來。

「是客來優附近的那一間對吧？」

小心曾經一心要往客來優前進，最後卻以失敗告終。清水臺小位於客來優附近，離車站前的鬧區也很近，是所有學區裡最熱鬧的地段。小晶頂著一頭褐髮，穿著打扮也很騷包，不難想像她是清水臺小的畢業生，想必她應該常出入客來優裡的電動遊樂場吧。

見小晶一臉疑惑，小心又問：

「小晶，之前妳送風歌的餅乾紙墊，該不會就是在客來優買的吧？」

小心會這麼問，是因為她本來也想到那裡買類似的東西。然而，小晶卻搖搖頭。

「那個紙墊我是在商店街的丸御堂買的。」

小心聽得一頭霧水，反倒是一旁的昴興奮地叫出聲：「丸御堂！」

「哇，這間店只有當地人才知道耶，看來我們真的住得很近喔！好奇妙喔，真令人開心！對了，小晶，妳平常都在哪混啊？會去車站附近的麥當勞嗎？」

「會呀！」

雖然車站離小心家並不遠，但她很少在那附近活動。聽昴和小晶說起，才知道那邊開了麥當勞。見風歌也喃喃自語：「那邊開了麥當勞啊……」小心才鬆了一口氣。還好不是只有她不知道。

其實，聽到昴問小晶平常在哪裡「混」，小心不禁為他捏了一把冷汗。嬉野和理音說的是「玩」，他說的卻是「混」。

「要呼叫『狼小姐』嗎？」政宗看向「電動室」牆上的時鐘問。

「已經四點半了，再半個小時就五點了。再不叫就來不及了，要呼叫她嗎？」

「要！」大家異口同聲地說，實在有太多事要問她了。

於是，政宗對著沒有人的方向叫道：「『狼小姐』！」

「叫我嗎？」

她一如往常地飄然現身。

⚜

「狼小姐」今天也穿了不一樣的蓬蓬袖洋裝，活像個要去參加鋼琴發表會的古董娃娃。不禁讓人心想，她到底有幾件這種洋裝啊？

「妳為什麼沒告訴我們？」風歌問。穿著制服的小晶也悻悻然地雙手抱胸。

「告訴你們什麼？」「狼小姐」反問。

「少裝傻！」政宗接著說，「妳怎麼沒跟大家說我們是同校同學。」

「你們又沒問我。」

「狼小姐」用她那不知是何表情地回答，一副理所當然的樣子，令人氣得牙癢癢的。見政宗沒接話，「狼小姐」接著說：

「各位小紅帽，就算我沒說，你們自己不會問嗎？如果你們互相坦白一點，早就知道彼此是同校同學了。沒想到你們竟然拖了那麼久。」

「狼小姐」深深嘆了口氣。

「只能怪你們自己想太多囉。」

「妳說那什麼屁話！」

見政宗暴怒起身，嬉野急忙上前阻止道：「冷靜點！別對小女孩動手！」

「是嗎？這傢伙人小鬼大，用電玩比喻就是『高難度模式』。我看她根本就是死後重生的妖怪吧！」

「夠了！」

理音嚴聲喝止，把所有人都嚇了一跳。他面帶慍色，微微脹紅了臉。平常理音總是沉著冷靜，難得看他失了分寸。

等所有人都安靜下來後，理音才低聲說：「很好，大家都冷靜下來了。」

「我有問題。」

「什麼問題？」

「妳曾說過，之前已經有很多像我們這種『小紅帽』在這座城堡中美夢成真。這些『小紅帽』都是雪科第五中學的學生嗎？你們每隔幾年就會召集另一群人是嗎？」

「每隔幾年——我們的做法其實更公平……但你要這樣解釋也沒錯。」

「狼小姐」的口氣很是驕傲。

理音又問：「你們有特定的召集對象嗎？每次都是選這個地區的『拒學族』？」

「還是說……」他輕吸了一口氣，「所有第五中學的學生都有機會來這裡？每個人家裡的鏡子其實都在發亮，只是因為他們去上學沒注意到，所以只有『拒學族』過來。」

這番話讓小心對理音刮目相看，他說的確實有可能。

但是，如果是那樣的話，小心會很受傷。她一直以為只有他們才享有這種特殊待遇，如果「上學族」也可以過來，就代表他們並非被萬中選一的人。一想到這裡，她就心痛到幾乎要窒息，緊張地看向「狼小姐」。

只見「狼小姐」泰然自若地搖搖頭。

「不是。我們一開始選的就是你們，能來這裡的，只有你們這幾個人。」

「……那我是怎麼回事？」

理音緩緩瞇起雙眼。

「我不是雪科第五中學的學生，妳讓我來這裡是什麼意思？」

理音直直瞅著「狼小姐」。小心以為「狼小姐」會用「誰知道啊」、「你到時候就知道」這種答案含糊帶過。

然而，「狼小姐」卻沒有這麼做。她將狼臉對著理音說：

「因為，你其實想要待在日本上公立國中，不是嗎？」

這句話有如青天霹靂，理音彷彿萬箭穿心一般僵在原地。

「狼小姐」沒有理他，走近其他人一步。

「還有問題嗎？我會盡可能回答各位。」

「……這裡到底是哪裡？」小晶問。

小心還看不慣她穿制服的樣子，而且還是自己學校的制服。那間學校裡沒有小心，只有許多穿著同樣制服的同學、學長姐。

看著穿著制服的小晶，小心總覺得，自己剛開學時可能曾跟她擦身而過。

「鏡城。」「狼小姐」的口氣依舊淡定，「這是屬於你們的城堡，在三月前你們可自由使用。」

「妳到底想怎樣？」

小晶語帶哽咽，彷彿在宣告自己的疲累。以往總是在逞強的她，此時此刻看起來卻是如此虛弱。然而，面對小晶的懇求與示弱，「狼小姐」的態度卻依然冷淡。

「不想怎樣。」她回答，「我並沒有要從你們身上得到什麼。正如我一開始所說，我只是讓你們使用這座城堡，以及給予你們尋找『美夢成真鑰匙』的權利。」

「失陪了。」「狼小姐」簡短交代後，便憑空消失了。

就在這時，遠方傳來「啊嗚——」的狼嚎聲，警告他們現在已經四點四十五分，應盡快離開。

超時留在城堡會被大野狼吃掉——小心都快忘了這件事，雖然她覺得這應該是無稽之談，但想到還是會寒毛直豎。

「狼小姐」消失、狼嚎結束後，小心一群人依然沒有要解散的意思，他們還有好多話要對彼此傾訴。

原來他們那麼近。

原來他們讀同一所學校，知道教室和操場的位置，也知道體育館和腳踏車停車場在哪裡，對彼此的生活環境再了解不過。

小心不願去的學校，他們也不願去；大家可能去過同一間便利商店，去過同一間超市，去過客來優——一想到這裡，小心就覺得他們一直陪在自己身邊，是共用生活圈的夥伴。

時間即將來到五點，城堡就要關閉了。

在想說的話還沒說完的情況下，所有人依依不捨地走到鏡子門廳。正當嬉野要潛進鏡子時，小心向嬉野問了她一直很在意的一件事。

「嬉野，你之前提到的那個中心老師，是喜多嶋老師嗎？」

嬉野被叫住後，誇張地眨了幾下眼睛。小心又說：

「我在想，你是不是跟我去同一家中心。」

「……嗯，沒錯，是喜多嶋老師。」

嬉野點點頭，貌似鬆了口氣。「果然沒錯。」小心心想。

小心的想法不言而喻。提到喜多嶋老師後，嬉野整個人放鬆了不少。不難想像，喜多嶋老師也到嬉野家「開導」過他。

風歌聽到他們的對話，問道：「是同一位老師嗎？」

「看來我們真的住得很近……」

「是啊。你不覺得喜多嶋老師很漂亮嗎？」

「漂亮？」嬉野一頭霧水地反問。這個反應倒是出乎小心意料，她還以為，像嬉野這麼容易愛上別人的男生，一定會注意到老師的美貌。

小心前陣子從老師手上接過茶包時，發現老師的手指既白皙又修長，就連指甲都很漂亮，身上還散發出怡人的香氣。

其他人也知道「心之教室」、認識喜多嶋老師嗎？政宗稱中心為「民間支援團體」，感覺就沒去過。

那小晶跟昴呢……？小心看向昴，正巧昴也在這時轉向小晶。

「小晶，我有個問題想問妳。」

「什麼問題？」

小心以為昴是要問小晶中心的事，然而並不是。

「妳今天為什麼穿制服過來？發生什麼事了嗎？」

小晶聽了僵在原地。小心這才想起，她只把注意力放在制服上，卻忘了問小晶今天穿制服來的原因。

「今天我參加了一場喪禮。」

聽到小晶的回答，現場陷入一片寂靜。

小晶的臉愈發蒼白，「跟我住在一起的外婆去世了，大人要我們這些小孩子在喪禮上穿制服……」

「妳不用待在家沒關係嗎？」風歌問，「去年我的曾祖母才去世……喪禮應該是白天開始吧？結束後還要跟親戚一起吃飯，妳不在場沒關係嗎？」

「不在場……」

小晶突然大聲了起來。小心以為，小晶會像平常一樣逞強，大罵「干你屁事！」，又或是裝得若無其事地回答「有差嗎？」。然而，她卻沒有這麼做。

看著風歌天真無邪的眼神，小晶發現她其實是在關心自己，因而放低了聲量，

「也沒關係。」

「因為我想跟你們在一起。」

聽到這裡，小心好後悔自己被制服沖昏了頭。

今天小心遇到小晶時，她是蹲著的。她沒有待在自己的房間，而是在「電動室」裡獨自抱膝埋頭。一想到她當時的表情和哭紅的雙眼，小心就覺得心好痛，不知該怎麼出聲安慰。相信在場的其他人也是一樣。

「是喔……」昴輕聲打破沉默，「妳很喜歡她嗎？」

昴的聲音平靜而坦然，彷彿這很正常一樣。

昴現在跟哥哥兩人住在奶奶家，沒有媽媽，也沒有爸爸。在場除了他，沒人能問這個問題。

小晶猛然一驚，抿起嘴唇安靜了片刻，隨後才用沙啞的嗓子輕輕「嗯」了一聲。

「她很囉嗦，我沒想過自己喜不喜歡她，但現在想想，我其實很愛她。」

「小晶，謝謝妳穿制服來這裡。」昴露出微笑，「多虧了妳，我們才發現彼此是同校同學，否則我們可能到三月底都不會發現這件事。」

昴看似無心的一句話，卻讓小晶濕了眼眶。

小心見狀，趕緊跟著道謝：「對啊，謝謝妳，小晶。」

「……不用謝啦，其實也只是碰巧罷了。」

小晶別開臉。

就在這時——

啊嗚嗚嗚嗚嗚嗚嗚嗚嗚嗚——

啊嗚嗚嗚嗚嗚嗚嗚嗚嗚嗚——

狼嚎聲響遍了整座城堡。跟剛才是一樣的狼嚎聲，聲音卻大很多。

「嗚哇！」

在場所有人都驚叫出聲，空氣被狼嚎震得轟隆作響，地板也開始搖動，把小心等人晃得東倒西歪。

不用說，他們也知道發生了什麼事——

快要五點了！

「快走！」理音大喊。

天搖地動之中，小心拚命想要抓住鏡子邊緣。慌亂之餘，她隱隱約約看見其他人也陷入同樣苦戰。她連站都站不穩，甚至睜不開眼睛，沒想到在強烈的搖動之下，人居然無法操控臉部肌肉。

好不容易抓住鏡子邊緣，只見鏡面的七彩虹光已變得歪斜扭曲。小心在心中大喊：「等等我！別消失啊！」然後一鼓作氣潛入鏡中。

搖晃停止後，小心已回到家中的房間。

一如往常的床鋪，一如往常的茶几，一如往常的窗簾。

透過窗簾，小心能感受到十一月秋去冬來、和夏日完全不同的氣氛。

她滿身大汗，心臟還在撲通撲通地狂跳，這才意識到自己趕上了，沒有被大野狼吃掉。

定睛一看，鏡子已不再發光。搖晃的感覺依然留存體內，身體內側彷彿還在震動，一想到最後聽到的那聲狼嚎，小心就雙腿發軟。

其他人沒事吧？

輕輕拉開窗簾，夜幕已然降臨，天空上掛著一彎美麗的弦月。小心已經好久沒有拉開窗簾了，她望向遠方的街道。

那裡有類似小心家的獨棟房，還有高聳而立的大廈、外型有如火柴盒般的公寓，以及超市的燈光。

——他們就在這裡。

就在我所居住的這座城鎮中。

十二月

街上閃爍著聖誕節的光輝。

小心雖然沒有出門，也感受得到聖誕節的氣氛。他們家不會特別擺設聖誕樹，但隔壁鄰居每年都會掛上燈飾，即便待在家裡，也能在牆上或窗上看見一閃一滅的燈光反射。

「聖誕節要不要大家一起過？」

十二月初，理音突然提議。

大家不約而同看向他，包括原本在沙發上看書的風歌，以及在打電動的政宗。

「機會難得，要不要一起吃蛋糕？」

「夏威夷也有聖誕節嗎？」風歌問。

說到聖誕節，第一個想到的就是穿得毛茸茸、紅通通的聖誕老人，在雪夜乘著雪橇的模樣，真難想像常年夏天的夏威夷要怎麼過聖誕節。

理音笑著說：「當然有喔。但跟日本的感覺不太一樣，日本的聖誕節是一片銀色世界，夏威夷則處處可見聖誕老人在衝浪的海報。」

「衝浪?!」

見小心驚叫出聲，理音笑得更開心了。

「其實比起美國本土，夏威夷的聖誕節更嗨喔！我們不是『度過』，是『肚過』聖誕節！吃大餐過節！」

「原來如此……」

「對啊，所以……聖誕夜那天要不要一起慶祝一下？不用特別交換禮物，只要帶糖果點心過來就好，蛋糕由我準備。」

「也約『狼小姐』一起吧！」理音補充道，「現在都十二月了，三月城堡就要關閉，在那之前，至少一起過個節吧。」

「美夢成真鑰匙」至今依舊下落不明，至少大家都一副還沒找到的樣子。雖然目前還不確定三月底有沒有人會許願，但就算沒有喪失記憶，住在夏威夷的理音也無法隨時見到大家。就這點而言，他也許是最擔心離別之時來臨的人。

「……好哇！」小晶出聲贊成後，其他人也紛紛點頭。

「不過，」政宗說，「要幾號慶祝啊？十二月二十四日嗎？聖誕夜你們沒有活動嗎？」

「我會跟留在宿舍的朋友一起開派對，但因為有時差，不會撞期。」

「我二十四日可以，但二十三日不行。」風歌用銀鈴般的聲音說，「那天我有鋼琴發表會。」

「妳在學鋼琴啊？」小心問。

風歌點點頭，「我沒有去學校，但有繼續上鋼琴個人班。」

小心想起，第一天來城堡時，曾在房間裡聽到鋼琴聲。原來是風歌彈的啊……她的房間裡有鋼琴。

眼前的風歌突然變得非常耀眼。小心國小曾一度很想學鋼琴，但最後沒有學成。聽到風歌沒去上學也有事可做，不禁感到有些羨慕。

「我之前在房間有聽到鋼琴聲。」

風歌吃了一驚，趕緊問道：「吵到妳了？」見小心搖搖頭，才鬆了口氣說：「那就好。」

「小心，妳房間沒有鋼琴嗎？只有我房間有？」

「嗯，應該是因為妳會彈琴，『狼小姐』才特地幫妳準備了一臺。」

「那妳房間有什麼？」

「書架，最奇妙的是，上面放的盡是我看不懂的外文書，像是英文跟丹麥文。」

「丹麥文?!好厲害喔！妳怎麼知道那是丹麥文？」

「……因為上面有很多安徒生的書，而安徒生是丹麥作家。」

這是東条告訴她的。很多書架上的書，小心都在東条家見過。

「好好喔……我都不知道妳房間有很多書。」

面對風歌的羨慕之情，小心只得用微笑敷衍帶過。

——那個房間確實很吸引人。但每每看到書架上那些跟東条家一樣的書，小心就有一種心情被人看透的感覺，彷彿有人知道自己很在意東条似的。其他人的房間長什麼樣子呢？既然風歌房間有鋼琴，就代表每個人的房間都有不一樣的東西。

「所以風歌二十三日不行……那二十四日呢？」

「不行耶，我二十四日可能要跟男友見面。」

小晶說完，大家陷入一片沉默。她似乎期待大家進一步追問，但理音卻一口回道：「好吧。」

其實除了小晶，其他人聖誕夜可能也要跟家人度過。最後大家決定在二十五日舉辦聖誕派對。

自從得知大家都是「雪科第五中學」的學生後，城堡裡的氣氛就變了。

雖然也稱不上什麼特別的變化，但至少相處起來不像以前那麼緊繃了。

比方說，政宗有天突然跟小心他們說：「自學中心的老師也有來找我喔。」

見小心等人一頭霧水，他又補充：「你們之前不是在聊『心之教室』嗎？」

「喔喔！」嬉野和小心恍然大悟。

「你是說喜多嶋老師？」

「……可能吧，是位女老師。」

「政宗也見到她了啊？」

政宗顯得有點尷尬。小心一開始不知道他在尷尬什麼，半晌才搞懂。他不是尷尬，而是靦腆。他第一次像這樣聊城堡外的事情，所以很不習慣。

「你去過『心之教室』了？」

小心很在意教室跟自己同名的事，但她知道，這裡的人跟學校同學不一樣，絕對不會拿這件事開玩笑。事實證明，她的想法是對的，政宗沒有拿這件事嘲笑她，只是搖搖頭。

「沒有。我爸媽似乎知道有這麼個地方，但沒有意思要我去。他們說，那是讓有意回歸學校生活的人去的。」

「政宗，你爸媽還是不逼你去學校嗎？」

小心忍不住問，這跟她家的情況簡直有如天壤之別。

政宗聳聳肩，「因為現在校園霸凌問題很嚴重不是嗎？而且手段愈來愈陰狠，電視也經常報導學生自殺的新聞。所以我老爸就說，沒有必要冒死去學校。」他模仿爸爸的口氣說。

「冒死」──多麼嚴重的兩個字啊。小心目瞪口呆，為什麼平平是父母，卻差這麼多呢？政宗的父母非但沒有逼他去上學，還用「冒死」為由把他留在家裡。

「可是……」政宗茫然道，「我爸媽最近在找可以讓我安心上學的地方，而且似乎樂在其中……不過，因為自學中心是民間的非營利組織，我老爸根本看不上。沒想到喜多嶋老師卻自己來訪，說想跟我談談。」

政宗輕吸一口氣。

「我媽覺得很奇怪，這個人怎麼不請自來？是不是學校叫她來的？所以跟她在門口吵了很久。喜多嶋老師說，她是聽我的朋友偶然提到我的事，才決定過來跟我談談。」

小心雖然沒有見過政宗的媽媽，卻能想像她皺著眉頭說「是學校派妳過來的嗎？」的樣子。政宗的父母對學校極其不信任，小心想起政宗之前說的話——「老師跟我們一樣都是人，很多老師**資質**都比我們差。」

不過，能從政宗口中聽到「朋友」兩個字倒是滿新奇的，大概是曾跟他玩在一起的國中同學吧。

不知是否看透了小心的心思，政宗小聲補充道：

「我不去上學後，我爸媽跟班導之間發生了很多爭執，導致他們非常不信任公立學校的老師。」

「是喔……」

「後來我注意到，那個中心老師應該跟你們說的是同一個人，所以就去跟她見面了。」

小心和嬉野反射性地看向對方，覺得心裡暖暖的。

聽到政宗因為喜多嶋老師曾跟他們談過，就願意和老師見面，小心和嬉野都非常高興。

這樣講或許有些小題大作，但這代表政宗很信任他們。

政宗依然又害羞又尷尬，表情非常僵硬，講話也比平常快。

「她沒特別說什麼，只說之後會再來找我。」

「……她人很好。」小心說。

「嗯，」政宗點點頭，「感覺得出來。」

政宗沒有把話說滿，但至少沒有否認。

「是喔……不知道之後她會不會來我家。」

在一邊「旁聽」的小晶喃喃自語。

「我一直以為我們家這邊沒有自學中心，不過，既然我們讀同一所國中，那位老師應該也會來我家吧。」

「有可能喔。」

如果喜多嶋老師去找小晶，希望小晶能像政宗一樣跟她碰面。

雖然知道彼此住得很近，他們卻沒有意思要約在外面。畢竟在城堡就能見面，約外面也沒有適合的地方。若約平日，可能會被路邊的大人指指點點；若約假日，則可能會被同學撞見。這讓他們再次了解到，身為國中生，他們除了「學校」與「家」無處可歸。

不過，一想到他們都認識喜多嶋老師，小心就覺得既新奇又開心。這代表他們在外面的世界也有所連結。

以前，政宗一開口就是酸言酸語，小晶拒談任何跟學校有關的話題。然而，如今這兩人也逐漸敞開了心房。小晶比之前更常來城堡，但沒再穿過制服就是了。

雖然偶爾也會有人缺席，但「全員到齊」的日子卻比以前增加許多。

沒想到今年居然也能跟朋友一起辦聖誕派對，這讓小心樂不可支。去年小心六年級時，跟幾個女生朋友一起到當時的同班同學——沙月家交換禮物和打電動。

不知道沙月現在還好嗎？——一想到這裡，小心便感到心口一緊。

沙月和她一起升上雪科第五中學後分到不同班，記得她說她要加入……壘球社，還說就算教練很嚴格、練習很辛苦，她也要努力撐過去。以沙月的個性，現在一定正努力往目標前進吧。

她們已經好久沒見了。以前她和沙月形影不離，過著差不多的生活。然而如今在沙月眼中，小心應該是個「不來上學的異類吧」？——小心以為自己早已習慣這一切，不料想到這些，心還是會隱隱作痛。

第二學期就要結束了。

寒假即將來臨。

舊年去，新年來……

聖誕節前的某個夜晚——

媽媽突然跟小心說：「小心，過來一下。」

小心突然升起一股不好的預感，因為媽媽的聲音中飄著一股緊張感。只有在發生不好的事情時，媽媽才會發出這種聲音。這讓小心感到呼吸困難、腹痛不已。

在等待時她發現，對於媽媽接下來要說的話，她是想聽又不想聽。

半晌，媽媽終於開口。

「伊田老師說明天中午要來我們家，要讓他來嗎？」

伊田老師是小心的班導，是個年輕的男老師。

小心只在剛開學時跟他相處過。小心沒去上學後，他五、六月還經常來找她，但小心都要見不見的。

小心不確定媽媽私下有沒有跟老師見面，就像跟喜多嶋老師那樣。

不過，喜多嶋老師和伊田老師有著決定性的不同。

每每伊田老師來家裡，小心都非常緊張，緊張得冷汗直流。

原因無他，因為伊田老師是從學校教室過來的。一想到他前一刻還待在那個自己拚命想要逃離的地方，小心就感到難以呼吸，不想要他來。為什麼老師會突然說要過來呢？是因為第二學期要結束的關係吧？

因為職責所在，他必須在每個學期告一段落時，對不來上學的學生表示一下關心。

「小心……」媽媽聽起來更緊張了，「老師說，他想跟妳談談關於一個班上女同學的事。」

這句話有如針一般刺進小心胸口，她很想假裝鎮定，卻無法確定自己此時此刻是什麼表情。

「班上的……女同學？」

「是你們班的班長，一個叫作真田的女生。」

小心耳裡「嗡」的一聲，霎時間，所有的聲音都消失了，她開始呼吸困難。

媽媽皺起眉頭，「事情果然不單純，發生什麼事了？」

「老師有說什麼嗎？他是怎麼跟妳說的？」

「……他說，妳跟那個女生吵架了。」

雞皮疙瘩瞬間蔓延至全身。

吵架……

多麼輕描淡寫的兩個字啊。一股不協調感化作怒氣直衝小心腦門，她幾乎要歇斯底里。

那才不是吵架！

吵架是能夠溝通的人彼此爭執，是更對等的行為。

真田對小心的所作所為，根本就不是吵架。

見小心默不作聲，媽媽似乎感覺到了什麼。

「……小心，」媽媽對小心說，「跟媽媽一起見老師一面吧。」

「發生什麼事了？」媽媽又問一次。

小心依舊閉口不語，半晌，她小聲地說：

「那些人來過我們家……」

她終於說出來了，媽媽微微瞪大了眼睛。

小心緩緩抬起頭。

「我……」

不可以說別人的壞話——媽媽總是這麼告訴小心。無論朋友多惹人厭、妳有多生氣，都不可以說他們的壞話。也因為這個原因，小心才一直不敢告訴媽媽這件事，生怕反被罵一頓。但是……

「媽媽，我……我非常討厭真田。」

媽媽聽了震驚不已。

「那並不是吵架……」小心又說。

「我跟她，並沒有吵架。」

⚜

隔天上午，伊田老師來了。

那天是週三的上課時間，他大概是趁著空堂來的吧。媽媽也為此特地跟公司請了假。

伊田老師的頭髮長長了。他將常穿的鞋子脫在門口，對著小心說：「哈囉，心，最近好嗎？」

伊田老師一直都叫她「心」。

明明才相處一個月，老師卻叫得那麼親暱，彷彿跟她很要好一樣。聽到老師這麼叫她，小心確實很高興，那讓她覺得自己跟「上學族」沒兩樣。但冷靜下來想想，老師會這麼喚她，只是為了討她歡心罷了。

畢竟這是他的工作。

他不是特別關心小心，而是必須關心小心。
小心覺得自己這樣很小心眼，但她無法不這麼想。
因為，老師是屬於真田幫的。她永遠無法忘記，四月時在教室裡聽到的對話。
——「伊田老師，你有女朋友嗎？」
——「有也不告訴妳。」
——「討厭，好想知道喔，田田老師真是小氣鬼！」
——「欸欸，不要再那樣叫我了啦！」
老師雖然出言制止，臉上卻掛著「真拿妳們沒辦法」的笑容，態度一點都不強硬。想必到現在，真田美織她們還是這樣叫他吧。
眼前的這個人，是真田美織的「田田老師」。
每次老師來家裡找小心，總會叫她「不用逞強」。
——「班上同學看到妳來，一定會很高興的！不過不用逞強喔！」
老師這麼說或許是出自好意，但會不會……他根本就不希望小心來上學，又或是覺得來不來都無所謂？
「妳為什麼不來上學呢？是不是發生什麼事了？」——還記得五月初，老師曾經這麼問過小心，但小心沒有回答。說不定，老師只當小心是個「偷懶的學生」罷了。
小心覺得無所謂，老師會這麼想也是正常的。
從小學開始就是這樣。
每個班上都有像真田美織這種活潑外向的風雲人物，她們總是在教室裡大聲喧譁，下課時間就跟同學到外面大玩特玩。而老師，總是特別偏袒這些人。

小心很想把真田的所作所為告訴老師，讓老師看清那些人的真面目。但她知道說了也沒用，因為老師一定站在真田那一邊，喔不，正確來說，老師應該早就知道了。

老師一定跟真田確認過流言的真偽。

但想也知道，她怎麼可能承認？

她怎麼可能會說對自己不利的話？

——「妳為什麼不出來？太過分了吧！」

那天，真田美織帶人包圍她家，把小心嚇得渾身顫抖不已。然而，真田卻在外面可憐兮兮地哭了起來，惹得其他人上前安慰：「哎呦，美織，別哭別哭……」說來可笑，在那些人的世界裡，小心才是罪不可赦的大壞蛋。

老師與媽媽、小心在客廳面對面坐了下來。

跟上一次比起來，媽媽的態度顯得強硬許多。

昨晚，小心將四月發生的事，一五一十告訴了媽媽。一直以來她都不敢向媽媽坦白，但如果媽媽真的信了老師的說詞，覺得她和真田美織是「吵架」怎麼辦？於是，小心決定說出來，讓媽媽聽她親口闡述這一切。

媽媽要小心在老師進門後先回樓上房間，讓媽媽跟老師單獨談話。

小心其實很想聽老師怎麼說這件事，但看到媽媽充滿怒氣的臉，便打消了念頭。

昨晚媽媽聽小心說完後，既沒有憤怒，也沒有失控。

過了幾個月後，小心講起這些事時，已經不會哭了。她很想哭著向媽媽訴說自己的痛苦，卻是欲哭無淚。

講到「感情糾紛」時，小心雖然有些難以啟齒，但還是很努力表達。

小心很希望媽媽聽完後歇斯底里、大發脾氣，幫小心罵她們一頓，說「怎麼有這種小孩！」之類的。

她以為，媽媽至少會生氣的……然而，聽到一半，媽媽突然熱淚盈眶。看到媽媽的眼淚，小心嚇了一跳，更哭不出來了。

「對不起……」媽媽說，「媽媽都沒注意到這些狀況……」

她將小心擁入懷中，握住她的手，任憑眼淚一滴一滴落在小心的手背上。

「我們一起奮鬥！」媽媽用顫抖的聲音說，「小心，或許之後還有很長的路要走，但媽媽會陪妳一起奮鬥，一起加油！」

⚜

小心回到房間——

今天的鏡子依舊閃閃發光。照理來說，現在應該已經有人在城堡裡了吧？

小心很想立刻去找他們，但她還是偷偷溜出房間，側耳偷聽樓下在說什麼。客廳的門是關上的，好在家裡很小，還聽得到一點聲音。

「似乎是女生之間發生了一點爭執。」樓下傳來老師的聲音。「可是小心告訴我，那並不是吵架。」媽媽嚴聲反駁。小心的心臟好痛，她以為雙方的聲音會有如浪花一般愈打愈響，卻沒了聲音。

「今天喜多嶋老師不會過來是嗎？」樓下再度傳來媽媽的聲音。老師回答：「不，今天只有我過來，畢竟這是學校的問題。」聽到喜多嶋老師的名字，小心想起她的臉龐，以及她給自己的紅茶茶包。

她本來打算帶茶包去參加城堡的聖誕派對，泡紅茶給大家喝。

喜多嶋老師是否跟伊田老師談過呢？中心和學校屬於互助關係，真田的事也許是她幫忙查出來的。

——「因為妳每天都在奮鬥不是嗎？」

這句話在小心腦中響起。她閉上眼睛，突然好想見喜多嶋老師。

樓下的老師說了幾句很像「藉口」的話，「真田也有真田的……」、「她個性開朗，很有責任感……」

「她個性開朗又怎樣？很有責任感又怎樣？這跟她對小心做的行為有關係嗎？」媽媽的聲音愈發強硬。

「你說那什麼話？」聽到媽媽情緒失控，小心好想摀住耳朵。

她回到房間，回到發亮的鏡子前。

看著柔和的七彩虹光，小心用手指輕觸鏡面。

救救我……

救救我……

大家，救救我……

好一陣子後，媽媽才叫小心下樓。

媽媽和老師的表情明顯比剛才僵硬，氣氛沉重無比。兩人見到小心後更顯緊張，感覺身邊的空氣都變色了。

「心，」老師喚道，「妳要跟真田當面談談嗎？」

聽到這句話後不誇張，小心幾乎快不能呼吸，心臟也要跳出來了。

她簡直不敢相信，就這麼不發一語地盯著老師。

跟她見面？我死也不要！

「真田的個性比較容易惹人誤會，我知道她讓妳覺得很痛苦、很不舒服。但我問過她，她說她也很擔心妳，也有好好反省過……」

「她才沒有在反省。」

小心脫口而出，她激動到聲音微微顫抖。

老師似乎沒料到她會這麼說，一臉驚訝地看著她。

小心搖搖頭，「就算她真有反省，也不是因為擔心我，而是覺得老師你在生她的氣，害怕成為老師眼中的壞小孩。」

小心沒想到，自己竟能一口氣說這麼多話。

伊田老師一臉愕然，「心，可是……」

「老師，」媽媽打斷老師的話，雙眼盯著他靜靜地說：「……你聽過真田大小姐的說詞，那麼，你也應該聽聽小心怎麼說吧？」

老師苦著一張臉，抬頭看向媽媽。他看似還有話想說，媽媽卻硬生生打斷了他：「就這樣吧。」

「今天就這樣吧，下次請你跟學務主任或校長一起來。」

老師無言以對，只是默默低下頭，閃避媽媽和小心的眼神。

「那我下次再過來。」

說完，他便起身離開。

將老師送出門後，媽媽喚道：「小心……」

小心轉向媽媽，不知自己此時此刻是何表情。媽媽閉起雙唇，重整心情，雖然看上去還是很累，但至少非常平靜。

「……要不要跟媽媽一起去買東西？」

媽媽邀小心出門。

「其實也不一定要買東西，看妳想去哪都行。」

⚜

平日中午，路上沒有半個國中生。

小心和媽媽一起坐在客來優的美食區吃霜淇淋。客來優裡有小心愛吃的麥當勞和Mister Donut，但小心不敢去。因為那裡是國中生的聚集地，雖然是平日，還是不能掉以輕心。

她好久沒出門了。上一次出門，是暑假期間到便利商店買風歌的巧克力。她還是覺得光線很刺眼，見到人還是會害怕。但在媽媽的陪伴下，她的心情比上次平靜許多，也不再畏懼大人的眼光。路人看到她，應該都以為她今天是請病假或事假。

小心發現，自己下意識地在找人。

看到褐髮的人，她總會多留意兩眼，就怕錯過昴和小晶。嬉野、風歌的爸媽會不會也在平日帶他們出來呢？她好希望偶遇出來買電動光碟的政宗，甚至期待遠在夏威夷的理音出現在這裡。

如果能與他們在街上偶遇，媽媽肯定會嚇一跳。小心心想，如果能跟媽媽說「那是我朋友」，那該有多好？

然而，誰都沒有現身。

平日的美食街只有小貓兩三隻，而小心想見的那些人，現在都在城堡裡。

「妳小時候啊……」

坐在小心對面的媽媽也望著走道。位於日本的客來優雖然不比夏威夷，但也充滿了聖誕節的氣氛。店裡處處可見紅、綠、白色的裝飾，還放著聖誕節的歌曲。

媽媽繼續說，「妳記得嗎？妳小時候啊，應該上小學了吧？曾跟爸爸媽媽到商店街的一間法國餐廳吃聖誕大餐。」

「……有點印象。」

她記得爸媽帶她去一間氣氛很特別的餐廳，年末的商店街充滿了聖誕氣氛。爸媽幫小心點了盤裝的綜合兒童餐，那家餐廳的蛋包飯跟外面的連鎖餐廳完全不同，讓當時還小的小心暗自感嘆，原來這才是正宗的蛋包飯。

「我那時候覺得很神奇，為什麼服務生一直給爸媽送菜，而且每次都只送一點點。吃完又送來、吃完又送來，永遠吃不完。」

「對啊，因為我們家很少出去吃法式套餐。媽媽記得，妳那時候還問我們說：『還沒吃完嗎？要吃到什麼時候？』」

媽媽展開笑顏。

「我們今年也去吃大餐吧！那家餐廳已經沒做了，我跟爸爸再找找其他餐廳。」

小心似乎能夠瞭解，媽媽為什麼要在這時候聊這些無關緊要的事。因為她知道，小心現在還無法跟她好好談老師、真田的事情。

但是，有件事小心一定要先說。她看向思緒飄遠的媽媽──

「媽。」

「嗯？」

「……謝謝。」

媽媽嘴唇微張，直直看著小心。但小心沒有退縮，唯有這件事，她無論如何都要告訴媽媽。

「謝謝妳在老師面前幫我說話，還把我的說法告訴老師。」

小心一直很擔心只讓媽媽跟老師談沒問題嗎？她原本想親口將一切告訴老師，就像媽媽最後跟老師說的那樣。小心心想，老師現在對我的印象應該很差吧？真田美織都說要跟我見面了，我卻死都不肯，他一定覺得我是個性彆扭又心理扭曲的問題學生。

可是——

「媽，謝謝妳選擇相信我……」

「那是當然的啊！」

媽媽有些沙啞。她俯首又說了一次：「那是當然的啊……」說到這裡，她的聲音已顫抖不已。

媽媽用手輕抹眼頭，隨後抬起頭，用微紅的眼睛看著小心。

「妳一定整日提心吊膽吧？……媽媽聽妳說的時候好害怕。」

小心眨了幾下眼睛，她沒想到會從大人口中聽到「害怕」兩個字，所以有些驚訝。

媽媽垂下雙眼，「如果我是妳，一定很害怕。我一直很納悶，為什麼妳不早點跟我說，但剛才在跟老師說時，我好像懂妳為什麼要一直瞞著我了。」

見小心默默看著自己，媽媽露出精疲力盡的微笑。

「我跟老師說『小心沒有錯』時，好怕他不相信我。說出這一切真的需要很大的勇氣，像我就很擔心自己沒有把小心害怕的心情表達出來，又或是老師沒有聽進去。」

媽媽伸出雙手，握住小心放在桌上的手。

「……妳要換一所學校嗎？」

換一所學校？小心一開始沒搞懂媽媽的意思，感受到媽媽手心的冰涼後，才意會到她是在說「轉學」。

小心不禁睜大眼睛。

她不是沒有考慮過轉學，這個選項非常吸引人。但是冷靜想想，這樣不是在逃避嗎？她捨不得那些國小時代的好朋友，而且……憑什麼要她為了真田那種人轉學？她能想像，如果自己真的轉了學，那群人肯定毫無反省之心，還會得意洋洋地說：「是我們把她趕走的！」然後笑成一團。一想到這裡，小心就一股作嘔感湧上心頭，又氣又委屈。

至今她一直覺得，「轉學」是一個「不可能實現的選項」。就算提出了，媽媽也不可能答應。

然而，如今媽媽卻主動問她要不要轉學。

「如果妳想轉學，媽媽可以幫妳找學校，看可不可以進入隔壁學區，又或是上遠一點的私立中學，一起找找看吧。」

就目前的情況而言，小心其實尚無自信能進入新環境生活。雖說應該不會再遇到真田美織這種人，但轉學生本就容易惹人揣測，也許過不久，新同學就會知道她是從雪科第五中學「逃」出來的。

不過，她也可能像一般人一樣，很快就融入新學校生活，然後若無其事地與大家一起上課。

如果真能這樣，那該有多美好啊！至少媽媽願意相信，小心是能夠融入新學校的。媽媽的信任有如一股暖意湧上她的心頭，融化她冰封的心。

客來優的廣播傳出聖誕歌曲，朗聲廣播聖誕特賣會的消息。

「我可以考慮看看嗎？」

她的腦中閃過小晶等人的臉龐。

「轉學」確實很吸引人，但一旦離校，她就不再是「雪科第五中學」的學生了。這代表著她可能無法再去城堡，再也見不到大家。這是她最不能接受的結果。

「可以啊，」媽媽回道，「我們再一起想想吧。」

之後，小心跟媽媽一起到超市買東西。

小心拜託媽媽買巧克力的澎湃包給她，但因為那不是一個人吃的量，她很怕媽媽會起疑心。

然而，媽媽卻一口答應後，把澎湃包放入籃子裡。

買完東西後，走向停車場的途中，小心停下腳步，環視了客來優一圈。

「怎麼了？」

「……沒有，我只是覺得，自己好久沒外出了。」

雖說賣場燈光依舊讓小心感到刺眼暈眩，但這次很快就習慣了。

「媽媽，謝謝妳帶我來。」

這句話有如青天霹靂一般，有那麼一瞬間，媽媽的臉上完全沒有表情。一陣沉默後，媽媽牽起小心的右手說：「媽媽才要謝謝妳。」

「謝謝妳陪媽媽來。」

之後，她們攜手走到車旁。自從升上三年級後，小心就沒有和媽媽這樣牽過手了。

城堡舉辦聖誕派對那天，理音帶了蛋糕過來。大家「哇」的一聲叫了出來。

「看起來好好吃喔！」小心也說。

那是一顆中間有洞的戚風蛋糕，奶油塗得有些不均勻，上面的水果也排得有點亂，跟一般店裡賣的蛋糕感覺不太一樣。但正因為它的不完美，所以更顯特別。

「是手作的嗎？」政宗問。

「是女生做的？」小晶此話一出，小心的心臟都快跳出來了。所有人不約而同地看向理音。

足球高手在日本的學校都很受歡迎。感覺理音就是足球踢得特別出色，才會到外國留學。雖然他從未提過這件事，但像他這種男生，有女朋友也不奇怪。

然而，理音卻搖搖頭。

「不是啦，是我媽做的。」他無奈地癟起嘴，「每年聖誕節前後，她都會來我們宿舍住幾天，幫我烤蛋糕。我就把她烤的蛋糕帶來了。」

「家人也可以住宿舍啊？」

「嗯，我們宿舍有準備專門給家人短期投宿的房間，而且還附廚房。」

「所以說……你媽媽現在應該在夏威夷吧？你不用陪她嗎？」

小心看向牆壁上的時鐘。上次理音告訴大家夏威夷跟日本的時差後，她就特別在意時間。

現在是日本的中午。

夏威夷則是昨天的傍晚。也就是說，日本已是聖誕節，理音卻才要過聖誕夜。

跟日本比起來，國外的聖誕節似乎更有家族團圓的氣氛。小心昨天也跟爸媽一起出去吃了大餐，今天是因為爸媽剛好都有事出門，小心才能來城堡。

她這才想起，學校應該也放假了吧……

「理音，你寒假會回日本嗎？」

她這麼問，不是為了要約理音出去，而是因為他是所有人之中最遠、最難在外面見到面的一個。一想到理音就在附近，即便沒有特別見到面，小心也開心。

「我是不會回去……」他搖搖頭，「我媽也很忙，只來住兩天，幫我做完蛋糕就回日本了。」

「是喔……」

「嗯，來吃蛋糕吧！」

理音說完，便拿出他帶來的刀子準備切蛋糕。

小心這才注意到，理音的媽媽幫他做了蛋糕，卻沒有陪他一起吃就離開了。

還是說，她是特別做給理音跟宿舍朋友吃的呢？不過，其他人應該都回鄉跟家人過節了，理音之所以說「我是不會回去」，應該就是「其他人都回去了」的意思。

這麼說來，當初提議要在城堡辦聖誕派對的，不就是理音嗎？他還說要幫大家準備蛋糕。

那一天，他是用什麼心情問大家的呢？

小心突然想起，理音曾問過「狼小姐」，為什麼他明明在國外都有好好去上課，卻能夠來到城堡。「狼小姐」當時的回答是這樣的——

「因為，你其實想要待在日本上公立國中，不是嗎？」

這句話究竟是什麼意思？記得他們之前說理音是「優等生」時，他的表情五味雜陳，還說自己沒有我們想得那麼好。

「啊，也叫『狼小姐』過來吧！」

說完，理音放下刀子說：「我不會切成一樣大小耶，有沒有女生能幫忙的？」

「叫小心來切！」嬉野喜孜孜地說，「她之前幫我削過蘋果，蛋糕一定也切得很好。」

「我嗎？我不確定自己會不會切喔！」

一想到嬉野「煞到」自己只是因為她很會削蘋果，小心不禁露出無奈的笑容。不過說老實話，小心其實很高興嬉野推薦自己。

「叫了嗎？」

才說完，「狼小姐」就出現了。

「『狼小姐』，妳戴著面具能吃蛋糕嗎？喔不，應該問……妳會吃東西嗎？」理音問。

「狼小姐」悠悠轉過頭，透過狼面具看向蛋糕，手作的海綿蛋糕上擠有奶油花。

「狼小姐」默默看著蛋糕的畫面非常奇妙。她的洋裝和面具充滿了童話感，可愛的蛋糕彷彿成了道具似的，與她非常相稱。

「……我不在這裡吃。」沉默一陣後，狼小姐終於開口。她悠然抬頭對理音說：「切一塊給我，我帶回去。」

在場成員無不目瞪口呆。沒想到像「狼小姐」這種奇幻的角色，竟會說出這種普通小女孩才會說的話。

理音沒有特別說什麼，只應了一句「好」，接著又說：「還有一個東西……」然後轉身從自己的包包拿出一個小包裹，交給「狼小姐」。

「……這是我從家裡帶來的，請妳收下。」

理音雖說了不交換禮物，卻帶了一包東西給「狼小姐」。這次「狼小姐」沒有拒絕，只是不發一語地看著手上的包裹，說了句「好」，然後把東西藏到背後。

小心以為「狼小姐」會當場拆開包裝，但她沒有，理音也沒有多作解釋。

「來吃蛋糕吧！」理音說。

說好了不交換禮物，但除了理音帶東西給「狼小姐」，小晶也帶了圖案別致的餅乾紙墊來，分給大家一人一張。雖然圖案不一樣，但跟上次她送風歌的紙墊是同一系列的產品。

「哇！早知道我也帶禮物過來！」嬉野高聲說。

小晶在這方面真的很用心，令人格外佩服。

最令人驚訝的是政宗，他帶了一大堆少年漫畫的周邊商品，說要送給大家。聽到他說「自己選，盡量拿喔！」時，小心簡直嚇傻了。雖說大多像是雜誌的附錄贈品，但也有圖書禮物卡混雜其中。

「好棒喔，還有《航海王》的圖書禮物卡耶！」

小心很喜歡這部少年漫畫。翻過來一看，這張卡根本沒用過，裡面還存有五百日圓。看政宗有這麼多電玩遊戲，就知道他不愁吃穿，對金錢與物質自然不那麼執著。

「都是些男生看的漫畫，我都沒聽過，不用給我。」小晶皺起眉頭。

昴拿起一張禮物卡說：「咦？這張卡沒用過是嗎？那我拿走囉！」小晶聽到後立刻轉過來問：「哪張哪張？」惹得政宗板起一張臉。

「我可不送給不尊重東西的人喔！」

「不過，真是出乎意料之外！」小晶朗聲道，「先不論收到開不開心，我很驚訝政宗居然會送禮物給大家。」

「妳很囉嗦耶！不爽不要拿啊！我只是把家裡有的東西帶來而已。」

「我要拿啊，只是很驚訝罷了。」

說完，兩個人都笑了。

小心則是率直地跟政宗道謝。「不會……」政宗別過頭，臉頰有點紅紅的。

理音媽媽做的蛋糕非常美味，蛋糕體蓬鬆而柔軟，散發出濃濃的雞蛋香。

理音看到小心帶來的巧克力澎湃包時，簡直歡喜極了，「好懷念喔！我以前在日本常吃這些耶！」

小心在家先泡好了喜多嶋老師給她的紅茶，裝在水壺裡帶來，倒在城堡的杯子裡分給大家喝。啜飲一口香氣滿盈的草莓茶後，小晶和風歌大為感動。

「好好喝喔！」聽到風歌的讚嘆，小心喜上眉梢。

聽風歌說有機會還想再喝，小心告訴她，這些茶包是喜多嶋老師送她的。

「我也想去看看。」風歌說，「心，我也想去看看妳說的那間自學中心，會會那位喜多嶋老師。」

「好哇！」

不知從什麼時候開始，風歌開始改叫她「心」。只有在這座城堡中，他們可以超越學級，親密地叫喚彼此。

⚜

時間來到四點多，城堡即將關閉之時——

當時大家正各做各的事，有的在吃蛋糕和零食，有的躺著休息，有的坐在沙發上聊天。政宗突然宣布：

「我有事想跟你們商量。」

此話一出，所有人都不約而同地看向他。

「狼小姐」不知道什麼時候消失了，她的蛋糕和盤子、理音給她的禮物也不見了。

政宗的聲音和平常判若兩人。他平時總是酸言酸語、諷刺至極，突然正經起來，好像連他自己都覺得怪怪的。

「什麼事？」小晶說。

政宗站到正中央。其他人不是坐著就是躺著，就只有他一個人站著。

他的左手用力抓著右手肘，看起來非常緊張。

緊張？這實在太不像政宗了！

「商量？」

大家都一頭霧水。

「那個……你們……第三學期……只有一天也好……」

「要不要……一起去……」他的眼神游移不定，氣弱聲嘶，隨後低下頭來，

最後，他終於鼓起勇氣將頭抬起，「要不要一起去學校？一天就好！真的一天就好！」

「學校……」

霎時，所有人都倒抽了一口氣，他們能感受到彼此誇張的反應。

政宗抓手抓得更用力了，他支支吾吾地說：

「我……爸媽……要我第三學期……轉到其他學校！」

聽到這裡，小心不禁胸口一緊——上次在客來優的美食街，媽媽也問過她要不要轉學。

原來，是因為第二學期就要結束了。

但是，小心的狀況跟政宗不一樣。政宗的爸媽非常不信任公立學校的老師，所以

可能計畫要轉學很久了。

「他們之前就有意幫我轉學，最近終於有了定案。我爸說，這個寒假要幫我辦轉學手續，轉到他朋友小孩就讀的私立中學。」

「你的意思是，你第三學期就要轉到別的學校了？」風歌問。

政宗沒有回答，只是默默點頭。

「其實……轉學也不錯啊！」嬉野說得很保守，「我也想過要轉學，跟現在的班級劃清界線，到別的學校展開新的人際關係，這樣應該比較輕鬆吧？我爸媽也在思考明年要怎麼幫我安排……」

「我也這麼覺得，但沒想到他們會急著要我在第三學期就辦手續，為什麼不等升三年級時再轉呢？」

平時講話總是驕傲自滿的政宗，此時此刻聲音竟細如蚊鳴，令人不敢相信。他的反應讓人明白，他說的是再真實不過的真心話——被逼到不得不說真心話。

小心很明白政宗的心情。

她之所以覺得「轉學」這個選項很吸引人，是因為媽媽沒有要她立刻轉學，一切都尚未定案。

但如果媽媽是要她「學期中轉學」，那就另當別論了。

「而且……」政宗的聲音充滿了無助，喃喃自語道：「如果轉到其他學校，我可能就不能……來這裡了。」

聽到這裡，大家不約而同地咬緊下唇。

他們知道政宗的意思。

雖說城堡三月底就會關閉，但他不想失去三月前能在城堡度過的短暫時光。

「所以，我就跟我爸說，我還不想轉學……第三學期我會好好去現在的學校，也就是雪科第五中學上課……」

小心再度瞪大了眼睛。政宗像說話突然變得很快，彷彿在辯解什麼一般。

「第一天就好……真的一天就好，之後我就會找理由請假。只要去上一天課，我爸就不會急著在寒假幫我辦轉學手續，我就能順理成章延到四月。」

「你說要我們去學校，是什麼意思？」

「……我希望，你們能陪我去上……一天課。」

政宗低下頭，一點都不像平常的他。

「……你們不用去教室上課，只要待在保健室或圖書室就可以了。老師應該不會逼你們進教室上課，因為他們一般都認為，我們只要願意去學校，就是很大的進步了。」

「……有些人去學校不就都躺在保健室嗎？」

昴說完後，政宗抬起臉。

「我之前就一直很好奇，為什麼要把同是雪科第五中學的我們聚集在這裡，應該有什麼特別的意義吧？我不知道『狼小姐』是有意還是無心，但至少，我們能夠互相幫助。」

——我們能夠互相幫助。

這句話重重落在小心心頭。

「互相幫助……」政宗鼻頭一紅，幾乎要熱淚盈眶。

政宗的表情讓小心明白這四個字的重量。

她想起，那天跟媽媽去客來優的美食街時，她一直在走道上尋找大家的身影。她一直殷殷期盼，能在街上的轉角遇到城堡裡的夥伴。

那天，小心也曾向他們求救。

「你根本不是有事找我們『商量』，而是有事『拜託』我們嘛！」

聽到昴這麼說，小心目瞪口呆地看著他。只見昴故作姿態地聳聳肩，拿著政宗送他的禮物卡扇啊扇的，「吃人嘴軟，拿人手短，所以說……這些聖誕禮物也是為了收買我們才帶來的囉？」

政宗表情僵硬地看著昴，故作輕鬆地說：「我知道你們很為難，但是……」

「沒問題啊！我願意去學校，那天我會在教室等你。」

政宗瞪大了眼睛，眼大如斗。

昴繼續說：「我是三年三班，政宗，你先去你們班看看，如果真的無法忍受，就過來教室找我吧。我很久沒去學校了，突然多個學弟小跟班，大家一定覺得我超酷！」

「我不想去教室耶……」小晶的口氣較平常尖銳，但並沒有生氣，「如果是保健室就沒問題。」

「去保健室也可以，老師應該不會說什麼。」

「我也可以去保健室。」

小心接著說，這句話是脫口而出的。

爸媽聽到這個消息肯定是喜出望外。雖然他們嘴上叫小心不用逞強，但聽到女兒主動說要去上學，心裡應該還是很高興。又因為教室有真田幫，她待在保健室，媽媽反而比較安心。

一想到他們就要在外面見面了，小心就感到興奮不已。

她懂政宗的心情──沒有朋友。

「唉！班邊還真是可憐！」──真田美織說的這句話，至今依然烙印在她的心中。她很想證明給那群人看，她不是邊緣人！她也有好朋友！而且這些人遍布各個年級！

相信政宗也是這麼想的。

教室裡他沒有朋友，形單影隻，但如果有我們相伴，他就能夠鼓起勇氣去上學。

「那我也去保健室好了。」見小心答應，風歌也附和道，「開學典禮是幾號啊？我們要約哪一天？」

「一月十日。」

政宗秒答，感覺他真的快哭出來了。看來，他應該很害怕這一天的到來。

「好。」風歌說，「我明天開始放寒假，要回外婆家上補習班，會有一陣子沒辦法過來城堡，但我十日會去學校的。」

「我……可以考慮一下嗎？」嬉野轉了轉圓圓的大眼睛，急忙解釋道：「別誤會喔，我不是不肯幫忙。只是……我之前去學校時，不是跟同學打架嗎？」

小心想起那天嬉野包著繃帶來的模樣。

「所以……我怕我媽咪會不准我去學校，抱歉。」他看向政宗，「如果她准了我一定去，好嗎？」

「……好。」

政宗點點頭後垂下雙眼，似乎不知該看哪才好。

「謝謝你們……」他簡短地說完，似乎還覺得不夠，微微鞠躬道：「……真的很謝謝你們。」

「真可惜我不能去，好羨慕你們喔。」理音輕輕嘆了口氣，眼神閃過一絲落寞，「真羨慕你們可以在城外見面。」

聽到這句話，小心的心彷彿長了翅膀般輕飄飄的。她還是很畏懼上學，但一想到大家會穿著制服在保健室等她，她就雀躍不已。

沒問題的——小心心想。

讓我們互相幫助。

一同奮鬥。

第三部

珍重再見的第三學期

一月

小心是一年四班。
嬉野是一年一班。
風歌是二年三班。
政宗是二年六班。
昴是三年三班。
小晶是三年五班。

除了在夏威夷的理音，其他六人彼此交換了年級和班級。
一月十日在即，大家達成了以下共識——
若發生什麼事，就逃到保健室。
保健室不行的話，就圖書室。
圖書室不行的話，就音樂教室。
——如果全都不行的話，就逃出校門。
逃回家，逃進鏡子，逃到城堡。
一月十日前夕正好是國定假日成人節，小心的爸媽都在家。

小心算準爸媽不會進來房間的時間，前往了一趟城堡，和政宗等人確認明天見面的時間地點。到城堡時，大家幾乎都在。看來他們也和小心一樣，為了躲避爸媽的「眼線」而下了一番功夫。

小心要回家時，正好在鏡子門廳巧遇政宗，兩人就這麼聊了一會兒。

時間接近五點，小心在狼嚎響起之前先和政宗告別，「那就明天見囉！」

經過上次的「天搖地動」後，所有人都嚇到了，並約好以後都要在四點四十五分前，也就是狼嚎響起前回家。

「好。」政宗的回答依舊冷淡，帶著一絲尷尬。

政宗的臉非常蒼白。小心不知道他為何拒學，只知道他的爸媽想法非常開明，願意尊重孩子的決定。不過，政宗不去學校，應該有什麼原因吧。

就像小心一樣。

於是，小心決定把「那件事」告訴同病相憐的政宗。

「我跟班上的某個女生……合不來。」

「合不來」三個字真是好用。

討厭、棘手、霸凌，都可以用這三個字帶過。小心的遭遇並非吵架，但也並非霸凌，而是無法定義的「某個行為」。如果有人將她的遭遇歸類於「霸凌」，她肯定會委屈得哭出來。

「我是因為那個人才一直沒有去學校。但是，如果有你跟其他人一起，我就安心多了。」

政宗用不成聲的聲音「咦」了一聲，然後看向小心。

「妳跟我說這些幹嘛？是在強調妳為了我勉強自己去學校，好賣我人情嗎？」

「才不是呢！」

聽到政宗跟平常一樣「酸」，小心就安心了。不久之前，她還經常被政宗這種酸死人不償命的個性氣得半死，但現在她已經明白了，政宗只是刀子口豆腐心。畢竟他們每天都膩在一起，所以她知道。

政宗真正想說的是：「謝謝妳，在這種狀況下還願意陪我去學校。」

「我只是想跟你說，我跟你一樣，在大家的陪伴下才能安心去學校。緊張到不想去的可不只你一個喔！我們和你一樣，都相信只要有彼此的陪伴，一切都會成功順利。所以政宗，我們也一樣在等你喔！」

政宗聽到這裡，原本抓著鏡框的手更用力了。

「……嗯。」

政宗點點頭。

「明天見。」這句話，小心說得比平常更有力。

政宗也回應道：「嗯，明天……學校見。」

⚜

「媽，我明天想去上學。」

媽媽聽到小心說要去上學，剎那間變得面無表情，彷彿時間停止了一般。但她馬上恢復正常，若無其事地說：「真的啊？」

小心知道媽媽是在假裝鎮定。

直到約定的前一天——九日晚上，小心才告訴媽媽這件事。一方面是怕太早說媽媽會擔心，主要則是因為……她不想幫自己留退路。她一直到這天還在考慮，如果自己臨時反悔該怎麼辦。

當時他們剛吃完晚餐，媽媽正在洗碗盤。「沒問題嗎？」媽媽還是忍不住問了小心。

見媽媽不敢看向自己，小心也沒有看向媽媽，直盯著自己擦盤子的手說：

「沒問題的，我想說都第三學期了，試著去上學看看，一天也好。」

為了怕媽媽擔心，她告訴媽媽，自己會避開上學時間，第一節課開始後再去。

而且不去教室，只去保健室。

如果不舒服，就會立刻回家。

「需要我陪妳去嗎？」媽媽問。

「不用。」

老實說，小心很希望媽媽陪她去。

她其實非常緊張，那麼久沒去學校了，一想到學校的走廊和鞋櫃的樣子，就讓她雙腿發軟。

但是，大家應該都是獨自前往。

政宗的爸媽這麼討厭學校，應該不會跟他一起去，更別提沒跟父母同住的昴了。

雖說嬉野、風歌、小晶可能會跟媽媽一起去，但只要有一個人是單獨前往，小心就想仿效。

媽媽說，她會轉告伊田老師，小心明天要去上學。

「……明天會不會太急了？要不要下週再去？」

「可是明天是開學典禮。」

「是嗎？」媽媽看向小心，暫停洗碗，將水擦在圍裙上，「開學典禮是上週五吧？一月六日。」

「咦？」

媽媽走到客廳，從信件收納盒中取出一張紙後回到廚房。那是東条送來的通知單，小心通常都沒看就直接交給媽媽。

行事曆上清楚寫著，一月六日是開學典禮。

「……真的耶。」

上禮拜五是開學典禮，中間夾著成人節三連休，明天則是第一天正式上課。

是政宗搞錯日期了嗎？小心很想立刻跟他確認，但現在是晚上，城堡早就關閉了，早知道就先跟他交換電話號碼。

但仔細想想，政宗並沒有說要約開學典禮。

那天政宗提起這件事時，是風歌問他要約幾號，還問了開學典禮的日期。

所以，小心一直以為政宗是要跟大家約開學典禮那天，但他本人從未這麼說過。

想想也是，開學典禮那天大家都要去體育館，人來人往非常混亂，雖然會提早放學，但進出保健室的人應該會比平常多，如果政宗約的真是開學典禮，應該不會選在保健室集合才對。

——「嗯，明天……學校見。」

政宗剛才才這麼跟她說定的，她能肯定，明天就是決戰之時。

「沒問題的。」小心又說了一次。

「我會跟朋友在學校會合，沒問題的。」——她很遺憾自己不能跟媽媽如實坦白，媽媽若聽到有朋友在學校等她，一定能安心不少。

小心看向媽媽，她這才發現，媽媽明知道上週五是開學典禮，卻沒有向她提起這件事。

「媽，謝謝妳。不用擔心，我還是想試試看。」

隔天，媽媽在小心的要求下，沒有特別請假，一如往常地去上班。

不過，到了該出門的時間，媽媽還不斷在門口叮嚀小心，遲遲不肯離開。

「不用逞強喔，如果半路覺得不舒服就立刻回頭，知道嗎？」、「下午我會打電話給妳。」

「好。」小心回答完。

「那媽媽先走囉！」媽媽打開門後，又回頭說：「腳踏車……」

「坐墊上積了一點灰塵，昨天晚上爸爸幫妳擦乾淨了。」

「是喔……」
「爸爸叫妳別太逞強，他今天會早點回來。」
「好。」
這件事昨天爸爸已經親口跟她交代過了。一開始爸爸似乎對她放心不下，後來才稍稍鬆了口氣。「小心真了不起，」爸爸說，「主動提出要去上學，爸爸覺得妳真的好棒。」
其實小心只打算去這麼一天。一想到之後自己要繼續請假，胸口便隱隱作痛。但聽到爸爸這樣稱讚自己，她還是很高興。
而且……
說不定今天見到大家後，她對學校的恐懼感就會消失，以後每天跟大家一起去上學。
雖然這只是癡人說夢話，但她還是忍不住幻想了一番。

小心刻意避開上學時間，九點多才出門。
好久沒有騎腳踏車了，坐墊是如此冰冷。鼻子吸入冷空氣後，就連臉頰都感到微微刺痛。
心臟撲通撲通地跳著。
不過，她不是因為負面情緒而心跳加快，這跟她想到真田美織的感覺不一樣。有一點緊張，說得更準確一些，有一點興奮。

踩下踏板後，小心恍然大悟。
我今天不是去教室上課，不是去上學。
而是去見朋友。
只是我們約的地方剛好是學校罷了。

鞋櫃前一片寂靜。
剛去教學大樓後方停腳踏車時，她很猶豫要不要停在他們班的停車場，最後還是停在二年級專用的地方。
即便過了那麼久，一想到去年春天，自己在這個停車場是如何被真田和她男友羞辱，小心就覺得胸口發疼。
但是，現在停車場空無一人。
也不是春天。
鞋櫃處聽得見幾個老師在上課的聲音，學生都很安靜。
小心聽著教課聲，脫下鞋子。
去年四月，她每天都會在這裡換鞋。看到自己的鞋櫃時，彷彿有一股無形的力量向她襲來，將她的心揪成一團。

正當小心伸手要開鞋櫃時，她覺得旁邊有人在看她，不經意地抬頭一看——
眼前的景象讓她睜大了眼睛，說不出話來。
對方也同樣目瞪口呆。那是小心的同班同學——東条萌，也是住在她家隔壁的隔壁的鄰居。
兩人就這麼相視無語。
東条穿著運動服、背著書包，看起來也是剛到校。四月時，小心曾那麼渴望跟她成為朋友。高挺的鼻子、又圓又大的褐色眼眸——她有如外國人般的美麗容顏，跟四月時毫無分別。
如果身旁有很多人，小心還可以假裝沒事躲開視線，但放眼望去，這裡就只有她們兩個，她無法假裝沒看到東条。
小心的肩膀、後背、全身都開始用力。
她想起來了……之前每天都是這樣。
她本想永遠記得，卻在不知不覺間忘卻了當時的傷痛。去年春天，自己每天都是這樣度過，肚子每天都是這樣隱隱作痛。
「我不要再往前了!!」小心在內心吶喊。
她好想轉身就逃。就在這時——東条有了動作。
小心覺得自己應該說些什麼。然而，東条卻默默走向小心後方的鞋櫃，換上室內鞋，也沒看小心一眼，就直接離開走廊，往樓梯的方向走去。
小心以為東条萌要跟她說話，在心中不斷想著要如何應對，沒想到她根本沒這個意思，只把小心當空氣。

東条的背影愈來愈小，最後消失在走廊的轉角處。她明明就看到小心了，用她那雙有如洋娃娃般可愛的美麗眸子。第一學期時，小心曾對她那雙眸子情有獨鍾；然而，現在她卻無視小心的存在，什麼也不說就離開。

小心以為東条一定會跟她說話的，諷刺也好，敷衍也罷。像是「妳來啦？」之類的……

小心的眼前天旋地轉，呼吸也有如溺水一般，愈來愈急促。

東条平常都會送通知單到她家，然而實際見到面時，卻連說句話都不肯。她上氣不接下氣，幾乎無法呼吸。

「為什麼？」

小心在口中嘟噥。

為什麼？為什麼？為什麼？

我不是都特別避開上學時間了嗎？為什麼還會碰到妳？

現在都幾點了，妳怎麼會出現在鞋櫃前？我只有這個時間能來學校，而妳隨時都能來，又不必遮遮掩掩的，為什麼偏偏選在這個時候？

直到剛才為止，小心都很期待在學校跟政宗他們見面。然而這份雀躍的心情，卻在被東条當成空氣後瞬間破滅。小心抱著求救的心情，伸手打開鞋櫃。

然而，打開鞋櫃後，小心瞬間僵在原地。

裡面有小心四月後就沒穿的室內鞋。說老實話，她以為自己鞋子和桌椅會被畫得亂七八糟。久久來一次學校，發現自己的桌椅上寫著「去死」和一堆髒話——電視上的「霸凌」不都這麼演的嗎？

雖然她認為自己的遭遇並非霸凌，但還是不免擔心這種情形發生。

她的室內鞋沒有被亂畫，裡面也沒有被放圖釘。可是，上面卻放了一封信。

信封上貼著兔子圖案的貼紙。

她顫抖地拿起那封信。

上面寫著寄件人的姓名——真田美織。

看到這四個字，小心的耳邊響起玻璃碎裂的巨響，彷彿世界即將崩解一般。

她的呼吸更急促了。小心很擔心裡面寫著什麼不好的內容，卻又想快點一探究竟，最後好奇心戰勝了恐懼，她沒有時間思考，粗魯地撕開信封。她一刻都無法等待，只想知道那個女的究竟寫了什麼。

「安西心同學：

聽伊田老師說您明天要來學校，

於是我便接受老師的建議，寫了這封信給您。

我知道安西同學很討厭我，但您應該有聽伊田老師說了，

我很想要當面跟您談談。

美織真是個討人厭的女孩，明知您討厭我，還提出這種要求。

我知道您很在意『池』（放心，我沒有把您跟『池』的事情告訴老師），

我去年夏天已經跟他分手了，如果您還喜歡他，我願意幫您加油……」

後面還有很長一段。

但是才看到一半，小心的手就顫動不止，把信紙捏得皺巴巴的。

這是什麼鬼東西？

小心的體內有如掀起驚濤駭浪般劇烈震動。

真田美織的名字、老師的建議——「伊田老師，你有女朋友嗎？」、「有也不告訴妳。」一小心腦海中浮現真田美織和伊田老師的臉龐，想起他們打情罵俏的對話，又想起東条冷漠的雙眸、假裝沒看到她的樣子。

血液在太陽穴處翻滾沸騰，她任憑自己將手中的信紙捏爛，套上室內鞋，踩著鞋後跟走向保健室。

只要到保健室，呼吸就順暢了。

她閉上眼睛吸氣，然而即便加速呼吸，胸口還是痛苦異常，彷彿就要溺斃水中。

她屏住呼吸快速走著，只要到保健室，就可以見到政宗。

見到我的朋友。

見到大家。

小心好想把這封信的內容告訴政宗，他一定會說：「蠢斃了，怎麼會有這種只活

在自己世界的人啊？這個叫真田的真是無可救藥的蠢貨。」

這其實是小心一直以來的想法。

她自己敢怒不敢言，同學、導師也從不為她批評真田。

剛才東条已經看到小心，過不久，真田美織肯定也會聽到這個消息。現在還在上課，不難想像等等下課鐘響，東条就會走到真田美織的座位旁跟她說：「欸，那女的來了耶。」

如果那些人來保健室怎麼辦？一想到這裡，她就幾乎要昏厥過去。

「我知道安西同學很討厭我……我很想要當面跟您談談。」——一想到信上的文字，小心就渾身劇烈發抖。

直到打開保健室的門，她才有如從水底探出臉來。

她堅信，政宗、小晶、風歌、嬉野一定已經在裡面等她。

即便不是全員到齊，只要能見到其中一個人，都能讓她安心到眼淚奪眶而出。

打開門後，只見保健阿姨坐在裡面。

一個人坐在裡面。

保健阿姨坐在燈火熒熒的電暖爐前。小心見過這位保健阿姨，但沒跟她說過話。

然而，她卻一副早就知道小心今天要來的樣子，大概是伊田老師跟她說的吧。

「安西同學？」

看到阿姨一臉驚嚇的表情，小心才注意到自己的表情有多難看。

「政宗……」

小心氣喘吁吁，聲音也微微發抖。

她忍不住看向病床，然而，上面卻沒有人。

老師一頭霧水看著小心，「政……政什麼？」

「二年級的……政宗，有來這裡嗎？」

政宗說他是二年幾班？

她明明問過政宗讀哪一班了，緊急時刻腦筋卻一片混亂，完全想不起來，只記得風歌說她是三班的。既然如此，乾脆改問風歌好了……

「二年三班的風歌有來嗎？還有三年級的昴、小晶……」

小心慌慌張張問完，才發現自己不知道他們姓什麼。國中生一般都是以姓互稱，除非真的很要好，是不會只叫名字的。這讓小心覺得很丟臉，居然在老師面前直呼男生的名字。

既然大家不在這裡，乾脆去昴的教室看看好了，昴說過，他會在教室等政宗。小心無法去教室，但昴可以。昴是那種天塌下來也可以泰然處之的個性，若看到小心緊張兮兮地跑去找他，一定會不以為然地問：「妳怎麼啦？」然後……

「安西同學？冷靜點，發生什麼事了？」

「那一年級的嬉野同學呢？」

小心這才想起，她知道嬉野的全名！而且嬉野上學期初才跟朋友打架，學校的人應該都對這件事印象深刻，尤其是保健阿姨。

「嬉野遙今天有過來嗎？」

此話一出，小心腦中掠過一絲奇怪的感覺。

政宗、小晶、昴、小心……

老師聽到這些「拒學族」全在同一天來上課，應該會引起不小的騷動吧。就像小心的媽媽聯絡伊田老師一樣，其他人的父母也會事先聯絡班導。這麼一來，老師們一定覺得很奇怪，天是不是要下紅雨了？這些「拒學族」全在正式上課的第一天來上學。

然而，保健阿姨卻對這些名字完全沒印象，只是莫名其妙地看著小心。

「嬉野？」保健阿姨喃喃自語。接下來她說的話，讓小心頓時青天霹靂——

「一年級沒有叫嬉野的同學耶。」

這句話有如強風過境，劈頭蓋腦而來。阿姨一臉困惑，看起來不像在裝傻。

嬉野遙……

這個姓非常少見，保健阿姨不可能不記得。

小心目瞪口呆，難道是嬉野說謊？他其實不是雪科第五中學的學生？

保健阿姨疑惑地蹙起眉頭，「二年級應該沒有叫作政宗的人，小晶跟風歌好像有聽過，她們姓什麼？」

「姓……」

小心不知道，她們沒告訴過她。

但這不是重點。

小心的直覺讓她明白了一件事，一件她不願面對的事。這件事並不合理，但她就是知道——奇蹟不會發生了。

他們見不到彼此了。
多麼絕望的領悟。
小心不清楚為什麼，只知道自己無法在城堡外見到政宗他們了。
政宗……她差點就要大喊出聲。
不知所措的小心，急得眼淚都快掉出來。

——「妳跟我說這些幹嘛？是在強調妳為了我勉強自己去學校，好賣我人情嗎？」

想到政宗那彆扭的道謝，小心就不知如何是好，坐也不是，站也不是。
政宗還好嗎？他要怎麼辦？
他為了不要轉到其他學校，才答應爸爸今天要好好來上學。他是相信我們會來，相信能見到我們，才下定決心去學校。
這對政宗而言，無疑是一種背叛。
他會不會一個人在保健室空等，以為自己被放鴿子而傷心欲絕？
我沒有放他鴿子！我來了！可是沒見到他！怎麼辦？政宗一個人要怎麼辦……誰來……誰來幫幫他……
小心好想跑出去求救。
就在這時——

「小心……」一個溫柔的聲音響起。

小心回頭一看，只見中心的喜多嶋老師站在保健室門口。

她又不是學校的老師，怎麼會出現在這裡？小心覺得奇怪，但她也管不了那麼多了。

喜多嶋老師將手伸向小心，當她溫暖的手碰到小心的肩膀時，小心緊繃的神經終於斷裂——

「喜多嶋老師……」

她氣若游絲地說完，便癱軟在地板上，有如斷電一般眼前一黑，昏倒了。

⚜

小心一睜開眼，就看到喜多嶋老師坐在自己身旁。

她的身上傳來保健室棉被特有的橡膠感，還能感受到稍遠的電暖爐熱氣。

小心睜開眼後，第一件事就是檢查隔壁床上有沒有人。

床與床之間的布簾是拉起來的，隔壁床完全沒有動靜。

「妳還好嗎？」

喜多嶋老師仔細打量小心的臉色。

「……還好。」

身體狀況根本不是重點，此時此刻小心只覺得難為情，她毫無防備的睡臉全被老師看光了。

這是她有生以來第一次昏倒。她不知道自己昏睡了多久，只知道自己喉嚨很乾，聲音很沙啞。

「老師。」

「嗯？」老師看著小心的眼神滿是擔心。

「妳為什麼在這裡？」

老師瞇起眼睛，「妳媽媽跟我說妳今天要去學校，所以我過來看看。」

「這樣啊……」

原來老師是因為擔心我才來的。

保健阿姨好像不在，現在保健室裡只有小心和喜多嶋老師兩個人。

中心和學校果然是互助關係，喜多嶋老師一直以來都跟學校老師保持聯絡，照顧「拒學族」。這是她的「工作」。

「老師……」

小心知道自己是見不到政宗他們了，不知道為什麼，她就是有這種感覺。但她還是不願放棄最後一絲希望。

「老師，妳有接到其他人的聯絡嗎？今天來上學的『拒學族』只有我一個嗎？」

嬉野和政宗都見過喜多嶋老師，雖然小晶和昴沒接觸過中心，但至少喜多嶋老師是他們在城外世界的連結。

其他人不說，感覺嬉野的爸媽一定會事先聯絡喜多嶋老師，畢竟他們的兒子上學期才在學校被打傷，連小心媽媽都聯絡老師了，嬉野的爸媽怎麼可能沒有任何動作呢？

喜多嶋老師先是輕輕「嗯？」了一聲，幫小心撥開遮住視線的劉海，「對啊，只有妳一個。」

老師的表情不像在說謊，也不覺得這個問題有何蹊蹺，只是單純的你問我答罷了。

「嬉野和政宗沒有跟妳說什麼嗎？」

「誰？」喜多嶋老師反問。

小心緊緊閉上雙眼，耳邊響起保健室阿姨剛才說的話──一年級沒有叫嬉野的同學耶。這一切令人不敢置信，但事實就是如此。

「沒事。」小心故作鎮定地說。

如果她再追問下去，喜多嶋老師一定會覺得她瘋了。在這無法呼吸、令人窒息的學校裡，喜多嶋老師是小心唯一的依靠，她不想破壞自己在老師心中的印象。

「唉……老師果然不認識他們。這到底是怎麼一回事？」小心全身無力，腦中也一片混亂。

我們一起度過的日子都是假象嗎？

難道鏡子裡根本沒有城堡嗎？

我是不是被下咒了？

仔細想想，這一切也太奇幻、太巧合了吧？難道與夥伴的相知相惜，都是我幻想出來的嗎？

房間裡剛好有異世界的入口，那裡的人都剛好願意跟小心當朋友，而這些都剛好是小心的願望。

這未免也太剛好了！

小心不禁擔心起自己的精神狀況，難道她瘋了？

政宗、嬉野、小晶、風歌、昴、理音——都只是她幻想出來的人物？

其實從去年五月起，她一直都一個人待在房間，幻想她與這些人發生了各種事情？

這讓小心感到毛骨悚然。

她很擔心自己的精神狀況，但更讓她害怕的是，如果以後都不能去城堡該怎麼辦？

倘若這一切都是小心基於願望幻想出來的，明天她該何去何從？如果這一切真是假象，她寧願活在虛假之中。

因為她在現實中束手無策，在那裡，她無法心想事成，也無法稱心如意。

「小心，我要跟妳說聲抱歉。剛才妳昏倒時掉了一封信，我不小心看到內容了。」

小心聞言，緩緩咬起下唇。

她想起昏倒前讀的那封信，信紙上的字圓圓的，真田美織還自稱「討人厭的女孩」。信上的「池」是指池田仲太吧？他曾是真田美織的男朋友，他們分手也好，在一起也罷，根本就不干小心的事。

這個人根本無法溝通——小心絕望地心想。

從去年春天起，她便拚了命地守護自己的現實。小心的遭遇和真田美織的認知有著天差地別，很難想像她們倆竟活在同一個世界上。對小心而言，她的所見所聞才是現實；然而伊田老師卻認為真田美織說的才是真相，原因無他，就因為真田美織有好好去上學。

這幾個月來，她整天活在被人殺死的恐懼裡，然而，真田卻將從頭到尾置身事外的池田拿來說嘴，隨便用一句「如果您還喜歡他，我願意幫您加油」輕輕帶過，這未免也欺人太甚了！小心好恨，恨得無以言喻，心中燃起熊熊怒火。

她好想殺了真田美織。

閉起雙眼，不甘心的眼淚隨之滲出。她不想讓喜多嶋老師看到自己在哭，也不知道該如何向大人說明這封信哪裡不對勁，只好默默用手臂遮住眼睛。

「我剛才跟伊田老師談過了……他實在太誇張了！」

喜多嶋老師毫不掩飾自己的怒氣。

小心聽了很是欣慰。她依舊遮著臉，用力點了一下頭。流到袖子上的淚水濕濕熱熱的。

「對不起……」喜多嶋老師跟小心道歉，「我應該早點跟伊田老師談的，對不起，害妳這麼痛苦。」

老師的聲音充滿了後悔。小心止住了眼淚，卻無法停止抽噎。老師撫上她的額頭。

小心沒想到一個大人——而且還是一個「老師」會跟她道歉。以前她一直覺得大人高高在上，絕不可能道歉認錯。

「老師、剛剛、我、遇到東条萌……」

她斷斷續續抽噎著。

「我在、鞋櫃的地方、遇到她，她、假裝、沒、看到我，也沒跟我打招呼，她、每天、都送通知單、來我家，遇到我、卻連、話都不肯說。」

小心不知道自己到底想表達什麼。

她只知道，自己好難過、好難過，有如撕心裂肺一般，痛之入骨，好不甘心。

「老師，怎麼辦……」她幾乎是用吼出來的，「老師，怎麼辦？那封信會不會是真田美織叫東条放的？」

說出來後，她才知道自己有多擔心這件事，多不希望這是真的。

曾經，東条對小心總是笑臉以對。小心無法確定真田包圍她家時，東条是否也身在其中。但她覺得應該有，雖然這只是她的猜測，但每每想到還是心痛不已，不斷說服自己東条應該不在場。

為什麼？

小心曾經很想跟東条當朋友，但她們並沒有好到形影不離的地步。為什麼小心對她有這種情感呢？

說到底，小心只是不想承認東条是她的敵人，不想承認東条討厭她罷了。

然而，今天早上東条卻忽視她的存在，讓她希望落空，不得不承認雙方已形同陌路。

「小心……！」

喜多嶋老師用力握住小心的手臂。小心「嗚」的一聲，哭得亂七八糟。放下手臂後，就看到喜多嶋老師近在眼前。

「不用擔心。」老師說。

老師的手強而有力，扶持著小心。

「不用擔心，那封信是伊田老師叫真田同學放進鞋櫃的，跟東条同學無關……而且，是東条同學把妳的遭遇告訴我的。」

「相信我！」老師的語氣充滿堅定，「小心，相信我！」

「咦？」小心一時語塞。

喜多嶋老師又說了一次，「是東条同學把妳的遭遇告訴我的。」

小心就覺得奇怪，照理來說，真田幫是絕對不會說實話的，她們不可能背叛真田美織。

但東条……確實有可能說真話。

「我想，她只是沒想到會見到妳，一時之間不知該說什麼罷了。相信我，東条同學很擔心妳，真的很擔心妳。」

小心仍然不敢相信。

既然擔心我，又何必不理我？

其實，她大概知道為什麼。

因為內疚。

東条知道真田的所作所為，卻無法拯救小心。真田包圍小心家時，東条應該也在場，當其他人都在辱罵小心時，只有她暗自愧疚——一想到這裡，小心就覺得呼吸順暢許多。

「小心，」見小心停止哭泣，喜多嶋老師柔聲說：「不用奮鬥也沒關係喔。」

不用奮鬥也沒關係……這句話有如外語般陌生。

當初聽到喜多嶋老師說她在「奮鬥」時，小心好高興。然而，這句話卻比當時更加軟化了她的心，完全出乎她的想像。

見小心不發一語地看著自己，老師說：「妳媽媽跟我都知道妳很努力，接下來，妳只要思考自己想做什麼就好，不用奮鬥也沒關係喔。」

那一瞬間，小心閉上雙眼，只是點點頭，不知該怎麼回答。

老師叫她思考自己想做什麼，但是，她不知道自己想做什麼。

不過，光是聽到還有「不用奮鬥」這個選項，一股安心感便油然而生。

這時候，保健阿姨回來了。她站在門口欲言又止地說：「那個……」

「伊田老師說他想來看安西同學。」

小心先是用力閉起雙眼，睜開眼睛後，精神也振奮了許多。

她看向一直注視著自己的喜多嶋老師說：「……我想先回家。」

「好，妳就先回去吧。」

老師看著小心的眼睛點點頭。

小心昏倒後，保健阿姨聯絡了正在上班的媽媽，請她來學校接小心。

小心覺得對媽媽很愧疚，是她自己說要去上學的，卻不到中午就回來了。不過，媽媽對此並沒有說什麼。

回到家後，小心躺在客廳的沙發上休息。媽媽已跟公司請好假，不發一語地坐在旁邊。

約莫半個小時，喜多嶋老師也來了。見老師幫自己把腳踏車牽回家，小心想起昨晚爸爸還特地幫她擦了坐墊，心中愧疚不已。

喜多嶋老師進門後，第一件事就是告訴小心，東条之所以會在那個時間出現在鞋櫃前，是因為她有點感冒，早上去看醫生，所以晚到校了——老師只跟她說了這些。

小心突然靈光一閃，伊田老師希望她和真田美織當面談談，會不會……喜多嶋老師也希望她和東条見個面？

喜多嶋老師把真田美織寫信給小心的事告訴了媽媽。媽媽請小心先回二樓，讓她和老師單獨談話。

小心深吸了一口氣，抬頭看向樓梯。

回來後她好害怕，以至於沒有馬上回到自己的房間。

因為房間裡有鏡子。

——「一年級沒有叫嬉野的同學耶。」

保健阿姨的表情不像在說謊。

她說，一年級沒有人叫嬉野遙，二年級也沒有叫政宗的學生。

喜多嶋老師也說，今天只有接到小心要來上學的聯絡。

保健阿姨和喜多嶋老師沒有理由騙她。

難道城堡是她幻想出來的？如今幻想破滅，鏡子會不會不發亮了？

城堡的開放時間是早上九點到傍晚五點，照理來說，現在鏡子應該還在發光。

小心走上二樓，鼓起勇氣打開房門——看到鏡子後，她倒抽了一口氣。

鏡子是亮著的。

鏡子彷彿隨時等著小心進來似的，散發出七彩虹光。這景象如此真切，一點也不像幻想出來的。

她想起昨天與大家的約定。

若發生什麼事，就逃到保健室。

保健室不行的話，就圖書室。

圖書室不行的話，就音樂教室。

——如果全都不行的話，就逃出校門。

逃回家，逃進鏡子，逃到城堡。

正如此時此刻，鏡子正呼喚著小心。

⚜

媽媽和喜多嶋老師還在一樓講話。

她們會聊多久呢？如果聊到一半，突然叫我下去該怎麼辦？

如果我沒回應，媽媽可能會上來二樓找我。

然而，小心已經顧不了這麼多了，她現在無論如何都想去城堡一趟。

確認自己不是在作夢，一切也不是她的幻想。

她將手放到鏡面上，像平常一樣，任憑如水面的鏡子將手掌吸入其中。

她不斷告訴自己，等等就可以見到大家了。

城堡裡一片寂靜。

其他鏡子都沒有發光。

這意味著，城堡裡只有小心一人。

他們還在學校嗎？還是待在家裡？政宗的鏡子靜悄悄的，映出通往大時鐘的樓梯。

看到他的鏡子，小心只覺得難堪。

來城堡吧！

求求你，來城堡吧！

我有去學校！我有去學校找你！真的沒有放你鴿子！

小心走向「電動室」。

她摸得到牆壁，也能感覺到腳掌陷入地毯。

這座城堡真的存在，怎麼想都不是幻覺。

——這裡到底是怎麼回事？

走投無路的小心，開始在城堡中漫步。

不能用的火爐，還有不能用的廚房、不能用的浴室，點不著，水出不來，有如小時候玩的扮家家酒玩具。這裡，是專屬於小孩的玩具城堡。

她晃了一圈後走進飯廳，伸手觸摸位於正中央的紅磚火爐，冰冷的觸感是如此真實。

這時，她突然想起「美夢成真鑰匙」。

剛來城堡時，她曾在火爐裡發現一個「×」記號，這個記號會不會有什麼特殊意義呢？

她將頭探進火爐，那個手掌大小的「×」還在。

「心。」

小心被背後突如其來的聲音嚇得抖了一下，轉頭一看，原來是理音。

「理音……」

「我看到妳的鏡子在發光，『電動室』裡卻沒半個人，嚇了我一跳。今天還好嗎？有見到政宗他們嗎？」理音朗聲說。

小心直盯著理音的臉瞧。

他是真的人。

理音是真的人，不是我幻想的產物。他活生生地站在我面前，會動會說話。

「……沒見到。」

小心的聲音有如鬼魅般陰沉。見理音大吃一驚，小心也不知道怎麼跟他解釋。

「原因我不清楚，但我沒見到他們。政宗他們沒來，但事情並不單純，老師說學校裡沒有叫做政宗和嬉野的學生。」
「……什麼？」理音疑惑地皺起眉頭，「什麼意思？」
理音不敢置信的反應，讓小心感到有些欣慰。
「妳的意思是他們說謊？其實根本不是雪科第五中學的學生？」
「不是。」
小心不是沒有懷疑過。但這太不合理了，他們沒有理由撒這種謊。
「我也不知道。」她氣若游絲地說。
她得回去了，媽媽跟喜多嶋老師談完，說不定會叫她下樓。
理音似乎感受到小心的焦急，沒有再追問下去。
小心如芒刺背，「我得走了，今天我媽在家，再不回家怕她起疑。」
她抬頭看向理音，「還好今天有見到你。我剛還以為城堡只是自己的幻想，直到你出現，我才明白這一切都是真實的。」
「什麼東西啊？」理音一頭霧水。
小心覺得很愧疚，她無法把話說清楚，反而讓理音更困惑了。
「……這裡到底是怎麼回事？怎麼會有這座城堡？『狼小姐』又是誰？」
小心得走了，卻依然無法釋懷。她好想現在就呼叫「狼小姐」，向她問個明白。
理音輕聲呢喃道：「『狼小姐』叫我們小紅帽……」
「咦？」
「可能是在故意誤導我們。」

這句話聽得小心莫名其妙，什麼意思？

「我也得走了。」理音抬起頭，「我是趁練球空檔偷跑出來的。今天是你們的決戰之日，我想知道你們有沒有成功見到對方。」

「……夏威夷現在幾點？」

「下午五點半左右。」

理音也有自己的生活要顧，卻心繫著遠在日本的他們。想到這裡，小心的表情終於柔和許多。

小心知道自己得走了……可是，難得可以跟理音單獨說話，她很想趁機問一下「那件事」。一想到她等等就要回到沒有他們的現實世界，小心更想問了。

「理音，你打算怎麼做？」

「嗯？」

「如果找到『美夢成真鑰匙』，你打算怎麼做？」

小心這麼問沒有別的意思。她只是覺得，像理音這種開朗的小孩，應該沒有什麼非實現不可的願望吧？因而感到很羨慕罷了。

然而，此話一出，理音的眼中卻閃過一絲光芒。

「我希望……」

其實，小心並非在問他有什麼願望。如果有人許了願，大家都會喪失城堡的記憶，所以，她以為理音會說他不想要喪失記憶，沒有找到鑰匙也無所謂。

「我姐姐能夠回家。」

「…………？」

理音似乎也是脫口而出，他抿了抿嘴，彷彿說了什麼不該說的話。

小心也沒有追問下去，應該說她不知道該問什麼。兩人就這麼對視了一陣。

理音感受到小心的尷尬，自暴自棄地露出微笑。

「……我姐在我上小學那年生病去世了。」

小心還是無言以對，她這才想起，以前聊到家族成員時，理音說過他有一個姐姐。當時小心問他姐姐是不是也在夏威夷，理音說姐姐在日本。

見小心目不轉睛地盯著自己，理音說：「抱歉，說這個讓妳為難了吧？其實妳不用特別回答什麼。」

「不會。」

小心用力搖搖頭。理音根本無須道歉，是她太笨嘴拙舌了，只懂得搖頭。只是……她該問下去嗎？

她不確定理音想不想談姐姐的事。

理音微微一笑，似乎沒看穿她的心思。

「如果真的有『美夢成真鑰匙』，真的能夠實現任何願望，真的能讓我姐死而復生，我可能會許願喔！」

「……這樣啊。」

「我好久沒提起這件事了，其實我很少跟別人說，就連夏威夷的同學也不知道。」

見理音一臉尷尬，小心愣在原地，心裡非常激動。

「我未免也太小心眼了……」小心心想。

在理音的願望面前，真田美織的事簡直微不足道，我怎麼會拘泥於這麼小的事情？

小心的心揪成一團。

她由衷期盼——如果「許願房」真能讓人美夢成真，我願意放棄許願的機會。如果理音的姐姐真能死而復生，請「許願房」務必實現他的願望。

「妳明天會來嗎？」理音問。

「會。」

小心現在只希望明天趕快到來，來城堡見大家，跟大家說說話，確認他們是否……真的存在。

⚜

小心苦等了一天。

她相信明天一定能在城堡見到大家，迫不及待明天的到來。

隔天小心到城堡時，大家已經到齊了——除了政宗和理音。

理音因為時差的關係，這個時間不在很正常，但政宗不在就非同小可了。進入第二學期後，政宗幾乎每天都到城堡報到，都可以拿全勤獎了。

「心……」

小心走進「電玩室」後，小晶叫住她，眼神帶著一絲怒氣。

嬉野、風歌、昴的臉色也都很難看。
他們看似剛談完了什麼事，全都一聲不吭地看著小心。
小晶瞪著她問：「妳為什麼沒來？」
小心嚇得差點閉起眼睛，該來的還是來了。
雖然她早已做好心理準備，但實際聽到這句話後，才發現衝擊遠大於她的想像。
「我有去！」
小心注視著小晶大喊。
「我有去！我有去學校！」
這時，一個想法掠過小心腦海——
該不會，只有她沒見到大家吧。
如果他們成功在保健室會合，卻等不到小心……那小心不就成了不講信用的騙徒？
想到這裡，小心不禁背脊發涼。
小晶瞇起眼睛，瞄了一眼風歌，「你們的說詞一樣。」
「什麼？」
「妳跟風歌、昴的說詞一模一樣。」
小心倒抽一口氣，愣愣地看向其他人，只見大家都點點頭，嬉野更是脹紅了一張臉。
「我也去了。」
聽到嬉野這麼說，小心感動到全身無力。
嬉野上學期才跟同學鬧得不愉快，他去學校需要多大的勇氣啊！然而，他還是去了。

「我也是。」

「我也是。」

風歌和嬉野異口同聲。

「可是沒見到你們。」風歌說。

小心感到一陣暈眩——

果真如此。

大家都一樣。

昨天去了學校，卻莫名其妙見不到對方。

「……老師說，一年級沒有名叫心的女生。」

聽到嬉野這麼說，小心深深吸了一口氣。嬉野看小心的眼神，彷彿在看什麼珍奇異獸似的。

「我們都是一年級……再加上『心』這個名字很少見，所以我就問了路過的老師。結果妳知道嗎？他竟說沒有這個學生。」

「我問的人也說，一年級沒有叫作嬉野遙的學生。」

嬉野皺起眉頭，沒好氣地嘟噥道：「妳怎麼還記得我的名字啊？」也不考慮現在是什麼狀況。然而，小心現在才沒心情管這個。當初聽到保健阿姨說一年級沒有嬉野這個人時，她簡直不敢置信，沒想到嬉野也打聽不到她。

雖然嬉野說的話很離奇，但事到如今也不得不相信了。畢竟她昨天才有過相同的遭遇。

「我真的是雪科第五中學一年級的學生。」

「我也是啊！」小心對嬉野澄清道。

「我昨天去了一趟二年級的教室。」昴雙手抱胸說，「因為我在教室一直等不到政宗，有點擔心，所以就到二年級六班去找他。可是，他不在教室裡。」

「電動室」再度陷入一片沉默。

「這到底是怎麼回事？」小晶自言自語完，像在出氣一般，把頭髮搔得亂七八糟。小心這才發現，小晶的髮色變了！

她把紅髮染回了黑色。

這麼看來，她應該是前天從城堡回去後才染的，因為隔天要去上學……

小晶沒有說謊，她和小心一樣，為了去學校下了相當大的決心。

「害我還見到排球社那群人……」

小晶氣得眼歪嘴斜，脫口呢喃道。她的聲音脆弱而茫然，讓人聽了心好痛。

小心並不知道小晶是排球社的成員。這半年來，小晶從來沒提過這件事。

雖然知道現在想這些不合時宜，但小心聽到「排球社」，還是忍不住心口一緊。

因為……真田美織也是排球社。

小晶在排球社見過真田美織嗎？跟她那麼要好的小晶，該不會在社團裡「帶」過真田美織吧？

「要……問問看『狼小姐』嗎？」風歌弱弱地問。

此話一出，所有人都看向她。

「雖然很難相信這是真的……」風歌繼續說，「但我們明明讀同一所國中，卻見不到彼此。那女孩說不定能解釋這一切，不過她個性很差，不一定會實話實說就是了。」

「『狼小姐』的事之後再說吧，政宗比較重要。」昴說。

大家不約而同地看向政宗的電玩主機。昴說得沒錯，現在政宗的事比較要緊。

「政宗今天沒來……大概是因為昨天沒見到我們的關係。」

——「我有事想跟你們商量。」

——「那個……你們……第三學期……只有一天也好……」

——「要不要一起去學校？一天就好！真的一天就好！」

十二月的聖誕派對那天，政宗雖然難以啟齒，卻還是支支吾吾地拜託大家陪他去學校。

一想到自尊心那樣強的政宗，是抱著什麼心情準備聖誕禮物，又是抱著什麼心情在大家面前說這些話，小心就感到心酸無比。

他都已經放下身段拜託了，卻沒有一個人到場。

政宗會怎麼想？

「……他是不是誤會了？」風歌的眼裡盡是悲傷，「以為大家放他鴿子。」

「我覺得應該是。如果他今天是因為這樣才沒來就糟了！」

「會不會只是臨時有事？說不定下午就來了。」昴說。

嬉野搖搖頭，「就怕他是跟我一樣，在學校被人揍一頓。」

嬉野大方自嘲的態度令人佩服，他的開朗讓氣氛稍微輕鬆了一些。

大家不自覺地往門口看，期盼政宗已經來到鏡子門廳，正往這裡走來。

然而，無論他們怎麼等，就是等不到人。

一想到這可能是政宗表示憤怒的方式，眾人心中就一陣糾結。

雖然沒有說出口，但他們很清楚，彼此都在期待政宗的到來。

時間就這麼來到下午。大家除了回家吃午餐、上廁所，都一直待在城堡裡，直到快五點、城堡快關閉才離開。

他們是在等政宗。

中途聽到走廊傳出腳步聲，所有人迫不及待地抬起頭來，然而，來的卻是理音。

「政宗呢？」

理音一句無心的話，讓大家更愧疚了。

「他沒來。」昴說。之後，他們向理音說了昨天的事。

「如果他再也不來了怎麼辦？」離開城堡前，小心惴惴不安地說。

「不會的。」昴看向「電動室」正中央的電玩主機，「那傢伙視電動如命，再怎麼樣都會回來拿主機的。」

「也是，有道理。」小心說。

然而，那天、隔天、再隔天、再隔天的隔天……

政宗都沒有來。

二月

一整個一月，政宗都沒有出現。二月初，他來了。

小心沒想到政宗還會來城堡，再加上他的頭髮剪得很短，所以小心看到他時，還以為是「新同學」。

那天，政宗是第一個到的，一來就坐在「電動室」的正中央打電動，彷彿什麼都沒發生過。

「……政宗！」

見小心愣在原地，政宗跟她「嗨」了一聲。

他正在玩賽車的電動，不斷對著螢幕嘟嚷「糟糕」、「媽啊」。

小心呆呆地站在「電動室」門口，不知該怎麼開啟話題。之後大家陸續到場，昴、風歌、小晶、嬉野、理音……所有人看到政宗都露出目瞪口呆的表情。

「政宗！我們……有話要跟你說。」小心試著跟他解釋。

「政宗，我們沒有放你鴿子！」嬉野接著說。

「對啊！你為什麼那麼久都沒來？我們大家真的都有去學校……」小晶也尖聲說。

聽到這裡，政宗首度放下電動手把，任憑螢幕中的賽車撞得東倒西歪，發出遊戲結束的背景音樂。

「我知道。」

政宗終於看向他們，短髮讓他的眼神看起來更銳利了。

「我知道你們有來，一月十日那天。」

在場所有人都倒抽了一口氣。

「我沒有覺得你們放我鴿子，因為我知道，你們一定會來。」

聽到政宗這麼說，大家霎時失語。這句話也深深刺進小心心中。

她好高興，高興得快要熱淚盈眶。

政宗相信他們！

他沒有誤會，根本不必多做解釋！

他的反應跟小心那天一模一樣。

那天小心來到保健室，發現沒有半個人來時，第一個反應也不是大家放她鴿子。說來離奇，但她寧可相信這一切是自己的幻想，也不願懷疑大家背叛了她。

「那你為什麼都不來城堡？」風歌問。

政宗關掉電視，轉過來面向大家。

「……這一個月我一直在思考，這到底是怎麼一回事？既然你們不可能放我鴿子，為什麼我們卻見不到彼此？這陣子，我滿腦子都是這個問題。」

政宗輕輕吸了口氣。

「然後，我得到了一個結論——我們應該活在異世界。」

「異世界？」

「對。」

小心瞪大了眼睛。

這個詞彙對她而言非常陌生，甚至不知道正確的意思。大家都聽懂了嗎？她戰戰兢兢地看向其他人，只見他們也一臉茫然。

政宗接著說：「每個世界中都有一間雪科第五中學，我們上的是不同的學校。我們的世界分歧開來了，你們的世界沒有我，我的世界也沒有你們。」

⚜

世界分歧開來了？

小心等人聽得一頭霧水。見眾人面面相覷，政宗有些不耐煩，「你們都不看動畫跟科幻小說嗎？」

「你們也太誇張了吧？怎麼會不知道異世界是什麼？這可是科幻小說不可或缺的情節！」

「……我還是聽不懂。你的意思是，我們遇到了科幻小說中的奇幻現象？」小心呆呆地問。

「要說奇幻，這座城堡還不夠奇幻嗎？妳怎麼還搞不清楚狀況啊？我們現在就處於超現實狀況之中。」政宗沒好氣地回答。

「聽好了，」他轉向其他人，「我們生活的地方，也就是門廳那七面鏡子的另一頭，是七個類似的世界。那裡有日本，有東京，有南東京市，有雪科第五中學，唯一稍有不同的只有居民和結構要素。我們各自活在不同的世界。」

「什麼啊……」小晶雙手抱胸，一臉疑惑地說：「到底是什麼意思啊？什麼不同的世界？」

「用電動來比喻，你們應該就會懂了。」

政宗看向遊戲主機。

「你們想像一下，有個遊戲叫做《南東京市雪科第五中學》，我們七個都是遊戲中的主角。這個遊戲中共存了七個檔案，而主角無法同時並存，每個檔案就只有一個主角，我的檔案是屬於我的，昴的檔案是屬於昴的，小晶的檔案是屬於小晶的。」

政宗掃視眾人。

「在我的檔案中，主角當然就是我，沒有其他人。在小晶和昴的檔案中也沒有我，其他檔案也是一樣。玩家可以在電動的主畫面中選擇他要玩誰的檔案。」

他雙手抱胸。

「因為是同一組遊戲，所以每個世界長得都差不多，只有主角的遭遇和一些細節不一樣。也就是說，我們雖然身處同一套軟體中，卻屬於不同檔案，各自擁有不同的故事。這樣一切就說得通了！」

「……我還是聽不懂。」

風歌慢條斯理地搖搖頭，一臉半信半疑的模樣。

「但……我聽過『異世界』這個詞，意思就是『平行世界』對吧？」

平行世界——小心跟著念了一次。

用「平行」兩個字去想，感覺就比較有概念了。

她試著想像，城堡門廳的七面鏡子，後面連著七道平行的光。每道光都是直線延伸，沒有任何交集。

風歌繼續說：

「我之前也看過一部漫畫，主角有多少選擇，就分歧出多少個平行世界，是否跟戀人結婚、是否放棄夢想、是否改變幼稚的心態。有多少不同的選擇，就有多少個不同的他。主角還跟各個世界的自己開『同學會』。」

「對，那些選擇，就是我說的『分歧點』。」

政宗點頭如搗蒜。

聽到風歌的解釋後，小心比較有頭緒了。

她也常想，如果當初自己做了不同的選擇，會發生什麼事呢？比方說，如果當初她繼續去上課、如果當初跟真田美織分到不同班、如果當初沒有就讀雪科第五中學……應該會造就出完全不同的「現在」吧。

相較於真實的世界，假想中的世界更無憂無慮、更令人嚮往，有時想著想著，彷彿那些世界真的存在似的。

「而『我們』就是這套異世界的分歧點。剛才風歌舉的例子是『選擇』——選A會產生A世界，選B會產生B世界。我們則是有風歌的是A世界，有嬉野的是B世界，有小心的是C世界，以此類推，共有七個世界。這是我這陣子絞盡腦汁得出的結論——我們活在七個相似卻略有差異的世界。」

「那……喜多嶋老師又要怎麼解釋？」小心問道，「我跟政宗你都見過喜多嶋老師不是嗎？這代表我們的世界裡都有喜多嶋老師吧？」

小心想起，那天喜多嶋老師說，她只聽說小心要來學校。老師看起來也不像在等政宗跟嬉野。

「我想，應該是有相同的角色。」

「角色」——雖然小心知道政宗是在用「電動」打比方，但聽到這個詞，還是不禁咬緊了唇。明明是自己的現實生活，卻被說得像是什麼作品似的。

「小晶、昴，你們不是沒聽過自學中心嗎？也沒見過喜多嶋老師吧？」

「……嗯。」

「對。」

跟兩人確認過後，政宗自信滿滿地說：「也就是說，你們兩個人的世界裡應該沒有自學中心。你們的世界可能沒有喜多嶋老師這個人，又或是有這個人，但從事完全不一樣的工作。」

看來這一個月政宗真的想了很多，也查了不少關於平行世界的資料。

「我之前就覺得很奇怪，我們對雪科第五中學的地理認知好像不太一樣。比方說……小心，妳家附近最大的購物商城是哪裡？」

「客來優……怎麼了嗎？」

這有什麼好問的，大家應該都一樣吧？然而，大家卻一個個目瞪口呆的表情，讓小心相當錯愕。

「風歌，妳家附近沒有客來優嗎？」

「……我們家都是去一家叫作『雅客』的購物中心，裡面還有電影院……」

「什麼?!」

小心壓根沒聽過什麼「雅客」，客來優大是大，但沒有電影院。

政宗頷首，「我們家附近也是雅客。之前聽妳說客來優的時候，我還想說妳是不是記錯店名了。但事實證明，妳並沒有記錯對吧？」

「嗯……」

小心茫然點點頭，她一時想不起自己何時提到客來優。

小晶疑惑地皺起眉頭，「我沒聽過雅客，也沒聽過客來優。之前我們在聊自己讀哪間國小時，小心妳不是問說，我的學校是不是在客來優附近嗎?老實說，那時候我根本不知道妳在說哪裡。」

「怎麼會這樣……」

「麥當勞也是……」風歌小聲說，「我一般都是去雅客的麥當勞，可是，小晶跟昴之前卻說他們常去車站附近的麥當勞，車站附近也有嗎？」

「車站附近最近才新開了一家……」

小晶和昴一頭霧水看著對方。

「我就覺得奇怪。我本來以為是自己沒注意到，就去車站前找了一下，結果找不到。小心，妳知道那間麥當勞嗎？」

「我只知道客來優裡的麥當勞……」

小心很少去那裡，因為那裡很容易遇到同校同學。

「那……那個呢？」小心滿心困惑，「賣菜車！你們知道三河賣菜車嗎？從我小時候開始，那臺車每週都會到我家附近的公園做生意。」

她的腦海中響起〈小小世界〉的旋律。

那臺賣菜車每次都會大聲播放這首歌，小心喜歡的迪士尼遊樂設施——「小小世界」的主題曲。

每每聽到這首歌，她總會想起那段獨自待在家裡的白日憂鬱時光。但那似乎是很久很久以前的事情了。自從開始來城堡後，她就沒聽過那首歌了。

「不知道耶，可能沒來我家附近吧。」

「可是……風歌妳跟我念同一所國小不是嗎？一小的學區是這臺車的活動範圍。」

小心一直以為風歌跟自己住得很近，所以即便沒有見面，也覺得心靈上有個依靠，沒想到還是事與願違。

「……我知道那臺車！〈小小世界〉對吧？」

聽到小晶這麼說，小心先是一陣愕然，隨後興奮地大叫，「對！」一臺唱著〈小小世界〉的貨車。」

「我外婆以前常跟那臺車買東西，說這樣她方便很多。」

「這麼說來，我好像也看過賣菜車耶。但我們家的那臺放音樂。車型也不是貨車，比較像廂型車。」

說這話的是嬉野。

「現在很多老人家沒辦法自己去超市買菜，所以那臺車經常在固定時間來我們家附近做生意。我媽因為不會開車，要去超市很不方便，所以常去跟他們買菜。」

真奇怪……小心心想。嬉野說的賣菜車，似乎跟小心、小晶他們知道的不太一樣。

「還有就是日期。」政宗還沒說完，嬉野便「啊」了一聲，「說到這個，政宗，你約的一月十日根本不是開學典禮耶！」

沒錯。

學校的通知單上寫得清清楚楚，開學典禮是前一週的一月六日，而非一月十日。

嬉野語出驚人，「十日是禮拜天啊！」

聽到這裡，小心差點驚叫出聲，一臉錯愕地看著嬉野。

這反而把嬉野搞糊塗了，他不知所措地回看大家，「……我很久沒去學校了，常常搞不清楚今天星期幾……那天我跟媽咪說隔天要去上學，結果她說隔天是禮拜天，還嘲笑了我一番。我怕大家搞錯日期，隔天還是去了一趟學校。但因為假日進不去，所以就在門口等了一個上午。」

「不會吧?!」小心不敢置信地大叫。

嬉野先是愣了一下，然後平靜地說：「是真的。」

看到嬉野的表情，小心腦中突然閃過一個想法——

嬉野上學期初去學校時被同學揍了一頓。小心本以為，他對上學應該有很大的陰影，去學校需要非常大的勇氣，但若是禮拜天那就另當別論了，難怪他敢去學校。

然而，她立刻又想到——

就算是禮拜天，還是有人會來學校練社團又或是參加活動，大門還是會有學生進進出出。想必嬉野也是鼓起很大的勇氣才去的。我怎麼會有這種想法？真是羞愧……嬉野，對不起……

「我以為是政宗搞錯日期了，本打算禮拜一再去一次。結果媽咪跟我說，禮拜一是成人節，學校放假。這下我真不知道該怎麼辦了……」

「咦？成人節是十五日吧？我記得不是連休啊……」昴覺得奇怪。

政宗低聲說：「……看來就連星期幾都有微妙的差異。」

此話一出，所有人都眨了眨眼。

「可能……我們每個人的星期幾、開學典禮、成人節都是不同日期。我的開學典禮是一月十日，有人跟我不一樣嗎？」

「先不說開學典禮，成人節應該是同一天吧？」小晶看向其他人，用眼神尋求附和「對吧？」

昴輕輕點頭，「……我們那邊的開學典禮是一月十日，跟政宗一樣。」

他與政宗四目交接。

「因為我很久沒去學校，大家都嚇了一跳，不過他們都不跟我說話。」

「……他們應該是被你的一頭金髮嚇到了吧？」

「我有去二年六班找政宗，但他們說班上沒有這個人。」

政宗先是錯愕，沉默了半晌，才小聲說了「謝啦」。

「你有來找我啊……」

「嗯。」

「……謝謝你。」

「不客氣。」

「不好意思……我可以打個岔嗎？」

風歌舉起手。

「政宗，上次你說你是二年六班時，我不是說我是三班嗎？還說二年級只有四班，結果被你奚落了幾句。那天去學校時我確認過了，二年級真的只有四班，到處都找不到六班的教室。」

「連班級數都不一樣啊……」

小心茫然呢喃。

不同的世界——政宗的說法實在太有說服力了，因為除此之外，根本無從解釋他們所經歷的事。

「那個……」

小心等人聊得正投入時，一個聲音打斷了他們——是從頭到尾默不作聲的理音。

無論他們口中的「日本南東京市」有何差異，都和理音無關，因為他住在夏威夷的檀香山。就這層意義而言，理音從一開始就跟他們身處不同世界。

小心赫然想起，理音跟嬉野讀同一間小學又同屆的事。

當時小心就感到不解，他們兩個怎麼會對彼此沒印象。但小心並沒有深究，只覺得他們兩個應該是不同層次的人，不認識也沒什麼好奇怪的，隨隨便便就做出結論。

想到這裡，小心對自己感到好失望——我會不會就是想法這麼扭曲，才無法過正常人的生活？

「我的頭腦比較簡單，完全聽不懂平行世界的理論，那對我而言太困難了。我只想知道，你們的意思是，我們沒辦法在外面見到彼此？」

理音說完，眾人都傻住了。他們不發一語，表情一個比一個僵硬，任憑衝擊在內心蔓延。

「……嗯。」

半晌，政宗點點頭。

政宗花了一個月思考大家住在平行世界的可能性，如今得到這麼一個結論，不知他作何感想呢？

——我們能夠互相幫助。

政宗低聲下氣、拜託大家陪他去學校的那天，昴曾說過這句話。

「意思是……我們不能互相幫助？」理音又問。

所有人都看著政宗，只見政宗沉默一陣後開口。

「對……我們不能互相幫助。」

❦

眾人陷入一片寂靜。

嬉野瞪大眼睛，活像一隻受到驚嚇的貓；小晶則低頭癟嘴，臭著一張臉。

「那為什麼要把我們聚集在這裡？」風歌率先劃破沉默。

大家默默轉向她，只見她看著上方，感覺像在自言自語。

「就現在的狀況而言，我們生活在各自的世界，是各間雪科第五中學的『拒學族』，而且只有在這座城堡才能相見，對吧？」

「……是這樣沒錯。」政宗頷首。

風歌接著說：「到這裡我還能夠理解，雖然有點離奇，但就如政宗所說，這間城堡本就是離奇的存在。」

「……這個說法確實很令人信服。」小心看向眾人，「聽到你們都是雪科第五中學的學生時，我覺得很匪夷所思，一間學校會有那麼多不肯上學的人嗎？雪科的規模是很大沒錯，但就『拒學族』而言，這個人數未免也太多了。如果我們是不同世界的人，那就說得通了。這樣算起來，每間學校都只有一個人拒學。」

「……是不是一間學校一個還不一定呢！」

政宗冷笑反駁後，睨了一眼小心。

「像學校這麼無趣的地方，才這麼幾個人不去，有什麼好驚訝的？這是看運氣的吧？有可能一整個年級沒半個人拒學，也有可能一個班級出兩個啊！」

政宗不耐煩地瞇起眼睛。

「大人看到有些班級缺席率比較高，就會立刻分析原因，將問題歸咎於某個年級或某個班級。但我認為這其實是個人問題，這些人就只是不想去上課而已啊！所以說，我最討厭人家動不動就把拒學跟霸凌扯在一起，一天到晚講什麼大環境啦、現在這個世代怎麼樣啦……」

「嗯，有道理。如果我剛好跟政宗同班，班上就會有兩個不來上課的人。但其實我們各自有原因，並非班上的問題。」昴語帶輕鬆地說完，見小心因為惹怒政宗而拱肩縮背，還刻意對小心笑了笑。「不過，這樣也沒什麼不好啊！我們可是各間雪科第五中學的拒學代表耶！」

「這座城堡是我們唯一能相聚的地方，感覺這座城堡就位於我們七個人——七個世界的正中央。」小晶接著說。

小心在腦中描繪城堡在世界中心的樣子。

「可是，為什麼我們只能在這裡相聚？為什麼要把我們聚集在這裡……」小晶一臉疑惑。

政宗的表情突然嚴肅了起來，「在科幻小說和動漫中，分歧出來的平行世界最後大多都會消失。」

「消失？」

「比喻成大樹你們應該就懂了，很多漫畫也是用這種圖解的方式解釋給讀者看，有人有筆嗎？」

風歌從包包裡拿出筆記本和鉛筆遞給政宗。政宗和她簡單道謝後，開始在空白頁上作畫。

「世界本來是一棵大樹。」

他畫了一根粗粗的樹幹，在上面寫了「世界」兩個字。

「我們的世界則是樹幹的分枝，樹枝是分歧出來的世界。」

他在樹幹的左右畫了七根樹枝。

「這些樹枝各是有我的世界、有理音的世界、有嬉野的世界……以此類推。如果世界增生太多，有些世界就會消失。」

「為什麼?!」

嬉野和小心異口同聲，「消失」兩字讓他們惴惴不安。

「消失的話，那個世界上的人會怎樣？死掉嗎？」

「死掉嗎？跟死有點不一樣，應該說是憑空消失，就像從來沒出現過似的。」

「增生太多是由誰判斷？」

「每部小說和漫畫的設定都不一樣，不過，最常見的是由世界決定，也可以說是神的旨意吧。」

政宗指向正中間的粗樹幹。

「也就是說，當樹枝太重時，樹幹就會消除一些樹枝，大多作品都稱之為『淘汰』。自然界的生物也是這樣，適者生存，不適者淘汰。」

政宗抬起頭，「總之，很多故事裡都有篩選、淘汰平行世界的情節，像《時空戰士》就是。」

「《時空戰士》？」

「你們不知道嗎？《時空戰士》耶！『長久教授』的遊戲啊！現在很紅耶，別跟我說你們沒聽過喔！」

「長久教授……？」昴一頭霧水。

「啊！和致電玩公司的天才總監！」政宗不耐煩地說完後，自暴自棄地嘆了一口氣，「總之就是一個遊戲。」

「這麼知名的科幻遊戲，為什麼還要我多費唇舌解釋啊？你們真的太沒常識了！」

「我知道那個遊戲，還翻拍成電影對吧？」嬉野說。

「……沒有好嗎？你不懂就不要插嘴。」政宗搖搖頭，一副「我跟你沒什麼好說的」表情。

「《時空戰士》裡有很多平行時空，每個世界會派代表出來戰鬥，爭奪世界的生存權。打輸的世界將消失，打贏的世界則可成為『樹幹』。戰士為了自家世界的存亡而打得你死我活。」

「我們也得爭奪生存權嗎？」昴問。

政宗聳聳肩說：「……有可能。之所以把我們聚集在這裡，應該有什麼特別的原因吧？這很像高峰會議，我們是每個世界的代表，來這裡為自己世界爭取權利，但是用什麼方式呢？後來我想到了，應該是找鑰匙。」

眾人一陣錯愕。

「我猜測，這裡會不會是一座競技場，『美夢成真鑰匙』其實是一種暗示，找到鑰匙才能保住自己的世界，其他的世界都將消失。」

消失……這聽起來實在太奇幻了，令人不敢置信。

鏡子另一邊有小心的家、爸爸媽媽、她不甚喜歡的學校，教室裡還有真田美織與東条。

意思是……這一切都將煙消雲散？

小心本以為自己絕不允許這事發生，然而，心裡一股念頭卻如泉水般湧出，把她自己也嚇了一跳——

消失就消失吧。

這樣也好。

她不想回學校上課，也不覺得自己能夠適應新的學校生活。

既然如此，乾脆就結束這一切吧。

小心的內心有如一片漆黑無垠的大海，之前她仍懷有一絲希望，相信他們能在外面的世界相會相聚。這些朋友就有如一座燈塔，在黑暗中散發出溫暖的光芒，為她指引方向。

然而，自從知道他們在外無法相見、無法互相幫助後，小心就有如找不到燈塔的小船，不知該往何處前進。

她不知道大家聽完政宗的話有何感想，是否也跟她有一樣的感覺。但唯一能確定的是，大家都很困惑，都很不知所措。若不是今天政宗提起，小心幾乎要把找鑰匙的事給忘了。那把鑰匙大家費盡心思都找不到……看來，政宗的話還真有幾分可信。

只有找到鑰匙的人才能保住世界……

「『狼小姐』不也說了？只要有人到許願房許願，所有人都會喪失記憶。相對的，如果沒有人找到鑰匙、沒有人許願，即便城堡關閉，我們也不會忘記這裡。」

「對。」

「這也是因為世界會消失的關係吧。也就是說，如果有人找到鑰匙，其他世界就會因被淘汰而消失，沒有人找到鑰匙就會維持原狀，又或是所有世界一起消失。而『狼小姐』的任務，就是用這套機制清理過度增生的世界。」

「……有道理。」

昴點點頭。

小心也認同，這樣確實說得通。

「……意思是，不要找『美夢成真鑰匙』才是明智的選擇，對吧？」風歌說。

「我不希望大家消失，而且……」風歌的眼眸掠過一絲傷感，「既然我們無法在『外面』相聚，還是不要找鑰匙比較好。只要城堡一關閉，我們就見不到彼此了……」

聽到這裡，所有人頓時失語。風歌垂下雙眼，「已經二月了……」

「下個月月底城堡就要關閉，再過兩個月，我們就不能在這裡相聚了。既然不能在外面見面，我們唯一剩下的就只有回憶……我不想忘記你們。」

風歌聲音靜靜落在每個人心中。

小晶之前曾宣稱自己喪失記憶也無所謂，如今卻不發一語。聽到風歌這番話，小心難過得幾乎要哭出來。
我們唯一剩下的就只有回憶。
——我們不能互相幫助。
「但如果真如政宗所說，所有世界一起消失該怎麼辦？」昴說。
此話一出，小心、風歌——所有人都愣住了。
「如果沒有人找到鑰匙，所有世界就會一起消失，那我們就無處可逃了。找出鑰匙的話，至少還能讓一個世界存活。」
「直接問清楚比較快吧！」理音說。
其他人還沒來得及反應過來，只見理音對著天花板叫道：「妳都聽到了吧？」然後對著空無一人的走廊大喊：「『狼小姐』！出來吧！妳都聽到了吧？」
「……你們真的是一刻也不得安寧耶。」
一股無形的力量攪和著空氣，形成一道小型龍捲風。
狼面少女隨之出現。

⚜

她今天也穿著滿是荷葉邊的洋裝。
狼面具依舊面無表情，卻比平常更加特別冷峻，腳下的紅色漆皮鞋有如新品一般閃閃發亮。

「政宗說的話妳都聽到了吧？」

「……嗯，算有在聽吧。」

她還是那麼慵懶。

「我說得沒錯吧！」政宗非常激動，「這是妳的任務對吧？把我們從各個平行世界召集到這裡，淘汰掉多餘的世界，對不對？」

「狼小姐」轉向政宗，用她那不知是何表情的臉龐看著他。

看起來，政宗似乎將「狼小姐」逼到了絕境。所有人屏氣凝神，就等走投無路的「狼小姐」說出真話。然而，狼小姐卻毫不猶豫地搖搖頭——

「完全錯誤。」

政宗臉上的緊張頓時消失無蹤，他僵著一張臉呢喃：「什麼？」

「狼小姐」無趣地撥了撥頭髮。

「虧你能聯想到這麼『中二』的設定，真是辛苦你了。但很遺憾，一切不過是你個人的想像。我一開始就說了，這裡是鏡城，是你們尋找鑰匙、美夢成真的地方。僅此而已，根本沒有什麼淘汰跟生存權的問題。」

「……胡說！那為什麼我們只能在城堡相見？」

政宗的臉色非常難看。

「好！既然妳不承認，『淘汰』這件事就當是我搞錯了！」

他不屑地說完，看向「狼小姐」。

「那平行世界總該對了吧！我們在『外面』見不到彼此！現實環境也不一樣！既

然妳說把我們聚集在這裡不是為了淘汰世界，那又是為了什麼原因？」

「……我可沒說過你們在外面無法相見喔。」

「狼小姐」慵懶地說，就差沒打個哈欠。

「見得到嗎？」嬉野問。

狼小姐有些不耐煩，一副只想敷衍了事的樣子，但還是點了點頭。

「也不是見不到。」

「放屁！」

政宗大吼，表情有如兇神惡煞。

「明明就見不到！」他氣得瞬間面紅耳赤，「根本就見不到！之前大家為了我來學校，卻怎麼等都等不到人，這妳又要怎麼解釋？」

政宗眼歪嘴斜，泫然欲泣，小心不忍見到男生哭的模樣，下意識地叫住他，「政宗！別說了，政宗！」

「政宗說得沒錯，『狼小姐』，我們沒遇到彼此。」

「我可沒說你們在外面無法相見，又或是無法相助，你們別隨便冤枉我。話說回來，你們也自己動動腦好嗎？別什麼都要問我。我可是不斷在暗示你們，每次都提供你們找鑰匙的線索。」

眾人被「狼小姐」這番話堵得啞口無言。政宗依然氣喘吁吁，小心則是被「狼小姐」的氣勢給震懾住，一臉茫然看著她。

「線索？什麼意思？」小晶問。

「狼小姐」看向小晶。在聽完政宗的「世界淘汰論」後，每每看到「狼小姐」轉向誰，都讓他們驚心動魄。

「你說有提供我們線索，是什麼意思？」小晶又問了一次。

「就是字面上的意思，我從以前就不斷給你們找鑰匙的線索。」

「狼小姐」的聲音不帶有任何情緒，既沒有憤怒，也沒有不耐煩。

「聽妳在放屁，妳每次都唬弄我們，最莫名其妙的就是妳！說我們是迷途的小紅帽，還戴個狼面具，當我們白癡嗎？」政宗不爽地說。

「是啊，你們確實是迷途的小紅帽，但有時候我覺得你們更像大野狼呢，怎麼找都找不到。」

「狼小姐」似乎在面具下嗤笑，氣得政宗臉色大變。

「妳到底想說什麼！」

「要我說幾次都可以，這裡是鏡城，是你們尋找鑰匙、美夢成真的地方。」

「……我有問題。」理音微微舉起手，等「狼小姐」看向自己後說：「我一直都有在找鑰匙……我房間的床底下有一個『×』，那個記號有什麼意思嗎？」

所有人愕然看向理音。

「我一開始以為是污漬，後來發現那是很明顯的印記。我記得妳說過鑰匙不會藏在個人的房間裡，那這個『×』是什麼？」

「……理音，你房間裡也有？」風歌驚呼。

所有人不約而同地看向風歌，只見她瞪大眼睛點了點頭。

「我房間的桌子下面好像也有一個！我還以為是我想太多了呢！」

「……浴室也有。」

聽到昴這麼說，大家更錯愕了。

「飯廳旁的共用空間那邊不是有一間浴室嗎？這裡沒水卻有浴室，我覺得奇怪便進去看了一下。浴缸裡放了一個臉盆，移開後下面有個很像『×』的印記，當時我還以為只是刮傷……」

小心靈光一閃，「我在火爐裡也發現了一個……」

她剛來城堡時，就發現飯廳的火爐裡有一個「×」記號，前陣子才又確認過一次。她和昴的想法一樣，覺得不能用火還有火爐很奇怪，才鑽進去一探究竟。

「飯廳的火爐嗎？」政宗強打起精神說，「櫥櫃裡也有一個，我去年夏天就注意到了。」

「真的啊？」

「對啊。」

政宗的表情依舊很僵硬，但還是點了點頭。

「看到時，我還以為鑰匙就埋在記號的下方。當時我用盡辦法又敲又刮的，結果底下什麼都沒有，所以我還以為只是普通的傷痕而已。」

大家面面相覷一陣後，默默看向「狼小姐」。

「那些記號也是線索嗎？」小晶問。

「這就由你們自己判斷囉。」「狼小姐」故作神秘，沒有正面回答。「我已經說過了，我一直都有提供線索，接下來就看你們的表現了，許願與否也全憑你們決定。」

「但我可以跟你們保證一件事。」「狼小姐」深吸一口氣，靜靜地說：「世界不會因為有人許願就消失。就像我之前說的，願望成真時，你們的記憶就會隨著這座城堡消失，然後回到各自的現實生活。僅此而已。你們的現實並不會因此而消失。」接著又補充道：「不論好歹。」

「我還有一個問題。」理音問。

「狼小姐」默默將狼臉轉向他。理音等她完全轉過來後，對著她的臉問：「『狼小姐』，妳最喜歡的童話故事是什麼？」

這問題未免也太唐突了吧？

當事人——「狼小姐」似乎也沒料到理音會問這個問題，難得愣了一拍，隨後立刻回答：「這還用問？」

「看我的臉就知道了吧？小紅帽。」

「……我明白了。」

沒有人知道理音為何要問這個問題，但他好像真的明白「狼小姐」的意思。

「還有問題嗎？」

「狼小姐」對眾人問。

大家要問的問題堆積如山，卻不知從何問起、如何問清，就連政宗也是一樣。另一方面也是怕「狼小姐」不肯把話說清楚，就連他們剛才問在外面能否相見時，她也是含糊其詞。

「妳等一下！」

政宗叫住了她，卻不知道要問什麼。「狼小姐」並非只是質疑他的假說，而是予以全盤否定，所以政宗也只能啞巴吃黃連。

「有任何問題隨時叫我。」

「狼小姐」匆忙說完，然後就……消失了。

留下面面相覷的小心一群人。

「那孩子剛才說『回到各自的現實生活』，對吧？」

「咦？」

昴說完，大家的視線全落在他身上。昴平時總是成熟穩重，一副不食人間煙火的模樣，之前他曾經稱呼「狼小姐」為「那位女士」，突然聽他說「那孩子」，還真有點不習慣。

昴看向政宗，「這句話應該有什麼特別的意思吧？她明明跟我們保證世界不會消失，也沒有淘汰存留的問題，卻沒有正面回答我們是不是住在平行世界。聽她的說法，我們似乎在現實生活也能見到對方，但實際上，我們生活的世界根本就不一樣啊。」

昴說得沒錯，他們所知道的街景、店名、開學典禮的日期、班級數都不同，感覺就是住在不同世界。

「……因為住在不同世界的關係，我們才無法進入彼此的鏡子。之前嬉野不是試圖想穿過鏡子去小心家嗎？但『闖關失敗』。」

「幾百年前的事情就不要再提了好嗎？有沒有搞錯啊？」

小心才覺得他有沒有搞錯呢！怎麼會想隨便闖進別人的私人空間呢？

那時小心以為「狼小姐」是因為非常注重個人隱私，才設下這樣的條件。但冷靜下來想想，這說不定是為了確保他們不會闖進其他世界的「防線」——這樣就說得通了。

「……有道理。如果真是這樣，我就不能逃到其他世界了。」小晶喃喃自語。

說實在話，小心對於這件事也感到有點遺憾。

這讓小心再次認清，自己有多希望跟他們共處同一個世界。她好想把他們帶到自己的學校去……

有時我會幻想——

班上轉來一個新同學，大家都搶著要跟他當朋友。

然而，他卻在人海中發現了我，對我露出太陽般刺眼的溫暖微笑，走過來對我說：「小心，好久不見！」

同學們個個目瞪口呆，不斷用眼神問我：「你們本來就認識嗎？快說啊！」

我是個平凡至極的人，既不是體育高手，腦袋也沒有多聰明，更沒有人人稱羨的長處。

但是，我比你們更早認識了他，而且相處愉快，所以才能被他選中成為班上最好的朋友。

我們總是一起去廁所、一起去教室，下課時間也黏在一起。

我不是一個人了。

真田那群人一直想把他拉近小圈圈裡，但他還是選擇了我，義正詞嚴地告訴她們：「我要跟小心一起！」

我不斷向上天祈求，這樣的奇蹟可以降臨在我身上。

但我很清楚，這樣的奇蹟，永遠都不會發生。

這次也沒有發生。

「……我們可以許願啊！」

風歌一語驚醒夢中人。

「什麼？」小晶和小心異口同聲。

「我的意思是，我們可以用『美夢成真鑰匙』許願，讓大家生活在同一個世界。」

「喔……」大家先是愣住，沉澱了一會兒才恍然大悟。

「也不是見不到」——「狼小姐」的這句話言猶在耳。

「對耶！只要找到『美夢成真鑰匙』，這個願望就可以成真了！」

「對啊！這樣我們就可以在外面的世界相見，『狼小姐』說的『也不是見不到』，原來是這個意思！」

「可是許願後我們就會喪失記憶不是嗎？如果不記得彼此，在同一個世界就沒意義了吧？」

「嗯……那我們可以這樣說，『請讓我們在沒有喪失記憶的情況下，生活在同一個世界』。不知道可不可以這樣許願……下次來問問看『狼小姐』好了！」

「也不是見不到」——大概是因為許願後會喪失記憶，「狼小姐」才會用這種模稜兩可的說法吧。這麼一想，還真的很有可能！

「……可是，前提是我們要找到鑰匙。」風歌看向政宗說。

剛才還自信滿滿為大家解釋「異空間」的政宗，在被「狼小姐」全盤否定後，此時此刻竟顯得如此渺小。

「政宗……」嬉野喚道。

政宗怯怯地抬起頭嘟噥：「幹嘛啦！」

「政宗，還好你來了。」

嬉野說完，政宗有如蜜蜂振翅一般，用力眨了眨眼。

嬉野笑容滿面。

「我還以為你再也不來了呢！我可不想跟你就這樣不歡而散，所以看到你來……我真的很高興。」

嬉野嘿嘿地笑了。

「我第二學期來城堡時不是很尷尬嗎？那時政宗你對我說『辛苦了』。所以我決定，等你來城堡後我也要跟你說這句話。政宗，辛苦了！」

政宗面紅耳赤僵著一張臉，撐著眼皮不敢眨眼，就怕一眨眼，就會有什麼東西從眼眶裡落下。

「……你那天去學校還好嗎？」昴問政宗，「你爸還有要你轉學嗎？」

「……因為我開學典禮那天有去上學，所以第三學期是保住了。」

政宗的聲音有些僵硬，他故作冷漠地垂下雙眼。

「……遇不到你們，卻遇到一堆不想見的同班同學，鬧得有些不愉快，但還可以忍受……」

「這樣啊……」

現場再次陷入漫長的寂靜。

半晌，政宗突然抬起臉來，剪短的劉海下方是依舊垂著的雙眸。

「他們都叫我……吹牛宗。」

「咦？」

「吹牛宗……愛吹牛的政宗。」

政宗一臉正經，既不敢看向他們，聲音也微微顫抖著。他們不知道政宗為什麼突然這麼說，全都目不轉睛地看著他。只見政宗難掩尷尬，刻意加快了說話速度。

「……我不是跟你們說，這臺主機是我朋友開發出來的嗎？那是騙你們的，對不起。」

政宗看向散落在地上的電動。小心不知道他在看哪一臺，說實在話她並不在意，相信其他人也一樣。

但她能夠明白，為什麼政宗一定要跟他們坦白一切。這個謊言他們來說，或許只是件微不足道的小事；但在「政宗所處的現實事件中」，卻掀起了軒然大波。

他之所以不去學校，恐怕也跟這個謊言有關。

「知道了。」

開口的是小晶。

她平常總是跟政宗針鋒相對，此刻由她代表全體發聲再適合不過了。政宗也因此放下心中大石。

「對不起。」

政宗又道歉了一次。

「真的對不起。」

⚜

小心等人已接受他們住在平行世界的事實，雖然很遺憾，但彼此相處起來也自在許多。

他們已然放棄掙扎。

三月——下個月底，就是他們的離別之時。

隨著時間愈發緊迫，他們也愈發珍惜剩餘的日子。

至於找鑰匙……大家都很消極。風歌上次提議，找到鑰匙後可以許願讓大家生活在同一個世界，這個提議固然好，但他們還是不想喪失這裡的記憶。

如今鑰匙依舊下落不明。

一想到鑰匙就在城堡裡，就令人相當在意。

二月的最後一天——

大家一如往常待在「電動室」裡。小晶去了一趟房間回來後，對大家說：「我突然想到一件事。」

「你們之前不是有講到『×』記號嗎？我在我房間的衣櫃裡也發現了一個。」

「真的啊？」小心驚呼後問道：「話說小晶，妳房間裡有衣櫥啊？」

「咦？妳房間沒有嗎？」

「嗯，我房間只有桌子、床，還有書架。」

「妳房間有書架喔？」

「對啊，但上面沒有半本日文書，只有英文、德文等外文，我都看不懂。」

「德文？妳看得懂德文？」

「看不懂啊！我之所以知道是德文，是因為格林童話是德國作品。」

小心想起之前自己也跟風歌解釋過一次，只是當時是在說安徒生。

風歌的房間有鋼琴，小晶的房間有衣櫃，看來，每個人的房間都是特別設計過的。

「小晶很會穿衣服，所以房間裡才有衣櫃吧。」小心說。然而令人意外的是，小晶沒有特別高興，只是冷漠地回了一句：「是嗎？」

「……那個記號到底是什麼東西啊？應該有什麼特別的意義吧？『狼小姐』說為求公平起見，鑰匙不會藏在個人的房間裡……你們的房裡也有『×』記號嗎？」

「找一找應該有吧？現在找到幾個了？火爐裡一個、理音床下一個、小晶衣櫥裡一個……」

印象中廚房跟浴室裡也有。不等小心算完，小晶就急著說：「問你們喔……」
「如果找到鑰匙，我應該可以許願吧？」
「咦？」
「之前大家不許願是因為不想喪失記憶，但現在情況不一樣了，應該可以許願了吧？」
「妳找到鑰匙了？」小心一臉擔心地問，不是到處都找不到鑰匙嗎？難道小晶已經找到了？
「啊哈哈……」小晶笑著搖搖頭，「沒有啦，我是說『如果』。找鑰匙本來就是每個人的權利，就算喪失記憶，你們應該也不會恨我吧？」
見小心等人啞口無言，小晶故作姿態地嘆了口大氣。
「反正我們在外面是遇不到了，三月底以後，我們剩下的就只是回憶，不覺得很空虛嗎？回憶有什麼用？倒不如把機會讓給需要的人許願。」
「……我不想忘記這裡。」
風歌此話一出，小晶臉上瞬間沒了笑容。
「我只是說『如果』。」
小心實在不懂，他們都苦口婆心相勸了，為什麼小晶現在又說這種話？
「如果你們找到『×』記號，記得告訴我。」說完，小晶便回到自己房間。
大家茫然看著小晶逐漸走遠的背影。
「……自始至終，小晶都是個問題兒童。」

小晶的背影消失後，昴悠悠地開口。小心聽了覺得很不舒服，手臂起滿了雞皮疙瘩。

「……我覺得你這樣說不太好。」她忍不住說出口。

昴愕然看著小心。

「你別說她是問題兒童嘛，感覺不太好。」

其實令小心不舒服的不只這一點，還有「自始至終」這句話。這代表著他們即將離別，然而她卻不能反駁這一點，這讓她非常心痛。

小心不知如何面對昴，只好默默走回房間。她每次來城堡都是跟大家待在「電動室」，已經好久沒有回到自己房間了。

她躺在床上，看著天花板心想：「我會怎麼做呢？如果找到『美夢成真鑰匙』，我會許什麼願望呢？」

之前小心一直希望真田美織消失，倘若這個願望真的實現了，她能回歸現實嗎？回到遇到真田之前的時光？

「叩叩」，門外傳來敲門的聲音。

「啊……是誰？」

「是我。」

聽到昴的聲音，小心的心就跳得好快，畢竟她剛才才大言不慚地訓誡了他。「等我一下喔。」小心高聲說完，急急忙忙走出房間。

昴是一個人來的。

身材高䠷的他，髮根已長出一段黑髮，活像個不良少年。如果不是他們本來就認識，小心絕對不敢靠近他。

「剛剛很抱歉，我不該說小晶是問題兒童的……我差點忘了，我以前也很討厭人家這麼說我。」

「唔……」

見昴真心誠意地道歉，小心一時不知該回什麼。

昴又道歉了一次，「對不起，也謝謝妳提醒我。我剛才已經去跟小晶道過歉了。」

「咦？可是你又不是在小晶面前說的……」

「嗯，但我確實說了，這是不爭的事實。」

這的確很像昴的處理方式，該說他誠實還是不知變通呢？

「小晶怎麼說？」

「她很傻眼，跟妳剛剛的反應一模一樣。還念了我一頓，說她又沒聽到，幹嘛特地來跟她說，她根本不想知道，還說我這種個性將來會很吃虧。」

「……昴就是這樣啊。」

小晶看到昴特地來道歉，應該沒有不高興才對。雖然小心訓誡了昴，但小晶確實有她「問題兒童」的一面，而小晶本人應該也很清楚這點。

「小心，謝謝妳。明天就要三月了，我不希望我們之間有不愉快。」

昴笑咪咪地說。

昴不知變通的個性或許很吃虧，但小心卻很喜歡他這一點。

還剩下……一個月。

離別之月即將啟程。

三月

三月一日——

小心來到城堡時，小晶和風歌已經到了。令人驚訝的是，她們居然正在玩政宗的電動。

「風歌！妳也玩得太好了吧！手下留情好嗎？」

「這可是比賽耶，哪能手下留情。」

昨天兩人才為了「要不要許願」、「回憶重不重要」而鬧得不愉快，如今感情卻好得很。

見她們聊得那麼開心，小心有些插不上話。想必她們兩個人已經談過了吧？畢竟昨天昴很老實地去跟小晶道歉，她心情應該很好才是。

離別月的第一天，就這麼開始了。

學校的第三學期也即將結束，要放春假了。

因小心即將升上二年級，昨天，伊田老師將她放在學校的室內鞋和坐墊送到家裡。

那時小心剛從城堡回來，媽媽又還沒下班，所以小心就跟老師見了一會兒。

她根本不想見伊田老師，但很慶幸老師是傍晚才來。如果老師追問起她為什麼不在家，她可不想為了這個人編造藉口。

她還在氣那封信的事。喜多嶋老師應該已經告訴伊田老師小心有多生氣，所以小心以為老師會跟她道歉。沒想到，老師看到開門的是小心，也只是「啊」了一聲，然後擺出「好老師」的嘴臉問：「心，最近好嗎？」

比起憤怒或難過，她更感到傻眼，只好點頭敷衍。

小心覺得老師看起來有點尷尬，這應該不是她的錯覺。

老師放下室內鞋和坐墊，「大家都在等妳四月來上學喔。」

小心很清楚，這不是老師的真心話。這個老師之所以來小心家，只是為了交差了事，根本不想管小心死活。小心回去上學對他而言只是解決班級問題，來也好，不來也沒差。

反正要升班了，伊田老師就快要不是小心的班導了。

只要提出申請，小心從春天開始可以留級一年。但小心並不想這麼做，因為這樣會成為班上的異類，她無法想像以前的同學、下一屆的學弟妹會怎麼看她。

所以她決定跟真田、東条一起升上二年級。

「心，那我先走囉。」

「……好。」

老師欲言又止地看著小心，小心覺得自己似乎該說些什麼，卻又無從說起。

正如小心完全不懂老師在想什麼，老師也對小心的心情一無所知。

就在這時，老師開口了——

「如果妳願意，要不要試著回信看看？」

「咦？」

「回真田的信。」

聽到這個名字，小心幾乎要昏厥過去。這是她生平第一次對人的印象破滅，不只是失望，而是徹底破滅。她將手按在腹部，拚命壓抑著內心的衝動——想要大哭大鬧、把老師撞倒的衝動，

她不敢說話，因為她實在太生氣、太失望了，生怕一開口情緒就會爆發出來。伊田老師見狀，嘆了一口氣——誇張地「唉」了一聲。

「真田說她很難過，覺得妳瞧不起她，不把她當一回事。」

小心輕吸一口氣，就這麼僵在原地，不敢置信地看著老師。

「真田是真心誠意寫那封信的，妳再考慮看看。」

老師說完便離開了。聽著門關上的聲音，小心佇立在昏暗的門口，完全無法動彈。看來能不能溝通，跟是大人還是小孩無關。

看完真田的信後小心非常清楚，這個人根本無法溝通。現在她則明白，無法溝通的不只真田一人。喜多嶋老師曾說過伊田老師「太誇張了」，相信她也當面向伊田老師質疑過他的做法。但很明顯，伊田老師並未受到感悟，依然堅信自己的做法是對的。

在他們的世界裡，這件事全是小心的錯。

小心在整件事情中處於弱勢，但正因為他們占了上風，才能毫無後顧之憂地責怪

小心。反正小心不去學校，也不會跟老師告狀，沒人知道她在想什麼，不用特別關照她也沒關係。

真田說，她覺得妳瞧不起她，不把她當一回事——這句話在小心腦海裡搖動晃蕩。我當然不把她當一回事！像那種滿腦子只有戀愛的蠢蛋，我為什麼要把她當一回事？瞧不起她只是剛好而已！

小心好想大哭一場，把所有情緒發洩出來，卻被這些邏輯有問題的人氣到頭昏腦脹、欲哭無淚。她忍不住揍了牆壁幾拳，握緊的拳頭隱隱作痛。

那個人剝奪了我的時間——她心想。

上學的時間、社團的時間、學習的時間。

她咬緊牙根，恨得嗚咽出聲。這些自以為是的人，憑什麼當學校的中心人物？一想到此，她就好想抓頭出氣。

不知道過了多久——

門外傳來東西丟進信箱的聲音，嚇了小心一跳。

老師已經走很久了，應該不是他，也沒聽到郵差摩托車的聲音……大概是東条送學期末的通知單來吧。

因擔心見到東条會尷尬，小心刻意等了幾分鐘才開門。老師也真是的，既然今天都親自過來了，何必又拜託東条送來？

確認外面沒人後，小心鬆了一口氣。打開信箱一看，裡面除了有對折的學年會報和通知單，還有一封看起來很像信的東西。

白色的信封上寫著「安西心同學收」。看到這六個字，小心的內心啟動了警戒機制，因為她想起了真田美織的那封信。

然而，這封信不是真田美織寫的，背面的署名是「東条萌」。

小心看到這三個字後，立刻抬起頭來，往隔壁第二間房子——東条家看去。然而只見房子不見人，也不知道東条在不在家。

回到家裡後，才關上大門，她就迫不及待靠著門打開信封。

信上只有一句話。

『小心：

對不起。

小萌筆』

僅此而已。

她接二連三看了好幾次，相較於「對不起」三個字，她更在意第一行。

「小心」——

多麼令人懷念的稱呼啊！她想起四月她們剛熟起來時，東条總是叫她「小心」。

她不知道東条為何道歉、為何寫這封信。唯一能夠確定的是，這封信是她主動寫的，而非受命於誰。

將信裝回信封後，小心咬緊下唇，閉起雙眼。

隔天，政宗突然跟大家宣布：「我有事要跟大家說。」

他有點尷尬地說：「我要換學校了。」

眾人沒有說話，只是默默注視著他。

「我去新學校參觀過了，」政宗接著說，「那是一間私立中學，我爸朋友的小孩也讀那裡，通學時間約要一小時。我之前去考了轉學考，昨天放榜，我考上了。」

「是喔……」

大家都很努力假裝鎮定，但現場還是彌漫著一股緊張的氣氛。四月——下個月就要開學了。

政宗能夠換個新環境、重返學校生活，到底是件好事。

然而，每每聽到有人跨出新的一步，小心就感到胸口一股沉重。那是一種無所適從的焦慮感，這不能怪政宗，但她就是無法控制。

「政宗你能接受嗎？」

被昴這麼一問，政宗似乎有點尷尬，慢條斯理地看向他。

「你之前不是不願意轉學嗎？現在願意了？」

「……嗯，實際參觀過後我就改觀了。考完試、和那邊的老師談過後，我覺得，換個新環境也不錯。而且不是從第三學期插班，而是四月直接銜接二年級，這樣我比較沒有壓力。」

「這樣啊。」

「……我可能也會換環境喔。」

嬉野說完，大家不約而同轉向他。

「我跟媽咪談過了，她可能會陪我到國外念書，我爸因為工作因素應該會留在日本……但可能沒有那麼快，媽咪說她會幫我查，一切還沒有定案。」

嬉野怯怯地看向理音，「我跟媽咪說，我有個朋友自己一個人在國外留學。但她不放心讓我一個人去，堅持要她陪我去才可以。」

可以毫不猶豫地將小孩送出國，嬉野家裡應該相當寬裕。小心很驚訝，沒想到嬉野竟有這般打算，不過他這麼想也沒錯，到國外就可以換一個完全不同的新環境了。

「自己開始考慮留學的事後，才體會到理音真的很了不起。理音跟我同年，卻一個人住在學校宿舍裡。我媽咪也說，理音的父母一定是下了很大的決心，像她就遲遲做不了決斷。」

「老實說，我也很佩服我爸媽……」理音露出無奈的笑容，「不過，真高興聽到你要留學。你要來夏威夷嗎？還是去歐洲國家？如果你來夏威夷就好了，我們還可以一起出去玩。」

「我也有想過這件事耶！後來才想到我們在外面見不到。」

「是啊！不過，我在夏威夷也……」

理音說到這裡突然打住。「你在夏威夷什麼？」嬉野問。然而，理音思考片刻後，吸了一口氣便搖搖頭。

「沒事。嬉野，如果你真的要去留學，最好先在日本把當地語言練好喔！」

理音露出苦笑。

「我當初就是因為疏於準備，去到夏威夷後才這麼辛苦。」

「好。雖然我不會踢足球，但我真的很想跟理音念同一所學校。說到這個，國外一般都是九月開學對吧？日本為什麼偏要四月開學呢？這樣不就晚人家幾個月了嗎？」

嬉野抱怨的樣子，跟政宗還真有幾分相似。

「是沒錯啦，但這也沒辦法。」政宗說，「誰叫現實世界中我們住在日本呢？」

「也是啦……」

正當小心靜靜看著幾個男生的互動時，突然有人從背後抱住她的肩膀。

「哇……有關心小孩的爸媽真好，不像我們……」

聽到小晶這麼說，小心不禁「咦？」了一聲。

爸媽確實沒跟她談過四月以後的事情，但聽到小晶把她們倆歸為同類，心裡還是有疙瘩。

小心知道媽媽並非不關心她，媽媽不僅找喜多嶋老師商量，還問小心要不要轉學。媽媽是因為尊重小心，才沒有逼她立刻做決定。

但是，她不知道小晶家裡狀況如何，所以不敢把這些事情跟她說。

小晶和昴都已經三年級了。

他們有沒有去考高中呢？小心並不敢問。

「心？」見小心沒有反應，小晶似乎不是很開心。見小心還是沒說話，她故作誇張地嘆一口氣，改對昴說：「我們應該會留級一年吧？」

「妳要留級啊？」小心很是驚訝。

「嗯，其實我可以直接畢業。但我外婆有個朋友，是個怪阿姨，她擅自幫我跟學校申請留級。我是覺得沒差，反正我還沒考慮好之後的出路，就這樣維持現狀也不錯。」

「妳會留在原來的學校嗎？還是轉到隔壁學校？」小心問。

媽媽也曾問過小心要不要轉學。如果小晶選擇前者，她在學校可就「出名」了。小心無法接受自己在學校成為鶴立雞群的異類，即便留級一年，肯定也是重蹈覆轍，一事無成。

「隔壁學校？你是說四中嗎？哪有辦法啊！只能維持現狀囉。」

沒想到小晶會選擇留在第五中學。

就在這時，昴開口了——

「對了，我考上高中了。」

小晶、小心、所有人都目瞪口呆地看向他。

「我上個月去考了入學考，考上南東京工業高中的夜間部。」

那是一所位於市內的公立工業學校。「夜間部」的上課時間是晚上，是專門為半工半讀或是有特殊原因的人設置的學制。小心只知道幾家高中有夜間部，沒想到附近的南東京工業高中就有。

小晶相當驚訝，畢竟昴完全沒有在準備考試的感覺。

「……你跟我……說過這件事嗎？」

「我沒說嗎？」

「你有……準備考試嗎？」

「有啊，我在考前稍微準備了一下。我之前認識了一位在秋葉原修理電器的老闆，聽他說了很多修理電器的事。他說工業高中都在上這些東西，叫我有興趣可以去考考看。」

聽昴說完，小晶已是面紅耳赤。

這種心情小心再懂不過了。

這不是昴的錯，但此時的小晶肯定是既著急又害怕。當別人都在前進，只有自己留在原地，就足以讓人心煩意亂。

身為旁觀者，小晶也覺得昴很過分。他和小晶都是國三生，都得面對升學的問題，既然他有意考高中，為什麼不告訴小晶呢？

我從來沒在城堡裡看過你讀書，意思是你在家裡偷讀囉？你這個人未免也太奸詐了吧！——小心以為小晶會把昴罵一頓。

然而，她卻只說了一句：「是喔。」

那聲音出乎意料地靜謐，且不帶一絲情緒。

「你們最後一天都能來嗎？」風歌問，「三月三十日，不是三十一日對吧？我記得『狼小姐』說三十一日是這個世界的維修日。」

「對。」

離別之日即將來臨，他們卻還沒找到鑰匙，看來許願是無望了。

不過，即便最後沒有人成功許願，小心也無所謂。

如果沒有這座城堡，她絕對撐不到現在。她很慶幸在這裡遇到了大家。

他們留下的，不僅僅是回憶而已。

小心在這裡交到了朋友。這將近一年的時光，將成為她繼續走下去的心理支柱——

「我不是沒有朋友，即便以後再也交不到朋友，我也曾經有過朋友。」

這給了小心莫大的自信。

「最後一天我們也來開派對好嗎？」風歌說，「就像聖誕節那次一樣。那天大家可以帶筆記本來，讓其他人在上面留言。只是留言而已，應該可以帶回現實世界吧？」

「贊成！」小心附和。

只要留有大家曾經存在過的證據，她相信自己一定能繼續走下去。即便未來充滿了不安，她也願意承受。

⚜

之後，小心就會自動從國一升成國二。

她並不排斥這件事。與其留級淪為班上的異類，她寧可自動晉級。

「……小心，我有事要跟妳談。」

三月剛過下旬，媽媽突然主動找她商量事情。

「這個時刻終於來了！」小心心想，她已經做好心理準備。之前小晶把她倆歸為同類時，她心裡很不舒服。因為她早就知道，媽媽只是不想逼她，只要在四月開學前做出決定就好。

那天，喜多嶋老師也來了。

「伊田老師跟我說他也想來，但我推辭了。小心妳如果願意，之後可以再找他談一次。」

喜多嶋老師以此做為開場白，之後開始仔細跟小心說明。

小心四月可以轉到隔壁學區的「雪科第一中學」或「雪科第三中學」就讀。

喜多嶋老師跟市公所的人商量過了，對方願意釋出特例。

當然，小心也可以留在雪科第五中學。老師已跟學校人員談過多次，請他們一定要將小心跟真田美織分到不同班級——這讓小心相當驚訝。

「我一定會請他們落實這點。」

「我跟負責的老師說，分班的第一件事就是把妳們分開。他們說會盡最大的努力，但我會盯著他們，一定請他們落實這點。」

喜多嶋老師的聲音強而有力，感覺非常可靠。忐忑不安的情緒在小心的心中蔓延，彷彿回到了以前待在教室的時光。她好不容易才發出聲音——

「……可以請他們幫我跟真田的朋友也分到不同班嗎？」

「這件事我還在跟學校談，妳是說豐坂、前田、中山，還有真田排球社的朋友——

岡山和吉本對吧？」

小心從來沒跟喜多嶋老師提過，老師卻一字不差地列出那些人的名字。一想到這是老師為了她特地查的，小心就感動得幾乎要哭出來。

小心默默點了點頭，然後問道：「那東条萌呢？」

她到現在還不知道，自己會不會討厭東条、該不該相信她。唯一可以確定的是，她不排斥跟東条同班。比起老師剛才說的那些人，東条可信多了。更何況，老師說是東条告訴她小心的處境，以及真田的所作所為。

小心突然想起那封信。

只寫了「對不起」三個字的那封信。

「東条同學她……」老師有些難以啟齒，「又要轉學了，這次要轉到名古屋去。」

「……咦？」

「她爸爸是大學教授。」

小心點點頭，嚇得連眨眼都忘了。

她知道東条的爸爸在大學教書，四月她們總是一起上下學，她還常常去東条家玩。東条家有很多故事書，她還特地拿稀有的國外書籍給小心看，說之後要借給她。

「她爸爸四月要改到名古屋的大學工作，所以要轉到名古屋的國中了。」

「……她不是才搬來一年嗎？」

「是啊，她好像從以前就常常轉學。」

小心不知道自己該作何感想。她最在意的東条，下個月就要搬離隔壁第二間房子，離開這個鎮上，也不會再幫她送學校的通知單跟講義過來了。

她想到那封道歉信。東条送信來時，應該已經確定要轉學了。她是抱著什麼心情寫那封信的呢？

「如果妳想到第一中學和第三中學參觀一下，隨時跟我說喔！妳可以考慮到三月底，如果有興趣的話，我們也可以在春假期間一起去參觀。」

喜多嶋老師回到原來的話題，表情突然嚴肅了起來。

「妳只要記住一件事就好。」

「什麼事？」

「如果妳不想回到學校，我和妳媽媽也不會逼妳。」

小心睜大了眼睛。

「學校並不是非去不可。如果妳不想留在第五中學，也不想去隔壁學校，我們可以一起思考接下來要怎麼做——妳想要怎麼做。妳可以來『心之教室』，也可以在家自學，選擇多得很。」

小心默默看向坐在老師旁邊的媽媽。媽媽對小心點了點頭，似乎已和喜多嶋老師達成共識。

看到媽媽表情的那一瞬間……小心幾乎不能呼吸。

她緊咬著唇，心中百感交集。

自從小心拒學後，媽媽一直很為她著急。然而，如今媽媽卻牽起她的手，緊緊握在手心說：「媽媽也會陪妳一起想喔。」

「……謝謝。」小心噙淚道謝。

然而，開心的同時，小心卻有些內疚。

看到喜多嶋老師和媽媽這麼關心自己，她覺得很對不起小晶和風歌。

「老師。」

「嗯？」

「如果我留在雪科第五中學，可以請學校不要把我分到伊田老師的班級嗎？」

不可以討厭老師，老師永遠是對的。

小心知道學校和中心的出發點不同，向喜多嶋老師提出這種要求，老師也束手無策。

但她還是要說……

「伊田老師上次跟我說，他希望我回信給真田，因為真田很難過，覺得我瞧不起她，不把她當一回事。但我為什麼要配合她？這件事又不是我的錯。」

小心一開口就停不下來。此時此刻，她不知道自己是憤怒還是悲傷，只知道自己的聲音是顫抖的，感覺有點遜。

喜多嶋看著小心說：「我想，真田應該也有她的想法和苦衷吧，她無法了解妳，才覺得自己不被妳重視。」

「可是……！」

「可是，小心妳根本不必理她，她的痛苦應該由她和身邊的人幫忙解決。妳並沒有欠她，沒必要為她做什麼。」

喜多嶋老師跟媽媽對看一眼後，對著小心點點頭。

「伊田老師的事情我早就拜託學校了，」老師接著說，「請他們下學期不要把妳分到伊田老師的班上。」

這句話和上次老師說的「不用奮鬥也沒關係喔」重疊在一起。

小心有如全身觸電一般，差點就要對眼前的喜多嶋老師脫口而出——

老師，拜託妳幫幫我其他世界的朋友！

求求妳在小晶、風歌、嬉野他們的世界也像這樣，成為他們的強力後盾！

小心知道喜多嶋老師是這個世界的人，拜託她這些也無濟於事。但是，小心真的很希望老師能夠幫助大家。

她的痛苦應該由她和身邊的人幫忙解決——喜多嶋老師的這句話，深深烙印在小心心中。老師非常清楚真田的所作所為，但如果真田向老師求救，老師一定會義不容辭地幫忙解決「她的痛苦」。小心對此非常不以為然，這未免太不合理了。然而，正因為喜多嶋老師是這樣的人，小心才願意信任她。

小心衷心希望，小晶他們身邊也有像老師這種可以信任的人。在老師的幫助下，小心還可轉到隔壁學校，小晶卻沒辦法。看來，小晶身邊並沒有人願意幫她轉到第一中學或第三中學。小晶今後該何去何從？其他人今後又該何去何從？

這讓她想起一件事——

無論今後大家何去何從，她都無法參與了。

三月一結束，城堡就會關閉，大家也將回到自己的世界。就算她再怎麼擔心著急，也無法得知他們後來的狀況。

小心的胸口好痛。
她只能在心中不斷為大家祈福。
希望他們能過得很好、很幸福。

⚜

時間來到離別派對的前一天——三月二十九日。

前陣子，小心去參觀了雪科第一中學和第三中學。

跟雪科第五中學相比，這兩間學校都屬於小學校。帶她參觀的老師也不斷強調學校的規模很小、沒什麼壓力。

聽到老師這麼說，小心的感受其實有些複雜。他是不是覺得這個學生是因為無法融入大學校，才需要轉學的呢？

正值三月春假時期，學校並未開暖氣。小心走在走廊上，聽著管弦樂社的演奏聲，以及操場上田徑隊練習的聲音。期間聽到同學聊天嬉鬧的聲音時，她不禁縮了一下肩膀。她明知道對方不是在談論或嘲笑她，卻控制不住自己的恐懼。

好久沒有穿室內鞋了，腳趾冷冰冰的。她實在無法想像自己在這間學校上課的樣子。

她依舊無法下定決心。

她還是不想離開雪科第五中學，一方面是覺得不甘心，憑什麼要她為了真田美織轉學？一方面是因為害怕，她對新的學校生活毫無概念，而且……新學校的人會不會聽說過她的事呢？

唯一令她欣慰的，是喜多嶋老師說她可以考慮到三月底，她還有一點時間。

小心希望，自己可以在三十日那天，到城堡跟大家報告自己的決定。

今天去客來優一趟好了。

除了買明天派對要吃的零食，小心也想學小晶，買可愛的餅乾紙墊帶去送給大家。如今正值春假，大人看到小心走在路上也不會特別說什麼。就算走不到客來優，應該也走得到附近的便利商店。

小心打算買完東西後去城堡一趟。大家都知道能見面的時間不多了，應該都會去城堡。

後天以後，她就再也無法去城堡了。

真令人不敢置信。

想到這裡，小心不禁露出苦笑。一開始她也對那座城堡感到不可置信，現在看來簡直是兩樣情。

面對即將到來的離別時刻，小心心想——

雖說真田幫剝奪了她上學的時間，但也並非全無好處。

這世上的「拒學族」，是不是都去過那座城堡呢？

不只是國中生，還有拒絕上學的小學生，統統都被「狼小姐」召集在城堡裡。而這件事之所以沒有曝光，是因為大家都找到了「美夢成真鑰匙」，在「許願房」裡許願後，喪失了記憶。導致他們忘記，曾有一個孩子為了「拒學族」，特地規劃這樣的時間與場地。

如果真是這樣，他們也只能「讓出」城堡給下一批「拒學族」。雖說找不到鑰匙肯定會被「狼小姐」看輕，但至少他們能保住城堡的記憶，或許未來還能遇到其他去過城堡的人。

小心很想馬上去客來優，但媽媽拜託她今天早上幫忙收宅配。

「今天上午宅配會送新的觀葉植物過來，妳幫我收一下。」

小心心中盡是不情願。

她今天還得去客來優，如果整個早上都不能出門，她就沒時間去城堡了，只剩下兩天了說……

「應該滿早就會送來了。」

「……好。」

因擔心媽媽起疑，小心還是答應了。

可是，觀葉植物卻遲遲未到，直到十一點五十七分才送來，差三分鐘就不是「上午」了。

「抱歉來晚了。」宅配人員向小心賠不是。但小心早已等到非常不耐煩，只是默默簽收，不想跟對方講話，送貨的小哥也真是倒楣。

送貨小哥一走，小心就抓著零用錢往外衝，騎著腳踏車趕往客來優。沒剩多少時間了，今天可能去不了城堡了。

一路上，只要看到像是國中生的人，小心就覺得全身無力，但她還是努力握著把手往前騎。

早知道就戴手套出來，她都忘了三月這麼冷。

小心其實不太會自己買東西，在客來優跑了好多地方，才買到她要的零食和紙墊。等她全部買完走出客來優，都已經快要三點了。

小心不敢直視客來優門口寫著「入學準備」和「新學期準備」的看板。之前和媽媽來時，她還很期待能和城堡的人巧遇。如今別說在這裡遇不到他們，一旦過了明天，他們就再也見不到彼此了。

每每看到、聽到「四月」兩個字，都讓她想起這件事。就連吃早餐時看到優格上面的有效期限，都讓她感到一陣心痛。因為在優格過期前，她就得做出決定，城堡也不在了。

回家路上她拚了命地衝刺，好不容易才到家。正當她牽著腳踏車準備開門時——

「啊……」

一個小小的聲音傳入她的耳中。小心不經意——真的是不經意地抬頭一看，也跟著「啊」了一聲。

是東条。

她站在自家門前，遠遠地看著小心。

今天她們沒穿制服也沒穿運動服，旁邊也沒有其他同學，只是單純地在家外面相遇。

東条身穿牛角大衣，圍著格紋圍巾，看起來非常時尚，比穿制服時更漂亮了。她似乎也是剛買東西回來，手上提著小小的便利商店塑膠袋。

「東条……」

小心脫口而出後，很怕東条又像上次一樣忽略她。然而——

「小心……」

東条叫了她的名字。

小心瞬間胸口一震，她已經好久沒聽到東条的聲音了。但她不知道東条何時會改變心意，等等說不定又不理她了。於是，她決定「先聲奪人」。

「謝謝妳寫信給我。」小心在心中祈禱那封信真的是她寫的，「……東条，妳真的要轉學了嗎？」

「嗯。」

東条點點頭，看著小心的眼睛……笑了。

「要不要來我家？」

小心目瞪口呆，還以為自己在作夢。

東条舉起手上的袋子，「我買了冰淇淋喔，融化就太可惜了。要不要來我家一起吃？」

小心有快一年沒進東条家了。

東条家給人的印象依舊沒變——格局跟小心家幾乎一模一樣，牆壁和柱子都是相同的建材，天花板的高度也差不多。但無論是門口的擺設、牆上的掛畫、電燈的種類還是地毯的顏色，都和小心家截然不同。正因為格局相同，兩間屋子的內裝更顯差異。

久未踏進東条家，她還是覺得這間屋子好漂亮。最大的差別是，這次地上放了好多白色紙箱。看到紙箱上面的「搬家公司」字樣，小心才意識到東条真的要搬走了。

走進門口，即能看到牆上掛了多幅童話故事的畫，這些畫還沒放到紙箱中。

這些畫是東条爸爸的嗜好，都是他遠赴歐洲買來的舊故事書原版畫，像是《小紅帽》、《睡美人》、《人魚公主》、《大野狼與七隻小羊》、《糖果屋》等，且都是故事中的知名場景。

小心上次來時，對這些畫並沒有特別的感覺，這次則被《小紅帽》給深深吸引住。上面畫的是大野狼吃掉小紅帽和老奶奶後呼呼大睡、被獵人看到的場景。

可想而知，這幅畫讓小心想到了鏡城裡的「狼小姐」。

「喔……這幅畫啊……」東条見小心看得入神，主動跟她聊起這幅畫，「明明是《小紅帽》的故事，卻沒有畫出小紅帽，掛沒主角的畫不是很奇怪嗎？結果爸爸跟我說，有小紅帽的畫太貴了，他只買得起這幅畫。」

「光看這樣確實不知道是《小紅帽》，我也是小萌妳之前告訴我才知道的。」

跟小紅帽有關的，就只有大野狼那圓滾的肚子，以及倒在一旁、裝著葡萄酒的提籃。

小心順勢叫了東条「小萌」，感覺好像硬要跟人家裝熟，但東条卻絲毫不在意，反而笑咪咪地對她說：「是不是？」讓小心非常高興。

「請進。」

東条領小心進到客廳，從塑膠袋中拿出兩個冰淇淋，並讓小心先選，「看妳要吃哪一個都可以喔！」

小心拿了草莓口味，東条則拿了胡桃口味，兩個人面對面吃了起來。

「對不起。」

吃到一半時，東条突然對小心說。

雖然她的聲音聽起來非常平靜，但小心知道她是在故作鎮定。因為東条從剛才就一直在挖同一個地方，彷彿在找適當的時機開口似的。

小心一如往常——咬緊下唇不發一語。她的心裡其實非常難過，但為了東条，她還是打起精神，若無其事地說了「沒關係」。

她很清楚東条為什麼道歉。東条拿著湯匙，不斷戳著杯子裡的冰淇淋，沒有看向小心。

「……上學期初在鞋櫃前遇到妳時，我其實很想跟妳說話，卻說不出口。對不起，因為那時的情況有點微妙……」

「微妙？」

小心聽到這兩個字，立刻在心中拉起防線，做好最壞的心理準備。她以為東条說的「微妙」，是說她那時還很討厭自己。不料，東条卻突然看向她。

「我跟美織她們的關係有點微妙。」

小心聽到這句話，驚訝到一時語塞，也立刻明白了東条的意思。

見小心啞口無言，東条露出苦笑。

「那時候美織她們開始不理我、排擠我。妳好不容易才來上學，她們如果知道我跟妳講話，可能又會對妳不利。」

「為什麼……」

剛轉進來時，個性開朗的東条可是班上的人氣王，大家都想跟她當朋友……為什麼會變成這樣？

思考一陣後，小心想到了一個可能性，青著一張臉問東条：「……是因為我的關係嗎？」

她知道，自己此刻的臉色一定非常難看。

「是因為妳把真相告訴喜多嶋老師的關係嗎？」

為什麼她沒有想到這一點呢？先不論伊田老師如何看待真田的所作所為，至少真田知道伊田老師知道整件事。這麼一來，真田一定會想盡辦法抓出是誰出賣了自己，想也知道她會怎麼對待告密的人。

「不是。」

東条說完，又戳了幾下冰淇淋。當然，她有可能只是不希望小心內疚才這麼說。

東条抬起臉，微笑著搖搖頭。

「可能也有一點關係吧，但最主要的原因不是這個。她們說我自視甚高，瞧不起她們。」

「瞧不起她們……」

多麼熟悉的一句話啊！小心最近也被這麼說過。

「前陣子，她們還誣賴我誘惑中山的男朋友，說我是『狐狸精』。老實說我已經無所謂了，反正我四月份就要跟爸爸搬去名古屋了，所以懶得跟她們爭。」

懶得跟她們爭——這句話東条雖是輕輕帶過，卻藏不住落寞。東条吃了一口冰淇淋，小心也跟著吃了一口，任憑甘甜在口中溶化。

「她們說我瞧不起她們……也許是真的吧。」

「嗯。」

小心明白東条的心情。她也瞧不起真田美織，但那又怎樣？為什麼不行？至今她仍無法原諒真田。東条見小心也認同她說的，又笑了。

「伊田老師聽說後，還把我叫去唸了一頓。他說，東条妳的個性比較老成，但也不能瞧不起別人，真田她們都很想跟妳當朋友……囉哩八嗦的。」

「他真的那麼說啊？」

見小心一臉驚訝，東条的眼睛露出孩子惡作劇時才有的光芒說：「我才不想管呢！」小心覺得東条比之前更直率了，簡直酷斃了。

「我當然瞧不起她們啊！那群人短視近利，滿腦子只有談戀愛，是班上的中心人物又怎樣？成績那麼爛，將來肯定沒前途，十年後我肯定爬得比她們高。」

東条用字尖酸，語氣毒辣，聽得小心目瞪口呆，沒想到東条跟她一樣討厭真田美織。

「小萌妳好厲害喔……」

「哪裡厲害？」

「我第一次聽妳這樣講話。」

「我只是說實話罷了。」
東条嘆了口氣，靠在沙發上，怯怯地看著小心說：「妳不喜歡聽？」
小心搖搖頭，「怎麼會，我的想法跟妳一模一樣，跟那群人也完全談不來。」
「老實說，我聽到伊田老師說我個性老成時，簡直氣死了。他憑什麼這樣分析我？不是我老成，是那群人太幼稚好嗎？但我已經不想管了，他們愛怎麼想就怎麼想。所以，如果妳上學期有來上學，美織那群人可能會拉攏妳喔。」
「咦？為什麼？第一學期她們把我視為眼中釘耶……」
「放心，現在她們最恨、最想除掉的是我。」東条一口咬定，「好不容易把我踢出小圈圈，她們一定會故意拉攏妳，跟妳一起排擠我。」
「天吶……」
小心簡直不敢相信。
不過話說回來，真田美織寫給她的那封信，確實有點阿諛奉承的感覺，原來是怕她跟東条和好啊……
真田幫第一學期對她各種凌辱，讓她每天都活在被殺的恐懼之中。如今卻為了排擠東条就原諒了她？
想到這裡，小心不禁大吃一驚——
「原諒」？我怎麼會用「原諒」兩個字？
我又沒有做錯事？她們的所作所為才是十惡不赦！難道我在潛意識之中，其實很希望她們「原諒」我嗎？

「就是這樣……真是蠢斃了。」東条看向小心，「不過就是學校罷了。」

「不過就是學校？」

「對啊。」

震驚瞬間蔓延至小心全身，她從來沒有這麼想過。

對她而言，學校不只是學校。學校是她的全部，她去也痛苦，不去也難過。

雖然東条很氣伊田老師說她「老成」，但說老實話，東条確實比同年紀的孩子成熟一些。也許是因為她經常轉學的關係吧？比較不會將自己侷限在某個框框裡。

「老實說，我本來很期待妳第三學期回來上課的，但妳就來了一天。」

「咦？」

「我要轉學了，也不想再看美織的臉色做事。可是……換教室時我總是一個人，她們又經常對我酸言酸語的，有時候真想找個人陪。」

東条看向小心，又說了一次「對不起」，就像信裡寫的一樣。

「……我很自私對吧？第一學期時對妳見死不救，還敢說這種話，對不起。」

「別那麼說。」

小心很佩服東条在真田美織的折磨下還能繼續去上課，不像她選擇了拒學。

而且小心很懂東条的心情——需要朋友的心情，她不也在默默等待不知名的轉學生出現嗎？聽到東条心中還有她，小心暗自欣喜，收到她的信時也很高興。

「小萌，妳真的要轉學了嗎？」

「嗯。」

「會緊張嗎？」

「會啊，但發生了那麼多事，我反而有一種解脫的感覺，甚至很期待，終於可以告別這邊的人際關係，我很高興。」

「這樣啊……」

小心沒告訴她自己很猶豫要不要轉學的事，但東条似乎察覺到她的心思。

「小心，如果妳之後轉學，結果第一天都沒人跟妳說話，妳可以哭喔！」

「哭？」

「對，在大家的面前哭。引起大家注意後，就會有人主動來關心安慰妳，之後你們就會變好朋友喔。」

「是嗎？那是像小萌妳這種正妹才適用吧？」

「是嗎？」

東条今天真的很真誠，聽到小心誇她可愛，也沒有故作謙虛。最令人驚訝的是，她竟然教小心這種耍心機的方法。

「可是妳轉到我們學校時沒哭耶。」

「對啊，因為大家都對我很好，不用哭就跟大家混熟了。」

「可是……用哭的不會太孩子氣嗎？妳用這招應該是國小的時候吧？國中哭感覺只會造成反效果耶。」

小心說完，東条先是疑惑地皺起眉頭，「咦？」地驚叫出聲後，沉思道：「有道理耶……」

「我國小第一次轉學就用這招，之後也用了幾次，看來國中要『換招』了！」

「對呀，我覺得妳就算不特別做什麼，大家也會想跟妳做朋友。」

「是嗎……」

看到東条這種聰明的女孩露出不安神色，小心覺得她好可愛。東条一定沒有跟真田美織像這樣真心聊天過吧？一想到這裡，小心就莫名得意。

後來，小心和東条邊吃冰淇淋邊講真田幫的壞話，明嘲暗諷樣樣來。

後來，她們從彼此喜歡的電視劇和明星，聊到興趣與嗜好。

「對了！我還喜歡『修二與彰』唱的那首〈青春Amigo〉*！裡面的歌詞一直在腦裡揮之不去！」

「我也有看《改造野豬妹》耶！」

吃完冰淇淋後，東条的表情突然認真了起來。

「……可別輸了喔！」

她的聲音聽起來有些不自在。

「如果她們又開始欺負別人，妳一定會很想幫助受害的人吧？當然，妳不必勉強自己硬碰硬……到處都有真田那種人，應該說，班上需要那種人。」

說到一半，東条變得像是在自言自語。

小心能感受到她話中的後悔。

東条即將離開這裡，離開雪科第五中學。東条用聲音告訴她，她想對真田和小心說的話，說也說不完。

到處都有真田那種人——這句話應該是東条的經驗談吧？班上一定有那種人，就算沒有真田美織，也會有別人。

「好。」

小心頷首。

她不知道四月後自己將何去何從。

今天已是三月二十九日。

明天城堡就要關閉。

雖然不知道未來會發生什麼事，但她還是想向東条承諾——

「我不會輸的。」小心說。

⚜

小心走出東条家時，東条對小心說：「能跟妳把話說清楚，我很高興。」

「其實是……那個老師叫什麼來著？喜多嶋老師鼓勵我跟妳談談的。她說我跟妳住得那麼近，又要放春假了，希望我有機會可以跟妳把話說開。我沒有勇氣主動去找妳，但我暗自下定決心，下次看到妳，一定要主動跟妳打招呼。」

＊SEISHUN AMIGO, Words by Zopp, Music by Fredrik Hult, Jonas Engstrand, Ola Larsson & Shusui © 2005 by REACTIVE SONGS INTERNATIONAL AB

東条的表情比聊天前開朗多了，小心相信自己的表情一定也放鬆了不少。

「嗯。」小心點點頭，「我也很慶幸跟妳把話說開。」

東条沒剩幾天就要搬走了。小心在心中下定決心，在東条搬走前，一定要約東条到她家玩，請她吃冰淇淋。

「掰掰。」她與東条告別。

然而回家路上，怪事發生了！

小心抬頭看向家裡二樓的房間窗戶。心想，跟東条聊太久，時間已超過五點，今天沒辦法去城堡了。不過沒關係，明天大家都會來參加離別派對……

就在這時，她用力倒抽了一口氣——

她房間的窗戶突然透出光芒。

那並非平時的七彩虹光，而是真金烈火一般的強光，一陣一陣地膨脹爆裂，刺眼到小心看不到窗簾。

小心愣在原地，還沒意會過來發生什麼事，突然傳出一聲巨響——

「哐啷！」

小心曾在電視劇裡看過火災時玻璃爆炸的情景，那是玻璃炸碎的聲音。

還沒回過神來，她已拔腿就衝。巨響過後，房間裡的刺眼光芒也隨之消失。傍晚五點多，她一個人在昏暗的住宅區街道上奔跑著，眼睛裡還留著白光殘影，卻像作夢一般不真實。

小心顫抖著手用鑰匙開門，衝進家中，往二樓房間狂奔。

她氣喘吁吁地衝進房間之後，先是被眼前的情景嚇得倒抽一口氣，然後「啊!!」的尖叫出聲。她從不知道自己能發出這麼大的聲音。

鏡子破了。

通往城堡的穿衣鏡中間出現一條長長的裂痕，玻璃碎了滿地。平常那面有如在看好戲一般、映出小心房間的鏡子，如今竟成了滿地碎片，看起來如此廉價，像是一堆皺掉鋁箔紙。

「怎麼會這樣！」小心大喊，也顧不了會不會割傷，就急著撿起地上的碎片。一想到鏡子破掉後，自己就無法去城堡見大家最後一面，她便著急得哭了出來。

她好想在最後好好跟大家道別……

「為什麼！怎麼會這樣？『狼小姐』!!回答我啊!!『狼小姐』!!」

她粗魯地搖著鏡子，只見龜裂的鏡子中，映出好幾張自己嚎啕大哭的臉。

「『狼小姐』!!」小心聲嘶力竭地大吼。

就在這時——

手中的鏡子發出混濁的光芒。

不是平常的七彩虹光，也不是剛才的真金烈火，而是混濁的光芒。

那光芒有如巨蛇身體上的花紋。

淡灰、深灰與黑色的斑點交織在一起，不斷蠕動著，散發出蛇鱗般的光輝。

濁光持續擴散，有如油滴落水中一般攪和著鏡子表面，彷彿有生命似的。

——心……

鏡子裡傳來非常微弱的聲音。

時值傍晚，小心的房間已是一片昏暗。她豎起耳朵，在鏡子的光芒中尋找「狼小姐」的身影。

忽然間，她看到一張臉。

一塊小碎片中——出現了理音的臉。

「理音！」

——心……

怎麼會看到理音的臉呢？一片混亂之中，小心看到其他碎片裡也有東西在動。

定睛一看，才發現是政宗和風歌的臉！

——心……

「你們還好嗎？」
政宗和風歌也在呼叫小心。其他碎片中也出現了昴和嬉野的臉，大家都在。
隨著濁光流動，所有人的臉都歪七扭八的。
小心已接近歇斯底里，大家今天有成功去到城堡嗎？家裡的鏡子是否也破掉了？
這時，鏡中傳來求救的聲音——

「心！快來救我們！」

這次小心聽得非常清楚，彷彿在透過鏡子直接對話一般。
「怎麼了？發生什麼事了？」

「小晶違反了規則。」
是理音的聲音。
小心屏氣凝神聽理音說明——
「她過了五點還待在城堡裡，然後就被大野狼……吃掉了！」
小心右手握著鏡緣，左手捂著嘴巴，目瞪口呆。
這麼說來，碎片裡真的沒有小晶。
「我們等等大概也會被吃掉！」昴說。

小心還來不及問為什麼，政宗就接著解釋：「因為連帶責任！」

鏡中的臉愈來愈扭曲。

「只要有一個人啟動懲罰機制，當天有來城堡的人也得跟著受罰！」

「小晶好像在城堡裡躲到超過五點。我們都在五點前就回家了，卻又被拉回鏡子裡。」

風歌聲淚俱下，透過鏡子看著小心。

「我們現在正在逃命，可是聲音……」

嬉野還沒說完，就在這時——

啊嗚嗚嗚嗚嗚嗚嗚嗚嗚嗚嗚嗚嗚嗚嗚嗚嗚嗚！

啊嗚嗚嗚嗚嗚嗚嗚嗚嗚嗚嗚嗚嗚嗚嗚嗚嗚嗚！

小心嚇得心跳停了一拍，雖然隔著鏡子，她也能感到狼嚎有如強風一般的衝擊。

「牠來了！」風歌叫道。大家低頭摀耳，閉上眼睛。

他們一定是在漆黑一片的城堡中四處逃竄，好不容易才逃到鏡子大廳，透過小心的鏡子求救。

心！拜託妳！

聲音愈來愈遠，小心已分不出這是誰的聲音。面對恐懼與各種衝擊，此時此刻小心已是淚流滿面，不斷喊著大家的名字。

一定要找到「美夢成真鑰匙」……

大家的聲音混雜在一起。

找到以後許願……

把小晶……

最後小心聽到理音的聲音。

「狼小姐」不是小紅帽……是……

「大家！」小心聲嘶力竭地大喊，她不斷搖著鏡子，「回答我啊！」

啊嗚嗚嗚嗚嗚嗚嗚嗚嗚嗚嗚！

啊嗚嗚嗚嗚嗚嗚嗚嗚嗚嗚嗚嗚！

然而，回答她的卻是狼嚎長嘯。

所有人都消失了，一片混亂中，她似乎看到一條又粗又長的尾巴從鏡中晃過。

小心尖叫一聲，將鏡子拿遠。等她再次看向鏡子，就什麼都看不見了。

大家不見了，野獸的尾巴也消失無蹤。

唯一剩下的，只有一片混濁的黑暗。彷彿想證明鏡子和城堡是相通的一般，在鏡面蠢蠢蠕動。

⚜

小心已沒有時間猶豫。

她渾身發抖，手指甚至抖到失去知覺。放下鏡子後，她全身無力地趴在地上。一陣疼痛突然襲來，小心看向滲血的右手手掌，才發現自己被鏡子割傷了。

即便如此，此刻她的腦袋卻異常清楚。

我得立刻行動——小心毫不猶豫地下定決心。

鏡子的下方還留有一大片龜裂的鏡面。她試著將手伸入其中面積最大的一塊，鏡面的濁黑竟被她推了開來——鏡面將小心的手吸了進去。

這裡跟城堡還是相通的。

房間裡的時鐘指向五點二十分。

媽媽一般都是在六點半到七點之間回來。她得在那之前有所行動，否則等媽媽回來，一定會把滿地碎片掃掉，她只有今天能去城堡。
我得把大家救回來！
快想啊！想想辦法啊！
一個聲音在腦中不斷催促小心，小心卻忍不住思考另一件事。

——小晶被大野狼吃掉了。
——自始至終，小晶都是個問題兒童。
昴說的這句話言猶在耳。
為什麼？——小心依然非常混亂。為什麼小晶要留在城堡裡？這樣不是跟自殺沒兩樣嗎？為什麼？
其實不用想也知道為什麼——一想到小晶的心情，她幾乎要哭了出來。
小晶一定是不想回去。
她寧可待在城堡裡，也不願回到城外的現實世界。
如果要她回到城外，她寧願自殺，甚至把其他人拖下水。
小晶這麼做確實很自私、很任性妄為，但小心能夠體會她的心情，因為她也曾身歷其境。

——「哇……有關心小孩的爸媽真好，不像我們……」

說這句話時，小晶是否已經下定決心了呢？她的現實到底多糟糕，糟到她寧可被大野狼吃掉，結束一切？

那一瞬間，一股無力感和強烈的怒氣湧上小心的心頭。

小晶這個笨蛋！為什麼不跟我們傾訴？為什麼就這樣結束一切？聽到昴考上高中、政宗要轉學覺得落寞，為什麼不說出來呢！不想跟大家分開，為什麼不跟我們說呢？

心！拜託妳！

一定要找到「美夢成真鑰匙」……

找到以後許願……

把小晶……

小心知道他們要她做什麼了。

這個任務非常沉重，沉重到快將小心壓垮了。她不禁懷疑，自己真的做得到嗎？

她要進去鏡城，找到「美夢成真鑰匙」。

大家花了一整年都找不到的鑰匙，如今她必須在一個小時內找出來。

然後許願。

請救救小晶和其他人。

請當小晶不曾違反過規則，將她還給我們。

除此之外，別無他法。

⚜

叮咚——

有如走錯棚一般，門鈴聲和平地響起。

小心絕望地從二樓窗戶看向一樓大門，該不會是爸媽回來了吧？然而，並不是。站在樓下的，是剛與她分開的東条。東条一臉擔心地往小心房間的方向探頭探腦。小心見狀急忙躲起來，以免東条從窗簾縫隙看到自己。

都快沒時間了，東条怎麼會在這時過來呢？小心趕緊下到一樓，打開家門，走到東条面前。

「太好了！小心！」

「怎麼了？有什麼事嗎？」

「我聽到一聲巨響，好像是妳家這邊傳來的。」

「喔那個啊，沒什……」

正當小心打算隨口敷衍過去時，她發現東条手上拿著一個東西——是手機。

「這、這個是……」東条尷尬地把手機藏起來，「這是我媽媽的，她平常都放在家裡。我想說……如果是美織她們來找妳麻煩，就要打電話到學校請老師過來……」

小心聽了很是感動。

東条是因為擔心小心才過來的。

然而，現在不是感動的時候。「謝謝……」小心沙啞著說，「真的……謝謝妳。」

「不是真田啦，只是我家的鏡子……倒下來摔破了而已。」

「真的啊？還好嗎？」

東条看到小心右手的傷口，驚呼出聲：「妳的手受傷了！」

「對啊，不過還好。」

一點都不好，小心的手其實很痛。

小心的心臟撲通撲通地狂跳，等等她就要自己前往城堡了。「狼小姐」上次說哪些人要負連帶責任？剛剛大家都被吃掉了，今天我沒有去城堡，應該可以逃過一劫吧？——一想到自己要在什麼都不知道的情況下尋找「美夢成真鑰匙」，小心就緊張得快要昏厥過去。

就在這時，她突然想到理音在鏡子裡跟她說的最後一句話——

「狼小姐」不是小紅帽……是……

小心眼前一亮。

她急忙抬起頭，注視著東条。

「小萌，我有事要拜託妳。」

「什麼事？」

「我可以到妳家看走廊上的掛畫嗎？」

「妳是說那幅《小紅帽》的原版畫？」

「不是。」

小心搖搖頭，自己怎麼這麼晚才發現？

——我可是不斷在暗示你們，每次都提供你們找鑰匙的線索。

——你們確實是迷途的小紅帽，但有時候我覺得你們更像大野狼呢。

——你們可別搞童話故事裡的那些把戲喔，什麼叫媽媽來把狼肚剖開啦……拿石頭裝進狼的肚子啦……

——「狼小姐」叫我們小紅帽……

——可能是在故意誤導我們。

理音已經注意到了。

所以他才問「狼小姐」最喜歡哪個童話故事。

我們有七個人。

七人份的世界，七個平行世界。

有大野狼的童話故事不只《小紅帽》。「狼小姐」確實一直在暗示我們。

小心拜託東条：「可以借我看一下《大野狼與七隻小羊》的原版畫嗎？」

東条被小心突如其來的請求給嚇了一跳。她會有這種反應很正常，畢竟她們剛才還在聊手受傷的事，怎麼會突然說要看原版畫呢？是小心也會覺得莫名其妙。

小心以為東条一定會問東問西的，然而，她卻只是立刻閉起微張的嘴唇，說了聲「好」，沒問緣由就把小心帶回家中。

看到畫後，小心驚呼了一聲。

「還有故事書喔，」東条將書遞給小心，「是我爸爸的。」

看到書的封面，小心再度倒抽一口氣。因為小心城堡裡的房間也有這本德文故事書——《*Der Wolf und die sieben jungen Geißlein*》。

「謝謝妳。」

「妳可以借回家喔！裡面也有同一張畫。」

「好。」

小心很敬佩東条不過問的態度。她真的很喜歡東条，如果她們能早點認識就好了。

「這個也給妳。」

東条將一枚絆創膏遞給小心。

「等妳媽媽回來，記得請她幫妳處理傷口喔！總之先貼起來吧。」

「好。」

收下絆創膏後，小心心中百感交集。她既感謝城堡那頭的異界，也很感謝有媽媽和東条的現實生活。她在心中下定決心，一定要平安回到這裡！

「……妳幾號搬家？」

「四月一日。」

「那不就快了……？」

「沒辦法，我爸媽他們本來要在四月前就搬走，但今年的四月一日是禮拜六，他們才選在這一天。」

「小萌，謝謝。」

小心將故事書抱在懷中，向東条深深一鞠躬。她很想再跟東条多聊一下，但已經沒時間了。

「小萌，我很高興能跟妳成為朋友。」

「妳很誇張耶！不要說這麼難為情的話啦！」

東条笑了。

東条今天跟小心說，她很期待去新學校，告別這邊的人際關係。

小心其實還有更難為情的話，但她不敢說。

她在心中悄悄呢喃：「不要跟我告別……」

說完後，她覺得東条即便忘了她也沒關係。

因為她會永遠記得今天，自己和小萌成了好友。

小心鼓起勇氣將手伸入鏡中。
緩緩的，輕輕的，有如在攪和濁水一般。
剩下的鏡子只夠屈身進入的大小，小心一邊注意不要被碎片割傷身體和衣服，一邊鑽入鏡中。她心想，這可能是她最後一次潛入鏡中了。
媽媽回家後看到鏡子破成這樣，一定明天就拿出去丟了。小心將東条借給她的書當作護身符，緊緊抱在懷裡，不斷祈禱鏡子不要再裂開、自己可以平安回來。
走出鏡子後，小心大驚失色。
城堡裡漆黑一片，跟平常判若兩個世界，彷彿連牆壁、地板都變得不一樣了。最令人驚訝的是，濁光不只占據了鏡面，還蔓延至城堡裡。那讓城堡失去了輪廓，看起來歪七扭八的。
小心走出來的鏡子也是破的，跟她房裡的鏡子一樣。
她以為自己是從鏡子大廳出來的，事實卻不然。現場彷彿被暴風雨肆虐過一般，鏡子散落一地，所有人的鏡子都碎了，掛畫、擺設全都東倒西歪。
小心過了一陣子才發現，自己是從飯廳出來的。
屋子裡又黑又亂，一點也看不出來這裡曾是整齊乾淨的飯廳。小心屏住呼吸，緊緊抱著故事書，一路躲躲藏藏，就怕被大野狼發現。
啊嗚——狼嚎聲不斷在她的耳中迴盪。小心屈身躲在倒著的桌子後方，小心翼翼地走進廚房。這時，她看見了櫥櫃。

櫥櫃的門是打開的，小心想起政宗說過，他曾在裡面找到一個「×」記號。小心往裡面一看，那個記號還在。

——第四隻小羊躲在廚房的櫃子裡。

小心摸了一下「×」，一股力量衝進她的額頭。

——吹牛宗！

那聲音有如沉重的鈍器般敲擊著小心的頭部，意識逐漸變得朦朧。

小心坐在教室的座位上。

桌子上寫了字——

吹牛宗是大騙子

特技是攀關係跟裝熟

去死吧！

突然間，文字變得歪七扭八，換成了另一個場景，出現一個小心沒看過的男生。

「我無法接受。」

那男孩語氣充滿了怒氣，卻一臉泫然欲泣，小心看得心揪成一團。她這才恍然大悟，這是政宗的回憶，令他心痛的回憶。

「你說你只是隨口說大話，對我而言卻是不可原諒的背叛。虧我那麼尊敬你、羨慕你！」

不是那樣的！——小心能感覺到政宗在心中揪心吶喊。

其實他說得沒錯，我確實說謊了，這一點我比任何人都清楚，所以我不敢說。

我不知道我想說的其實是：「不是那樣的！我沒有意思要傷害你。」

「你不用去上課也沒關係啊，反正公立學校的素質那麼差。」

爸爸在臥室裡邊打領帶邊說，政宗則坐在樓梯口。

「我之前因為工作認識了電視臺的人，他們說公立學校老師都沒什麼水準。」

可是……

聽你這樣說我心好痛。

公立學校也有好老師啊。

今天會搞成這樣，全是我自作自受。

政宗很想這麼告訴爸爸，卻把話吞了回去。

取而代之的，是這樣的聲音——

爸爸，你說得對。

都是他們的錯。

全都是他們的錯。

政宗精疲力盡地回到房間。他的房間好寬敞，有好多玩具跟書，還有堆積如山的電動。

房裡的鏡子閃閃發光。

他彷彿被鏡子迷惑了一般，直愣愣地站在鏡子前。將手放在鏡面上後，就被吸了進去。

「呦！」

在鏡子另一頭等著他的，是「狼小姐」。

「哇啊！」

「狼小姐」對驚慌失措的政宗說：「恭喜你!!政宗青澄同學！恭喜你被選為這座城堡的特別嘉賓！」

場面接著來到冬天的保健室。

小心知道這裡！這裡是雪科第五中學，她能感受到電暖爐的熱氣。

政宗坐在保健室裡。

「他們一定會來。」

有人正輕撫他的背。政宗似乎剛大哭了一場，不斷在抽噎，甚至有些呼吸困難。那人正在安慰他。

「他們不可能放我鴿子……」

政宗邊哭邊說，比起對人解釋，這句話更像在說給自己聽。

「我想一定是的。」

那人撫上政宗的背。

「你的朋友一定是有特殊原因才沒來。」

這時，小心看到旁邊那個人的臉——

是喜多嶋老師。

小心的額頭再度受到衝擊。

她在一片天旋地轉之中抬起頭來，發現自己人還在昏暗的廚房中，手還摸著櫥櫃裡的「×」。

她定睛一看，發現腳邊掉了一副眼鏡。小心顫抖著撿起來，這副眼鏡鏡框歪七扭八的，右邊鏡片也已裂開。意識到這是政宗的眼鏡後，小心簡直嚇壞了。他們究竟遇到了什麼事？光用想的就令人心驚膽顫。

——所謂的『被狼吃掉』，就是字面上的意思嗎？

——從頭一口吞進肚裡。

——是一隻巨大的野狼，至於長什麼樣子，就任君想像囉。這股懲罰的力量非常強大，一旦觸動了這套機制，就無人可以阻止，就連我也沒辦法。

記得「狼小姐」第一次將大家聚集在鏡子門廳的那天是這麼說明的，沒想到她說的都是真的。

小心嚇得氣喘吁吁地搖搖頭，想把恐懼甩出腦中。她放下眼鏡，努力打起精神，生怕自己會這樣一蹶不振。

她看向櫥櫃裡的「×」。

剛剛她看到的應該是政宗的記憶，是政宗實際看到的畫面。

政宗大概是為了躲避「狼小姐」才躲到這裡。他們並非刻意模仿故事情節，而是自然而然躲進**那些地方**。

小心打開東条借她的故事書。

確認每一個「藏身之處」。

——叩叩叩，快開門，我是媽媽。

大野狼進門後，小羊全都躲了起來。正如理音所說，「狼小姐」之所以叫他們「小紅帽」，真的是為了誤導他們。

第一隻小羊躲在桌子底下。

（我房間的桌子下面好像也有一個！我還以為是我想太多了呢！）

第二隻小羊躲在床底下。
（我房間的床底下有一個「×」，那個記號有什麼意思嗎？）
第三隻小羊躲在沒有點火的火爐中。
（小心在火爐裡發現一個「×」記號。）
第四隻小羊躲在廚房的櫥櫃裡。
（櫥櫃裡也有一個，我去年夏天就注意到了。）
第五隻小羊躲在衣櫃中。
（你們之前不是有講到「×」記號嗎？我在我房間的衣櫃裡也發現了一個。）
第六隻小羊躲在臉盆裡。
（浴缸裡放了一個臉盆，移開後下面有個很像「×」的印記。）
那些記號全是小羊躲的地方。大野狼進門後，故事裡的小羊就躲在那些地方。
看來他們都被蒙蔽了雙眼。
他們被擺了一道，忘了有一個「絕對安全」的地方。
小心的腦裡響起「狼小姐」的聲音。
——你們確實是迷途的小紅帽，但有時候我覺得你們更像大野狼呢，怎麼找都找不到。

在《大野狼與七隻小羊》的故事中，大野狼唯一沒有檢查的就只有那個地方。最小的羊也因為躲在那裡而保住一命。

在這個童話中，「絕對安全的地方」就只有一個。

然而，小心等人卻像被蒙蔽了雙眼一般，沒有人想到那裡。

也就是她穿過鏡子後第一眼看到的地方。

「美夢成真鑰匙」就藏在門廳的大時鐘裡。

第七隻小羊，躲在大時鐘裡。

⚜

啊嗚嗚嗚嗚嗚嗚嗚嗚嗚嗚嗚嗚嗚嗚嗚嗚——

一聲狼嚎傳來。

空氣和地板震動不已，震得小心撲倒在地，全身寒毛直豎。她將臉埋在地毯中，嚇得嗚咽出聲。

她一邊閃開地上的杯盤碎片一邊匍匐前進，飯廳是城裡離鏡子門廳最遠的地方，她不知道自己爬不爬得到大時鐘處。

飯廳有如被什麼怪物肆虐過似的，看得小心怵目驚心。然而，能看到中庭的玻璃窗卻非常乾淨，沒有半點傷痕，在一片凌亂之中顯得非常不自然。

她的胸口隱隱作痛，心臟也跳得好快，彷彿要從喉嚨跳出來似的。

好可怕、好可怕、好可怕……

小心緊閉雙眼，鼓起勇氣站了起來。

啊嗚嗚嗚嗚嗚嗚嗚嗚嗚嗚嗚嗚嗚嗚嗚嗚——

狼嚎聲再度傳來，嚇得小心尖叫出聲，一屁股跌到地上。「我得找地方躲起來！」——正當她這麼想時，飯廳的火爐映入眼簾。

火爐裡有小心之前找到的那個「×」記號。

她將手放在記號上。

一股暖流再度衝進額頭——是嬉野的記憶。

一月時，他在校門口等待的情景。

嬉野呆呆地站在原地等政宗、等其他人，等到一半肚子餓了，還從鋁箔紙中拿出媽媽幫他準備的飯糰，吃得津津有味。

「欸，你看！」

「那傢伙來學校幹嘛啊？搞笑喔？」

「欸，他還在吃東西耶，有夠白癡的！」

來學校玩社團的人似乎覺得禮拜天還來上學的嬉野是個怪咖，大聲對他品頭論足。

嬉野知道那些人在笑他，因為小心也聽見了。但嬉野並沒有理會他們，只是專心吃著飯糰。

大鳥飛過晴空萬里的藍天。

「是候鳥嗎？應該是要去找同伴吧。」嬉野自言自語。

這句話彷彿給了他勇氣，讓他覺得自己並不孤單。

嬉野瞄了一眼校門口，「政宗他們好慢喔……」

這時，小心感到胸口湧入一股溫熱的力量。

那股力量既溫暖又強韌，沒有一絲猶豫與迷惘。嬉野覺得自己現在非常幸福。

政宗他們來不來已經無所謂了。

現在他吃著好吃的飯糰，看著鳥兒飛過美麗的冬季天空。

多麼幸福的一天啊！等不到人也沒關係，明天到城堡我一定要跟大家說這件事。

這時，一個聲音響起——

「遙遙！」

「媽咪！」

嬉野抬起臉來，一個人臉映入小心眼簾。

嬉野的媽媽是個臉圓圓的親切阿姨，身上還掛著圍裙。她跟小心想像中的樣子不太一樣——臉上沒有半點脂粉，外套上也起滿了毛球，看起來沒什麼氣勢。但是，臉上卻掛著開朗的笑容。

這就是嬉野的媽媽，要陪他一起去國外留學的人。

嬉野媽媽不是一個人來的，看到另一個人，嬉野不禁喜上眉梢。

「喜多嶋老師！妳也來了啊？」

嬉野露出滿面笑容。

是喜多嶋老師。

就像在保健室陪著小心、撫背安慰政宗一樣，喜多嶋老師這天也來到嬉野身邊。

嬉野指著天空，「有鳥在飛耶！我想應該是候鳥！」

場景來到鏡子門廳——

「小晶！」嬉野喊道，「小晶！妳在哪裡?!已經到了回家時間囉！剛才已經聽到狼嚎了……」

「嬉野，別叫了，沒用的。」風歌一臉鐵青地說。

所有人站在七面鏡子前，只有小心的鏡子沒有發光。

小晶的鏡子雖然在發光，小晶本人卻不在場，大家急得像熱鍋上的螞蟻。

「我們先走吧！再不走就來不及了！」

狼嚎聲聽起來更近了。

「快走！」

風歌抓著嬉野的肩膀，將他推進鏡中。

「可是小晶還在城堡裡……」

還來不及說完，嬉野便沉入鏡中……卻在途中被拉回城堡。

呀啊啊啊啊啊啊啊啊啊啊啊！

一聲尖叫劃破寂靜。

小心這才發現，嬉野和其他人都被抓回鏡子門廳。

剛才聽到的，是小晶的尖叫聲。

他們五人面面相覷，突然間，一陣侵略性的**刺眼**白光照亮了門廳，有如火球般一陣一陣地膨脹爆裂，接著傳出「哐啷！」一聲巨響，鏡子碎了滿地。

小心在一片強光中恢復了意識。

城堡裡漆黑一片，萬籟俱寂。小心流下了眼淚，她不知道自己為何而哭，心裡只擔心大家的安危。

小心擦掉淚水，仔細回想剛才看到的情景。

這並非出自偷窺欲，而是她想要確定一件事——一件非確定不可的事。

如果她剛才摸了火爐裡的「×」後看到的……真是嬉野的記憶；如果她剛才摸了櫥櫃裡的「×」後看到的……真是政宗的記憶，那麼，她一定要確定那件事！

小心緩緩爬了起來，邁步前進。

她想起剛才東条跟她說的話——在現實世界與她說的話。

當時小萌說她四月就要搬家，小心很是落寞。

記得小萌是這麼說的——沒辦法，我爸媽他們本來要在四月前就搬走，但今年的四月一日是禮拜六，他們才選在這一天。

——「今年」的四月一日。

小心緊緊將故事書抱在胸前。

我一定要平安回去，我要把故事書還給小萌，好好跟她道別。

剛才的狼嚎是從門廳傳來的，現在去可能會遇到大野狼。

於是，小心改奔向反方向的浴室。

「狼小姐」似乎真的不斷在給他們提示。小心的心咚咚作響，但不是因為害怕，而是期待。

——我可沒說你們在外面無法相見，又或是無法相助，你們別隨便冤枉我。話說回來，你們也自己動動腦好嗎？別什麼都要問我。我可是不斷在暗示你們，每次都提供你們找鑰匙的線索。

今天浴缸裡也放著臉盆。

之所以故意放在裡面，似乎在強調「×」記號不在浴缸裡，而是在「臉盆下面」。

小心摸了臉盆上的「×」。

霎時，一陣有如吹風機的熱風吹進她的腦袋。小心看見一間浴室，昴頂著一頭金髮，正對著鏡子吹頭髮，旁邊還放了一罐雙氧水。

就說是老哥幫我漂的吧——昴心想。

雖然老哥已經好幾天沒回來了，而且就算回來也不會理我，但還是跟大家這麼說是他幫我漂的好了。

「小昴！你到底要在浴室裡待多久？快出來吃飯！」門外傳來奶奶慢條斯理的聲音。

「昴！你是洗好了沒？哪有人在早上洗澡的？你是白癡嗎？」緊接而來的，是爺爺的罵聲。

「好！」

昴關掉吹風機。

老舊木造浴室的玻璃搖搖欲墜，昴拿起寫有建設公司名稱的毛巾擦頭，頭髮的顏色沾到了毛巾上。

「好像血喔。」

昴呆呆地說。

老哥女朋友的朋友說，女生破處都會流血。想到這裡，昴就覺得好笑，他女朋友沒流血一定是因為早就不是處女了。

「你的頭髮是怎麼回事？」

昴的爺爺穿著內衣和睡褲，皺著眉頭看著他。但爺爺也只是唸一下而已，因為老哥從很久以前就開始染金髮，爺爺早就習慣了。上次老哥跟學長「借」了一臺摩托車，騎回來時爺爺也只有嫌吵而已。昴其實懷疑，這臺摩托車應該是老哥搶來或偷來的。他制服上的刺繡看起來也很貴，他的錢到底是哪來的？

「不去上學，不去工作，你們兩兄弟跟爸爸簡直一模一樣！」

「爺，對不起嘛。」

「現在沒有高中文憑，出社會會很辛苦喔！」

「老頭子好了啦！別唸了，讓小昴好好吃飯吧！」

昴每天早上都得忍受爺爺的喋喋不休。對此，他總是嘻皮笑臉地敷衍過去，然後默默吃奶奶煮的早餐。直到爺爺出門下棋或種田，昴的耳根子才會清靜。吃完早餐後，昴就會按下爸爸送他的隨身聽，一邊聽喜歡的歌一邊念書，等待九點開城。

昴騙奶奶說，他的成績很好，不去學校也無所謂。奶奶是信了，但爺爺卻不肯讓步，說是「驕者必敗」。但爺爺唸歸唸，也不會去找學校的老師談。

學校的老師只會聯絡住在遠處的爸爸，請他叫昴來上課。在爸媽眼中，昴和哥哥都是「問題兒童」，再加上爸媽也有自己的生活要過，對昴總是非常沒有耐心，講沒兩句就大發雷霆，要昴對人生負責，好好振作。也因為這個原因，在昴的心中，沒有人肯為他拚命付出、努力過活。

這樣很輕鬆，卻也很無趣。

隨身聽的播放鍵跳起，六十分鐘的A面播完了。昴放下鉛筆，將錄音帶換面。他平常喜歡聽廣播，但讀書時聽廣播根本無法專心。

在爸爸給昴的東西當中，他最喜歡「昴」這個名字。

小心說他的名字讓她聯想到奇幻故事，周遭朋友則常說他跟〈昴〉這首演歌撞名。不過昴並不在意，反正這首歌的歌名本來就取自「昴星團」。昴，昴宿星團，別名六連星。

在爸爸給昴的東西當中，他第二喜歡的就是這臺隨身聽。

因今年出了新機種，爸爸就把這臺舊隨身聽送給了他。昴一直覺得國中生邊走邊聽音樂很酷，可是上次帶去城堡炫耀時，大家卻沒什麼反應。每次走在路上聽，大人都對他指指點點的。

跟課業比起來，昴比較喜歡研究新機器的構造。因爸爸說要出學費讓他念書，昴才去考了高中。既然要念，就念自己感興趣的東西吧！

其他人對之後有什麼打算呢？

昴很想跟大家談談，但這在城堡似乎是禁忌話題，想想還是作罷。

「小昴，奶奶出門囉，我今天也要去婦人會工作。」

「好。」

奶奶出門後，鏡子便亮了起來。

其他人都是穿過房間的鏡子，只有昴是從奶奶化妝臺的鏡子出入城堡。他將手放在蓋著紫布的老鏡子上，前往城堡。

大家都來了。

昴開心地跟大家說笑。

大家都有自己的房間，有爸爸媽媽陪，應該過得很開心吧？

他們都有願意為自己拚命付出、努力過活的人。

對此，昴並不覺得討厭，也沒有一絲嫉妒，更沒有任何輕蔑。他只是單純覺得，大家的生活很豐盛罷了。

昴根本不在乎自己的死活。

今天還能來城堡，明天可能就要被迫幫老哥做事。老哥有個朋友跟他借了漫畫沒還，還一副吊兒郎當的樣子，老哥打算給他一點顏色瞧瞧，所以叫昴來幫忙充場面。

隨便啦，我無所謂。

反正再過十年，世界可能就要毀滅了。

前陣子，昴本想用政宗聖誕節送他的電話卡打電話給老爸，沒想到卻不能用。真是怪了，裡面不是有五百塊嗎？然而，電話機卻不吃這張卡。仔細一看，卡上寫著「ＱＵＯ」*三個英文字，這是什麼啊？電話亭的燈光照在卡上，上面印著昴沒看過的漫畫角色。這讓他不禁懷疑，政宗是不是給他假的電話卡。

本想跟他抱怨一下的，但是忘了。

下次遇到他再講好了。

趁著三月離別之前。

然而——

一聲狼嚎聲傳來。

「小晶！妳在哪裡！已經到了回家時間囉！剛才已經聽到狼嚎了……」

「嬉野，別叫了，沒用的。」

「我們先走吧！再不走就來不及了！」

昴潛入鏡中後，滿腦子都是小晶的事。

她應該很想找到鑰匙吧。

她有非許不可的願望，所以找不到鑰匙，就乾脆留在城堡不回去了。

昴很佩服小晶寧為玉碎不為瓦全的勇氣，像他就做不到。

然而，昴才剛回到家，又立刻被送回城堡。

城堡裡傳來小晶的尖叫聲和狼嚎聲。

「昴！快過來呼叫心！」

理音對著昴喊道。

「今天小心一整天都沒來，不會被『狼小姐』吃掉！我們來向她求救！」

看著大家竄逃的背影，昴的心中突然有一個念頭——

＊日本的禮物卡。

我不想死！

我還不想死！

我以為我不在乎自己的死活，但其實，我還有很多事沒有做，我不想就這樣一事無成地死去！

狼嚎再度響起。

「啊啊啊啊!!」

風歌閉眼尖叫。

「風歌!!」

喊出風歌的名字後，昴才發現——

他還不想死。

也不希望大家死去。

⚜

一股力量衝出小心的額頭。

小心再度淚流滿面。

她擦掉眼淚，心想自己一定要救他們！把大家救回來！

城堡再次陷入一片寂靜。

小心在心中籌劃著路線。

要去門廳，一定得經過大家房間，通過那條長廊。

平常總是悠然漫步的走廊，此時此刻卻長得彷彿永無止境。

但她別無選擇。

她調整好呼吸後，便往前衝刺。

只有我能拯救大家！

一想到大野狼可能會聽到自己的腳步聲，小心就好想哭。她一個箭步衝進「電動室」，然而，然而，眼前的景象卻讓她目瞪口呆。

「電動室」整個亂成一團。

政宗的電動早已不知去向，沙發、桌子、擺設、花瓶也全都東倒西歪。

她撇開頭不忍看，往大家的房間方向看去。這時，大野狼又叫了——

啊嗚嗚嗚嗚嗚嗚嗚嗚嗚嗚嗚嗚嗚嗚——

叫夠了沒啊！

因這次的狼嚎實在太大聲了，小心甚至不知道聲音是從哪傳來的。聲波有如強風不斷打在她的臉頰上，幾乎要將她整個人震飛。

小心死命抓著第一間房間的門把，逃進房間裡。

好不容易等到餘波消失，小心開始環視房間。

個人臥房跟共同空間一樣，亂七八糟的。

其中有一臺沒蓋好的鋼琴，不但滿是傷痕，好幾個鍵盤還不見了，令人目不忍睹。

小心這才意識到，這是風歌的房間。

這是小心首次進到風歌的房間，這間房間比她的小一點，雖然有一臺鋼琴，卻沒有床跟書架。

這時，她發現旁邊有一張支離破碎的桌子，上面有風歌的課本、參考書和文具。

（我房間的桌子下面好像也有一個。）

小心準備將手放上「×」記號時，突然感到有點內疚。然而，她還是不顧一切地放了。

因為她需要確切的證據。

她必須從大家的記憶中尋找線索。

風歌在自家琴房練琴。

她對這種安靜的獨處時光情有獨鍾。

琴房裡掛著一份月曆，十二月二十三日是國定假日，上面被人用紅筆圈了起來，寫著「鋼琴大賽」。

只剩幾天就要比賽了。

「風歌是天才！」

鋼琴老師對風歌的媽媽說。

那時風歌還沒有上小學。

媽媽平常總是忙於工作，在鄰居美麻媽媽的邀約下，她帶風歌到鋼琴教室試上了三堂課。試聽課程要結束時，老師告訴風歌的媽媽，風歌很有天分。

媽媽吃了一驚，瞪大眼睛看著老師。她的表情驚訝之餘，也散發出喜悅的光輝。

「真的嗎？我們家風歌很有天分？」

「她的學習能力跟其他孩子完全不同。我在這一行這麼久，從來沒看過像她這麼厲害的孩子。建議您可以將眼光放遠一點，好好栽培她，將來送她到國外學音樂。」

風歌默默聽著兩個大人講話，她們似乎在聊自己的事。

「妳應該不是看試聽課程要結束了，想要招生才這麼說的吧？」

媽媽一臉懷疑地看著老師。她的手上提著提把泛黃的公事包，風歌能聽見包包裡面手機在震動的聲音，但難得的是，媽媽竟沒有急著接電話。

「怎麼可能！風歌的天分真的很驚人，我可不是對每個人都這樣說喔。」

老師沒有說謊。

事實上，她並沒有對美麻、美麻的媽媽說這些話。

風歌很有天分，風歌很有天分，風歌很有天分。

我跟其他的孩子不一樣。

上體育課時，風歌總是在一旁休息。

這天，大家正在打排球，風歌則抱著膝蓋坐在角落。

美麻和班上同學走過來問她：「妳不打嗎？」

「嗯……對。」

風歌不打球是眾所皆知的事，打排球傷到手指怎麼辦？

一年級時，風歌因為跳跳箱著地失敗而扭傷了腳。當時媽媽跑到學校找老師理論，因此引發了軒然大波。鋼琴大賽就快到了！還好這次是扭傷腳，如果傷到手你要怎麼負責?!

風歌回答後，美麻向同學使了個眼色。

「我就說吧！風歌要彈鋼琴啦！」

「真的耶……」

離開時，美麻和同學嗤嗤竊笑。

「我的手指很重要耶！弄傷怎麼辦！」

「我可是要彈鋼琴的人耶！」

那聲量之大，彷彿是故意說給風歌聽的。

鋼琴、鋼琴、鋼琴。

小學開始，風歌每天不是上學就是練琴。之後，練琴的時間逐漸超越了上學的時間，但風歌覺得這樣也好。

有段時間，媽媽叫風歌別去上課，先暫住京都的外婆家，去跟京都的一位知名琴師學琴。

大人總是叫她好好練琴，卻從沒叫她好好念書。

為了請假的事，媽媽還特地去學校跟老師理論。

「老師，您擔心風歌的出席日數不夠，但您要不要先看一下風歌鋼琴大賽的成績？對我們而言，鋼琴就是學業。」

從小學開始，風歌就很少去上學，她本來覺得這樣也好——直到小學最後一場比賽的結果公布。

她本想在那場比賽奪下冠軍，為此非常努力練習，最後卻只得到十九名。

風歌那天的表現並未失常，她覺得自己彈得很好，也沒出什麼嚴重的錯誤。

然而，卻只得到十九名。

外婆說，全國比賽能拿到這樣的成績已經很棒了，但媽媽卻因此而大受打擊。分數出來後，風歌發現自己跟前十名的分數差距非常大。

「真是辛苦她了……」那天，她聽到外公跟外婆聊天，「風歌到底打算彈到什麼時候？」

風歌沒有爸爸。

有次外公外婆勸媽媽，她一個單親媽媽撫養小孩，不需要那麼逞強。然而，媽媽卻咬牙切齒地回道：「沒有好嗎？我沒有在逞強。」

媽媽告訴風歌，之所以還沒送她出國，是因為還沒確定要去哪個國家、讀哪一所學校、要找哪一位老師。

風歌暗自心想，大概是因為家裡沒錢吧？媽媽不分晝夜地工作，每次風歌傍晚上完鋼琴課回家，媽媽總是不在家，留在家裡的只有冷掉的飯糰。有一次，風歌打算微波飯糰，才發現家裡停電了。

國小老師來風歌家做家庭訪問時大吃一驚。沒想到一間小小的公寓裡，竟然有這麼高級的鋼琴，還有專門用來練琴的隔音房。冰箱裡總是放著媽媽從打工處帶回來的便當和麵包，盡是些吃粗飽的東西。她幾乎沒看過媽媽打掃煮飯，印象中她永遠都在工作，忙得暈頭轉向。

不僅如此，瓦斯也被停掉了。先是停了瓦斯，接著停電、停水。看著這些維生管線依照必需程度一一停掉，風歌簡直要佩服得五體投地。媽媽擔心她一個人去上鋼琴課會危險，所以買了一支手機給她。前陣子她要打給媽媽時，才發現已經被停話了。

學著學著，風歌發現了一件事——我是不是太自不量力了？

不只是錢，還有天分問題。

風歌之所以無法留學，應該不僅是因為沒錢。

以風歌的實力，根本沒有學校願意收她。若無法在比賽上名列前茅，要去留學簡直是癡人說夢。

風歌到底打算彈到什麼時候？

外公這句話點醒了風歌。

她發現，升上國中後，自己功課完全跟不上。

整天都在練琴，根本沒把時間花在課業上。

聽到外公這樣說，媽媽當場嚎啕大哭，對著外公吼道：「有沒有搞錯啊？爸，你憑什麼這樣說？我再也不要帶風歌回來了，你們這輩子別想再見到她！」只見外婆不斷安慰著情緒崩潰的媽媽，避免兩人再爆發衝突。

風歌曾多次問媽媽，她們要不要乾脆搬到京都跟外公外婆一起住，但都被媽媽拒絕了。媽媽的理由是，她好不容易才成為正式職員，若貿然辭掉工作，之後就只能兼職，這樣就沒錢讓風歌學鋼琴了。

升上國中後，媽媽比以往更賣力栽培風歌。

風歌很喜歡媽媽。

自從五歲時爸爸去世後，媽媽就一直母兼父職養育風歌，早上在宅配公司當事務員，晚上到便當店打工。

「媽媽沒有半點特殊才能，但妳有，所以媽媽一定要盡全力栽培妳。」

然而，媽媽總是一臉倦容。風歌有好幾次都想要放棄鋼琴，幫媽媽分擔家務。

她想把上鋼琴課的時間，拿來做飯給媽媽吃，煮暖呼呼的味噌湯給媽媽喝。她還不到可以打工賺錢的年紀，但她恨不得現在就自己賺錢，也很難過自己無法在鋼琴界闖出一番名堂。

因此，風歌想通了——

現在放棄就太可惜了！

若真的放棄了，至今花在鋼琴上的時間與金錢就全都白費了。

升上國中後，風歌更少去上學了。她跟班上的同學談不來，既不上體育課，又不玩社團，是同學眼中的異類。

但風歌覺得這樣也好，沒朋友也無所謂。

那天風歌在練琴時，門口的鏡子突然亮了起來。

她去了城堡，認識了大家。

她走進房間後，發現那裡放了一臺鋼琴。風歌試彈了一會兒，突然「磅」地用力拍下鍵盤。

為什麼連這裡都有鋼琴？我根本就不需要！

「理音，你這麼小就一個人住在國外啊？是被夏威夷的球探發掘的嗎？」

「不是，我是請日本的教練幫我寫推薦函才入學的，而且學校還是爸媽選的。」

一想到理音與她同是國中生，人卻已經在國外留學，風歌就難過不已。

她一直以為自己與眾不同，事實卻不然。

那天風歌告訴大家，自己明天開始要去上暑期班，有一陣子不能過來城堡。

事實上，她是為了準備夏季鋼琴大賽，到京都接受鋼琴老師的特訓。

上課前，聽到上一個學生似乎彈得比自己好，風歌只想摀住耳朵。她彈得太多、太久，早已分不清自己的實力到底在哪。

夏季鋼琴大賽，風歌沒有入圍。

所謂的「沒有入圍」，是指沒進到三十名以內。

據說這次大賽規模小很多，卻得到這樣的結果。

在走廊上看到比賽結果的公告時，風歌感到一陣腿軟，彷彿跟鋼琴一同沉入了冰冷的大海。

大賽結束後，風歌回到東京。那天，她在城堡裡收到小心送她的生日禮物——一包點心。

風歌很少獨享整包零食，她一口接著一口，吃得津津有味。

去參加大賽前，小晶也送了她生日禮物。

嬉野說，他喜歡風歌。

嬉野把城堡裡的女生都喜歡了一輪，一開始風歌很不以為然。沒想到喜歡小晶、小心的男生，最後竟會把目標轉移到自己身上。聽到嬉野喜歡自己時，風歌有種難以言喻的感覺，雖然有些驚訝，卻也有點開心。

不僅如此，政宗還借她電動。

印象中，男生只願意把自己喜歡的東西借給可愛的女生。

昴都叫她「風歌」，她很喜歡像昴這種彬彬有禮的男生。

就連理音這種萬眾矚目的男生，也都親密地直呼她的名字。

如果可以一直待在城堡裡就好了。

因為無論我有沒有特殊的才能，他們都願意跟我說話。

「妳好！我好像沒見過妳對吧？」

「……您好。」

風歌心想，她就是喜多嶋老師啊？我終於見到她了。

其他人都是被媽媽帶去「心之教室」，只有風歌是瞞著媽媽偷偷過來的。

風歌常聽小心和嬉野提起喜多嶋老師，說喜多嶋老師是值得信任的人，她一直很想會會老師。

老師經常出入雪科第五中學，因風歌經常沒去上學，老師本就知道二年級有她這個人。老師跟風歌說：「妳來我好高興喔！」

風歌分次將所有事情都告訴了喜多嶋老師。

夏季大賽失利後，媽媽似乎有些挫折，也不再叫風歌要努力練琴，所以，風歌要去上鋼琴課或去學校上課都可以。後來她假裝自己每天都去上學，事實上卻是去「心之教室」和城堡。

媽媽到底希望風歌怎麼做？她已經回不去學校了。

風歌到底打算彈到什麼時候？——外公的這句話就像咒語一般，不斷在風歌的心底迴響。

跟喜多嶋老師談過後，風歌才發現，自己的心中其實充滿了困惑，對未來也感到忐忑不安。

風歌告訴老師——

她已經回不去學校了。

她的功課早已跟不上。

也不知道自己該不該繼續彈琴。

「我們一起念書吧！」喜多嶋老師朗聲道，「我可以幫妳喔！」

「聽妳說完，我發現妳的做法太『高風險』了。」

「高風險？」

「這些年來妳只專心練琴，所以妳才會那麼擔心大賽的名次，害怕自己當不成鋼琴家。其實讀書是風險最低的行為，有付出就有收穫，學到的知識還能廣泛運用在各種領域，絕非徒勞無功。」

「所以，我們既要練琴，也要好好念書。」老師莞爾，「我知道鋼琴對妳非常重要，但是，為了不讓彈鋼琴成為一件痛苦的事，也為了妳自己好，現在開始好好念書吧！」

「妳會教我功課嗎？」

被風歌這麼一問，喜多嶋老師眼中充滿了喜悅，「當然會啊！這裡是自『學』中心嘛！當然會教你們功課囉！」

風歌把自己關在城堡的房間裡，拿出課本，開始寫喜多嶋老師出給她的功課。這份作業是國一程度，很快就要追上國二了。

這裡沒有媽媽，也沒有別人，風歌可以靜靜地專心念書。

雖說十二月還有冬季大賽，但面對這次比賽，她已沒有夏天時那麼焦慮了。

直到二月的最後一天，她都沒有彈房間裡的鋼琴。

二月的最後一天——

那天整座城堡空無一人，只有她的鏡子閃閃發亮。有那麼一瞬間，她還以為自己搞錯關城的日期，難道不是三月底，而是二月底？

「『狼小姐』！」

她緊張地呼叫「狼小姐」，「狼小姐」卻沒有現身。這是她第一次遇到這種情形。

風歌回到房間後，突然有種想彈鋼琴的衝動。

她打開琴蓋，將手放上鍵盤試彈了一聲，音是準的。

德布西的《阿拉貝斯克》、貝多芬的《月光》，風歌一彈便不可收拾，整個人沉醉其中。

寂靜讓她感到非常自在。

她是如此地樂在其中，專注而投入，導致沒注意有人站在身後聽她彈琴。

彈完後，風歌抬起臉來，這才發現門被人打開了——小晶就站在門口。

「……太驚豔了！」小晶瞪大了眼睛，「擅自開妳的門我很抱歉，但我真的嚇到了……風歌，妳好厲害喔！妳會彈鋼琴耶！不對，應該說，妳鋼琴彈得超好耶！」

「呃……嗯。」

「妳是不是鋼琴天才啊？」

「才不是呢。」風歌無奈地笑了笑。

照理來說，風歌聽到「天才」兩個字應該是悲從中來，但因為問的人是小晶，她才能回答得如此自然。

「哇！」小晶驚叫，「這些是什麼啊？課本嗎？我就想說妳怎麼常常待在房間裡，原來是躲起來用功啊！」

「嗯……」風歌看著桌上的文具，「因為念書是低風險的行為。」

「咦？」

「有人叫我不要把所有的賭注押在天分上。」雖然風歌很擔心小晶聽了這些話可能會不舒服，但還是繼續把話說完，「她說，讀書雖然很辛苦，卻是最切實際的方法，絕不是徒勞無功。」

風歌平常不敢在小晶面前暢所欲言，因為她嘴上不饒人，地雷也很多。但今天城堡裡就只有她們兩個，風歌也就沒那麼拘謹，「口風」也跟著鬆了許多。

她把鋼琴大賽、學校、功課、媽媽、喜多嶋老師的事情依序告訴小晶，並說自己是因為這樣才開始重拾課本。

聽風歌說完後，小晶喃喃自語道：「我也來念個書好了……」

「好哇！」風歌點點頭，「我們一起念嘛！」

風歌不想忘記這裡。

不想忘記大家。

不想忘記自己重新開始念書後，心中豁然開朗的感覺。

不想忘記她曾如此慶幸認識小心、小晶、昴、嬉野、政宗，以及理音。

「小晶！」

風歌在發光的鏡子前大聲呼叫小晶。

「快點出來！小晶！」

然而，小晶卻沒有現身。

被送回城堡後，風歌對著小心的鏡子求救。她不願忘記這裡，但是只要有人許了願，她就會忘記這裡。

小晶怎麼能那麼自私？風歌好生氣，氣得說不出話來。

但是——

「心！快許願！救救小晶！」

她不願城堡的夥伴消失。

她們才約好要一起念書的！

風歌衷心期望小心能找到鑰匙，許願救回小晶。

一股力量自小心額頭消失。

她默默地擦掉眼淚，將手放在風歌的鋼琴鍵盤上，看著桌子喊道——

風歌，妳等我。
我一定會把你們救回來！
然後告訴妳，我也好慶幸自己能認識妳。

風歌隔壁是理音房間。
和剛才一樣，小心對於窺探別人記憶依然感到很愧疚。即便如此，她還是毅然決然打開了理音的房間。
理音的房間很「男生」，地上散落著麻袋和足球。他的房間也被大野狼弄得一團亂，但一看就知道是理音的房間。
小心戰戰兢兢地摸了床下的「×」記號。
理音早就發現了。
「狼小姐」不是《小紅帽》的狼，而是《大野狼和七隻小羊》的狼。
他是怎麼發現的？又為什麼沒跟其他人說？
這時，耳邊傳來稚氣的聲音——

「叩叩叩，快開門，我是媽媽——騙你們的！我是大野狼！」
是小學生嗎？一個女孩正在念故事書。
她是理音的姐姐——實生。
實生穿著醫院的病人服，頭上戴著帽子。小心定睛一看發現，她沒有頭髮。

五歲的理音最喜歡來醫院找姐姐了。

姐姐雖然沒有頭髮，但眼睛大、皮膚白，長得非常可愛。每次有人問幼稚園的理音長大後要娶誰，他的回答一律都是「我姐姐！」。

姐姐很會念故事書，每次都把理音逗得哈哈大笑。她的表情非常生動，不斷重複「快開門，我是媽媽！」、「騙你們的！我是大野狼！」這兩句臺詞。

中途她問理音：「你覺得門外的是媽媽還是大野狼？」理音精神百倍地回道：「大野狼！」

「到底是誰呢？」

姐姐柔聲對理音賣了一個關子。其實這本故事書她已經念過很多次了，但每次理音都還是纏著姐姐，要姐姐講故事給他聽。

除了念故事，理音的姐姐還很會「編故事」。她編的故事總是非常有趣，有未來機器人的故事，有搜尋間諜的故事，個個都比暢銷書還要精彩。所以理音一直很希望姐姐當上故事書作家。

「理音，我們要回家囉！剩下的明天再念吧！」媽媽打斷了他們。

「好……」

「好……」

理音和姐姐不情不願地點頭。

理音牽著爸媽的手，離開飄著消毒水味的病房。「明天見，理音。」姐姐對理音揮揮手。

「實生，我們明天再過來喔！」理音的爸爸說。

時值秋日，路旁的樹葉已泛紅。回家路上，媽媽突然跟理音說：「……理音，以後不要再叫姐姐念剛才的故事好不好？媽媽覺得不太好。」

「為什麼？」

姐姐不也念得很開心嗎？這時，媽媽牽著理音的手突然顫抖了起來，語氣也變得有些焦躁。

「實生幼稚園時本來要跟同學一起演《大野狼和七隻小羊》的話劇，最後卻沒辦法參與演出。媽媽怕姐姐會想起不好的回憶。」

「那有什麼關係？」理音的爸爸說，「都那麼久以前的事了，實生應該不記得了吧？而且她好像也很喜歡這個故事，就讓她跟弟弟一起同樂嘛！」

「你給我閉嘴！」

理音媽媽突然歇斯底里地大叫，當場癱軟在地。

「為什麼……」

她小聲地呢喃。

「為什麼是實生……為什麼偏偏是實生……」

理音錯愕地看著自己被媽媽甩開的手。爸爸摸了摸媽媽的背，將她從地上扶了起來。

理音怯怯地看著爸媽，以為媽媽是在發自己的脾氣。

「……對不起。」

媽媽對理音的道歉充耳不聞，只是默默咬緊下唇。爸爸摸了摸理音的頭，代媽媽回答：「沒事喔。」

某天，理音到病房找姐姐——

「理音……你一定要保重身體，陪在媽媽他們身邊喔！」

「咦？好喔！」

理音雖然不知道姐姐這句話的意思，但還是答應了她。實生看著理音笑了。

今天爸媽帶了新玩具給姐姐。正值聖誕時節，窗邊擺了幾個聖誕節的擺飾。姐姐的病床上放了一座高大華美的娃娃屋。娃娃屋接著電線，屋裡有真的會亮的小燈泡。這座娃娃屋是舶來品，旁邊放有英文說明書。

「如果我不在了……」實生說，「我會向神明祈求，請祂幫理音實現一個願望。對不起，總是讓你為我犧牲忍耐。不僅沒辦法出去旅行，就連你之前的舞蹈表演，媽媽都沒辦法去參加。」

理音愣愣地看著姐姐，不知道姐姐為何要對自己說這些話。

「我會向神明祈求的！」

姐姐又說了一次。

「那……我要跟姐姐上同一間學校！」

理音就快要升國小了，他想跟姐姐一起上學、一起在學校讀書，在那裡一起玩。

聽到這裡，姐姐卻不說話了。面對突如其來的沉默，理音有些不知所措。

半晌，姐姐才抬起頭來，對理音搖搖頭。

「你明年上國小時，我已經升上國中了，所以沒辦法跟你上同一間學校。」

「但還是謝謝你。」姐姐又說，「可以的話，我也很想跟理音一起上學、一起玩。」

牆上掛著姐姐的國中制服。

實生將手伸向弟弟，迷迷糊糊地說：「理音……對不起嚇到你了，我玩得很開心喔。」

姐弟倆最後一次說話，是姐姐離世前的幾小時。

理音以為姐姐會永遠陪著他，然而，姐姐卻離開了。

小理音心想，姐姐到底多善解人意？自己都快死了，還在擔心別人的事。

姐姐說得沒錯，理音確實被姐姐痛苦掙扎的模樣嚇到了。他不停地哭泣——我好害怕，我不想和姐姐分開。

姐姐的喪禮在四月初舉行。那天外面下著春雨，理音坐在爸爸身旁，媽媽則一臉蒼白，有如失了魂一般。無論其他人怎麼安慰她，她都只是眼神呆滯地點頭回禮。

你一定要保重身體，陪在媽媽他們身邊喔！——理音這才明白，姐姐的這句話原來是這個意思。

姐姐的制服已經掛在病房裡整整一年。本來是準備給她穿去上學的，結果卻一次也沒穿到。

「你真的好有活力喔，真好。」

理音國小一年級時，媽媽第一次這麼跟他說。事實上，姐姐就是在他這個年紀發病的。

那時理音剛參加附近的足球隊，漸漸愛上了足球。那天，他一如往常拿著足球準備出門踢球，媽媽卻跟他說：「如果能把你多餘的活力，分一半給那孩子就好了。」

理音愣在原地，不知該說什麼，最後只脫口而出一個「好」字。媽媽聽到後有些動怒，垂下雙眼說：「你居然說好……」

媽媽懷上理音後，姐姐便發病了。後來的幾年，媽媽一邊忙於姐姐的療程，一邊照顧還小的理音，每天都筋疲力盡。理音其實很清楚，媽媽對此感到後悔不已。

姐姐是在上國小前發病的，所以她從來沒去上過學。

客廳裡放了姐姐的照片，住院前在鋼琴發表會上拍的照片、家族的大合照、去世前跟媽媽在病房拍的照片……

爸媽送她的娃娃屋則放在窗邊。

有天，理音終於明白——

即便他身體健康、陪在媽媽身邊，卻無法成為媽媽的慰藉。

理音的運動神經特別發達，媽媽卻對此相當不以為然，「明明是同一個媽生的，為什麼姐姐身體那麼差，弟弟卻那麼健康？」、「如果可以把他的活力和壽命分一點給實生就好了。」

「理音好厲害喔！聽說有球探想要挖角他呢！」同學的媽媽對理音媽媽說道。

然而，理音的媽媽卻只是搖搖頭，「沒有啦，那是他自作主張要踢的，我對他可不抱什麼期望。」

理音很期待跟同學和足球隊友一起上同一所國中，繼續跟他們一起踢足球。

然而，國小六年級時，媽媽卻拿了一本夏威夷學校的介紹手冊給他。

看到「寄宿生活」四個大字，理音的心涼了一半。

一股恐懼感向他襲來，若去了夏威夷，「回家」就不再是理所當然的事。接下來的幾年，他都要在未知之地度過。那裡語言不通，既沒有認識的人，爸媽也不在身邊。

他以為自己可以跟同學一起畢業、升上同一所國中，媽媽卻不等他畢業，秋天就把他送到新學校。

所以，理音連畢業典禮都無法參加。

媽媽告訴他：「我想要好好栽培你。」

見媽媽一臉嚴肅地注視他，理音這才恍然大悟——媽媽想把理音送離自己身邊，愈遠愈好。

「夏威夷的學校？好厲害喔！」

「很多職業選手都是那間學校出來的耶！」

「理音真的好強喔！」

被朋友這麼一說，理音已無路可退。他開始覺得，這也許是不錯的選擇。

「……這間學校是不錯，但理音怎麼說？」

「他說他想去。」

某天夜裡，爸爸剛下班回來，理音聽到爸媽談話的聲音。

「真的嗎？」爸爸質疑地問，「小學生一般都不敢違背爸媽的意思，他真的說想去嗎？」

「他說他想去試試看。」

你錯了，爸爸，小學生不見得沒有自己的想法。

我很清楚，這個家我已待不下去了。

我也想遠離這個家。

怎麼辦？姐姐，對不起。

我身體健康，卻也派不上用場。

來到夏威夷的第二年年底——

媽媽特地來夏威夷看理音，卻烤完蛋糕就離開了，也沒問理音新年連假要不要回日本。

下午，理音在黯淡的鏡子前等它亮起。

「啊！亮了！」他摸了摸鏡子。

當鏡子發出七彩虹光時，理音喜上眉梢，戴上手錶後，慢慢將手伸進鏡中。

啊嗚嗚嗚嗚嗚嗚嗚嗚嗚嗚嗚嗚嗚嗚——

「小晶！妳在哪裡！已經到了回家時間囉！剛才已經聽到狼嚎了……」

「嬉野，別叫了，沒用的。」

「我們先走吧！再不走就來不及了！」

然而，理音卻被送回了城堡。

意識到大事不妙，理音對著昴叫道：「昴！快過來呼叫心！」

「心！拜託妳！一定要找到『美夢成真鑰匙』！」

理音其實早就發現了。

「狼小姐」是為了誤導他們，才故意叫他們「小紅帽」。

他們總共有七個人。

「『狼小姐』不是《小紅帽》的狼！是《大野狼與七隻小羊》的狼！」

鑰匙就藏在大時鐘裡！

理音為了保住許願權，一直將這個秘密埋藏心底。

小心感到額頭一陣痛楚。

一股力量包住小心的臉。

小心小時候曾在吊單槓時摔到地上撞到臉，就是這種感覺。

突然間，理音消失了。

一個聲音隨之傳來。

——妳的願望呢？——

小心不知道那是誰的聲音，也不確定是真的有人在說話，還是聲音在耳朵內震動。

另一個聲音——一個女孩的聲音回答道：

——我……

——我不要緊！請你讓那孩子一起……

這是誰的記憶呢？

「妳看到了？」

一個聲音打斷了小心，她嚇得睜開眼睛，從床下縮回手。

看到眼前的情景，小心不禁尖叫出聲。

「『狼小姐』……！」

「狼小姐」將房門打開，逕自站在門口。

她一如往常頭戴狼面具，穿著滿是荷葉邊的背心洋裝。

然而，城堡中一片黑暗，又瀰漫著一股壓迫感，小心總覺得今天「狼小姐」看起來特別不一樣。她很想立刻逃離現場，但「狼小姐」就擋在門口，房內又無處可逃。

「等一下！」狼小姐叫住準備拔腿就跑的小心，嘆了口氣說：「這是妳第二次看到我就跑了，第一天也是這樣。」

小心本以為大野狼是「狼小姐」變的，所以才輕手輕腳地移動，想找機會躲起來。

然而，沒想到「狼小姐」並沒有要吃掉她，還主動跟她講話。

剛才才發出令人毛骨悚然的狼嚎聲，現在卻能泰然自若地跟小心說話？大野狼真的是「狼小姐」嗎？

是不是哪裡搞錯了？然而，小晶定睛一看，發現「狼小姐」的衣服和狼面具都很髒，領子跟城堡裡面一樣凌亂，荷葉邊也破破爛爛的——看來，她並沒有搞錯。

「一旦違反規則觸動了機制，就無人可以阻止，我也束手無策。」「狼小姐」說，「這是建立這座城堡的條件，任何事都是有代價的。」

「狼小姐」用狼鼻子對著小心。

「妳不在連坐的範圍內，所以不會被吃掉。看來，妳撿回了一條命呢！」

「其他人呢……？」

「已經埋葬了。妳也看到了吧？就在那些記號下方。」

天吶——小心閉起雙眼。

她沒想錯，這些「×」記號正是墓碑。

「妳發現了嗎？」「狼小姐」問道。

小心大概知道「狼小姐」在問哪件事。

「嗯，應該發現了。」

「是嗎？」

「『狼小姐』，我想問妳一件事。」

「什麼事？」

「我們其實是『見得到』的，對吧？」

「狼小姐」瞬間陷入沉默。

小心一直以為「狼小姐」的狼臉是面具，但現在想想，身為鏡城的守門人，那也許是她原本的臉。

她到底是敵是友？

小心繼續追問——

「我們現在也許不能見面，但總有一天會見到彼此，對吧？」

「前提是，你們今天要平安走出這裡。」「狼小姐」說。

那就是沒錯囉……果真是這樣……

「吃掉你們……並非我的本意。」

「狼小姐」沮喪地抬頭看著天花板，隨後看向小心。
「接下來就看妳怎麼做了，小晶就在『許願房』裡。」
「狼小姐」說完，便消失了。
「看來，妳撿回了一條命呢！」
消失之前，「狼小姐」又說了一次。

⚜

小晶的房間位於長廊的最尾端，最靠近鏡子門廳的地方。
小心深深吸了口氣，她已下定決心，無論如何都要救回小晶，把那個恣意妄為的孩子帶回來。
留在城堡裡等同自殺，但她還是選擇了留下來。
她總是狗嘴吐不出象牙。
——如果真是這樣，我就不能逃到其他世界了。
——如果找到鑰匙，我應該可以許願吧？

——反正我們在外面是遇不到了，三月底以後，我們剩下的就只是回憶，不覺得很空虛嗎？回憶有什麼用？倒不如把機會讓給需要的人許願。

——哇……有關心小孩的爸媽真好，不像我們……

於是，小心進到小晶的房間。

衣櫥的門是打開的，

她很快在衣櫥中，找到小晶說的那個「×」記號。

將手覆上後，小晶的記憶便流入她的意識中。

有拜拜的香的味道。

小晶穿著制服，和媽媽、親戚的小孩並排坐在外婆的遺照前。

媽媽身旁坐著她的再婚對象——和小晶沒有血緣關係的繼父。

小晶還小時，爸媽就分開了，媽媽都叫爸爸「自私鬼」。

「當初如果不是懷上妳，我根本不會跟他結婚。早知道就早點分一分，省得那麼多麻煩。」

媽媽一天到晚這麼跟小晶說。然而，每次在親戚的聚會中，媽媽總會拿爸爸出來說嘴，說他在千葉開的運動用品店，是當地甲子園參賽隊伍的御用商店。

外婆……

外婆的遺照看起來比死前年輕很多。聽外公抱怨說，外婆上次拍照已是很久以前的事了，所以只有這麼舊的照片。

「天吶！」外婆看到小晶染髮時，不禁驚叫出聲。

小晶以為外婆要發脾氣了，但外婆卻接著說：「天吶！好漂亮的顏色！」

聽到外婆這麼說，小晶好高興。

外婆跟媽媽雖是母女，個性卻有著天壤之別。小晶實在不懂，像外婆這種風趣又不拘小節的人，怎麼會生出那種女兒？她總是偷偷塞零用錢給小晶，「這是晶子和外婆之間的小秘密。別被妳媽媽發現囉，不然她一定會把錢拿走。」然後笨拙地眨單邊眼睛。

小晶透過電話交友認識了大學生敦史。她把敦史介紹給外婆認識時，外婆端出仙貝、熱茶和醃菜招待敦史。小晶覺得好丟臉，外婆也太老派了吧？然而，敦史卻吃得津津有味。

「沒想到妳會突然帶我『見家長』。」敦史說。

「抱歉，這樣你壓力會不會很大？」

「不會，我很高興。」

二十三歲的敦史從未交過女朋友。他告訴小晶，小晶是他第一個女朋友，他一定會珍惜小晶，雖然沒什麼錢，但還是想把小晶娶進門。

然而，敦史卻沒來參加外婆的喪禮。

最近她常常聯絡不到敦史，打他呼叫器也不回。

小晶很難過，敦史是她唯一想邀請的人。

「這孩子真是不倫不類。」

一個自稱是外婆朋友的阿姨說。

她蹙眉對著小晶媽媽罵道：「妳根本沒盡到管教的責任。」小晶只覺得干她屁事。

而且……我也只能待在媽媽身邊，不然要怎麼辦？

喪禮結束後，小晶一個人待在房間。

「舞子！舞子！妳在哪？」

是那個爛人的聲音！他在找媽媽！媽媽不是說過今天有很多事要處理，會晚點回家嗎？

「舞子！舞子！」聲音愈來愈靠近了。他怎麼還在叫啊？趕快滾出去好嗎？

「喂！舞子！」

「她不在家啦！」小晶不耐煩地吼道。

「呦，晶子，妳在家啊？」

繼父粗魯地拉開門後，見小晶在家，便開始解開襯衫鈕釦。

他的領帶早已鬆開，滿臉通紅，全身散發出酒氣。一聞到那股味道，小心就一陣腿軟。

平常只要這傢伙在家，她都躲在媽媽的衣櫥裡，今天卻迷迷糊糊地跑了出來。

完蛋了……**要跟之前一樣了**——小晶拔腿就逃。

「哎呦！妳別跑嘛！」

那個爛人突然撒起嬌來，用他那又濕又黏的手抓住小晶的手腕。

「不要！」雞皮疙瘩瞬間爬滿小晶全身，裙下的雙腿也顫抖不已。

繼父不發一語，用力按住小晶的手。

敦史……敦史……敦史!!——小晶不斷尖叫。

繼父將手伸進她的制服裡，摀住嘴巴不讓她尖叫。

救命！

小晶悶聲喊道。

你不是說你會來救我？會保護我嗎？

「好痛！」

小晶用力踢了繼父下體後，拔腿跑進客廳，用掃把卡住拉門。敦史敦史……敦史敦史……她抖著手拿起電話，因為太過緊張，還不小心把電話旁的便條紙、桌曆、筆筒掃到地上。小晶的腦中一片混亂，呼叫器的文字密碼是多少？要打幾號？要留什麼言？

她的腦海出現一串像咒語的數字。

41，33，24，44——救救我。

正當她要繼續打「快來」的密碼時，「晶子！晶子！」那個爛人開始搖動拉門，那力氣之大，彷彿要把拉門拆了似的。

她用力丟下話筒，準備逃出家門，就在這時——

鏡子突然亮了起來。

平常她都是從自己房間的鏡子進出城堡，今天發亮的卻是媽媽的小化妝鏡。而且「狼小姐」不是說過，有大人在她就不會開放鏡子嗎？

「晶子！」

門外有如野獸般的嘶吼聲愈發兇殘暴戾。她知道自己已沒有時間猶豫，立刻將手伸向鏡面。

神奇的是，小晶的身體立刻被吸入小小的鏡子當中。

回過神來，她已來到城堡的鏡子門廳。

心臟仍撲通撲通地狂跳，彷彿要從喉嚨跳出來似的，手腳的雞皮疙瘩也還沒消。制服的領結歪七扭八，鈕釦也開了好幾顆。看到自己衣衫不整的模樣，小晶就好想哭。

「狼小姐」就在她的旁邊，手上拿著一面小鏡子──跟媽媽的化妝鏡差不多大小的鏡子，鏡面正發出彩虹光芒。

「『狼小姐』……」小晶氣喘吁吁地喚道。

「狼小姐」怎麼會讓媽媽的鏡子發光？怎麼會在大人面前讓她潛入鏡子？

見小晶滿臉疑惑，「狼小姐」說：

「……因為剛才太驚險了。」

小晶這才恍然大悟，原來她都看見了……

「狼小姐」微歪著頭，口氣也不像平常那樣驕傲自大，聽起來就是個普通小女孩。

「妳不希望我救妳嗎？」

「怎麼會！」小晶用力搖搖頭，「沒那回事……謝謝妳。」

才說完，淚水便奪眶而出。小晶心有餘悸地全身發抖，緊緊抓住「狼小姐」的手，她並未拒絕，也沒有多問。

「狼小姐」的手非常漂亮，既溫暖又滑嫩，給人一種摸了就能變漂亮的感覺。

「我……不能住在這裡嗎？」

小晶聲淚俱下。

外婆的臉龐愈來愈模糊。她已無處可歸，不願再回那個家。

「沒辦法。」

「狼小姐」變回平常的語調。

小晶也知道沒辦法，但還是咬緊牙根大吼：「我不想回去!!」

我不想再每天膽戰心驚地躲避繼父，也不想再面對自己的生活、學校、朋友。

我在排球社裡是運動神經最好的一個，每次看到其他社員笨手笨腳的就心中一把火，忍不住對她們破口大罵：「搞什麼啊！用心一點！」有時我還會聯合幾個學姐開「檢討會」，把跳不好的學妹單獨圍在中間，逼她們說出自己哪裡跳不好。

也許是我太嚴格了吧！但每個社團都是這樣帶學弟妹的啊！又不是只有我一個人。然而，社團裡卻出現反對我的聲浪。

她們說，我是排球社的老鼠屎，是霸凌人的惡棍，所作所為簡直不可原諒。

我並沒有要欺負人的意思，大家卻無法接受我的行為，最後只好自行退社。

「沒辦法。」

「狼小姐」的聲音透露出些許無奈，似乎在強忍著什麼。但是，她一直握著小晶的手沒有放開，讓小晶非常感動。

後來她因為不想回家，一個人穿著制服蹲在「電動室」。

之後小心來了，她不可置信地看著小晶——正確來說，是看著她身上的制服。

「小晶，妳是雪科第五中學的學生嗎？」

小晶循著小心的視線，低頭看向自己的制服。

「是啊。」

小晶點點頭。

「雪科第五。」

只見小心瞪大了眼睛。之後政宗和昴也來了——

「妳穿的，是我們學校的女生制服。」

我們讀的是同一所學校，所以——

「我們可以互相扶持。」

小晶對這句話的意思了然於心。

因為，她一直渴望有人能來救她。

敦史一直都沒有跟她聯絡，對小晶冒死發出的求救訊號視而不見。

小晶這才發現，敦史只有告訴她呼叫器號碼，卻沒告訴她電話號碼。

她把繼父的事告訴敦史時，敦史還說他會保護她，不會讓那個爛人再度傷害她。
沒想到只是說說罷了。

即便如此，她仍相信……
城堡的夥伴們會願意對她伸出援手。
會陪她一起面對所有困難。

然而，一月的那一天——
小晶為了政宗去了學校的保健室。她是真心想幫助政宗，大家卻沒有來。

那天非常寒冷。
小晶待在保健室，看著窗外的淡藍色天空，覺得大家背叛了她。
「阿姨，聽說小晶今天來學校了，是真的嗎？」
聽到簾子外傳來排球社社員——美玲的聲音，小晶只想立刻逃出學校。
剛進到保健室時，保健室阿姨將手放在電暖爐前對她說：「今天好冷喔。」
她哭著求保健室阿姨，如果有人來找她，絕對不要說她在這裡。
聽到美鈴的聲音，小晶縮在保健室的被子上發抖。
我知道，自己現在看起來有多遜。
我知道，國中生打電話交友只是為了耍弄大人，沒有人是想要找到真愛。

我知道，我跟美鈴那群人，甚至學校的所有人，都已經不一樣了。

小晶很清楚，小心他們絕不可能放自己鴿子，但無論有什麼理由，都無法改變她們見不到面的事實。

「我的頭腦比較簡單，完全聽不懂平行世界的理論，那對我而言太困難了。我只想知道，你們的意思是，我們沒辦法在外面見到彼此？」理音問。

「……嗯。」政宗點點頭。

「意思是……我們不能互相幫助？」

「對……我們不能互相幫助。」

三月就要結束了。

請豐富我的日常生活。

請讓媽媽認真過活。

請殺了那個爛人。

請讓排球社的社員不要再討厭我。

關城的前一天，小晶暗自下定決心——

如果沒有實現這些願望，我就要永遠留在這裡。
於是，她把自己關在房間的衣櫥裡，等待五點的到來。

「小晶！小晶！妳在哪裡?!」
衣櫥外傳來嬉野聲嘶力竭的呼喊聲。

嬉野，我對不起你。
也對不起其他人。
我無法單槍匹馬地活下去。
對不起把你們扯下水。

我不想回去。

我不想活下去。
我無法活下去。

啊嗚嗚嗚嗚嗚嗚嗚嗚嗚嗚嗚嗚——
啊嗚嗚嗚嗚嗚嗚嗚嗚嗚嗚嗚嗚嗚——

狼嚎響起了。

刺眼的光芒蔓延至整個城堡。

有東西打開了衣櫥的門。

映入眼簾的，是一張狼臉和血盆大口……

「別逃啊！」

「過來我這邊！」

「把手給我！」

「求妳了！小晶！」

「小晶！妳要活下去！」

「小晶！別擔心！」

「小晶！」

「小晶！」

「小晶！」

「小晶！」

「小晶！」

待小晶回過神來，才發現自己被關在某個地方。

有人在外面拚命在敲門，不斷呼喚小晶的名字。

是……小心的聲音！

「沒事的！小晶！小晶！我們可以互相幫助！」

「我們在外面也可以相見！」

「是見得到的！所以妳一定要活下去！努力長大成人！」

「小晶！求求妳！只要妳活下去，長大成人，就可以在未來遇見我！」

小心的聲音愈來愈近了。

小晶雖然意識模糊，但仍對小心說的話感到驚訝不已。小心在哭，邊哭邊敲門。

「我們是不同年代的人！」

小心說。

「我們不是平行世界的人，而是不同年代的雪科第五中學的學生。我們活在同一個世界！」

多虧了東条的那番話——

「……妳幾號搬家？」

「四月一日。」

「那不就快了……？」

「沒辦法，我爸媽他們本來要在四月前就搬走，但今年的四月一日是禮拜六，他們才選在這一天。」

今年的四月一日——

聽到這句話時，小心有些匪夷所思。

日期對應星期幾是會隨著年份變化的。

他們每個人的星期幾都不一樣。

開學典禮的日期、國定假日的日期也不同。

看來他們把事情想得太複雜了。

星期幾不同。

天氣不同。

買東西的地方不同。
老師不同。
班級數不同。
街景不同。
他們並非住在完全不同的世界。
只是年代不同而已。

這些是她從嬉野的記憶中推測出來的。
一月時，嬉野在校門口一邊吃飯糰一邊等大家來，帶著滿心幸福眺望著藍天。
後來，嬉野的媽媽帶了一個女士來找他。
那位女士頭髮斑白，笑起來眼尾藏不住皺紋。
嬉野對著她叫「喜多嶋老師」。
小心認識的喜多嶋老師不是長這樣，但這位女士的臉上確實有喜多嶋老師的影子。她是喜多嶋老師沒錯。
在小心的「現實世界」中，喜多嶋老師相當年輕，既沒有白髮更沒有皺紋。但嬉野眼前的也是喜多嶋老師，這到底是怎麼回事？
她想起之前跟嬉野的對話——
「你不覺得喜多嶋老師很漂亮嗎？」
「漂亮？」

她當時就覺得奇怪，像嬉野這麼容易愛上別人的男生，應該會注意到喜多嶋老師的美貌。

後來她終於明白了，因為在「嬉野的現實世界」中，喜多嶋老師已經上了年紀。

說起來，政宗的記憶裡也有奇怪的地方。

「他們不可能放我鴿子……」

喜多嶋老師撫摸政宗的背安慰他。

「我想一定是的。你的朋友一定是有特殊原因才沒來。」

這位喜多嶋老師的頭髮比較長，給人的感覺也不太一樣。

小心一開始還以為自己想太多，直到看到嬉野的記憶，她才恍然大悟——政宗身邊的，是未來的喜多嶋老師。

為了證實自己的推論，小心才一一確認——斗膽窺探大家的記憶。

像是昴的隨身聽。

在昴的記憶中，他聽的是卡帶型隨身聽。因昴從未在小心面前拿出過音樂播放器，所以她一直沒注意到這件事。昴的隨身聽看起來相當厚重，感覺比小心在街上看到的大很多。

看到風歌的記憶後，她才確定自己的推論是正確的。
風歌的琴房裡有一份月曆，上面還用紅筆圈了鋼琴大賽的日期。
那份月曆上面寫著「二〇一九年」。
而非小心的去年——「**二〇〇五年**」。
看過小晶的記憶後，她更明白了。
現在的學生不是用ＰＨＳ就是手機，小晶卻是用呼叫器跟男友聯絡。小心小時候，媽媽也有一臺呼叫器，她常看媽媽用呼叫器聯絡爸爸，所以知道怎麼使用。呼叫器不能通話，只能透過輸入號碼傳訊息給對方。媽媽說，他們以前都管呼叫器叫「BB Call」。
小晶在輸入號碼時，不小心將電話旁的桌曆掃到了地上，那本桌曆上寫著「一九九一年」。
只要對照一下，其他人一定也都活在不同年代。
也就是說——
小心其實活在小晶的「未來」，活在風歌的「過去」。
——我可沒說你們在外面無法相見，又或是無法相助，你們別隨便冤枉我。話說回來，你們也自己動動腦好嗎？別什麼都要問我。

「狼小姐」說得沒錯。

我們在外面是見得到的。

只要我們繼續活下去，長大成人後，就可以追上其他人的年代，也就是他們的「現實」。

我們可以見到彼此，只是換個長相、換個年紀罷了。

「小晶！」

小心打開大時鐘，大喊小晶的名字。

鑰匙就藏在鐘擺的反面。

拿到鑰匙後，小心看見鐘擺後方有一個小小的鑰匙孔。

「原來在這裡啊！」小心心想。

他們不斷苦找的「許願房」，就在這個不引人注意、安全又隱密的地方。

小晶……

「拜託你！」

小心大叫。

「拜託你救救小晶！……就當小晶從未違反過規則！」

霎時間，光芒四射。

那並非剛才的污穢濁光，也並非爆裂般的刺眼強光。

一道乳白色的溫暖柔光，將小心包覆其中。

「小晶！」

小心不斷對著光芒大喊。

「妳一定要加油長大成人！」

「這樣我們就可以相見！」

小心想起了《大野狼與七隻小羊》鐘，羊媽媽打開大時鐘的蓋子，找到小羊的場景。

她將手伸進門裡，不斷祈求小晶快點出來。

「別逃啊！過來我這邊！把手給我！求妳了！小晶！」

小心聲嘶力竭地大喊。

「小晶！妳要活下去！小晶！別擔心！沒事的！小晶小晶！我們可以互相幫助！我們在外面也可以相見！是見得到的！所以妳一定要活下去！努力長大成人！小晶！求求妳！只要妳活下去，長大成人，就可以在未來遇見我！」

一個溫暖柔嫩的東西摸上小心的手。
是人的手！有人握住了小心的手！
小心閉上雙眼，用力握著那隻手——「我絕對不會放開！」

——心。

「對！是我！」
小心淚流滿面，她絕對不會放開小晶的手。
「我來接妳了。」

——心，對不起。
——我……

「沒關係！」

「妳先別管這個了！先回——來再說！」
小心大吼一聲，使出吃奶的力氣要把小晶拉出來。

就在這時——

「心！」

有人在叫她，但不是小晶，是從背後傳來的！

小心還來不及回過神來，那人便從背後抓住了她。回頭一看，小心驚訝得說不出話來。

「你們……」

風歌來了。

風歌、昴、政宗、嬉野、理音……

大家都復活了！願望成真了！

「裡面的是小晶嗎？」政宗問。

「對！」小心點點頭。

簡短的兩句話，大家便心領神會。他們像拔河一般接在小心後方，用力往後拉。

「一、二、三！用力！」昴對大家下指令。

「死也不准放開！」

大家異口同聲地說。

在大家的力量下，小晶動了。

所有人緊閉雙眼，拚命將小晶拉出來。

這才不是《大野狼與七隻小羊》，根本就是《拔蘿蔔》！——一想到這裡，小心心裡便輕鬆不少。

我們一定做得到！

小晶！快回來！

「要拉囉！小晶！」

大家一個用力，終於把小晶拉了出來，所有人一起滾下樓梯。

⚜

小心皺著眉頭抬起頭來。

她摔得全身都好痛，然而，見到小晶倒在樓梯上方的大時鐘前，她還是忍痛跑向她——「小晶！」

「小晶！妳這個白癡！」政宗和理音異口同聲，就連昴都說：「真的好想揍她一頓。」

小晶看起來活像剛從水裡爬出來。

一開始小心還不懂為什麼會這樣，看了小晶的臉才明白——是因為她在哭，像個孩子一般痛哭流涕。小心甚至被她的哭臉嚇了一跳。

「對不起……！」

小晶抽抽噎噎地道歉，用哭紅的雙眼一一看向大家。

「對不起，我……」

「妳這個白癡！」剛才政宗他們也罵過小晶一樣的話，但這次開口的是風歌。她的臉哭得又紅又腫，完全不輸小晶。

「妳到底在搞什麼啊！」風歌大罵，「為了救妳，害我們把願望用掉了！」

「對不起，我……」

「太好了……」風歌環上小晶的脖子，緊緊抱住她，「還好妳沒事。」

這一抱，抱得小晶目瞪口呆。她錯愕地掃視大家。

他們其實沒有在生她的氣，不知道小晶看出來了嗎？

當然，大家都覺得她這麼做很胡來。

但此時的喜悅早已超越怒氣，看到她平安無事歸來，所有人都鬆了一口氣。

小晶「呼……」地吐了一口長氣，「對不起！」

她道歉完便放聲大哭。

就在這時——

「啪啪啪啪！」

城堡裡傳來輕輕的拍手聲。

他們不用循聲看去，也知道是誰在拍手。

所有人瞬間明白——離別的時刻近了。

願望成真後，他們就會喪失這裡的記憶。

他們就要分開了。

「『狼小姐……』」

大家不約而同地看向她。

「太精采了。」

「狼小姐」突然出現在樓梯前，優雅地拍著手。

關城

昴：一九八五年。

小晶：一九九二年。

小心和理音：二〇〇六年。

政宗：二〇一三年。

風歌：二〇二〇年。

嬉野：？年。

小心等人聚集在亂七八糟的「電動室」中央，一一確認彼此所生活的年代，並把各自的「今年」寫在紙上。

「我不記得今年是幾年了！」嬉野說。

這其實也無可厚非，一般人只會注意今天是幾月幾日，很少會特別留意年份，更何況他們還是沒去學校的「拒學族」。

聽到彼此活在截然不同的年代，他們感到非常驚訝。

聽到昴說自己活在「一九八五年」，所有人發出一陣驚呼。

「一九八五年還是昭和耶！」政宗說。

「咦？對啊！是昭和啊！什麼意思啊？」看來昴根本不懂政宗為何而驚訝。

「怪了……」昴一臉疑惑，「諾斯特拉達姆士不是預言一九九九年會世界末日嗎？怎麼？世界沒有毀滅啊？」

「沒有毀滅啦！都幾百年前的事了！」政宗說，「天吶，那你玩我的電動沒有覺得很奇怪嗎？不覺得畫面太精緻了嗎？你們那個年代應該還是紅白機吧？」

「因為我本來就很少打電動啊。再加上政宗你又說那是你朋友開發的，所以我一直以為那是還沒上市的特別機種。」

「其實我也是……」小心一臉錯愕，「我一開始也覺得有點奇怪，因為政宗的DS跟我看過的不太一樣，我還以為是人家請你試玩的最新機種。」

其實，早在政宗承認自己說謊時，他們就該注意到這件事的。

既然他沒有在電玩公司上班的朋友，自然不會有這些「最新機種」。然而，小心卻被「平行世界」之說沖昏了頭，導致她沒有深思這些細節。

「什麼鬼啊？妳說的應該是第一代DS吧？我的是3DS。」

「咦？什麼3DS？」

「就是性能比妳那臺好很多的機種！」

政宗實在太錯愕了。

「天吶，怎麼會有這種事啊？話說回來，你們對我們那年代的最新技術的反應也太冷淡了吧！應該要更驚訝才對啊！」

政宗抱怨完，目不轉睛地看著昴，「真不敢相信……」

「我跟昴居然差了整整二十九歲！」

紙上空白處寫滿了各種算式。

「心，妳的觀察力真是敏銳，居然能發現我們生活在不同年代，我從未想過這個可能性。」

因沒料到政宗會誇獎自己，小心顯得有些不好意思，不知該如何回應。

「雖然整件事還是很離奇，但至少比政宗的『平行世界說』可信多了……」

被理音這麼一說，政宗不悅地皺起眉頭，「對啦對啦，是我把大家弄迷糊了，還真是對不起喔。」

「我們每個人都差七歲耶！」風歌看著「年代表」說。

「你們看，」她指著表上的年份，「昴跟小晶、心他們和政宗、政宗跟我都差了七年。我在想，『七』這個數字應該有什麼特殊意義，我們總共有七個人，藏鑰匙的地方又跟《大野狼與七隻小羊》一樣……」

「真的耶！」

他們的現實世界全為七年之隔。

這麼一來，很多事就說得通了。

比方說，客來優附近以前是商店街，麥當勞本來開在車站前面，客來優開幕後麥當勞才搬到客來優裡面去了。

小晶和昴生活在「過去」的南東京市。

照政宗和風歌所說，客來優今後應該會變成更大的購物中心，甚至有電影院進駐。

「只有心和小晶之間空了十四年，這麼說來，嬉野應該是夾在心和小晶之間，也就是『一九九九年』。」

「咦……是嗎？」嬉野思考了半晌後搖搖頭說：「不對喔，我是二〇一三年出生的。」

「真的假的?!」大家異口同聲驚呼。

「所以說……」風歌看著上方心算，「嬉野是二〇二七年的人！你怎麼不早點說啊！」

「二〇二七年！天吶，嬉野，你是個不折不扣的未來人耶！」昴一臉驚呆。

「是嗎？」嬉野不以為然地歪頭回道。

「好誇張喔……」一旁的小心也不禁驚嘆。這實在太令人驚訝了，因為在她生活的年代——二〇〇六年，嬉野還沒出生呢。

「只有我跟小心和理音相差十四年……」小晶看著「年代表」說，「這是為什麼呢？」

小晶從「許願房」死裡逃生後眼淚便沒停過。現在雖然臉色還有些蒼白，但至少已能正常說話。

「不知道耶……」小心搖搖頭，「中間是不是少一個人啊？真令人想不透……」

「這倒是讓我想起一件事……」風歌此話一出，所有人都看向她。

風歌對小晶說，「妳還記得二月的最後一天嗎？那天只有我們兩個人來城堡，還呼叫不到『狼小姐』。」

「記得。」

小心記得三月一日來城堡時，看到小晶跟風歌有說有笑的。當時她還覺得奇怪，她們不是前一天才鬧得不愉快嗎？是什麼時候和好的？

「因為只有我們兩個是閏年，所以那天才只有我們兩個人。」

「原來是這樣！」

「四年才有一次二月二十九日。我們之中只有小晶的『一九九二年』和我的『二〇二〇』年是閏年，其他人過完二月二十八日後就直接跳到三月一日了！」

「是這樣沒錯……」

「也就是說，我跟小晶多賺到一天囉！」

小心覺得風歌「多賺到」這個說法很有問題。

「還有國定假日也是。」小心突發奇想地說。

「國定假日？」

「我們在核對一月開學典禮的日期時，不是有聊到成人節的日期嗎？昴說成人節是一月十五日，當時我就覺得奇怪，沒想到平行世界連成人節的日期都不一樣。」

那時候小晶和昴都說成人節是一月十五日。

──「咦？成人節是十五日吧？我記得不是連休啊……」

──「先不說開學典禮，成人節應該是同一天吧？」

「聽說以前的成人節是固定一月十五日，後來才改成每年一月的第二個星期一。」

「咦？真的假的？國定假日也會改啊？」

「嗯，政府後來推出了快樂星期一制度……把很多國定假日都改到星期一了。」

「快樂星期一?!」小晶驚呼一聲後，忍不住笑了出來，「這名字也太直白了吧？是正式名稱嗎？真難想像那些正經八百的大人，居然會取出這種名字。心，妳不是在糊弄我吧？」

「是真的啦！真的是這個名字，可不是我亂說的喔！」

小心急忙解釋道。她不習慣人家開她玩笑，但看到小晶恢復以往的活力，小心真的很為她高興。

「這麼說來，小晶跟昴禮拜六還要上課囉？」風歌說，「聽說以前的人禮拜六還要上半天課，那時聽到只覺得，還好我是現代人。」

小心這才恍然大悟——週休二日制。

小心國小三年級前，週六是採隔週休制度，她每個月都很期待週休二日週的到來。之前小晶說她跟男友週六走在路上被盤查，小心還以為那只是她看起來像太妹的關係，原來是因為週六也要上課。

對於這一點，小晶和昴卻分別出現兩種反應。

昴一頭霧水地問：「咦？以後禮拜六不用上課了嗎？」

「好像是耶……」小晶回答，「聽說以後每個月會有一週禮拜六不用上課，但因為都沒有去上課，所以不太清楚。」

「原來是這樣！」小晶豁然開朗，「在他們的年代，禮拜六已經全面停止上課了。看來我們真的是不同年代的人耶！」

「嗯。」小心頷首後，對著小晶和昴問說：「你們那時應該還有第二中學和第四中學？」

「咦？有啊。」

「現在已經沒有了，目前雪科第五中學附近只有第一中學和第三中學，第二跟第四因為學生人數太少已經廢校了。」

這是自學中心那位疑似負責人的老師告訴她的。

——「國小的環境比較不受拘束，很多孩子剛升上國中都無法融入新環境。尤其第五中學經過整併後規模擴大許多，在這一帶是學生比較多的學校……」

之前小晶告訴大家自己打算留級時，小心問她說：「妳會留在原來的學校嗎？還是轉到隔壁學校？」當時小晶回答：「隔壁學校？妳是說**四中**嗎？」小心當時就覺得她是不是搞錯了？四中早就廢校了啊。

「原來是這樣啊！」嬉野一副恍然大悟的模樣，瞪大眼睛看著小心，「我從以前就覺得很奇怪，為什麼沒有四中直接跳五中，原來以前是有二中跟四中的啊？我還以為是因為偶數比較不吉利呢。」

「不吉利？欸……你這樣說，對其他名字有偶數的中學未免太失禮了吧！」

「對啊！還好不是因為偶數不吉利，那些學校的同學也可以安心上學了。」

看來嬉野根本聽不懂小晶的意思，惹得小晶無奈地嘆了一口氣。

「不過，這一切還真是神奇……」小晶接著說，「我們看起來年紀都差不多，真想不到你們都是未來人呢！」

「對啊，我也很難想像小晶跟昴居然是以前的人……完全感覺不出來。」

「對了，小心跟理音是同屆對吧？」

昴說完，小心和理音有些錯愕地互看了一眼。

——對耶。

雖然大家的時間互相重疊，但只有他們兩個生活在同一年代。

在座七個人原本都是雪科第五中學的學生，但都沒有去上學。

每個人的年代都相隔七年，其中卻有個十四年的間隔。

大概是因為這個原因，二〇〇六年才會有兩個人來到這裡。

「……我其實很想留在日本上雪科第五中學。」理音喃喃自語。

記得「狼小姐」之前也跟他說過類似的話。

「所以『狼小姐』才特地讓我來到這裡，讓我遇見小心，認識同屆的朋友。」

「說不定我們真的能相遇喔！」小心說。

理音一臉不解地抬起頭。

「如果你不在夏威夷，一月初我們就能在保健室見面了。」

一想到自己跟理音生活在相同的時間，小心就感到胸口一陣暖意。他們一個在夏威夷，一個在日本。如果不是距離的問題，他們那天就能在保健室相見了——但其實，如果理音沒去留學，而是留在日本上雪科第五中學，他一定會變成普通的「上學族」，自然就不會被召來城堡了。但世事難預料，事情會怎麼變化很難說。

「但我們就要喪失記憶了，以後應該也見不到了吧。」

若不記得彼此，活在同一個年代也很難再相會。即便理音回到日本、在街上與小心擦身而過，也無法認出對方。他們不再是城堡的夥伴，而是同一座城鎮的陌生人。

一想到此，小心就心痛無比。

她不想忘記這裡。

「『狼小姐』……」風歌轉過頭，看向坐在火爐前、從頭到尾不發一語的「狼小姐」。

「我們還有多少時間？」

「不到一個小時。」「狼小姐」慵懶地說。

見所有人看向自己，「狼小姐」翻了翻裙襬站了起來，「趕快收拾收拾吧！」

⚜

啪啪啪啪——

「狼小姐」拍著手現身鏡子門廳。

她的態度一如往常地冷靜，若無其事地站在那裡。

原本破破爛爛的洋裝也變得跟新衣一樣，城堡也恢復了往常的明亮。

「太精采了。」

當下沒人反應過來。

「『狼小姐』……」

過了好一會兒，只有小心叫了她的名字，其他人全都呆在原地，表情僵硬地看著「狼小姐」。

小心本覺得匪夷所思，後來才想到——他們才從狼口死裡逃生。

小心沒親眼見過那隻「大野狼」，但想必大家在「埋葬」的期間都嚇壞了，光是狼嚎就足以讓人嚇得魂飛魄散。

「你們幹嘛那樣看著我？」

「狼小姐」沒好氣地說道，她似乎也感受到了大家的緊張。

「我不會再吃掉你們了……何況那根本不是我的本意，如果你們都乖乖遵守規則，根本就不用受這種罪。」

「狼小姐」瞪了小晶一眼，「妳給我好好反省！」

「……對不起。」小晶臉色發青，全身又開始發抖。

「狼小姐」也沒再追究，點了兩下頭說：「妳放心吧！已經沒事了。」

「……總覺得很不爽，我剛才真的快嚇死了，不過話說回來，我還真死了一次沒錯。」理音說。

「狼小姐」看向小心，那張狼臉看起來似乎有點高興。

「妳的觀察力真是敏銳，竟然能發現這裡是超越時空的『城堡』。」

「嗯……」小心不以為然地點點頭，「其實要感謝『狼小姐』給我線索。我們來自不同年代的雪科第五中學，所以我們並非不能相見，只是生活在不同年代。」

小晶穿制服來城堡的那天，他們才發現自己就讀同一間學校。當時理音問了「狼小姐」一個問題——「妳曾說過，之前已經有很多像我們這種『小紅帽』在這座城堡中美夢成真。這些『小紅帽』都是雪科第五中學的學生嗎？你們每隔幾年就會召集另一群人是嗎？」

「狼小姐」是這麼回答的——「每隔幾年——我們的做法其實更公平……但你要這樣解釋也沒錯。」

她說的是真的。

她召集的是各個年代的孩子，就年代差異而言，確實是「每隔幾年」。

他們確實可以在外面相見，也可以互相幫助。但前提是——他們必須發現彼此是不同年代的人。

「很遺憾，城堡得提前一天關閉了。」「狼小姐」說。

「我們真的會喪失記憶嗎？」風歌問道，「以後就不記得這裡了嗎？」

「對。」

大家心中其實都有了答案，但還是忍不住想問這個問題，風歌只是幫大家開口罷了。

「狼小姐」點點頭，多麼無情的一句話啊。

「就像我之前說的，只要用鑰匙許了願，就會失去所有跟這裡有關的記憶。」

「不過……」「狼小姐」掃視眾人，「我可以給你們一點時間。」

「時間？」

「這裡是超越時空的『鏡城』，我可以給你們一些時間收拾東西，今天過後你們就不能來這裡了，記得把你們放在房間、客廳的東西全部帶走。」

「狼小姐」的口氣讓小心聯想到學校的結業式，老師也是像這樣命令同學把置物櫃、抽屜裡的東西全部帶回家。

「我已經將外面世界的時間停住了，現在日本時間是晚上七點，你們回去應該只會被爸媽唸幾句而已。」

大家聽了相當感動，城裡一片狼藉，「狼小姐」還擔心他們回家會被爸媽罵。不過，小心也因此沒了後顧之憂。

「我們不用幫忙收拾這裡嗎？」嬉野一臉膽怯地問「狼小姐」。

放眼望去，鏡子門廳像是被颱風掃過似的，柱子裂了，牆壁也髒了，滿地都是家具和碗盤，就這樣拍拍屁股走人實在過意不去。

「我們只要收拾自己的東西就好嗎？這樣妳不會很難整理嗎？」

「……用不著擔心我。」

「狼小姐」的口氣一如往常高高在上，然而過了一會兒，她突然對嬉野補了一句：「你人還不錯嘛！」

「因為……」

兩人的互動令其他人有些驚訝，沒想到「狼小姐」也會說這麼「正常」的話。

「我有個提議！收拾東西之前我們先去『電動室』一趟，聽小心說明來龍去脈。我現在腦中一片混亂，很想知道到底是怎麼一回事。」

「沒問題。」

小心點點頭。

於是，一行人便來到亂成一團的「電動室」，在倒掉的桌上攤了一張紙，先聽小心說明，再一一確認年代。

他們這才知道，自己是活在不同年代的人。

⚜

「天吶……真是的！給我賠來喔！」

大家都回自己房間收拾東西了，只有政宗留在「電動室」裡找電動。

他在倒著的桌子下找到好幾片被壓壞的光碟，不少他鍾愛的遊戲都已「壽終正寢」。只見政宗一邊嘆氣，一邊把壞掉的光碟裝進背包，大概是想送回原廠修理吧。

「氣死我了，早知道就不帶來了！」

正當政宗一個人碎唸抱怨時，一個聲音叫住了他——「政宗。」

政宗回頭一看，發現昴已經從房間回來了。

「幹嘛啦……你不用收拾房間裡的東西嗎？」政宗說。

「我本來就沒帶什麼東西來。而且我每次來都跟你在這裡打電動，很少待在房間。我幫你一起找吧！」

見昴趴在地毯上找自己光碟，政宗覺得奇妙極了。

這一切……真的好不可思議——政宗心想。

昴這傢伙……這一年以來大多時間都跟我窩在這裡打電動，每天都跟我打打鬧鬧。本以為他只大我一屆，沒想到居然是來自一九八五年的「老國中生」，還大我整整二十九歲。

政宗從瓦礫堆中挖出慘不忍睹的ＰＳ２，無可奈何地嘆了口氣——算了，反正家裡還有ＰＳ３，ＰＳ４也快出了，跟老爸講一聲他應該就會買給我。

政宗不打算將壞掉的電視搬回去了，畢竟那是他爸爸放在倉庫的映像管電視，又重又厚，跟液晶電視比起來根本是老古董，相信他爸爸也早就忘了還有這臺電視。

「政宗，你之前不是說你家有最新的電玩主機，但是因為接頭不合所以沒帶來嗎？『接頭不合』是什麼意思啊？」

「喔……這臺主機叫做ＰＳ２，」政宗怕昴聽不懂，謹慎地選擇用詞，「我家有一臺這臺的進化版，叫做ＰＳ３。一開始我本來想帶ＰＳ３來，但是現在電視已經升級，跟以前的電視不一樣了，所以ＰＳ３的接頭沒辦法插在這臺古董電視上。話說回來，這臺ＰＳ２本來就是我老爸以前留下來的。」

政宗本以為昴一定是有聽沒有懂，沒想到昴卻聽得津津有味。

「你聽得懂喔？」

「完全聽不懂，但聽未來的事情好有趣喔！」昴微笑，「你爸爸好像也很喜歡打電動，你是受到他的影響嗎？」

「……應該多少有吧。」

最近政宗比較少跟爸爸打電動了。自他有記憶以來，他們家就充滿了各種電玩主機和遊戲光碟。大概是因為爸爸本身也喜歡打電動的關係，只要政宗想要什麼遊戲，爸爸基本上都會買給他。雖然政宗對爸爸不甚滿意，卻很感謝爸爸對他的大方。

「話說……」昴突然開口。

「幹嘛啦？」

「我來當好了。」

「當什麼？」

「『開發遊戲的人』。」

政宗停住手邊的動作。

他趴在地上看向昴，只見昴也停了下來，注視著他。

昴起身，「我剛才就在想，二〇一三年時我年紀應該滿大了，已經四十三……四十四歲了，雖然有點難以想像，但跟你比起來就是個大叔，也就是所謂的大人。」

昴莞爾，「所以啊，我會努力當上『開發遊戲的人』，讓你可以抬頭挺胸跟同學說：『我認識開發這臺電玩主機的人。』」

政宗無言以對，一股力量湧入胸口，壓得他幾乎無法呼吸，只感到鼻子一酸，眼眶一熱。

他急急忙忙低下頭，「你在說什麼啊……」

好不容易發出的聲音顯得有些沙啞。

「這樣做根本沒意義，我又不會記得你，還不是一樣在吹牛。」

「是嗎？我倒覺得這麼做很有價值，事情一定會出現轉機呢！畢竟這是我人生第一個目標。」

昴的口氣一如以往常，一副不食人間煙火的模樣。政宗好想跟他說，在講這種令人感動的話時，可以不要這麼若無其事嗎？

「我很高興人生終於有目標了。我答應你，我會好好把這個目標記在心裡，回到我的現實世界好好努力。所以，就算我們忘了彼此，你也沒有說謊。因為你真的有一個開發遊戲的朋友。」

政宗咬著下唇。

咬得緊緊的。

「政宗？」

「……謝啦。」政宗急忙道謝，因為他怕自己再不回答，昴會偷看他的表情。

見他有了回應，昴才放心點了點頭。

政宗找到壞掉的光碟後呢喃道：「太好了。」

⚜

風歌將琴蓋蓋上，滿心感謝地環視整間房間，並用手帕將琴蓋擦乾淨。

這時，門外傳來敲門的聲音。

「哪位？」

「……是我，嬉野。」

嬉野？等等不是還要到門廳集合嗎？他怎麼突然過來了？——風歌有些詫異地打開門。

只見嬉野一個人站在門外。

「嬉野，怎麼啦？」

「嗯……我有事想跟妳說。」

嬉野滿臉通紅，彷彿要噴出蒸氣似的。

風歌還沒來得及反應過來，嬉野便向她鞠躬說：「風歌！請妳當我的女朋友！」

他的聲音響遍了整道走廊，喔不，是整座城堡，嚇得風歌目瞪口呆。

嬉野抬起頭，一臉正經八百的表情，「妳、妳不用立刻給我答案，妳可以考慮一下，離開城堡再回覆我。就算妳忘、忘、忘、了我也沒關係，電視劇不是常演嗎？如果妳在茫茫人海中看到我，也許會對我產生戀愛的感覺。」

「可是……」

風歌與嬉野並非同一年代的人。

他們之間差了七年。嬉野現在國一，在他的世界裡，風歌已經高中畢業了。

「我比你大很多喔，而且你等等就會忘記我了。」

「可、可是，我還是喜歡妳！」

嬉野的聲音很緊張，口氣卻非常認真。

「我現在真的很喜歡妳。」

嬉野握拳握到手整個白掉了，可見他有多用力。

看到嬉野蒼白的手，風歌不禁笑了出來——她是打從心底覺得高興。

「我明白了。」風歌回道。

「我答應你，如果我將來遇見你、覺得這個人就是我的真命天子，我一定會主動跟你說話的。但我覺得，那時你應該早就愛上其他年輕美眉了。」

「才不會！我只喜歡風歌！最喜歡妳了！」嬉野雄赳赳氣昂昂地喊道。

就在這時——

「好了啦！一直喜歡喜歡的叫，吵死了！」

小晶從自己房間走出來，一掌打在嬉野的頭上，痛得嬉野按著頭哇哇叫。理音和小心也來了，小心紅著一張臉，用手勢加口型向風歌道歉：「對不起打擾你們。」

「小晶妳幹嘛啦！對我們來說妳已經是『歐巴桑』了，我對妳已經完全沒感覺了啦！」

「你說什麼?!」

小晶臉色一沉，用力捏住嬉野的耳朵——這一幕又把風歌逗笑了。

「嬉野，我怕我會想不起你是誰耶……這樣好了，如果你先認出我來，記得自己來跟我解釋這一切，說服我跟你交往喔！不過我這個人耳根子比較硬，可能會覺得你在胡說八道就是了。」

聽風歌說完，嬉野先是愣了一下，然後瞪大眼睛高聲問道：「妳這樣說是答應我了？是嗎？是嗎？」

「理音！心！你們聽到了嗎？她這樣是答應我了對不對？」

「唉，你真的好煩喔。」小晶沒好氣地說。
能和大家一起打鬧嬉笑，風歌真的好高興。

⚜

走到門廳時眾人發現，七面破鏡已回歸原位。看來，是「狼小姐」為了讓他們回到現實世界而歸位的。

「這段日子好快樂喔。」

風歌感嘆道，彷彿在幫所有人「發聲」似的。小心感同身受卻有點意外，因為風歌平常很少像這樣主動發表意見。

「對啊。」

「我真的很慶幸能來到這裡，因為只有在這裡，我才能像普通人一樣生活。」

風歌溫柔地看向大家，眼神中帶有一絲落寞。

「我很想當個普通人，卻一直無法如願以償。所以……你們願意像接納普通人一樣接受我，跟我當朋友，我真的很高興。」

小心愕然，她這才發現，原來在場其他人也都有這番體悟。

小心也一直想當個「普通人」。

她之所以那麼痛苦絕望，就是因為她無法跟其他同學好好相處，是學校中的「異類」。對她而言，能在這裡跟大家成為朋友，是何等幸福之事。

然而，就在這時，嬉野開口了——

「風歌，妳這話說得不對喔！」

大家不約而同看向嬉野，只見他一臉嚴肅——甚至有些生氣。

「風歌才不普通呢！」他的口氣非常強硬，「妳個性善解人意又認真努力，一點都不普通好嗎？」

「哎呦，嬉野，我很高興聽到你這麼說，但我不是那個意思啦……」

「我覺得嬉野說得沒錯啊！」理音附和道，「我覺得普不普通根本不重要，我才不在意這個呢！我之所以願意跟風歌當朋友，是因為妳是個很好的人。如果妳是個討厭鬼，我連理都不想理妳。其他人應該也這麼覺得吧？」

聽完理音這番話，換風歌說不出話了。

「難道不是嗎？」理音又問。風歌搖搖頭，輕聲說：「謝謝你。」

「對了……」昴問政宗，「政宗，你偶爾不是會在私底下叫理音『小鮮肉』嗎？為什麼要那樣叫啊？而且你只會趁他不在的時候那樣叫他，這個稱呼是不是有什麼不好的意思？反正都要分開了，你就老實告訴我吧。」

「呃……」政宗尷尬地看向昴，又看看理音。

「什麼鬼啊?!」理音嘟噥道，「你幹嘛在私底下那樣叫我啊？感覺超差的。」

「所以這個詞是一種批評囉？還有就是你們講話好喜歡『超』來『超』去的，好浮誇喔。」

「不是批評啦！我只是覺得在本人面前這樣叫好像不太好……」

昴是一九八五年的人，當時沒有「小鮮肉」這個詞，人們也不太用「超」來形容事情。在小心看來，這兩個都是「年輕人用語」，感覺媽媽他們就不太適合用這兩個詞，昴會這麼覺得也是無可厚非。正當小心沉浸在「文化差異」之中時，昴突然又說：

「小心也說過理音是小鮮肉對吧？」

「咦？」小心大吃一驚，耳朵傳來一陣燥熱，只想叫昴別胡說八道。

「我才沒有那樣說過咧！」

小心真的不記得自己有說過這種話，但她急忙否認的反應給人一種此地無銀三百兩的感覺，也因此急出一身冷汗。

「媽呀，感覺好差喔。」理音是笑著說的。

最後，昴提議在分開之前交換全名。

昴在七人中是名副其實的「老大哥」，「也許我們看到全名會想起彼此。」

「我叫長久昴，長長久久的長久，昴星團的昴。」

「我叫井上晶子，井上是最常見的那兩個字，水晶的晶，孩子的子。」

晶子說完後搖搖頭，向大家鞠躬道歉，「我一開始是故意不說姓氏的，因為我媽當時才剛再婚，我也跟著她剛改姓，我實在說不出口。」

「我叫水守理音，泉水的水，守住的守，理科的理，音樂的音。」

「我叫長谷川風歌，微風的風，歌曲的歌，風歌。」

「我叫安西心，心跳的心。」

最後能告訴大家自己的全名、跟他們好好道別，小心感到相當自豪。

「你們應該都知道我的全名了吧？嬉野遙，嬉笑的嬉，原野的野，遙遠的遙。」

嬉野說完，就只剩政宗了。然而，政宗卻不知為何皺起眉頭。

「政宗青澄，唸作政宗Earth。」

「咦？」所有人看向政宗，似乎懷疑自己聽錯了。

只見政宗脹紅著臉。

「我叫政宗青澄啦！寫作青色的青，澄澈的澄，唸作Earth！」

「Earth？騙人的吧？」

「我才沒有騙人咧！在我們二〇一三年這種名字很常見好嗎？你們這些古代人給我閉嘴。」

「可是，Earth不是地球嗎？怎麼會有這種名字啊？」

被晶子這麼一說，政宗氣得別過臉。昴跟政宗雖要好，卻也是第一次聽他說起本名。

小心也錯愕不已，她曾在政宗的記憶中聽過「狼小姐」叫他的名字，但她當時只注意到「政宗」原來是姓不是名，沒聽清楚他的全名。

「原來『政宗』是姓氏啊？」

「對啦！所以我才不想講，因為我知道你們一定會笑我。」

「哇，你的名字比我的還有梗耶！好奇特喔！」嬉野說。

「奇你個頭啦！」政宗不爽地回道。

眾人站到自己的鏡子前。

鏡上的裂痕彷彿在宣告他們即將離別的事實。「狼小姐」告訴他們，他們現實世界中的鏡子也破了。

「……小晶。」

小心對隔壁的晶子叫道。

「怎麼啦？心。」

晶子看向小心。

「把手給我。」

晶子一臉疑惑地伸出手。

小心緊緊握住她的手，只希望她能感受到自己的心意。

小心看過晶子的記憶，知道鏡子的另一端有什麼在等著她。

一旦小心放開手，晶子就要回到那個有媽媽、有繼父的地方，這些都是不可動搖的現實，然而，她卻無法為晶子做什麼。

「我在未來等妳。」

光是講出這句話，小心就已精疲力盡。

「小晶，我在二〇〇六年，十四年後的未來等妳。妳要來找我喔！」

老天爺啊！請讓晶子感受到我的心意！

此時此刻，小心真恨自己的笨嘴拙舌，淨說些不著邊際的話。

晶子愣愣地握住小心的手，過了好一會才點點頭。

她答應了。

「好，我明白了。」晶子對小心承諾道，「我答應妳，一定會去找妳。」

「我不會再做傻事了，畢竟被狼吃掉實在太恐怖了。」說完，晶子微微笑了。

「大家要保重喔！」

「好！」

「掰掰！」

「掰囉！」

「再見！」

「保重喔！」

「改日再相逢！」

晶子、

小心、

風歌、

政宗、

嬉野、

理音、

昴。

七個人的聲音交織在一起。

他們一一融入鏡中，迎向最後一趟鏡中旅程。

回到各自的時空。

大家離開後，七彩光芒頓時四溢……然後便消失了。

門廳一下子暗了下來，只剩下一個狼面少女。

「狼小姐」目送完所有人的背影，確認光芒消失、鏡子沒有動靜後，慢條斯理地轉過身。

然後靜靜地深呼吸。

結束了——她輕嘆了一口氣。

就在這時——

「姐姐。」

狼小姐被突如其來的喚聲嚇得大驚失色，她抬起頭循聲看去，看向照理來說應該已經暗下來的鏡子。

只見水守理音一個人站在那裡，他潛入鏡子後，又回頭來到城堡。

「狼小姐」不發一語，轉回原來的方向，假裝沒聽到理音的叫喚。

「妳是姐姐吧？為什麼不理我？」

「……你快回家。」

「狼小姐」依舊看著前方說。

「妳應該要說快回宿舍吧？我又回不了家。」

「狼小姐」轉過頭，咬緊牙根看著大時鐘，就怕一放鬆情緒就會崩盤。

理音站在原地不肯走。

「其實，我第一天就開始懷疑了。」

「明天是三月三十日……」理音繼續說，「是原本要關城的日子，也是姐姐妳的忌日。」

⚜

理音。

如果我不在了……我會向神明祈求，請祂幫理音實現一個願望。對不起，總是讓你為我犧牲忍耐。

理音至今仍記得姐姐用她那溫柔的聲音，說她喜歡理音，想跟理音一起玩。

「我本來打算明天用鑰匙許願的。若不是小晶做了傻事，我本來打算求大家讓我許願，讓我姐姐回家。」

初來這裡時，理音就有一種感覺——

那個戴著狼面具的女孩，會不會就是我姐姐實生？

這座城堡會不會是姐姐為了我，用她最後的力量創造出來的？

理音起了疑心後，這個念頭便揮之不去。

日本的國中、朋友、願望——這些都是理音最渴望的東西。

「一模一樣……」理音再度開口，「這座城堡，跟姐姐的娃娃屋一模一樣。」

姐姐收到爸媽送的華美娃娃屋後，便一直擺在病房的窗邊。

因為是娃娃的家，所以這裡沒水也沒瓦斯，浴室也不能用。

姐姐的娃娃屋是通電的，裡面裝有小小的燈泡。

所以這間城堡雖然沒水沒瓦斯，卻有電讓他們打電動，按下開關電燈也會亮。

「狼小姐」所穿的各式洋裝，跟姐姐玩的娃娃穿的衣服，簡直是一個模子刻出來的。

姐姐情有獨鍾的娃娃屋。

能夠來城堡的共有七個人。
找鑰匙的線索，和姐姐以前常念的故事書——《大野狼與七隻小羊》如出一轍。
再加上，關城的日子是三十日，而非三十一日。
這實在讓他很難不聯想到姐姐的忌日。
於是理音開始懷疑，這裡其實是姐姐特別為他準備的城堡。
「狼小姐」說他們不是唯一一批人馬，之前已經定期招待過好幾批國中生，應該是騙人的。
這座城堡應該只能使用一次，他們應該是第一批，也是最後一批來到這裡的人。
「姐姐。」
「狼小姐」依舊不回應理音的叫喚。
「每個人生活的年代都是差七年，就只有我跟小晶之間差了十四年，唯獨少了一九九九年。」
「狼小姐」依舊背對著理音，而理音還是繼續對她說話，彷彿在控訴著什麼似的。
「我跟姐姐差七歲。」
那年理音六歲。實生是十三歲——國一時去世的，最後，她還是沒穿到那件掛在病房裡的雪科第五中學制服。
想到這裡，理音便心如刀割。
「所以，一九九九年的空缺其實是姐姐妳吧？妳也是雪科第五中學的學生，也是想去上學卻無法如願以償的人。」

「狼小姐」雖然沒有轉過頭來，但她背影微動，雙腳也緊緊踩著地板，腳上有如玩具的皮鞋閃閃發光。

姐姐是什麼時候開始來這座城堡的呢？

最後的那一年，姐姐大多時候都閉著眼睛，彷彿在沉睡似的。但是，比起讓姐姐忍受疼痛的折磨，小理音更希望姐姐能夠好好睡覺。

是那時候開始嗎？

每當姐姐沉睡，就會來到這裡。

——如果我不在了……我會向神明祈求，請祂幫理音實現一個願望。

——我會向神明祈求的！

姐姐的願望應該已經實現了。

她應該也拿到了一把「美夢成真鑰匙」，祈求神明幫她創造這座城堡。

——那……我要跟姐姐上同一間學校！

當小理音天真地告訴姐姐自己的願望時，姐姐是這麼回答的——可以的話，我也很想跟理音一起上學、一起玩。

姐姐應該跟神明許了這樣的願望吧——我想跟理音一起玩，他一直很想在日本上國中，我希望他能認識他原本應該交到的朋友。

姐姐這麼會編故事，要想出在城堡裡找鑰匙的情節，對她而言簡直是易如反掌。

「狼小姐」依然背對著理音，她已下定決心絕不回頭、絕不回話。

她的背影，看起來好堅強。

理音所知道的實生，就是那麼堅強！

「一開始，我以為姐姐是因為想我才回來找我。直到今天得知大家都來自不同年代，我才恍然大悟，姐姐，妳是從病房過來的對吧？現實世界中的妳，正跟六歲的我一起待在病房裡。」

說到這裡，理音不禁熱淚盈眶。

「那時妳就來這裡了對吧？姐姐。」

理音環視城堡。

「最後那年，妳一直在這棟娃娃屋中陪著我對吧？」

如今，他終於明白姐姐臨終之言的意思。

——理音……

——對不起嚇到你了。

——我玩得很開心喔。

小理音以為姐姐是指她的死亡，但其實，這句話是「狼小姐」的心底話。

姐姐是在告訴「現在的理音」，這段時間她玩得很開心。

明天城堡就要關閉了。

三月三十日，姐姐的忌日。

姐姐就要走了。

「妳是來見我……」理音哽咽，無法再說下去。

姐姐跟理音相差七歲，所以他們沒辦法同時上國小或國中。假設姐姐沒有生病，理音升上國中時，她也已經畢業了。

理音今年十三歲，是姐姐離世的年紀，這絕非單純的巧合。

姐姐一定是為了見到跟自己同年的弟弟，才創造了這裡。

她不只叫來了理音，還從各個年代叫來另外六個人，這些人都跟他一樣，無法如願到雪科第五中學上課。姐姐非常擅長編故事，她制定了一套規則，跟大家一起在規則中玩耍，就像在編寫故事書一樣。

在這座城堡中，「狼小姐」無拘無束，充滿了生命力，身體也有如沒有重量般輕盈。她神出鬼沒，對耍弄他們七人樂在其中。

理音看向「狼小姐」穿著洋裝的背影，看著看著，幾乎要哭了出來。

姐姐之所以用六、七歲的姿態現身，是因為她那時候還沒有生病。那時姐姐留著一頭長髮，一雙手白白胖胖又充滿彈性，而非理音印象中骨瘦如柴的手。

她特地選了當時的模樣來見理音。

「能見到妳真是太好了。」

他無論如何都要告訴姐姐這句話。

見「狼小姐」依舊背對自己，理音瞇起眼睛。

「妳特地來找我，我好高興。我會試著照顧好自己，喜歡就大聲說喜歡，不喜歡就大聲拒絕。雖說我並不討厭現在的學校，但我很後悔沒把自己的想法告訴媽媽。」

理音以前以為，媽媽之所以送他出國留學，只是想把他趕得遠遠的。但這一年半來，他發現自己誤會媽媽了。媽媽其實很掛心理音，每次來夏威夷都會帶一大堆東西給他，特別留在宿舍幫他烤蛋糕。

或許她真的是想好好栽培理音，才安排他到夏威夷留學的。之前媽媽問理音：「你會不會想家？」聽到理音說「我其實很想回日本」時，媽媽將他擁入懷中，對他說：「我明白了。」如果當初理音好好說出心裡話，媽媽也許就不會要他走了。是理音自己放棄把話說清楚，一味把心事往肚裡吞。

「姐姐。」

面對理音的叫喚，「狼小姐」依舊沉默不語。

理音知道，姐姐不會回來了。

他與姐姐之間有好多好多回憶，姐姐總是溫暖他的心。然而，姐姐已經回不來了，他好慶幸自己能再見到姐姐。

「……最後，妳可以聽聽我的請求嗎？」

一股懷念之情油然而生。小時候姐姐總是寵著他，無論他提出什麼厚臉皮的請求，姐姐都會完成他的願望。

理音對著「狼小姐」的背影說：「我不想忘記這裡。」

「我想永遠記得他們，記得姐姐妳。我知道妳可能會拒絕我，但我還是想請姐姐幫我這個忙。」

「狼小姐」沒有反應，理音等了好久，她還是沒有回答。

理音不希望姐姐為難。

他默默走向鏡子，在心裡跟姐姐道別後，將手伸入鏡中。

就在這時，背後傳來一個清楚的聲音——

「我會妥善處理的。」

理音急忙回頭，卻被鏡子的亮光遮蔽了視線，門廳的輪廓愈發模糊，「狼小姐」的身影也漸行漸遠。

理音好像看到，「狼小姐」拿下面具，對著自己微笑的模樣。

二〇〇六年四月七日——

「真的沒問題嗎？」

正當小心準備出門時，媽媽叫住了她。

「要不要媽媽陪妳去？」

「我一個人去沒問題的。」

昨天她已經跟媽媽說過好幾次，媽媽卻還是放心不下。這也不能怪媽媽，但無論如何，小心不會再猶豫了。

今天是雪科第五中學第一學期開學的日子，也是小心升上二年級的第一天。

她已經能抬頭挺胸去上學了，因為她知道，雪科第五中學並非她唯一的容身之處。
雖然小萌已經轉學了，但她說的那句話，至今仍深深烙印在小心心中——
不過就是學校罷了。
此處不留人，必有留人處。
春假她才去參觀了第一和第三中學，如果真的不喜歡這裡，她還可以轉到這兩所學校。沒問題的，一切都會順利的，她想去哪就去哪。況且，世事本就不能盡如人意，到哪都有討厭鬼，應該說，班上需要那種人。
再怎麼樣，當小心不想奮鬥時，也有人會跟她說「不用奮鬥也沒關係」。
所以，她願意一試。
試著回歸學校生活。

櫻花開了。
盛開的櫻花，在校門口下著一陣又一陣的櫻花雨。
強風拂面吹來。
小心壓著頭髮走在風中。說不緊張是騙人的，但她出門前已下定決心，今天要坦蕩蕩地走進校門。
就在這時——
「呦。」
前方有人向她打招呼。

小心被強風吹得睜不開眼睛。她緩緩抬起頭，漫天飛舞的櫻花戛然而止，她這才看清眼前的人——

一個騎著腳踏車的男生正看著小心。

他穿著雪科第五中學的制服，胸前還別著校徽。

名牌上繡著「水守」。

這個名字——小心瞪大了眼睛，她似乎認識眼前這個人。

有時——

有時我會幻想，

班上轉來一個新同學。

他在人海中發現了我，對我露出太陽般刺眼的溫暖微笑。

「早安！」

他對小心露出笑容。

尾聲

那孩子進到辦公室時，我心想，這一刻終於來了。

我也不知道為什麼，但心裡有個聲音不斷顫抖著說，我一直在等待這一刻。手臂又開始隱隱作痛，彷彿有誰在用力拉我似的。

喜多嶋晶子是非營利組織「心之教室」的一份子，她是這間自學中心的草創成員，負責到各校輔導學生。

她國中也是讀雪科第五中學，是中心裡大多數學生的學姐。

國中時，晶子曾拒學一段時日。

她本來覺得自己不念高中也無所謂，直到國三那年秋天，她在外婆的喪禮上遇到了鮫島老師。

鮫島老師。

鮫島百合子老師。

她是個很強勢的阿姨，小時候住在晶子外婆家附近，受過外婆許多恩惠。在外婆的喪禮上，鮫島老師哭得比親戚還大聲，惹得現場一陣錯愕。晶子根本不知道外婆有這麼一個朋友，所以當鮫島老師過來問她說「妳就是晶子？」時，她嚇了好一大跳。

外婆從沒跟晶子提過鮫島老師，卻跟鮫島老師提過晶子。

她細細將晶子打量一陣，「聽說妳沒去上學？」然後含淚握住晶子的手說：「妳這孩子真是糟糕。」

接著，她突然對著第一次見面的晶子媽媽罵道：「妳根本沒盡到管教的責任。」惹得晶子媽媽怒目相向，「妳是哪位？憑什麼這麼說？」

鮫島老師理直氣壯地說：「我是這孩子的外婆的朋友！晶子，妳知道妳外婆有多擔心妳嗎？她臨終前交代我一定要好好照顧妳。受人之託，忠人之事，我當然有權利說話。」

鮫島老師經營了一家學費很便宜的補習班，供那些因為功課不好而不願去上學的孩子有地方可以學習。她也邀了晶子來上課，但晶子只覺得她雞婆，一口回絕了。

然而，鮫島老師的力量驚人。見晶子對考高中興趣缺缺，她把晶子強行帶到學校，不顧老師的意願，強逼老師不准讓她今年畢業。

「你們應該要讓她多留一年，讓她好好考慮之後的出路，決定要不要考高中。總之，你們讓她留級一年就對了！我會負責照顧她！」

於是，晶子便留級了。

一開始晶子很氣她多管閒事，她又不想去上學，留級一年還不是一樣？

然而，正式重讀三年級後，她變得非常依賴鮫島老師。

她突然覺得，自己有什麼都可以找鮫島老師幫忙，無論是有煩惱、上課聽不懂，甚至不知道自己在煩惱什麼，都可以向老師尋求協助。

她開始重拾課本。

以前晶子總認為沒人願意幫她，但那陣子她忽然覺得，只要她求救，鮫島老師就會對她伸出援手。

也是從那時候開始，晶子常常覺得手痛。

好像有人用力拉著她似的。

晶子留級一年後考上高中，並考上大學，進入夢寐以求的教育學院就讀。入學一年，她接到鮫島老師的聯絡，說要成立一個非營利組織。

她們租了一個更大的場地，開了自學中心，專收一些無法上學或拒絕上學的孩子。

這家自學中心名叫「心之教室」。

鮫島老師請晶子到中心幫忙，晶子也爽快地答應了。能夠助鮫島老師一臂之力讓晶子非常高興，再加上她一心想當上老師，「心之教室」的經驗對她肯定有所助益。

在「心之教室」幫忙幾年後，晶子遇見了喜多嶋先生。那年是一九九八年，晶子還在唸大三。

喜多嶋先生是附近一家綜合醫院的輔導員。他主動聯絡「心之教室」，表示他們醫院裡有許多因病無法上學的孩子，希望可以帶這些病童去「心之教室」上課，又或是請「心之教室」的老師來醫院看看他們。

喜多嶋先生個性成熟穩重，晶子被他的溫柔笑容給深深吸引。當晶子發現自己的心意時，她突然有一種預感——我也許會嫁給這個人。

每次叫他的姓氏，晶子總感到特別安心。

那天，喜多嶋先生帶了一個女孩到醫院中庭見晶子，那女孩稱喜多嶋先生為「喜多嶋老師」。

她的手腳纖細，長得非常漂亮，身材嬌小，看不出是讀國一的年紀，眼神卻相當成熟。

女孩名叫水守實生。

實生的頭髮因為藥物的副作用掉光了，所以戴著帽子，她告訴晶子，自己從來沒去雪科第五中學上過課。

晶子一輩子也忘不了實生。

那年開始，晶子每週都會幫實生上一次課。

她是個求知慾非常強的好奇寶寶。

每當實生用她那雙水汪汪的大眼看著晶子時，晶子總會不自覺地抬頭挺胸。只要實生喊她一天「晶子老師」，晶子就要為了她站上講臺，做一個讓她引以為傲的老師。

沒想到也有這樣的孩子——實生給了晶子很大的衝擊。

實生想去上學卻無法如願，但她並不因此而悲觀。她對知識的渴望近乎貪婪的地步，能學就學，能多學一點就多學一點。晶子經常受到她的鼓舞，覺得自己獲得了救贖。

晶子這才發現，自己一直以來都錯了。身為過來人，晶子以為自己非常了解「拒學族」的心情。雖然她常在「心之教室」接觸這類孩子，也夢想成為老師，但她總是先入為主地認為，這些人無法去上學，一定是因為無法融入學校生活，又或是生活遇到了什麼困難。認識實生後，她才發現每個人都是不同的，她國中拒學的原因，不等於這些孩子不去上學的原因。

晶子升上大四的那年，實生去世了。

喪禮那天外頭下著春雨。在會場上，她見到了實生的弟弟。看著小男孩不斷哭泣，晶子突然覺得呼吸困難。一想到實生叫自己「晶子老師」的聲音，她便心如刀割。她這才明白，能當這孩子的老師，是多麼彌足珍貴的一件事。

晶子發現，自己想成為的，似乎不是學校教員。

她想要一直待在「心之教室」，去了解每個孩子拒學的背後原因，成為他們的依靠。研究所畢業後，她嫁作人婦，從夫姓成了「喜多嶋老師」。她開始全心投入「心之教室」，一個念頭也不知不覺在她心中萌芽——

接下來輪到我上場了。

她不知道自己怎麼會有這種想法。

從以前開始，她腦中總會莫名浮現出一個記憶——有人用力拉住她的手。

如今她的手臂仍隱隱作痛。

有一群人救了晶子。
他們不斷發抖，死命拉住晶子的手，將她拉回這個世界。
——沒事的！小晶！
——妳一定要活下去！努力長大成人！
——我在未來等妳。

在他們的幫助下，晶子才能夠走到今天，成為一個大人。
晶子看不清他們的臉，但她好像在裡面看到了實生。
雖然不知道為什麼，但每每手臂隱隱作痛，晶子總會心想——
接下來換我拉他們一把了。

⚜

安西心走進辦公室。
她嘴唇發白，踏著緩慢的步伐，不安地左顧右盼。
不知道為什麼，但晶子覺得自己一直在等待這一刻。
手臂又開始隱隱作痛，彷彿有誰在用力拉她似的。

這孩子是否也遭到暴力對待？一路奮鬥至今呢？晶子對眼前的孩子了解不多，心中卻百感交集。

她相信這孩子一定會挺過去的。

「安西心同學，妳就讀雪科第五中學對吧？」

「是的。」

「我也是喔。」小晶說。

「沒事的！」小晶在心中喊道。

「我一直在等妳。」一個聲音在小晶心中響起。

沒事的。

妳一定要活下去！努力長大成人！

牆壁上掛著一個小小的長方形鏡子，照映出小晶和小心相對而坐的身影。陽光照在鏡子上，反射出彩虹色的光芒。小晶回過頭，彷彿在鏡中看到國中時的自己和這孩子坐在一起。

時值新綠季節，颯爽的春風輕輕撫上鏡面，融化了七彩虹光，溫柔地將小心和小晶包覆其中。

國家圖書館出版品預行編目資料

鏡之孤城 / 辻村深月著；劉愛夌譯. -- 初版. -- 臺北市：皇冠, 2018.8　面；公分. -- (皇冠叢書；第4709種)(大賞；103)

譯自：かがみの孤城
ISBN 978-957-33-3391-3 (平裝)

861.57　　107011451

皇冠叢書第4709種
大賞｜103

鏡之孤城
かがみの孤城

作　　者—辻村深月
譯　　者—劉愛夌
發 行 人—平　雲
出版發行—皇冠文化出版有限公司
台北市敦化北路120巷50號
電話◎02-27168888
郵撥帳號◎15261516號
皇冠出版社(香港)有限公司
香港銅鑼灣道180號百樂商業中心
19字樓1903室
電話◎2529-1778　傳真◎2527-0904
總 編 輯—許婷婷
責任編輯—蔡維鋼
美術設計—王瓊瑤
著作完成日期—2017年
初版一刷日期—2018年08月
初版十四刷日期—2024年02月
法律顧問—王惠光律師

讀者服務傳真專線◎02-27150507
電腦編號◎506103
ISBN◎978-957-33-3391-3
Printed in Taiwan
本書定價◎新台幣420元/港幣140元